U0115028

肿瘤介入护理学

主　编　许秀芳　李晓蓉　刘玉金
主　审　程永德

科学出版社

北　京

内 容 简 介

本书共分为三篇：第一篇总论，第二篇血管内肿瘤介入护理，第三篇非血管内肿瘤介入护理。内容涵盖了目前临床上所开展的肿瘤介入诊疗技术的护理，每一种肿瘤介入护理都包括适应证、禁忌证、操作方法、并发症、术前护理、术中配合、术后护理及健康教育。本书避免同类书籍偏重临床诊疗而护理较少的缺陷，更重视护理方面的内容。其特点是理论与实践相结合，采取以阐述临床肿瘤介入护理技术为主要内容的编写指导思想，强调了实用性、示范性和可操作性。本书的学术价值在于总结当今肿瘤介入护理方面的最新进展，规范临床肿瘤介入护理技术，以提高肿瘤介入护理水平，可作为临床肿瘤介入护士或护理专业在校学生系统的参考书。

图书在版编目(CIP)数据

肿瘤介入护理学 / 许秀芳,李晓蓉,刘玉金主编 .—北京:科学出版社,2011.11
ISBN 978-7-03-032595-2

Ⅰ. 肿… Ⅱ.①许… ②李… ③刘… Ⅲ. 肿瘤-介入性治疗-护理学 Ⅳ. R473.73

中国版本图书馆 CIP 数据核字(2011)第 215311 号

责任编辑:向小峰 / 责任校对:陈玉凤
责任印制:刘士平 / 封面设计:范璧合

科学出版社 出版
北京东黄城根北街 16 号
邮政编码:100717
http://www.sciencep.com

北京佳信达欣艺术印刷有限公司 印刷
科学出版社发行 各地新华书店经销

*

2011 年 11 月第 一 版 开本:787×1092 1/16
2011 年 11 月第一次印刷 印张:18 插页:4
印数:1—2 000 字数:425 000

定价:98.00 元
(如有印装质量问题,我社负责调换)

《肿瘤介入护理学》编写人员

主　编　　许秀芳　李晓蓉　刘玉金
副主编　　陆海燕　杨　雅　钱建新　盛月红　杨如美
主　审　　程永德
编　委　　(按姓氏汉语拼音排序)

陈　茹　上海市长宁区同仁医院
陈　莹　上海市第一人民医院分院
陈雷华　复旦大学附属肿瘤医院
范　红　上海市长宁区同仁医院
何　煜　上海交通大学附属第六人民医院
黄　喆　复旦大学附属肿瘤医院
李　莉　第二军医大学附属长征医院
李　娜　上海市第一人民医院分院
李晓蓉　复旦大学附属中山医院
刘玉金　同济大学附属第十人民医院
陆　影　同济大学附属同济医院
陆海燕　复旦大学附属肿瘤医院
牟　凌　上海交通大学附属第六人民医院
潘　慧　同济大学附属第十人民医院
钱建新　第二军医大学附属长征医院
钱珍妮　同济大学附属第十人民医院
沈　丹　复旦大学附属肿瘤医院
盛月红　第二军医大学附属东方肝胆外科医院
武　清　第二军医大学附属长征医院
许莲琴　第二军医大学附属长海医院
许秀芳　解放军第八五医院南京军区介入放射中心
杨　雅　上海市徐汇区大华医院
杨如美　上海交通大学医学院附属瑞金医院卢湾分院

袁　莉　上海交通大学医学院附属瑞金医院卢湾分院
张　磊　第二军医大学附属东方肝胆外科医院
张桂敏　第二军医大学附属东方肝胆外科医院
张秀美　上海市第一人民医院分院
张燕玉　复旦大学附属妇产科医院
周　兵　浙江省人民医院
朱悦琦　上海交通大学附属第六人民医院

顾　问（按姓氏汉语拼音排序）

程红岩　陆箴琦　茅爱武　钱国军　尚鸣异
王　珏　王忠敏　吴春根　杨继金　张国福

序

1964 年，美国的 Dotter 先生使用同轴导管在影像设备导引下，为一例下肢坏疽的妇女成功地进行了血管成形术，从此开创了介入治疗的先河。这一技术逐步繁衍，发展至今几乎能治疗全身各系统的疾病，不仅能治疗脑血管、心血管及外周血管病，并引申到治疗非血管性疾病。介入治疗对于肿瘤及肿瘤合并症的治疗更具有一定的优势，介入放射学已从一种技术发展为一门新兴的边缘性临床医学科。随着介入放射学的不断发展，介入护理学也在不断发展，现已成为介入放射学不可缺少的一部分，也是护理学的一个重要分支。

《肿瘤介入护理学》一书共分为总论、血管内肿瘤介入护理和非血管肿瘤介入护理三篇，全面介绍了肿瘤介入护理。该书在全国介入放射学组顾问、《介入放射学杂志》常务主编程永德教授策划、组织、审阅下，由具有丰富临床介入护理经验的专家许秀芳、李晓蓉和介入放射学医师刘玉金博士共同主编，还有二十七位常年工作在介入护理临床一线的专家参编，十位相关专家担任顾问，使该书从理论到实践的阐述都相当丰满。该书的出版必将推动肿瘤介入护理乃至整个介入护理的发展。

上海市护理学会理事长

《上海护理》杂志主编　　翁素贞

2011 年 9 月

前　言

介入是一门新兴的诊疗手段,介入放射学经过 30 多年的发展,显示了其在医疗领域强大的生命力,它渗透于各学科中,推动着各学科的发展,一定程度上改变了传统的内外科等其他相关科室疾病的治疗模式,成为继内科、外科之后的第三大临床学科。特别是 1990 年卫生部文件决定将"开展了介入放射学的放射科改为临床科室",以及 20 世纪 90 年代兴起的三级医院评审,将介入放射学的开展与否作为三级甲等医院的评审要求,对介入诊疗的发展起到了极大的推动作用。介入放射学技术具有微创、高效、简便、安全的特点,为一些传统疗法难以治疗或疗效不佳的疾病提供了一种新的治疗途径,被广大患者所接受。

随着介入放射学的发展,介入护理经过探索和实践已经成为介入放射学的重要组成部分。肿瘤介入护理学是介入护理学的分支学科,是肿瘤性疾病在介入诊疗过程中发生的与护理管理、护理制度及护理技术等相关的护理亚学科,并随着肿瘤介入诊疗技术的推广和普及而逐渐形成与发展。近年来肿瘤介入发展很快,不仅血管内的化疗栓塞更趋成熟,而且,经皮穿刺肿瘤消融术,包括肿瘤化学消融(无水乙醇瘤内注射等)、物理消融(热消融、冷消融)以及放射性粒子组织间植入等已蓬勃开展。然而,介入疗效的优劣和避免术后并发症的发生,与护理水平密切相关。因此,重视和完善介入护理不容忽视。

由于肿瘤介入诊疗的技术及理念不断更新,要求介入护理人员不断接受专业培训,以适应肿瘤介入放射学的发展。但在临床工作中很多护士对肿瘤介入护理方法不是很了解。而目前尚无肿瘤介入护理学专著出版,临床缺乏相应的参考书籍及培训教材。2007 年我们编写出版的《介入治疗护理学》,对肿瘤介入护理内容的介绍不够详细,特别是对非血管内经皮穿刺肿瘤消融治疗及放射性粒子组织间植入的护理几乎没有介绍。为此,本书主编以及 20 余位有着丰富临床肿瘤介入护理经验的同仁共同编著了这本《肿瘤介入护理学》,意在为临床肿瘤介入护士或在校护理专业学生提供一部系统的参考书、教科书。本书力求全面介绍肿瘤介入护理方面的理论基础、技术规范,强调实用性、示范性、可操作性,可作为读者系统学习的参考书,又可用于临床实践的工具书。

本书共分三十一章,较全面、系统地介绍了肿瘤介入诊疗的护理,包括血管内和非血管内肿瘤介入诊疗的护理。本书图文并茂,通俗易懂,资深的肿瘤介入护理人员和初学者都能开卷有益,从中学到新知识。

非常感谢本书的主审、《介入放射学杂志》常务主编程永德教授的悉心指导,感谢本书的各位顾问专家的大力支持。

由于我们水平有限,书中的不足之处敬请各位读者批评指正。

许秀芳

2011 年 8 月

目　　录

第一篇 总 论

第一章 肿瘤介入护理概述

第一节 肿瘤介入护理学的概念

介入放射学技术具有微创、高效、简便、安全的特点,为一些传统疗法难以治疗或疗效不佳的疾病提供了一种新的治疗途径。所以,在它诞生不足 30 年的时间里就有了突飞猛进的发展,为广大患者所接受,成为继内科、外科之后的第三大临床学科。介入护理学是介入放射学的一个重要组成部分,是伴随介入放射学的发展而发展起来的。肿瘤介入护理学是介入护理学的分支学科,是肿瘤性疾病在介入诊疗过程中发生的与护理管理、护理制度及护理技术等相关的护理亚学科,并随着肿瘤介入诊疗技术的推广和普及而逐渐形成与发展。

随着肿瘤介入诊疗范围的扩大和发展,治疗肿瘤相关的介入新技术层出不穷,与之相适应的肿瘤介入护理也越来越显示出其重要性,逐渐成为一门相对独立的与其他内、外科护理学分支并驾齐驱的护理学科。由于肿瘤介入诊疗技术涉及影像学和临床各亚学科,涉及人体多系统、多器官肿瘤性疾病的诊断与治疗,应用范围广,相应的护理人员要用多学科的护理手段,从生物、心理、社会三个层面对介入诊治的肿瘤患者进行系统化整体护理,以提高介入诊疗的成功率,减少并发症。在介入医学发展早期,需住院介入治疗的患者分散在各临床科室,护理工作由该科护士承担,由于缺乏介入专业的护理知识,不了解患者实施的介入诊疗措施,介入术前、术中和术后难免出现与护理相关的遗漏和欠缺等问题。为此,少数医院将介入治疗患者的床位固定化,或开设介入病房。自 1990 年 4 月卫生部医政司发出"关于将具备一定条件的放射科改为临床科室的通知"以来,一部分有条件的医院相继开设了放射科介入病房,甚至成立独立的介入治疗专科。至此介入治疗的护理工作也逐渐走向专业化、程序化、规范化。介入治疗的患者由专业护士进行术前、术中、术后全方位的护理,提高了介入手术成功率,减少了术后并发症的发生。

第二节 肿瘤介入诊疗的内容及分类

为了深入研究和把握肿瘤介入护理学的基本任务,有必要首先了解肿瘤介入诊疗的内容及分类。

一、按介入诊疗的目的分类

1. 肿瘤的介入性诊断技术

（1）穿刺活检术：包括肿瘤性疾病（主要是实体瘤）在影像学设备如超声、X 线、CT、MR 等导引下的穿刺活检、采样等，以不同于外科切开活检的微创手段获取组织病理学或某一器官血液、分泌物的标本，以进行细胞学、组织学、生物化学或细菌学的检查，以满足临床诊断、鉴别诊断以及治疗的需要。

（2）血管造影术：即肿瘤部位及其相应器官的血管造影检查，以了解肿瘤性病变血管的良恶性特点、有无动静脉瘘、动静脉畸形以及破裂出血等。血管造影检查还可评价肿瘤治疗后的去血管程度及新生血管等，以制定后续的治疗计划。

（3）经静脉采血分析：以明确肿瘤部位以及测压检查等。

2. 肿瘤的介入性治疗技术

（1）实体瘤的直接穿刺治疗，如经皮穿刺射频消融治疗、经皮酒精注射及化学药物注射治疗、经皮放射性粒子植入术等。

（2）经动脉灌注化疗或栓塞治疗，如开展最成熟的原发性肝癌的经肝动脉化疗栓塞治疗、转移性肝癌的灌注化疗及栓塞术、导管药盒植入术、各部位血管瘤的栓塞术、子宫肌瘤的子宫动脉栓塞术、妇科恶性肿瘤的化疗栓塞术、肺癌的支气管动脉灌注化疗及栓塞术等。

（3）肿瘤破裂出血的栓塞治疗或药物灌注治疗，如肝癌破裂出血的栓塞治疗，肺癌咯血的栓塞治疗，消化道肿瘤破裂出血的栓塞治疗或缩血管药物、止血药物的灌注治疗等。

二、按介入诊疗的方式分类

1. 非血管性介入诊疗　包括经皮穿刺活检及治疗，如肝癌、肺癌的穿刺活检及消融治疗。也包括经自然腔道实施治疗，如食管癌致食管狭窄的球囊扩张术、支架置入术；胃肠道肿瘤致胃肠道狭窄的支架置入术；气管、支气管肿瘤、肺癌致气道狭窄的支架置入术；梗阻性黄疸的经皮穿肝胆管造影（PTC）及经皮穿肝胆汁引流术（PTBD）；尿路上皮癌致输尿管狭窄的支架置入术、肿瘤性肾盂积水的穿刺引流术；肿瘤术后吻合口狭窄的球囊扩张术及支架置入术等。

2. 血管性介入诊疗　即经动脉行选择性或超选择性血管造影，以明确诊断，确定肿瘤部位、血供特点并给予灌注化疗或栓塞治疗。此可用于全身各部位肿瘤的姑息治疗，也可用于外科手术切除前的辅助治疗，以减少术中出血、易于剥离、减少术后复发等，也可用于外科术后复发的复查、补救治疗。对可疑出血者，先对相应器官实施血管造影，一旦明确出血动脉或门静脉异常侧支循环（常见于食管胃底静脉曲张），可立即给予栓塞治疗。对栓塞（如肠系膜动脉）容易造成器官缺血坏死者，给予灌注止血、缩血管药物治疗或保留导管持续灌注，待出血控制后拔出导管。

三、按介入诊疗的部位分类

根据肿瘤所属系统可分为消化系统肿瘤的介入诊疗、妇科肿瘤的介入诊疗、胸部肿瘤的介入诊疗、神经系统肿瘤的介入诊疗、头颈部肿瘤的介入诊疗、泌尿系统肿瘤的介入诊疗、骨与软组织肿瘤的介入诊疗等。或按大体部位分为头颈部、胸部、腹部、盆部、上下肢等各部位肿瘤的介入诊疗。按肿瘤所属系统或部位分类，有利于明确介入诊疗路径、制订区域化疗方案，有利于护士准备手术器材、设计手术体位，还有利于并发症的观察和及时处理等。

第三节　肿瘤介入护理学的内容及任务

肿瘤介入护理学要遵循肿瘤介入诊疗的内容及范畴，根据患者可能要实施的介入诊疗技术，对患者实施相应的护理措施。一般来讲，对肿瘤介入患者的护理，除了肿瘤患者的常规护理，尤其是肿瘤患者的心理干预和辅导外，围绕介入诊疗前后要给予术前、术中、术后全方位的护理，以保证介入诊疗的顺利实施，提高手术成功率，减少术后并发症。

肿瘤患者介入护理的具体内容及任务因具体肿瘤的性质不同而异，目前介入护理的规范和模式尚在探索中，在此仅参照国内外已有的做法，提出一些建议，供同道们参考。

一、护理人员的配备

国内外对介入护理人员的资质均有明确且严格的要求，必须持证上岗。目前，国内介入护理人员可分为介入手术室护理和介入病房护理两部分。介入手术室护士是介入手术团队的重要成员，对介入护士要求为全职注册护士，并要求熟悉介入手术室及其设备、具备丰富的介入放射学技术知识。国外对麻醉、镇静介入诊治患者要求有专职注册护士护理，对较复杂的介入手术要配备必要的助理护士。介入术中有一名洗手护士以及一名巡回护士或助理护士。洗手护士负责配合医生手术，协助操作。巡回护士负责监护患者，观察患者的生命体征及对介入操作的反应，必要时给予镇静、止痛等药物及心理护理。目前，国内介入手术室往往只配备一名巡回护士，没有洗手护士。

二、介入术前要求

1. 病房护士　①通知患者家属或陪护者相关择期或急诊手术；②完成术前准备，如必要的备皮、碘过敏试验、青霉素试验、导尿等；③护送患者安全进入手术室并向手术室护士完成交接。

2. 手术室护士　①保持介入手术室清洁，保持适当的温度、湿度及负压吸引、氧气及灯光的正常；②确保急救药品、除颤器、手推车到位，准备手术器材、导管等及必要的药物；③准备手术包、无菌手术衣、手套等；④鉴定和排除相关危险因素，确保患者及手术人员的安全。

三、介入术中要求

①参与制订介入手术操作方案；②确认患者的身份，确保患者安全卧于手术台；③评估、监测清醒和镇静患者的脉搏、血压、血氧饱和度等，观察术中可能的药物反应，包括对比剂过敏反应等；④记录术中监测、护理过程；⑤为患者及术者创造一个安全的治疗环境；⑥负责协助、检查正确佩戴防护用具及必要的手术衣、手套、口罩等；⑦执行无菌原则，负责感染控制；⑧准备生理盐水、注射器、刀片及其他必要的无菌物品，并登记术中应用导管、导丝及刀片等耗材，根据介入手术进程预测可能需要的器材；⑨及时更新、标示备用药物，调配、更新导管、导丝及其他必要的物品；⑩负责联络其他成员如会诊医师、患者家属等。

四、手术结束要求

①检查或协助伤口包扎；②移除手术单，固定保留导管或引流管；③合理处置并清洁针具、刀片等；④处置相关污染材料；⑤确认患者伤口周围清洁及病员服干燥、清洁；⑥向病房或术后护士交接术中医疗文书，确保记录术中监测数据及使用药物并签名。

五、介入术后即刻护理

患者在介入术后观察期间及运至病房前均需要介入护士观察及护理。要求：①尽早识别介入术后并发症并做出恰当处理；②保持呼吸道通畅，避免口腔分泌物、呕吐物及舌根后坠阻塞气道；③观察呼吸频率及深度，以便处理呼吸抑制；④保持充足的血液循环，以防患者介入术后迷走神经兴奋及意外出血致低血压；⑤观察穿刺点渗血及足部动脉搏动情况；⑥对神经介入、椎体成形术及支架术后患者注重观察神经症状；⑦观察皮肤颜色，苍白提示休克；⑧保持患者体位舒适，尤其老年患者，避免由于术后强迫体位造成压疮；⑨了解患者疼痛情况并给予适当控制。

六、介入术后病房护理

患者回病房后，病房护士接手手术室护士交代的手术及术后护理重点，签收护理文书。除继续完成上述术后即刻护理要求外，还要求：①立即监护患者生命体征，包括血压、心率、血氧饱和度等；②固定留置导管、引流管，做好标识；③确认穿刺点敷料、固定器在位并发挥功能；④给予必要的静脉输液；⑤执行术后医嘱；⑥术后康复指导等。

第四节　肿瘤介入护理学的现状及展望

由于介入放射学的发展非常迅速，肿瘤介入诊疗的技术及理念不断更新，这就要求介入护理人员要不断接受专业培训，以适应肿瘤介入放射学的发展。国外已经要求在校护生把介入放射学作为一项教育内容。并鼓励高年资护士继续接受介入放射学培训，以应对介入护理的新要求。国内部分医学院校的影像学专业虽然已经开设介入放射学的专门课程,但介入护理学的专门课堂教学还举步维艰,肿瘤介入护理的专业培训还远不到位。

一、肿瘤介入护理的现状

国外介入患者的护理主要在放射科门诊及日间观察室完成,住院患者由临床专业科室完成,放射科一般无专门的介入病房。放射科护士对介入观察患者要做出评估,以决定是否需要术后处理及离院等。但国外对介入手术室护理的管理和要求较严格和规范,护士对患者的护理责任也较重。国内介入护理起步较晚,但发展很快。20世纪80年代末上海中山医院林贵教授率先在院外开设联合病房,专门诊治介入患者。浙江的刘子江教授在急诊科设立观察床,作为介入治疗专用床位。长春的杨海山教授最早设立介入病房。这些作为介入诊疗病房的雏形,被多数同道效仿开展介入诊疗患者的住院管理,由此拉开了临床介入护理的序幕。放射科成立介入病房后,拥有了自己单独的护理单元,使介入治疗的护理工作逐渐走向专业化,其中主要是针对肿瘤介入的护理。近年来,国内介入护理专业学会相继成立,标志着介入护理团队的逐渐成熟与壮大。

目前,介入护理工作可分为介入手术室护理及介入病房护理两部分。介入手术室护理以心导管室发展最为迅速、最具规模,已经形成了规范的心脏介入护理规程,而针对肿瘤、神经、血管等综合性介入护理规范化管理还在总结、探索中。大部分介入手术室护理只注重术中配合,主要负责患者接送、术中患者监护、器材及药物准备、医嘱执行、耗材管理及术后手术室整理等,尚缺乏介入护理规范,缺乏介入护理文书及术前、术后护理交接。介入护理管理、流程尚待规范化、科学化。

二、肿瘤介入护理的特点及要求

介入放射科所属介入病房病种杂,病情差异大,既有可治愈的良性病变患者,如血管瘤、子宫肌瘤、肝囊肿、血栓性疾患等,又有行姑息治疗的恶性肿瘤患者,如肝癌、肺癌等。患者年龄差别大,恶性肿瘤患者年龄一般较大,身体状况较差,合并高血压、糖尿病等并发症也多。因此介入病房的护理既有对介入专业的护理要求,又有公共护理技术的要求。要做好肿瘤介入护理工作,我们建议:

第一,制订肿瘤介入护理规范。这是提高肿瘤介入护理质量的基本依据。明确介入护理制度,让介入护理工作有章可循,比如制订导管室护理规范、围介入手术期护理规范、肿瘤单病种的介入护理规范等。

第二,做好肿瘤介入护理人员的岗前培训。介入护士要了解相关肿瘤介入诊疗操作程序、治疗目的及治疗结局,这样才能有针对性地实施介入护理,有目的地观察可能的并发症。制订介入护理岗位准入制度并认真贯彻执行是提高介入护理质量的基本保障。

第三,积极开展肿瘤介入护理研究,提高介入治疗疗效。这是介入护理发展的必由之路。肿瘤介入治疗的疗效、并发症等与围手术期的护理密切相关。深入开展肿瘤介入护理的基础与临床研究,尽快使肿瘤介入护理走向规范化、正规化、科学化,更好地发挥介入护理特色,体现肿瘤介入治疗优势,造福更多患者。

　　总之,肿瘤介入护理的发展才刚刚起步,有诸多的问题需要深入研讨和规范。可喜的是部分介入护理专著、教辅和科研成果陆续出版,成为介入护理的理论储备。希望我国介入护理学者充分借鉴国外经验,珍惜国内介入护理的优势,抓住机遇,勇于开拓,为肿瘤介入护理学的发展做出新贡献。

(许秀芳　刘玉金　陈　莹)

参 考 文 献

黄荣丽,许秀芳,程永德.1995.肿瘤供血动脉内灌注化疗并栓塞治疗的护理.介入放射学杂志,4:52

李淑荣,吴渭虹.2001.开展专科介入护理研究的探索与成效.护理管理杂志,18-19

李晓蓉,许秀芳,程永德.2009.我国介入护理专科发展的现状与前景.介入放射学杂志,18:721-722

李雪,陈金华,张伟国.2009.综合性介入诊治中心规范化护理管理探讨.介入放射学杂志,18:230-232

毛燕君,许秀芳,杨继金.2007.介入治疗护理学.北京:人民军医出版社

毛燕君,张玲娟,杨继金,等.2007.综合性介入治疗规范化护理管理模式的构建.护理管理杂志,7:44-47

孟祥玲,赵桂兰,王希锐.1997.护理工作如何适应介入放射学的发展.介入放射学杂志,6:186

王滨,曹贵文.2005.介入护理学.北京:人民卫生出版社

许秀芳,张秀美,丁玥.2011.不断总结,深入研究,提高介入护理水平.介入放射学杂志,20:85-86

郑淑梅,雷晶,郑树香,等.2004.医学影像护理的现状与展望.介入放射学杂志,14:425-426

Huang DY, Ong CM, Walters HL, et al. 2008. Day-case diagnostic and interventional peripheral angiography:10-year experience in a radiology specialist nurse-led unit. The British Journal of Radiology,81:537-544

The Royal College of Radiologists and Royal College of Nursing. 2006. Guidelines for nursing care in interventional radiology:the roles of the registered nurse and nursing support. 2nd ed. London:Royal College of Radiologists

第二章　Seldinger 技术护理

Seldinger 穿刺术是 1953 年 Seldinger 首先提出的一种血管穿刺技术,取代以往直接穿刺血管或血管切开插管造影的方法,该技术不需要解剖、切开和修补血管,简便易行,安全、损伤小。该技术奠定了现代介入放射学的基础,也成为介入放射学的重要组成部分。

Seldinger 穿刺术的基本操作方法是:以带针芯的穿刺针经皮肤、皮下组织穿透血管前后壁,推出针芯,缓慢向后退针,退至有血液从穿刺针尾喷出(静脉血是缓慢溢出时),即插入导丝,退出穿刺针,再沿导丝插入导管鞘或导管,并将导管插至靶血管,进行造影或介入治疗。

1974 年,Driscoll 提出了 Seldinger 技术改良法,操作方法如下:用不带针芯的穿刺针直接经皮穿刺血管,当穿刺针穿过血管前壁时可见血流从针尾喷出,此时立即插入导丝,拔出穿刺针后导管或导管鞘再沿已置入血管内的导丝,并将导管插至靶血管,进行造影或介入治疗。Seldinger 改良法不穿过血管后壁。

下面以股动脉穿刺为例详细介绍具体操作方法:

一、传统 Seldinger 法

①先消毒穿刺部位皮肤,并行局麻,麻药不宜注射过多,以免影响触摸动脉搏动。②在动脉搏动上方,用手术刀尖做 2~3mm 的皮肤小切口,如皮下组织较厚较紧,可用血管钳钝性分离皮下组织。③左手固定动脉近侧,右手持穿刺针以 30°~40°角经皮肤切口和已分离的皮下组织穿刺动脉,当术者持针手指感到由穿刺针传导的搏动时,即可快速进针,以免动脉滑动,如有落空感表明已进入动脉腔内,手指离开穿刺针,可见穿刺针出现与动脉纵轴方向一致的跳动。④若针尖仅穿刺动脉前壁,拔去针芯后即可见从针尾喷射出动脉血。但是常常会同时刺破动脉后壁,此时术者左手指轻轻按压在穿刺点近端的动脉上方,右手缓缓向外拔出针套管。一旦针套管退进动脉腔,穿刺针尾即有动脉血喷出。⑤稳住针套管,并下压针尾部,减少针与身体之间的夹角,便于导丝进入血管内。由助手从针尾插入导丝。待导丝顺利进入动脉内 20~30cm 以上时,方可拔出针套管,导丝留在原位。拔针时术者左手指压迫穿刺部位,防止血液从导丝周围流出,同时起固定导丝的作用。⑥用肝素生理盐水纱布擦净导丝上的血液,以免进导管时有涩滞感,随后经导丝插入扩张管,扩张皮肤、皮下组织,然后拔出扩张管。目前,介入医师都使用带有扩张管的导管鞘,经导丝插入导管鞘后,拔出扩张管。⑦再次擦净导丝上的血液,送入导管。擦洗导丝时,最好从导丝尾端向头端进行,反之,有可能把导丝从血管内拉出体外。当导管头端抵近穿刺孔时,术者紧握导管,在推进的同时,轻轻旋转导管。这样易于进入动脉,对血管损伤较小。如果使用导管鞘,那么插入导管比较方便,术中需要更换导管也方便,因此,不用导管鞘,用扩张管扩张后直接插入导管的做法已基本放弃。值得注意的是,导管套在导丝上后,其尾端一定有 3~4cm 的导丝露出,

然后才能向体内推进导管。如导丝未从导管尾端露出时将导管推进血管,会造成不良后果。⑧拔出导丝,可见导管尾部有血液流出,或用 10ml 注射器回抽见血,证实导管确在血管内。如使用导管鞘则可以经导管鞘侧路监测并可输注药物。然后从导管尾部注入肝素盐水 5～10ml,连接三通开关,即可进行造影或其他操作。⑨拔管后压迫穿刺点 15～20min 止血。皮肤小切口,一般在穿刺前切好,但也有学者是先穿刺,待插入导丝后再做小切口。

二、改良 Seldinger 法

具体方法:常规消毒铺无菌手术单,用左手示、中、无名指触摸股动脉搏动点,感知股动脉血管走向,向下移动食指,固定皮肤,拟股动脉血管走向上腹股沟皮肤皱褶下 1.5cm 处,2%利多卡因溶液 5ml 局部浸润麻醉,同传统 Seldinger 法。然后使用无针芯穿刺针,右手持穿刺针后座,经拟穿刺点,穿刺针与皮肤成 30°～40°夹角穿刺血管,见穿刺针尾部出血,下压穿刺针,如带有外套管的穿刺针则向内推送外套管,拔出穿刺针,外套管尾部开始喷血。经穿刺针或外套管尾部插入短导丝,左手示、中、无名指压住血管,拔出穿刺针或外套管,沿短导丝置入导管鞘,导管鞘放置成功后拔出短导丝。

三、穿刺后止血方法及护理

使用 Seldinger 或改良 Seldinger 技术,经皮动脉穿刺行介入检查和治疗已在临床广泛应用,股动脉及桡动脉是常用的二大途径,由于股动脉粗大、相对固定、易于触摸、不易痉挛、易于穿刺成功等优点,仍被临床作为首选。关于术后止血如何有效减低出血、减少制动时间一直为介入医生所关注。目前已有多种侵入性止血方式可供选择,但由于价格较昂贵,对血管具有一定的损伤性,限制了它们的临床应用。体表动脉压迫止血器不会造成动脉穿刺后第 2 次损伤已渐渐被临床所接受,其安全性、有效性已为许多研究所证实。现以股动脉为例介绍 3 种临床常用的介入术后的止血方法。

1. 手法压迫后绷带加压包扎止血法及护理 ①手术完成后将患者术侧下肢伸直位,操作者双手戴无菌手套,左手示指、中指的指腹放在穿刺点的近心端动脉上,清楚触及动脉搏动,观察有无出血,切勿只压住穿刺口皮肤。②右手拔除动脉鞘管,以左手单指或双指压迫,右手重叠于左手指之上予以助力。一般压迫 10～15 分钟。③操作者确认患者穿刺点无渗血后,用无菌纱布覆盖穿刺口,并在穿刺点上方适当垫上纱布,然后用绷带呈"8"字加压包扎。再次检查确认局部无渗血、足背动脉搏动良好后,再外加沙袋加压。并嘱患者严格卧床,术侧肢体伸直位制动 24 小时。④12 小时后去除沙袋,24 小时后去除加压包扎之绷带,指导患者下床活动。

当患者返回病房后,密切观察生命体征变化,每半小时监测生命体征及足背动脉搏动,共 4 次,此后改为每小时 1 次,共 4 次,次日晨再监测 1 次,观察穿刺部位有无血肿,术侧肢体血供、皮温情况及颜色的变化。如有异常及时通知医师。同时加强加压包扎局部并发症的观察和护理,例如局部有出血及血肿:密切观察穿刺点有无渗血及术侧肢体血循环,防止压迫过紧阻碍血流,观察足背动脉搏动,下肢皮肤颜色及皮温。如有异常及时通知医生进行处理。如形成血肿,除观察肢体功能外,还应观察局部包块内有无动脉搏动,防止假性动脉瘤形成。

2. 血管压迫止血器止血法及护理　主要由固定胶带、仿生压板、基座、螺旋手柄和刻度盘组成。现将操作步骤介绍如下：①使用前，检查动脉压迫止血器，以确保在运送和处理过程中没有任何损坏。②术后即刻确认足背动脉搏动是否正常，后将动脉鞘退出 2 cm，在穿刺点上覆盖 4 cm×6 cm 纱布块 2 张。③顺时针旋转螺旋手柄 1～2 圈，使基座沿腹股沟方向，将仿生压板加压压在股动脉穿刺点上，并将固定胶带围绕股部顺势加压箍紧并粘牢。胶带固定时必须保证螺旋手柄和仿生压板的平衡。④顺时针旋转螺旋手柄 6 圈左右（螺旋手柄每旋转 1 周，压板的上下距离变化为 4.0 mm），通过压板增加对止血点的压力。护士确认动脉压迫止血器固定是否准确稳定，如感觉不稳定继续顺时针旋转螺旋手柄加压直至稳定。⑤拔除动脉鞘，通过透明基座观察穿刺点有无出血，酌情加压，调节螺旋手柄加压至目测穿刺点不渗血，压力以能触到足背动脉搏动为宜。⑥如螺旋手柄整体顺时针旋转超过 12 圈，应慎重对待，注意观察足背动脉搏动情况，避免压迫过紧。⑦2 小时后第 1 次松解，逆时针旋转螺旋手柄半圈，以不出现出血或血肿为原则。如患者出血或血肿，则顺时针旋转螺旋手柄直至不出血。在第 1 次松解后每隔 2 小时松解 1 次，每次逆时针旋转螺旋手柄 0.5 圈。⑧2 小时后第 1 次松解，逆时针旋转螺旋手柄半圈，以不出现出血或血肿为原则。如患者出血或血肿，则顺时针旋转螺旋手柄直至不出血。在第 1 次松解后每隔 2 小时松解 1 次，每次逆时针旋转螺旋手柄 0.5 圈。⑨在操作过程中注意观察足背动脉搏动情况，此时患者足背动脉搏动应为略减弱不能消失。术后护理同加压包扎后护理。

3. 血管封堵器止血法及护理　近些年来，临床上出现了一些血管闭合装置，可以迅速有效的闭合股动脉穿刺点。而 StarClose 血管闭合器是其中的一种，主要由 6F 交换鞘、扩张器、短导丝和血管闭合夹和闭合夹释放装置组成。现将操作步骤介绍如下：①用导丝置换出动脉鞘组，沿导丝用血管钳钝性分离皮肤及皮下组织，扩大皮下隧道。②经导丝将 6F 交换鞘置入股动脉，然后把闭合夹释放装置经交换鞘插入股动脉内，连接到位时可听到"咔嚓"声。③按下释放装置尾部的血管定位器按钮，位于血管内的翼状血管定位器被打开，此时又可以听到"咔嚓"声。④轻轻回来释放装置，让定位器贴住血管内壁，感觉稍有阻力即可，然后按动拇指推进按钮，直至结束箭头，当听到第三声"咔嚓"声时，交换鞘被交换鞘分割器分割并回收入释放装置内，闭合夹通过交换鞘被送至股动脉穿刺点的外壁。⑤稍稍抬高释放装置的尾部，让其自然下垂，按下发射按钮，当听到第四声"咔嚓"时，闭合夹被释放出来，在血管腔外将穿刺点闭合。⑥将闭合器释放装置从皮下隧道退出，用手指在穿刺点的表面按摩 1min 左右，并观察穿刺点是否有渗血。

人工手法压迫结合绷带压迫止血缺点是压迫止血时间长，增加医生工作量；绷带松紧难以控制，过紧会影响下肢血液循环，过松则达不到止血效果；长时间包扎还可导致下肢深静脉血流缓慢，甚至诱发血栓形成。有发生肺栓塞的风险。另外患者卧床时间过长，以致产生紧张、焦虑、烦躁等情绪及失眠、身体不适、卧位性排尿困难、尿潴留等。应用动脉压迫止血器压迫止血，操作止血时间短。明显减少了医生工作量；其压板呈点状持续压迫，可缩短压迫时间，明显减少患者术肢制动卧床时间，缓解患者紧张、焦虑等情绪，减少术后尿潴留、失眠等不适，减少股动脉血栓等问题，有效减轻了患者痛苦。血管封堵器止血法是把直径为 4mm 的星形镍钛血管夹准确地置于股动脉穿刺点，夹上的尖齿刺入血管的外壁组织形成环形褶皱相当于在血管外壁做了一次"荷包口缝合"，在血管外将穿刺点闭合而不伤及血管腔的内壁;因此不仅可以迅速有效地止血,而且还有可能降低血管缝合器和血管封堵器的相关并发症的发生率;但是创口局部感染还是有可能的。由于血管封堵器价格较贵,对于需要反复穿刺插管治疗的肿瘤患者是否应用仍存在争议。血管封堵器止血术后护理和加压包扎止血术后护理相同,仍需要监测生命体征,观察局部有无出血,下肢血管血液循环状况等。

传统的 Seldinger 技术已经被广泛掌握和应用于临床医师的操作中,而改良 Seldinger 技术以其损伤小、定位准、穿刺适用率、成功率高等特点,被越来越多的医护工作者应用到临床上,更能体现其实用性和优越性。

（陈雷华　陆海燕）

参 考 文 献

陈影洁,陈春贤,简黎.2009.B超引导下运用改良塞丁格技术置入 PICC 的应用.护理实践与研究,6:102-103

冯小弟,金贤,陈跃光,等.2007.三种股动脉血管封堵器应用的疗效比较.介入放射学杂志,6:11-413

惠海鹏,许顶立,侯玉清,等.2000.冠状动脉造影术后并发急性肺栓塞和右股深静脉血栓各1例.临床心血管病学杂志,16:202

李麟荪,贺能树,邹英华.2003.介入放射学:基础与方法.北京:人民卫生出版社,69-82

李麟荪.2002.Seldinger 技术与术前、术后处理的规范化问题.介入放射学杂志,2:4-76

李强,童辉,肖竣,等.2009.动脉压迫止血器在经股动脉介入术后的临床应用.检验医学与临床,6:1030-1031

李伟明,陈艳清,徐亚伟,等.2005.血管缝合器缝合股动脉的血管并发症及其处理.介入放射学杂志,4:32-134

刘博,顶仲如,秦永文,等.2006.股动脉封堵装置的临床应用与疗效评价.介入放射学杂志,9:64-567

刘宇扬,周玉杰,赵迎新,等.2005.两种血管闭合器在冠状动脉介入治疗中的应用比较.中国介入心脏病学杂志,13:375-376

孟莉,王玮,侯黎莉.2008.动脉压迫器应用于冠状动脉介入术后局部止血的护理.上海护理,8

潘杰,石海峰,李志欣,等.2009.StarClose 血管闭合器封闭股动脉穿刺点的临床应用.介入放射学杂志,1:3-56

魏毓忠,史东宏等.2009.经皮改良 Seldinger 股动脉穿刺术临床应用.当代医学,4:242-243

熊巨光,王永进.顾建儒.2007.实用血管穿刺技术大全.北京:人民军医出版社,131

许成平,陈少骥,王金林,等.1998.Seldinger 技术穿刺插管与压迫止血的探讨.介入放射学杂志,7:46-251

杨跃进,尤士杰,高润林,等.1999.冠状动脉造影术后突发急性肺动脉栓塞二例.中华心血管病杂志,27:151

张勇军,秦永文,徐荣良,等.2007.经股动脉冠状动脉造影术和介入治疗术后应用血管封堵器止血效果的对比.介入放射学杂志,1:2-63

邹春莉,钟代曲,黄玲玲.2010.动脉压迫止血器对经股动脉冠状动脉造影术后止血的效果.解放军护理杂志,27:245-250

Edgar LWT,Melissa CO,Bee-Choo T,et al. 2007. Clinical experience of StarClose vascular closure device in patients with first and recurrent femorl punctures. J Intervent Cardiol,21:67-73

Geary K,Landers JT,Fiore W,et al. 2002. Management of infected femoral closure devices. Cardiovasc Surg,10:161-163

Hermiller JB,Simonton C,Hinohara T,et al. 2006. The StarClose vascular closure system:Interventional results form the CLIP study. Catheter Cardiovas Interv,68:677-683

McPherson DJ. 2008. Peripherally inserted central cathethers:what you should know. Nursing Critical Care,3:10-15

Seldinger SI. 1953. Catheter replacement of needle in Percutaneous arteriography:new technique. Acta Radiol,39:368

第三章　导管药盒系统植入术护理

一、概　　述

介入性血管内导管药盒系统(port-catheter system,PCS)植入术,简称药盒置放术,是指经皮穿刺将留置导管置入靶血管内,其末端通过皮下隧道与埋植在皮下的药盒相连,建立长期的血管内给药途径的介入技术。1981年植入式导管药盒系统在美国问世,国内首先于1994年报道经皮锁骨下动脉PCS植入,其后国内介入放射学界大量开展。

介入性血管内导管药盒系统植入术脱胎于外科手术PCS植入术。外科手术植入法需开腹,分离切开所选定的入路血管,将导管送入靶血管内后固定,再将连接药盒埋于腹部皮下,操作复杂,损伤大,术后不易调整和拔除PCS。介入方法采取Seldinger技术,经皮穿刺插管所选定的血管,更换留置管、固定,然后将药盒埋植皮下,此方法操作简单,创伤小,安全,置管位置准确,靶向性更佳。

化疗是很多常见肿瘤治疗中的一种主要治疗手段,由于药物对敏感肿瘤细胞的杀伤效果主要取决于药物浓度和有效的接触时间,因此应设法使药物在肿瘤病灶局部尽可能高浓度、长时间地存在。血管内导管药盒系统建立了长期的血管内给药途径和输血、血样采集途径,可以对肿瘤病灶局部提供高浓度化疗药物,因此常用于各种实体性肿瘤的姑息性治疗。

二、适应证与禁忌证

（一）适应证

1. 需长期、规律性地经动脉内灌注化疗的各种实体性肿瘤的姑息性治疗,如头颈部肿瘤,原发性和转移性肺癌,乳腺癌和局部复发的乳腺癌,原发性和转移性肝癌,盆腔恶性肿瘤,骨和软组织恶性肿瘤。

2. 需长期或重复静脉输注药物。

3. 可进行输血、采集血标本、输注胃肠外营养液等。

（二）禁忌证

1. 严重肝、肾功能衰竭。

2. 明显出血倾向。

3. 白细胞计数明显减低。

4. 体质、体型不适宜药盒系统植入。确定或怀疑对植入材料过敏。

三、介入手术操作

(一) PCS 的构成

1. 药盒。盒底材料有钛合金、硅胶和聚砜等。盒面多为高密度硅胶膜,可反复穿刺2000～3500 次。

2. 连接装置。

3. 导管。材料目前常用聚氨基甲酸乙酯,具抗凝性。

(二) PCS 的植入方式(图 1-3-1～图 1-3-10,书末彩图 1～彩图 8)

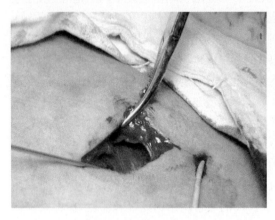

图 1-3-1　于穿刺点下方 1cm 处做一 3～4cm 的纵向皮肤切口,钝性分离皮下组织至浅筋膜,并于切口内侧分离出能容纳药盒的皮下囊袋

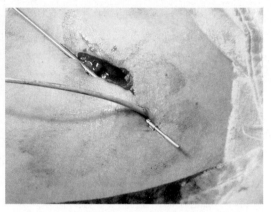

图 1-3-2　用隧道针从切口皮下组织穿出穿刺点

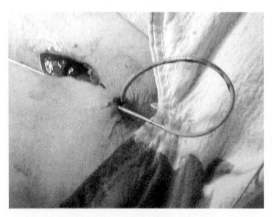

图 1-3-3　连接隧道针和导管

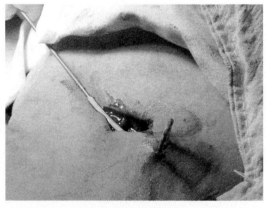

图 1-3-4　通过隧道针将导管引至切口皮下

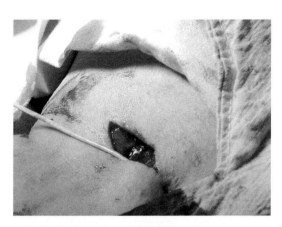

图 1-3-5　拉直隧道段内导管

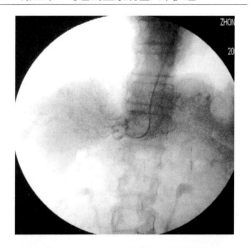

图 1-3-6　将导管头端调整至合适部位

图 1-3-7　剪去多余导管，连接导管和药盒

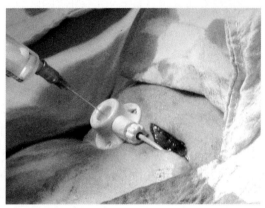

图 1-3-8　向药盒注入肝素盐水，确保连接处无渗漏

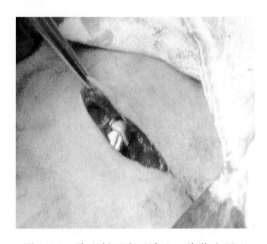

图 1-3-9　检查创面有无渗血。将药盒置入
囊袋，避免囊袋内导管扭曲、打折，缝合皮肤

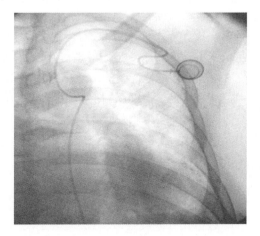

图 1-3-10　置入药盒后，透视显示药盒在
左前胸壁的位置及留置管的行走路径

1. 动脉系统植入

（1）经左锁骨下动脉植入：是目前应用最广泛、最简便、较安全的术式。其优点：不存在右侧锁骨下动脉与右颈总动脉共干的解剖特征，减少了引起脑血栓形成的风险；与血流方向顺行留置导管，降低留置导管发生移位的可能性；锁骨下区皮下留置药盒，不受肩关节活动的影响，对患者日常生活干扰小。

（2）经股动脉植入：药盒置于下腹部皮下。除适用于经左锁骨下动脉植入靶动脉置管外，亦可行上肢动脉、头颈动脉的导管留置。

2. 静脉系统植入

（1）经锁骨下静脉植入：多经右锁骨下静脉穿刺，将导管置入中心静脉或肺动脉，主要用于间断性全身化疗和肺动脉内局部化疗治疗原发性或转移性肿瘤，亦可用于长期深静脉营养。

（2）经皮肝穿刺门静脉植入：主要用于肝转移瘤的长期间断性灌注化疗，也可注入其他药物治疗肝脏病变。缺点：由于肝脏随呼吸运动，导管固定困难，滑脱率较高。

（3）经颈内静脉-门静脉植入：即 TIPS 途径，要克服肝脏随呼吸上下移动可牵拉导管移位。

四、并 发 症

PCS 置入术后常出现一些并发症，包括围手术期并发症和中远期并发症，如不适感，迟发性气胸，排异反应，切口的出血、血肿、感染、延期愈合或裂开，皮肤坏死，留置导管移位、阻塞，靶血管闭塞，药盒翻转等。术前严格掌握适应证，术中、术后规范操作，定期随访，制订周期性的化疗方案，都可积极避免和减少并发症的发生。

五、术 前 护 理

1. 完成介入术前常规准备。

2. 术前应耐心细致地做好解释工作，详细询问患者有无糖尿病史，是否为瘢痕体质，并交待治疗过程和可能产生的不适感，使患者消除顾虑，以最佳心理状态配合治疗。

3. 观察化疗药盒埋置部位皮肤情况。术前备皮，一般为锁骨下胸壁外上象限或一侧腹股沟韧带以下大腿内侧及同侧下腹部，保持手术野皮肤完好无损，指导患者做好该区域皮肤清洁，避免感染。

六、术 中 配 合

1. 根据化疗泵埋置部位，协助医生使患者处于舒适体位。选择锁骨下动脉/静脉入路者，应除去患者上衣，肩胛下略垫高，使胸锁关节外展，充分暴露术野。如选择股动脉作为导管入路者，应使患者该侧髋关节略屈、外旋，松弛术野皮肤，便于手术操作。

2. 手术操作过程中，密切观察患者面色、神态、呼吸、脉搏、血压的变化，认真倾听患者的主诉。加强巡视，注意对比剂的不良反应。

3. 随时注意手术进展,增添所需物品,使手术顺利进行。

七、术 后 护 理

(一)一般护理

1. 患者术毕返回。病房后应了解术中情况,嘱咐患者卧床 6~8 小时,密切监测生命体征,穿刺侧肢体末梢动脉的搏动。

2. 严密观察穿刺点及药盒植入区有无渗血、渗液,周围皮肤有无皮下淤血、红肿并做好记录,渗血多时应及时联系医生,更换敷料。

3. 遵医嘱补液水化、抗感染、止血。鼓励患者多饮水,保持尿量 1000~2500ml/24h,加速对比剂的排泄,防止化疗药物、对比剂对肾脏的毒副作用。

4. 手术切口拆线前应经常观察药盒局部皮肤颜色,切口有无渗出及脓性分泌物,药盒隆起范围有无扩大,周围有无波动感。一般 7~10 天拆线,局部张力高愈合欠佳者可间断拆线或延迟拆线,必要时用蝶形胶布固定,减轻切口的张力。

5. 药盒局部不宜加压,以免发生压迫性皮肤破损或坏死。

(二)药盒系统植入并发症的预防及护理

1. 药盒体及导管损伤,管道堵塞

(1)必须使用无损伤针,同时根据注射液体的成分选用最小型号的合适针具。仔细触摸清楚药盒的注药膜,用示、中指固定注药膜周边隆起的边缘,在示、中指间垂直穿刺,穿刺后有落空感及针尖触及硬物的感觉。当需要进行持续性或长期注射时,无损伤针需要连接一套延长管,并将其针翼固定在皮肤上,不必反复穿刺,以延长药泵使用寿命。

(2)正确判断。先注入 5ml 肝素盐水,观察推注是否顺畅、药盒周边有无肿胀,再行药物注射。一般应推注顺利,无阻力,少数情况开始推注时稍有阻力,但随即阻力可消失。注药后穿刺和封管时严禁抽回血,以免回血滞留在导管或盒体而堵塞导管。穿刺药泵后,如抽血不畅,输液有阻力或速度随体位变化而改变,要警惕有夹壁综合征的存在,应严格评估,密切观察患者药盒周围的软组织是否有肿胀,是否有胸闷、烧灼样或疼痛的感觉,及时处置。药盒导管与动脉连接的给药时要予以加压。

(3)严格按冲洗模式进行操作。给药:生理盐水—给药—生理盐水—肝素液。抽血:弃血—血标本—生理盐水—肝素液;抽取至少 5ml 血并弃之。两个药物之间必须用大于 10ml 的生理盐水冲洗;连续性输液每 8 小时冲洗 1 次;抽血或输注高黏滞性药物后,用 20ml 生理盐水冲管。

(4)冲、封导管和给药时必须使用 10ml 以上的注射器,防止小注射器的压强过大,损伤导管、瓣膜或导管与注射座连接处。要采用间歇正压冲洗法("脉冲"的方法,即冲一下停一下,反复多次),可增加液体的湍流和清洁的效果,防止血液反流进入注射座,管道堵塞。肝素生理盐水的配制建议:成人,100U/ml 的肝素盐水(1 支 12 500U 肝素加入 125ml 生理盐水中);小儿,10U/ml 的肝素盐水(1 支 12 500U 肝素加入 1250ml 生理盐水中)。冲管液的最小量应为导管和附加装置容量的 2 倍(导管+给药盒+延长管)。对于有凝血机制障碍的患者,不使用肝素盐水封管。

(5)管道堵塞。输液前,如遇到阻力或者抽吸无回血,应进一步确认导管的通畅性,不要试图采用对液体用力加压强行冲开堵塞的导管,这样可导致导管本身的破裂。输液结束撤针时为防止少量血液反流回导管而发生导管堵塞,撤针应轻柔,当封液剩下最后 0.5ml时,为维持系统内的正压,应以两指固定药盒体,边推注边撤出无损伤针,做到正压封管。机械性阻塞,手术干预或取出药盒。非血栓性(药物性)阻塞,根据不同药物的酸碱度等化学特性针对性使用相关溶栓剂。血栓性阻塞,使用尿激酶注射,以缓解因血块导致的阻塞,不能缓解者手术取出。

(6)间歇期护理。由于药盒材料的组织相容性及密封性较好,药盒导管一般不易堵塞。在化疗、输液间歇期,经静脉植入的每 4 周及经动脉植入每周,用肝素生理盐水肝素化冲洗一次。

2. 药盒局部皮肤坏死

(1)药盒局部不宜加压,以免发生压迫性皮肤破损或坏死。

(2)注药前要必须确认通畅,注药前后药盒周围皮肤有无红、肿胀、疼痛或烧灼样等现象。在对药盒穿刺时,不应在注药膜的同一部位反复穿刺。可先沿注药膜周边变换穿刺部位,再逐渐向膜中心部位穿刺,这样可避免针头在同一部位反复穿刺使针眼扩大,造成药物渗漏。

(3)根据不同化疗药的药代动力学特点,设定微量泵给药时间。经皮下埋植药盒系统重复地进行化疗药物灌注,可大大提高局部的药物浓度。有报道称其浓度要比周围循环血中浓度高 2~10 倍,因此皮下埋植式化疗药盒局部灌注对治疗中晚期肿瘤是一种积极有效的方法。但是在输注药物时要根据不同化疗药的药代动力学特点,设定微量泵给药时间。注药浓度不宜过高,过高可引起化学性脉管炎,表现为注射时灌注区域疼痛或腹痛。在两种药物之间以生理盐水冲洗管道,以避免药物相互作用导致导管损害。化疗完须用生理盐水冲净化疗药物才可拔针,以免化疗药物外渗导致皮肤坏死。

(4)一旦发现或可疑药物外漏,应及时对症处理,停止注药,原针头尽可能抽回药液,1%利多卡因和地塞米松环形封闭,可以根据化疗药物性质,使用相应解毒剂,50%硫酸镁湿敷、中药金黄散外敷等。严密观察肿胀皮肤变化,防止皮下组织坏死。

3. 感染　感染可出现在皮下的囊腔或皮下穿过的部位,甚至会发生与导管相关的菌血症。

(1)每次操作时都应严格执行无菌操作规程。操作者应戴无菌手套,穿刺部位严格消毒,范围大于 10cm,重复消毒 3 次以上。注意体温变化。

(2)皮肤感染,应停止使用 PCS,局部外涂抗生素药膏,直至局部皮肤红、肿、热、痛消失。

(3)导管感染,根据医嘱,经导管使用敏感抗生素直至血培养连续两次阴性,并且无发热症状。如果抗生素使用后血培养连续两次阳性,或不稳定,考虑予以取出 PCS。

(三)化疗药物的不良反应的观察护理

及时观察各种化疗药物的毒副作用。如患者出现不适,应通知医生。对于血小板降低的患者要观察有无出血倾向,而对于用药后白细胞下降者,操作时更应严格执行无菌原则。

八、健 康 教 育

1. 长期留置药盒既无损害又方便治疗,日常生活亦可如常,提高患病期间的生活质量。

2. 放置药盒的部位可能会出现发绀,1～2 周会自行消退。药盒在 1～2 天后伤口愈合即可使用,也可在医生的指导下立即使用。

3. 锁骨下动脉伤口未良好愈合前,应避免肩关节外展、提重物、用力下撑等引起伤口张力提高的动作,但可以进行拧毛巾洗脸、刷牙等日常生活。

4. 拆线一周伤口痊愈,即可以洗澡,保持药盒植入处皮肤的清洁干燥,但不要用力搓擦药盒处,以免药盒皮下游离。特别是腹壁药盒植入者,需经常更换纱布和内衣。拆线后也应尽量不要抓挠药盒处皮肤,内衣要宽松柔软,减少局部皮肤与衣服的摩擦,以免皮肤破溃引起药盒外露。

5. 在给药期间,要保护好插针的部位不受感染。特别是对持续化疗的患者,化疗后抵抗力低下,尤其在化疗后 1～2 周更是白细胞下降的高峰时期,要更加做好防护。如局部皮肤出现红、肿、热、痛,则表明皮下有感染或渗漏,不可自行处理,必须及时到医院处置。

6. 药盒植入后为了保证系统通路安全、通畅,每次输注之后都要对导管用生理盐水和肝素进行冲洗、封管。如果植入的导管长期不使用,对于经静脉植入的导管每 4 周一次,经动脉植入的导管,则必须每周一次到医院冲洗,以防止导管栓塞。

7. 在埋置药盒期间避免做剧烈的运动,防止导管移位。避免对药盒的碰撞。适当锻炼,养成良好生活习惯,增强机体抵抗力。

（李晓蓉）

参 考 文 献

程洁敏,王建华,颜志平,等.2000.肺动脉化疗药盒埋置术治疗肝癌肺转移.介入放射学杂志,9:159-160

方太忠,王峰.2007.血管内药盒系统置入术后并发症临床分析.介入放射学杂志,16:491-492

黄林芬.1995.泛影葡胺严重反应的预防及护理.介入放射学杂志,4:111

姜建成,程洁敏,李新胜,等.2002.介入性导管药盒系统费用的原因及预防措施.介入放射学杂志,11:127-128

李小霞,吴燕萍,陈英梅.2001.晚期癌症动脉导管药盒化疗的护理.影像诊断与介入放射学,10:128

李晓光,杨宁,潘杰,等.2004.改良法经皮股动脉化疗泵置入术.介入放射学杂志,13:331-333

李晓晖,练贤惠,蔡银科,等.2004.经皮血管内导管药盒系统持续灌注化疗的护理.介入放射学杂志,13:364

李彦豪.1999.介入性血管内导管药盒系统植入术.介入放射学杂志,8:63

李彦豪.2002.实用介入诊疗技术图解.北京:科学出版社

刘行超.2008.介入性导管药盒废用的原因及护理对策.中国误诊学杂志,5:1079-1080

钱培芬,翁素贞.2008.静脉输液置管与维护指南.上海:上海世界图书出版公司

沈辉,解荣云,陈丽红.2010.植入式静脉输液港常见并发症及预防.全科护理,8:1560-1561

宋玉梅.2010.肝癌患者经右股动脉植入导管药盒化疗的护理.解放军护理杂志,27:1173-1174

王建荣.2009.输液治疗护理实践指南与实施细则.北京:人民军医出版社,10

项玲.2003.全植入式肺动脉化疗泵的应用及其护理.中华国际医学杂志,3:281

肖丽霞,吴熙中,夏伟.1998.经皮穿刺药盒植入术护理体会.介入放射学杂志,7:122

邢丽,吴宁,李斯锐,等.微型植入式给药装置动脉留置长期给药的护理观察.当代医学,2010,16:236-237

邢丽,袁婵娟.经防反流动脉导管药盒系统灌注化疗治疗盆腔肿瘤的护理.介入放射学杂志,2011,20:151-153

许立超,李文涛,李国栋,等.2010.DSA引导下胸壁完全性植入式静脉输液港应用总结.中国癌症杂志,20:557-558

许小丽,陈勇,鲁恩洁.2000.经皮锁骨下动脉导管药盒系统植入术的护理.介入放射学杂志,9:117-118

殷海涛,刘宝瑞.2004.化疗泵在肿瘤治疗中的应用.国外医学.临床放射学分册,27:245-247

张德葵,邱旋英,李静娟,等.2006.动脉导管药盒系统植入术的护理.现代护理,12:523

［附］ 植入式静脉输液港的护理

植入式静脉输液港(venous port access,VPA)又称为植入式中央静脉导管系统,是一种植入皮下,长期留置体内的闭合静脉输液系统。这种系统可以提供长期、安全、方便的静脉通路,用于静脉化疗、抗生素治疗和全静脉营养等。DSA引导下静脉输液港植入优势主要在于不用切开静脉,创伤小,送入导丝和导管的过程中可全程透视监视。

一、操 作 方 法

静脉选择:首选右侧锁骨下静脉为穿刺通路,当右侧不适合植入输液港时选择左侧锁骨下静脉。

体位:患者仰卧于DSA诊疗床上,穿刺侧肩部垫高,头后仰,扭向对侧。

操作步骤:操作必须严格进行消毒,穿无菌手术衣、戴无菌手套及口罩帽子,手术区消毒后,在局麻下经皮行锁骨下静脉穿刺。穿刺成功后,DSA透视下经穿刺针送入导丝至上腔静脉,固定导丝,拔出穿刺针,沿导丝送入可撕脱的扩张鞘,经扩张鞘送入硅胶导管至下腔静脉,移去扩张鞘,导管回抽见血后肝素钠稀释液冲管。沿穿刺点水平切开3cm左右皮肤,钝性分离切口下方皮下组织制作囊袋,囊袋大小以可容纳输液港为标准,透视下回拉导管,确定导管末端位于上腔静脉与右心房的交界处。剪断体外多余导管,连接硅胶导管与注射座,回抽见血后肝素水封管,输液港放入囊袋。缝合并酒精消毒皮肤切口,无菌敷料包扎,拍摄胸片。患者手术前30分钟和手术后3天内使用抗生素预防感染治疗。7～10天后伤口拆线。

二、护 理

1. 常规护理

(1) 无芯针穿刺的方法:一定要使用与VPA配套的专用无芯针,其针尖为特殊设计的斜面,不易损伤输液港的自封膜。穿刺前评估局部皮肤,向患者解释操作过程,提醒患者穿刺时会有疼痛感。穿刺时先消毒注射部位,然后戴无菌手套,将无芯针垂直插入自封膜的中心。动作轻柔,有落空感即可。注意无芯针的出液口要背对着给药盒的导管出口,这样在用生理盐水脉冲冲洗导管时,使给药盒里的液体形成湍流,更有效地冲洗干净给药盒。最后回抽血液,以确认针头位于输液港给药盒内。

(2) 固定无芯针的方法:使用2cm×2cm的小纱布分别衬垫于两侧蝶翼下,再在蝶翼的上面覆盖一块小纱布,最外面覆盖10cm×12cm透明敷料,这种方法可增加无芯针的稳定性,又避免蝶翼与皮肤摩擦。

（3）冲管和封管：每次输液前应详细了解患者的治疗方案，查对药物是否有配伍禁忌，如有配伍禁忌应在两种药物之间滴注少量生理盐水；抽血或输注高黏滞性液体后，应立即脉冲式冲洗导管再接其他输液。每次输液结束后，先用 20ml 生理盐水脉冲冲管，再用 3～5ml 的肝素钠稀释液(100 U/ml)正压封管。常规下无芯针可留置 1 周，治疗间歇期每月冲洗导管 1 次。

2. 异常情况的处理

（1）导管堵塞：当操作时抽回血困难或输液不畅，可能原因有：①导管的末端位置不当，导管的末端紧贴血管壁或发生移位；②导管发生弯曲或折叠，常与手术者置入装置时放置不当有关；③注射座发生翻转；④血液反流凝固或药物沉淀致导管堵塞，血凝性堵管与血液凝集、纤维蛋白包裹有关。如果输液通畅但回抽无回血，可以让患者活动上肢或者改变体位，或者咳嗽几下，如果输液不畅，不可强行用力推注，应首先拍片确定导管的走向与位置，排除导管发生弯曲、折叠、夹壁综合征或移位等情况，可用尿激酶溶液进行溶栓治疗。

（2）输液港囊袋感染：无菌操作不严格、肿瘤化疗患者抵抗力低下是置管后感染的重要因素。护理人员应注意严格执行无菌操作，经常观察输液港周围皮肤有无红肿热痛等反应，如发现有囊袋感染征象，应及时通知医生，采取控制感染的措施。对于局部症状较轻者，可予以 75％乙醇纱布持续湿敷，局部涂以百多邦软膏后再覆盖纱布，同时口服或静脉运用抗生素。全身感染者一经确诊，建议立即手术取出导管。

（3）导管夹闭综合征：夹闭综合征只发生在经锁骨下静脉置管的患者，患者日常活动时，锁骨与第一肋骨间夹角出现开合样剪切运动，导管在其中反复受到挤压摩擦，最后破损或完全断裂。护理人员必须通过回抽见回血和推注生理盐水等方法确定导管完整、通畅时方可用药，避免化疗药物等对组织有刺激性或腐蚀性的药物外渗至胸壁组织，从而导致严重的后果。

三、患 者 教 育

1. 植入前的教育　VPA 是一项新技术，患者在接受植入前都会有恐惧心理，医护人员要向患者耐心讲解目的、优点和可能发生的并发症，告知植入的部位及手术操作的简单过程，并签署知情同意书。

2. 植入后的教育　手术后部分患者在植入的部分有酸痛感，一般在 1～3 天后会消失。指导患者伤口敷料保持干燥，术后 7～10 天拆线，伤口愈合后，可以洗澡。治疗间隙期，每月到医院冲洗导管一次，避免导管阻塞。静脉输液港局部避免外力撞击，如局部皮肤出现红、肿、热、痛应及时来院就诊。

静脉输液港在国外应用已有近 30 年历史，国内尚未普及应用，近些年来应用数量在不断增加，在这些需要置入的患者中，临床需要各不相同，肿瘤患者主要应用于需要反复静脉化疗者。DSA 引导下经皮穿刺锁骨下静脉输液港植入可避免静脉切开，减少创伤，并发症发生率低，是一种安全、有效的方法，值得临床推广应用。

（陆海燕）

参 考 文 献

陈荣秀,曹文媚. 2007. 实用护理技术. 天津:天津科学技术出版社,104-106

戴宏琴,薛嵋. 2008. 植入式静脉输液港在肿瘤患者中的应用与护理. 上海护理,8:57-58

罗永琳,高艳,范冬菊,等. 2006. 完全埋植的体内输液港的应用及护理. 中国实用护理杂志,22:56-57

Hankins J. 2001. Infusion Therapy in Clinical Practice. 2nd edition. Philadelphia:WB Saunders,440

Jordan K,Behlendorf T,Surov A,et al. 2008. Venous access ports:frequency and management of complications in oncology patients. Onkologie,31:404-410

Maki DG,Kluger DM,Crnich CJ. 2006. The risk of bloodstream infection inadults with different intravascular devices:a systematic review of 200 published prospective studies. Mayo Clin Proc,81:1159-1171

Nace CS,Ingle RJ. 1993. Central venous catheter "pinch-off" and fracture:are view of two under-recognized complications. Oncol Nurs Forum,20:1227-1236

Richare A. 1994. Vascular access in the cancer patient. Philadelphia:J. B. Lippincott Company,91-93

Shimada J,Yanada M,Nishimura M,et al. 2006. Treatment for pinch-off syndromeusing a video-assisted thoracoscopic surgery:report of a case. Kyobu Geka,59:483-485

第四章　肿瘤介入心理护理

介入治疗是利用现代高科技手段进行的一种微创性治疗——就是在医学影像设备(如X线透视、DSA、CT、超声波、磁共振)引导下,将特制的导管、导丝等精密器械,引入人体,对体内病变进行诊断和局部治疗的过程。介入医师应用影像技术,扩大了视野,借助导管、导丝延长了双手,它的切口(穿刺点),仅有米粒大小,不用切开人体组织,就可治疗许多过去无法治疗、必须手术治疗或内科治疗疗效欠佳的疾病,如肿瘤、血管瘤、各种出血等。

近年来,介入治疗已成为与传统的内科药物治疗、外科手术治疗并列的三大现代医学治疗手段之一。介入手术疗法具有微创性、可重复性、定位准确、并发症少等特点,被越来越广泛地应用于治疗冠心病、各种肿瘤、血管性病变、股骨头坏死、布-加综合征等。

介入治疗护理学是伴随介入放射学发展而发展起来的,它更加强调患者术前心理及生理的准备,术中与医师的配合及术后恢复期的护理配合,从而达到治疗疾病,恢复健康的目的。介入手术患者与外科手术患者一样存在明显的焦虑情绪,而且因介入手术所使用仪器、器械、药物及半开放式手术的特殊性,使这种情绪也存在于术中和其他阶段,同时在介入手术进行过程中很大程度上需要患者的配合。介入治疗前的护理工作有:了解患者病情,开展心理护理,消除患者和家属的思想顾虑,鼓励患者愉快地接受介入治疗。所以针对患者的各种心理变化,进行认真分析,实施有效的心理护理,在介入治疗中具有重要的意义。消除患者的心理负担使患者很好地配合治疗,可减少术中和术后的并发症。因此,介入治疗的心理护理,对患者来说是整个治疗过程中重要的一方面,它不但能提高患者战胜疾病的信心,而且还可以使患者积极地配合医生进行介入治疗。

一、介入患者的心理特点

患者在不同的治疗阶段拥有不同的心理特点:

1. 患者入院最初的心理反应　①怀疑、否定心理:由于未得到病理确诊,而否认医师的诊断,并且仍四处求医,既希望确诊,又希望诊断有误。②焦虑、恐惧心理:多数患者刚被告知疾病诊断时,表现为紧张、忧虑、担心和恐惧等感受交织而成的复杂的情绪反应。③抑郁心理:患者对现实难以接受,有悲观失望、消极厌世情绪。④求知心理:经过前述的心理阶段,情绪逐渐平稳,能够面对现实,并希望了解有关疾病的治疗方法、预后及饮食等方面的知识。⑤消极绝望心理:患者病情危重或反复,往往表现对诊断治疗无动于衷,出现自我形象受损的表现,体质虚弱,情绪低落,丧失了治疗的信心,有的拒绝治疗,对家人和医护人员发脾气,对生命的延续失去信心。

2. 治疗时的心理反应　①对治疗的恐惧:对治疗方法的不了解以及对治疗结果的未知感导致大多数患者均会担忧治疗的进行。②对医师技术的担忧。③对手术室医务人员和相对隔离环境感到陌生。

3. 治疗后的心理反应　①介入治疗后的反应,如恶心、呕吐、发热、腹痛及术后胆红素、转氨酶升高等因素可给患者带来较大的压力。②担忧长期治疗需大笔医疗费用,导致对家庭经济状况的担忧。③担忧治疗期间对家庭及工作单位造成的劳务和经济负担。④体力虚弱造成对他人的依赖。⑤因疾病引起的生活或工作的变化等。

二、不同年龄阶段患者不同的心理反应

1. 青年患者　青年人正是人生朝气蓬勃的时期,对自己患病这一事实感到震惊,往往不相信医师的诊断,否认自己患有癌症。青年人的情绪是强烈而不稳定的,任何消极刺激对他们都会是一种伤害,容易从一个极端走到另一个极端,甚至导致理智失控,产生自杀念头。

2. 中年患者　中年患者社会角色比较突出,既是家庭的支柱,又是社会的中坚力量。他们担心家庭生活、牵挂着老人的赡养和子女的教育,又惦念着自身事业进展和个人成就等,会从内心的深处产生难言的痛楚和悲伤。

3. 老年患者　老年人尽管理解衰老是生物体不可抗拒的规律,但一般都希望自己健康长寿。所以当患病就医时,对疾病的估计多为悲观,心理上也表现为无价值感和孤独感。

三、介入治疗前的心理护理

1. 入院时　护士应首先予热情接待,帮助其尽快熟悉病区环境,适应环境和角色的转换,通过交谈评估患者的身心状况、性格特点、生活习惯、社会经济情况、对疾病的了解情况,制定系统有效的干预措施。将依从性差或重度焦虑甚至恐惧的患者列为重点干预对象。

2. 介入治疗前　①介绍疾病、治疗知识:向患者介绍肿瘤的相关知识和肝癌介入治疗的目的、方法和意义。同时由治愈患者进行现身说法使患者以乐观自信的心态接受治疗。说明术前准备的内容及必要性。介绍介入手术室的环境、仪器设备的安全可靠性及手术人员的操作技能。帮助患者建立正确的认知方法,并教会一定的行为训练程式。指导患者采用放松、深呼吸等方法,有助于控制与应激有关的不良情绪,从而减轻焦虑、紧张等心理症状。对术后可能出现的不适反应予以充分说明,以提高对不良反应的应对能力。②利用患者的眷恋心理激发求生欲望:首先,从患者角度去感受和理解患者,经常与他们交谈,使患者信赖我们,愿意把自己的想法告诉我们,更加了解患者,发现患者眷恋什么,譬如工作需要、赡养老人、抚养小孩等,在与患者相处的过程中,采用介绍、暗示、激励等手段来巩固患者的眷恋之情,鼓励和增强同癌症抗争的信念,激发起求生欲望,从而使患者愿意并积极配合治疗。鼓励患者诉说内心感受,将内心压抑发泄出来,认识到抑郁对身心健康产生的消极影响,得到家属的关爱,使患者处于最佳心理状态接受治疗,能减轻患者的抑郁情绪和化疗后的不良反应。

四、介入治疗中的心理护理

介入治疗的成败,除手术的因素外,与患者精神状态也有很大关系,精神紧张、恐惧易增加发生动脉痉挛、药物反应等异常情况可能,从而导致插管操作失败。因此,术中在密切观

察病情变化的同时,经常和患者进行交谈,给予安慰、关怀,转移患者的注意力,最大限度地减少由于心理因素导致的治疗负效应。实施松弛想象方法,即在全身放松和舒适的同时,利用指导语暗示或使患者自己展开想象。除了想象局部肢体放松的同时体验肢体发沉、发热外,还进行快乐景象的想象指导,保持患者良好的心理状态,使手术顺利进行。

五、介入治疗后的心理护理

介入治疗后,会产生一系列不良反应,包括恶心、呕吐、疼痛、发热等症状,统称为栓塞综合征。患者常因此认为病情加重,治疗效果不好,从而烦躁不安甚至拒绝治疗。此时护士要体谅患者的心理,除对症处理外,应建立相应的护理措施,正确引导,给予耐心的解释和安慰,告诉患者疼痛是介入治疗中的常见反应。经常巡视病室观察病情,察看伤口有无出血和渗出,观察术侧下肢足背动脉搏动情况,皮肤颜色、温度、感觉变化等,经常与患者交谈,鼓励患者增强战胜疾病的信心,使患者早日康复。

(1)术后多巡视患者,注意倾听患者的主诉,关心患者。同时,可将对患者的同情和关怀延伸到医院之外,通过随访,了解患者使用对比剂及化疗药物后的反应,经过相互交谈加深患者、家属与护士之间的理解、信任,从而建立起一种和谐的护患关系。

(2)舒适安静的心理护理:因患侧肢体被迫制动,卧床时间长,我们为患者讲述卧位的必要性,保持病房安静,可让患者听轻音乐缓解压力与情绪,分散注意力,帮助睡眠。

(3)胃肠道反应的心理护理:患者介入治疗后1～3天会出现不同程度的疲乏、纳差、恶心、呕吐等症状,护士给予理解与关心,解释这是介入后的正常反应,避免过度紧张忧虑,必要时给予镇静、止吐药物后会缓解,并鼓励患者进食,加强营养,注意口腔卫生,多饮水,保持尿量在2000ml以上,以加速代谢产物和坏死瘤细胞产生毒素的排出。

(4)发热时的心理护理:患者一般在介入治疗后会出现畏寒、发热,体温最高39.5℃,向患者解释说明发热多数因肿瘤组织坏死吸收所致,一般持续3～7天,但要排除感染的可能。体温在37.5～38.5℃时,嘱卧床休息且多饮水,给予物理降温后可逐渐恢复正常,体温38.5℃以上可给予药物等对症处理,使体温逐渐恢复正常,减轻患者的思想顾虑。

(5)疼痛时的心理护理:少数患者栓塞后有不同程度的腹胀、腹痛,应密切观察疼痛的程度、部位、性质,给予心理安慰,解释疼痛可能发生的原因,要有高度的责任心与怜爱之心,及时报告医师,在排除并发症的前提下,遵医嘱给予止痛药物对症处理。

(6)康复期的心理干预:帮助患者树立战胜疾病的信心,同时要引导其正确面对现实,消除各种不切实际的幻想。指导患者尽快使自己适应社会,重返工作岗位。

(7)寻求及获得社会支持:让患者家属和同事了解癌症患者的上述心理特点,使配合做好心理疏导工作。对患者予以充分的理解、支持、关怀和鼓励,使之提高对各类事物的应激能力。

六、不同年龄阶段患者介入术后的心理护理

1. 青年患者　护理人员应理解其心理,建立良好的护患关系,以升华法转移其矛盾心理。要注意多给予心理支持,多关怀、同情,循循善诱,耐心疏导。把青年人安排在一起,激

发他们产生对生活的兴趣,增强战胜疾病的信心。

2. 中年患者　要劝导他们真正接受事实并认真对待疾病,认识到治疗是当务之急,身体恢复健康是家庭和事业的根本。在日常交谈中,也可有意识地给他们介绍一些不及时治疗而使病情延误的实例。还要动员其家属和工作单位妥善安排患者所牵挂的人和事,尽量减少他们在养病治病时的后顾之忧。另外,利用中年人世界观已经成熟稳定、对现实具有评价和判断能力、对挫折的承受力比较强等特点,鼓励他们充分发挥主观能动性,配合医护人员的治疗工作。

3. 老年患者　老年患者的突出要求是希望被重视、受尊敬,故称呼须有尊敬之意,谈话要不怕麻烦,倾听时要专心,回答询问要慢,声音要大些。老年人一般都盼望亲人来访,护理人员要有意识地告诉家人多来看望,对丧偶或无儿女的老人,护士应倍加关心,格外尊重。使患者把消极的心理转为积极的应对,愿意接受治疗,并寄希望于治疗。

七、小　结

当患者被确诊为肿瘤时,会产生各种各样的心理变化,这些变化同死亡发生联系,有的患者自暴自弃,不能很好地配合治疗;有的则有强烈的求生欲望,把希望完全寄托于治疗当中。另外肿瘤患者除了面对死亡带来的巨大精神压力和恐惧外,还要忍受肿瘤的疼痛折磨以及治疗的痛苦,故在介入治疗时常常表现为异常紧张、恐惧和痛苦。肿瘤介入治疗的心理护理,是整个治疗过程中的重要环节之一,它不但能提高患者战胜疾病的信心,而且还可使患者积极配合医师进行操作,减少术中、术后并发症的发生。因此,护士要及时了解患者的心理变化,并根据患者不同的心理,对症下药,做好主动、细致的思想工作,解决患者的后顾之忧,使介入治疗尽可能达到满意的效果。

(陈雷华　陆海燕)

参 考 文 献

车文博.2000.心理治疗手册.长春:吉林人民出版社,7-9

陈淑华,刘小川,曾国斌.1998.介入放射检查与治疗患者心理状态分析及护理.介入放射学杂志,7:242-243

胡佩诚.2000.医学心理学.北京:北京医科大学出版社,6

黄丽,罗健.2000.肿瘤心理治疗.北京:人民卫生出版社,131

黄秋环.2006.肝癌介入治疗患者的心理护理.右江民族医学院学报,12:49-50

李天晓,樊青霞,王瑞林.2000.恶性肿瘤介入治疗学.郑州:河南医科大学出版社,226

李影.2000.介入性心脏病学与护理和康复.实用护理杂志,6:1613-1614

廖磊,陆颜名,吴纪瑞,等.1998.介入放射检查与治疗患者心理状态分析及护理.介入放射学杂志,7:176-177

刘凤枝,郭艺.2004.肝癌患者介入治疗心理指导.医药论坛杂志,7:19-20

鲁恩洁,许小立,杨红,等.2001.儿童介入治疗的护理配合.介入放射学杂志,10:55

倪代会,陈岚,王淑红,等.2002.子宫动脉栓塞治疗子宫肌瘤的心理护理.介入放射学杂志,8:304

聂娟.1996.手术患者术后疼痛的护理进展.护士进修杂志,11:6

乔翠云,兰桂云,刘双,等.2010.心理干预与介入治疗宫颈癌患者的心率及收缩压的相关性研究.介入放射学杂志,11:911-912

王桂萍.1998.肝癌患者的心理护理探讨.南京医学报,18:28

王海燕.2000.肝癌患者介入治疗的心理状态及护理对策.广西医科大学学报,17:480-481

王丽姿,应兰芳,梁玉芳.1999.心脏介入术后皮肤穿刺并发症的观察和护理.实用护理杂志,1999,1517-1518

王喜英,凌殿芬.2007.肝癌患者负性心态原因分析及心理护理.中华临床医学研究杂志,13:345

魏安宁,吴国珍.2001.手术患者焦虑情绪的调查分析.中国临床心理学杂志,9:219

邢丽.2003.肿瘤患者介入治疗心理反应及护理.中国误诊学杂志,3:1428-1429

于金华,俞鸿枝.2007.肝癌介入治疗患者的心理护理.家庭护士,4:43-44

张彩珍,田巧莲,苏秀玲,等.1999.介入放射治疗中患者的护理.介入放射学杂志,8:54-55

张桂敏,程红岩.1999.肝癌介入治疗中的心理护理.介入放射学杂志,2:44

张洁,王晓妮,许月季.2002.介入术前健康教育的作用及效果.介入放射学杂志,11:381

张小乔.1998.心理咨询的理论与操作.北京:中国人民大学出版社,75

赵国秋,孙建胜,王文强,等.2000.心理控制感对心理健康水平的影响.中国心理卫生杂志,14:372

朱红.2006.实用心理护理技术.太原:山西科学技术出版社,310-316

第五章 辐射防护

第一节 医用 X 线放射防护

一、X 线检查中辐射防护原则

辐射防护三原则为：X 线检查的正当性、防护与安全的最优化和个人剂量限制。

二、医用 X 线机防护性能要求

X 线机处于工作状态时，在辐射场中有三种射线，即从 X 线管窗口射出的有用射线、从 X 线管防护套射出的漏射线以及这些射线经过散射体后产生的散射线。X 线机的防护性能主要体现在辐射场内的漏射线量、散射线量以及用于诊断的有用射线的能量、面积、发射时间的有效控制方面，同时还与影像记录系统有关。《医用 X 射线诊断卫生防护标准》中对医用透视、摄影及牙科用 X 线机产品的防护性能有明确的技术要求、实验方法，并对 X 线机是否符合该标准的防护规定了检验规范。

三、放射防护设施

1. X 线机房的防护

（1）防护设计原则：必须遵循放射防护最优化的原则，即采用合理的布局，适当的防护厚度，使工作人员、受检者以及毗邻房间和上下楼层房间的工作人员与公众成员的受照剂量保持在可以合理达到的最低水平，不超过国家规定限值。

（2）机房的位置：X 线机房的选址既要方便患者检查，又要考虑周围环境的安全。一般可设在建筑物底层的一端或单独设置。

（3）机房的整体布局：X 线机房的整体布局应遵循安全、方便、卫生的原则。

（4）机房的面积：为减少散射线对人员的影响，同时也是为了方便患者的出入，机房应宽敞，有足够的使用面积，每台 X 线机均需有单独机房。

按 X 线机额定容量大小，国家防护标准规定："新建机房，单管头 200mA X 线机机房一般应不小于 24m²，双管头的不小于 36m²。"各类医用 X 线机房面积大小的参考值：

单管头 X 线机房：≥24m²

双管头 X 线机房：≥36m²

CT 机房：≥30m²

ECT 机房：≥40m²

MRI 机房：$\geqslant 40m^2$

DSA 机房：$50 \sim 60m^2$

2. 辅助防护设施

(1) 机房的门、窗：X 线机房的门窗必须合理设置，并具有其所在墙壁相同的防护性能厚度，并且在施工时要特别注意门框的防护。

(2) 空气的净化：X 线机房内由于射线对空气的照射及含铅制品的增加，产生多种有害因素。如空气中臭氧、氮氧化物、自由基和铅的浓度升高，正负离子平衡失调，负离子浓度相对降低，正离子浓度显著增高，这些变化都是对人体不利的。为消除这些有害因素，可采取下列措施：①通风换气；②设置负离子发生器；③尽量少用或不用裸露的铅制品。

(3) 辅助防护用品

1) 工作人员防护用品：从事非隔室荧光透视、骨科复位、床边摄影、各类介入放射学操作的放射工作人员，必须在机房内或曝光现场操作者，均需选择不小于 0.25mm 铅当量的个人防护用品，如防护帽、铅眼镜、防护颈套、防护手套、防护围裙、各种防护衣等。

2) 受检者防护用品：在进行 X 线透视或摄片时，用 0.3～0.5mm 铅当量的铅胶制品，直接遮蔽受检者的非检查部位，常用如防护帽、甲状腺防护颈套、性腺防护三角巾、多鳞式防护围裙等。

四、减少患者受照剂量的基本措施

①增加透射比可以降低皮肤剂量：透射比是指平均出射空气吸收剂量与平均入射空气吸收剂量的比值，通常情况下，这个比值约为 0.01 或更小；②控制照射野并准直定位：一方面能减少患者的受照剂量，另一方面可以提高影像质量；③器官屏蔽：在不影响影像诊断的情况下，对某些器官进行屏蔽，可减少它们的受照剂量；④控制焦-皮距和焦点与影像感受体的距离；⑤减少散射辐射剂量；⑥使用高效增感屏；⑦控制并记录照射时间；⑧正确处理感光胶片可减少重复摄片率。

第二节　放射性核素防护

放射性核素治疗是将放射性药物引入机体所在病变组织或特定部位选择性浓聚与分布，达到内照射治疗的目的。"组织间内照射"作为恶性肿瘤的治疗方法之一，疗效好，创伤小，并发症少。我国是在 2002 年经卫生行政部门批准后临床应用放射性粒子植入治疗技术，用于治疗多种原发肿瘤和转移瘤，如前列腺癌、脑肿瘤、肺癌、头颈部肿瘤、胰腺癌、肝癌等。放射性核素利卡汀[^{131}I-肝癌单片段 Hab^{18}F(ab$'$)$_2$ 注射液]是通过^{131}I 衰变所发射的 β 射线的电离辐射生物效应实现肝癌单抗起靶向介导作用，将抗体标记的放射性核素带到肝癌组织内，并长时间停留其中，而在全身其他重要组织器官内积聚较少，从而实现对肝癌组织集中大剂量照射起到治疗作用，减少全身的辐射量及其毒副作用。在^{131}I 的治疗过程中，只有提高对辐射防护的认识，采取适当的防护措施后进行护理工作，才能降低受照剂量，保护自身健康。

一、DSA 室应用放射性核素的护理管理

护理管理包括 DSA 室及储源室相应设施、护理人员管理、DSA 室管理、放射性药品及废物的管理。

1. DSA 室及储源室相应设施

(1) DSA 室相应设施：核素在 DSA 室应用，需要经过卫生、公安、环境保护等部门的批准、验收、发放许可证后方可使用。核素 DSA 室机房内除了安装大型机器外，还要有通风排气口，墙壁四周及房顶处都有铅板，地砖上面铺塑料地板，利于核素药物泄露地面后清洗（由于药物泄露在地砖上容易渗透，不易挥发及清洗）。

(2) 储源室相应设施：储源室内设施有两个区域，一个是污染区，专放置放射性污物品的数个铅罐，铅罐上有标签，注明"放射核素污物品"；另一个是半污染区，放置解冻药柜一部。排风扇两个；窗户和储源室门都需要安装防盗型窗和门。

2. 护理人员管理

(1) 护理人员工作职责制度化：应建立行之有效的管理制度。根据碘-131 核素药物特点及工作性质制定了以下工作制度：放射性核素的订购、签收；注射室操作规则；储源室安全管理制度；工作场所的防护检测；放射性事故的应急处理；储源室废物存放及污染物紧急处理制度；使用核素的常规操作程序。做到有制度可循，凭制度管理。从事核素工作的护理人员，要做到合理防范射线，又不惧怕射线，应具备高度的责任心，严谨的工作作风和良好的思想素质。严格执行医疗护理操作常规，认真落实各项规章制度，以确保介入治疗应用核素药物的正常、有序和安全的使用。

(2) 护理人员业务技能专业化：放射核素治疗的场所，需要特殊的防护。护士的综合素质是保障护理配合质量、防范医疗纠纷的关键。科室以理论和操作培训相结合的形式及到外院参观学习"核素专题讲座"，进行业务学习，认真总结工作经验，从而提高护士操作熟练性，缩短受照时间。并对护士进行了核素理论基础知识、放射性防护的原则、核素治疗的相关知识、放射性废物处理等内容的培训，以及定期晨间提问。做到既要保证配合核素治疗质量，又要尽量缩短护士接触放射性药物的时间，提高给放射性药物的速度，从而达到尽可能减少职业受照射剂量的目的。

(3) 护理人员健康宣教：术前访视，对于接受核素治疗的患者尤为重要，应采取集中宣教和一对一讲解相结合的方式，将 DSA 环境、介入治疗的医生技术、疾病的相关知识、核素治疗前后的注意事项及可能出现的并发症、核素的治疗的技术、核素治疗的原理、射线的防护知识等，向患者解释，消除患者恐惧感，以便更好地配合核素介入治疗。通过将健康教育融入到介入室的护理工作中，可以有效帮助患者主动参与、积极配合诊疗和护理，还能促进其功能恢复和心理康复。

3. DSA 室管理

(1) 核素介入治疗中护理人员工作：患者核素介入治疗前、中、后，护理人员要切实落实 DSA 室使用放射性工作制度及认真执行碘-131 的常规操作程序，确保正常有序的核素介入治疗工作。

(2) 核素介入治疗后护理人员工作：患者接受核素介入治疗后，实行严格的监测制度，

要求每做一例患者,监测环境一次。位置包括机房、控制室、洗手间等周围所有活动范围。确保工作人员在无放射污染的环境下进行操作,做到及时发现泄露及时处理,并及时上报。

4. 放射性药品及废物的管理　放射性药物到 DSA 室后,有专人签收、保管、专人查对,严防泄露和丢失。带有放射性核素的棉球、吸水性强的纸、敷料、一次性镊子、空安瓿、注射器等放入铅罐的污物桶内,绝对要和普通医用垃圾和生活垃圾严格区分,并做醒目标记。放射性污物应正确存放,要避开医护人员作业和经常走动的地方,并在显著位置上注明"放射性核素碘-131"废物、存放日期等。根据衰变情况做相应处理,不可造成环境污染。

二、DSA 室应用放射性核素的防护

DSA 室应用放射性核素的防护包括术前辐射防护、术中辐射防护、术后辐射防护。

(一)术前辐射防护

1. 放射性核素[131]I 的订购、接收、分装、解冻应由专人负责,放射性核素[131]I 接收后尽快放置于储源室指定位置,解冻人员操作时应穿戴防护用品铅衣、铅手套、防护眼镜和口罩。

2. 为防止放射性核素[131]I 治疗中不慎泄漏,在操作间内铺置一层防水地板革,治疗时在操作范围内再铺上多块一次性医用垫单,尽量有效地避免污染地板造成核素暴露。

3. 备好[131]I 核素发生泄漏时的用物:如专用容器内放置一把一次性塑料镊子,干棉球、小纱布若干,记号笔一支,以便放射性核素一旦发生泄露及时处理使用。容器内物品要定点放置,物品要及时补充,确保核素泄漏及时使用,减少辐射对医护人员的照射。

(二)术中辐射防护

1. 由于放射性核素[131]I 挥发性极强,医护人员操作放射性核素[131]I 时,必须采用专门的防护手段或安全措施。

2. 消毒放射性[131]I 药物瓶盖时,用两个长棉签蘸取安尔碘进行消毒,减少近距离的辐射。

3. 抽取放射性[131]I 药液后用纱布巾接住穿刺针的针头部,防止药液滴在地板上。

4. 手术台上防止放射性核素[131]I 药液污染,用纱布巾保护好导管的头部、医用三通,并移走其他敷料,药液通过导管推入肿瘤局部。患者注入放射性核素药液后,实际上已成为一个可移动的核素[131]I 的放射源,必然对 DSA 室的环境及医、技、护等人员造成一定影响,为了降低辐射的照射,我们立即在患者身上覆盖铅布,减少被照射时间。

5. 注射放射性核素[131]I 时,操作人员尽量不要污染空针的铅套,注射完毕后,用无菌纱布包裹空针铅套防止遗漏。操作室(机房)与控制室之间放置可移动铅屏,尽量减少外照射。

(三)术后辐射防护

1. 放射性核素[131]I 注入后,在手术结束时,将接触过药液的物品(手套、医用三通、导管、纱布巾及[131]I 空安瓿、一次性医用垫单、棉签或棉球等)一起放入铅罐内并盖紧,立即放入储源室铅桶内。

2. 患者股动脉穿刺点用止血贴覆盖,减少加压包扎时间及被辐射时间。

3. 放射性核素[131]I操作完成后,应用剂量检测仪检测操作台面及地面、控制室等工作场所,检测有无放射性污染,每两例患者之间进行一次检测,防止污染操作范围。一旦发生少量污染,应及时处理。皮肤意外接触到患者的血液、体液等,应立即用洗手液和流水搓洗冲净;少量放射性液体洒落在地板上时,先用记号笔圈出范围,再用吸水棉球或吸水小纱布将其吸干,用温水从外向里螺旋擦干,反复擦拭污染处,应尽量不扩大其污染范围,必要时将地板革剪去污染源,然后将放射性污染物放置在铅罐内存放于专用的污染桶内,标明核素[131]I及日期。若发生重大放射性污染事故,应及时疏散人员,封闭现场,并立即向科主任及上级有关部门汇报,并详细记录全过程。

4. 观察患者无不适返回病房时,应在其身上盖置铅裙,运送人员要穿戴铅衣、铅帽、铅围脖、铅眼镜等,运送车上的枕头、床单、被套铺上防水垫,以防患者呕吐而发生污染。

因放射性核素[131]I治疗的特殊性,通过不断探索总结工作经验,提高对放射性核素[131]I介入治疗及辐射防护的认识,采取合适的辐射防护措施,明显减少了[131]I对医护人员的射线照射量,降低了对周围环境的辐射剂量。只有最大限度地减少射线照射,降低受照剂量,保护自身健康才能更好地完成护理工作。

(张桂敏)

参 考 文 献

董伟华.2008.介入放射学操作学习中的职业防护.临床和实验医学杂志,7:179

李云春,谭天轶,杨晓川,等.2007.利卡汀的人体显像和组织分布.同位素,20:136-139

刘宝华,孔令丰,王美霞.2008.[131]I在核医学应用中的辐射防护及评价.中国辐射卫生,17:182-183

王光琳,鞠海兵,袁荣国,等.2007.[18]F-脱氧核糖核酸PET检查中护士手部受照剂量监测.护理学报,14:63-64

王光琳,马黎明,李江城,等.2007.放射性核素病房的护理体会.西南军医杂志,9:124

王秀清,吕淑坤,马淑贤,等.2010.健康教育在介入室工作中的应用.介入放射学杂志,19:149

王忠敏,黄钢,陈克敏,等.2009.放射性粒子组织间植入治疗技术指南的建议.介入放射学杂志,18:642

张桂敏.2009.DSA室应用放射性核素的防护与护理管理.介入放射学杂志,18:711-712

第六章 介入手术室管理

第一节 介入手术室设置、布局和配置

一、建 筑 设 计

介入手术室应设在清洁和环境要求较高的位置,为避免X线对周围环境的辐射损害,应尽量设在建筑物底层的一端,自成一区;为便于手术、以利于X线的防护、符合无菌操作及便于清洁为原则,手术间面积以大于40m²为宜,走廊宽度不少于2.5m,便于平车运送及来往人员走动。手术间的门最好采用无门槛能自动开启的感应门,避免用易摆动的弹簧门,以防气流使尘土及细菌飞扬。地面应坚硬、光滑、无缝隙、可冲洗、不易腐蚀、不易被血污浸染,且有微小倾斜度,并设有下水地漏。墙面和天花板应采用隔音、坚实、光滑、无孔隙、防火、防湿易于清洁的材料装饰。墙角最好呈圆形,防止积灰。墙壁上应设有足够的电源插座。为保证不因意外停电而影响手术,应有双电源或备用供电装置。手术间不宜装与外界相通的窗户,依靠空调的过滤装置进行手术室内空气交换及温度调节。操作控制间与手术间之间安装的铅玻璃以宽大为宜,便于观察和操作。

二、区 域 划 分

介入手术室应按外科手术室的要求严格划分无菌区、清洁区和污染区。无菌区包括手术间、无菌物品放置间;清洁区包括控制室、洗手区;污染区包括更衣室、办公室、候诊区、污物处理间等,工作人员及进修生、实习生不得随意进入无菌区和清洁区。

介入手术室入口处要符合功能流程与洁污分开的要求,设双走廊,洁污分流,大门处设有病员出入处和工作人员出入处。病员出入处应有入口管理台,护士在此核对患者及病历卡后换手术间推车进入。也可以在此地铺一消毒水地毯,可减少车轮带入的尘土。步行者应更换拖鞋,然后进入手术室。

三、布 局 和 配 置

1. 手术间内只允许放置必须的器材、物品,以减少X线散射,避免影响C形臂的旋转,并固定位置放置,便于抢救使用和清点。手术间内的布置力求简洁,包括X线影像系统、DSA、心脏电生理检查仪、心电及压力监护仪、高压注射器、除颤器、器械台、抢救车、中心吸引和中心供氧装置;墙壁有X线观片灯、声控对讲机等;还应有闭路电视设备、参观台或电视录像装置,以供教学、参观使用。

2. 控制间是供放射技术人员和医师操控 DSA 和各种仪器设备,进行录像等的场所。以铅玻璃与手术间隔离开,设有 X 线机操作控制台、监视器、刻录机、录像等设备。一般要求面积 15m² 左右。

3. 准备间供术者洗手消毒、护士整理和清洗导管使用。一般要求面积在 16～20m²,内设有洗手室、器械室、敷料室。

4. 更衣室分为男更衣室和女更衣室,分别供男、女医务人员操作前后更衣使用。一般要求每间面积各为 10m² 左右,配置衣柜。还应配套设有厕所、淋浴间等。

第二节　介入手术室的管理

一、一般规章制度

1. 严格限制进入介入手术室人员,患严重上呼吸道感染者不可进入介入手术室,工作人员进入介入手术室前必须首先换鞋,更换手术衣裤,戴好帽子、口罩后方可进入限制区。外出必须更换外出鞋、外出衣。

2. 手术人员必须爱护器械和设备,不得乱扔或破坏手术器械。未经允许,任何人不得随意挪动手术室物品和设备的位置,控制室设备严禁擅自操作。

3. 手术人员应保持严谨的工作作风,举止要端正。术中减少不必要的人员流动,不得喧哗、闲谈,应保持肃静。

4. 严禁在手术间污物盆(桶)内丢弃纱布、纱垫或其他杂物,以免混淆清点数目。皮肤消毒时,尽可能避免消毒纱布或消毒液体掉落地面造成污染。

5. 介入手术室工作人员应熟悉介入手术室内各种物品的放置及使用方法,急救药品和器械要定位、定数、定量、定人管理,做到急救药品齐全、器材性能良好。

6. 介入手术室要加强岗前培训,所有新调入本院的医生和进修医生必须完成岗前培训方可进入介入手术室参加手术。

二、安 全 管 理

由于介入手术室的工作具有严格无菌、急症抢救、护士执行医嘱为口头医嘱等特点,故更应要求工作细致、一丝不苟,严格执行规章制度,以防止差错事故的发生。

1. **防止接错患者**　按手术通知单接患者,应做到对床号、姓名、性别、年龄、诊断、介入手术名称、手术时间的查对;检查术前用药执行的情况、碘过敏试验结果及携随带物品是否齐全。患者进入介入手术室后,由护士第二次核对上述信息。

2. **防止用错药输错血**　严格执行"三查七对"制度及输血制度,术中口头医嘱严格按口头医嘱执行制度执行,注意保留安瓿至手术结束后丢弃,以备查对,所用药物术后及时请医生记录。

3. **防止因物品准备不妥而延长介入手术等候时间**　术前一天根据手术需要准备好所需的物品,其中应准备常用导管和因血管变异所需的特殊导管。

4. 防止创口感染

(1) 手术人员应熟练掌握无菌技术,严格执行介入手术室无菌技术操作常规。做好介入手术室医护人员的上岗及术前培训工作,加强消毒隔离观念,掌握无菌操作技术规程,考核合格后方可上岗。

(2) 手术人员应经常注意自己及他人有无违反无菌操作原则,发现时应立即纠正。

(3) 保持介入手术室环境和物品的无菌状态,采取有效的监测方法。各类物品、器械按消毒隔离制度进行管理。

(4) 每月对手术间的空气及术者消毒后的双手进行一次细菌检测:如空气培养不合格应查找原因,加强消毒措施,经再次空气培养合格后方可使用。

(5) 加强无菌物品的管理和监测:设立无菌物品专柜,确保无菌物品的有效性。

(6) 接台手术时,必须将上一台手术后丢弃的物品全部清理出手术室,手术人员应重新消毒手臂及更换无菌手术衣、无菌手套。环境消毒后才能接第二个患者入室。

(7) 对台上的无菌物品要做到心中有数,特别对需要切开的手术,要核对好缝针、纱布、器械等数目,以避免遗留在体内。

(8) 各种急救药品应有明显标志,定点、定量放置,用后及时补充,并有专人负责保管。

(9) 定期检查维护平车,安全运输患者,搬运时动作轻巧、规范,防止患者坠床。

(10) 防止火灾和爆炸:杜绝室内的一切火源,严禁使用明火。氧气筒开关禁止涂油,远离暖气片和火源。下班前关闭所有电源。

三、设 备 管 理

1. X线设备应由指定的技师操作、定期保养、维修、清洁,设有设备维修登记本。

2. DSA机器未经操作人员许可,其他人员不得随意操作。每日开机后先检查机器是否正常,有无提示错误等,如有提示必须先排除。

3. 抢救仪器如除颤器、心电图机、监护仪、吸引器等应有专人负责检查、保养、清洁、保护。

4. 手术器材应有专人负责管理,定期检查清点,注意防锈、防损、防失,每次使用后上油保护。

5. 健全财产登记、使用、保管和报废制度。

四、耗 材 管 理

(一) 一次性消耗性物品的管理

1. 高值消耗性医疗物品的管理方法　首先应把好医院高层管理关,成立招标委员会,对物品质量、价格严格把关,同时严格控制供货渠道,保证提供货真价实的物品。导管室应定量备货,根据手术实际需要确定不同物品、不同规格的备货数量,并按照计划领取,不得盲目增加库存,造成资金积压。不同种类的贵重耗材应分类专柜放置,定期盘存,仔细核对请领量、用量、余量是否相符,避免漏收费等现象。消耗性材料应严格按照卫生局、物价局等的有关规定收费,专人登记,核查;如手术尚未完成,无法实时收费,则应做好交接班工作。患者出院时,应通过电脑查询物品的使用情况和计费情况,保证科室收入和支出的确实,同时便于医院对科室的整体管理。严格完善的管理制度可有效堵塞漏洞,避免医院及科室不必要的损失。特别是植入性医疗材料,必须严格按照规定使用,同时做好物品使用登记工作,由使用单位及患者或家属查看物品序号及条形码,并在病例中留存证据,保证物品的安全使用,并接受监督部门的检查。

2. 一次性低值耗材的管理方法　导管室内低值耗材的种类繁多,用量较大,高效的管理可增强导管室财产管理的有序性,避免混乱和浪费。在日常管理中,首先要制作完整的物品清单,将所有物品归类、列表,不遗漏任何细小物品。其次应科学计算物品用量,如通过计算年平均值的方式确定常规备货数量,避免无计划性和盲目浪费。如果单位时间物品使用严重超过计划,应核查原因。物品领回后,由专人管理,登记出入库情况。多种规格的低值耗材可按照一定的顺序摆放,方便迅速取拿。其中,无菌低值耗材的无菌管理非常重要。由于物品种类多、数量大,应有专人定时集中检查、补充各类物品,保证上架物品不失效,把好第一关。同时,取用物品的巡回护士应在供应上台时再次仔细核对物品有效期,把好第二关,杜绝使用过期物品。

另外,无论是高值或低值一次性物品,都必须按照卫生局规定,严格执行相关规章制度,对物品进行灭菌、毁形后处理,严禁反复使用。对于一些不需要回收的一次性物品,如包装纸、袋等,可回收后经浸泡消毒后丢弃;一些引流管、袋、注射器,手套等塑料橡胶产品,则必须及时毁形,并浸泡消毒后送至指定物品回收站。尤其是一些高值一次性使用物品,如不毁形,可再次安装配件后重复使用,可能对社会、患者造成极大的健康危害,必须专人逐样回收,并立即毁形,避免流失。

(二) 布类敷料的管理制度

1. 手术布类应用专人保管,负责制度计划,定期清点和补充,建立物品登记本,做到账物相符。

2. 手术布类须经高压蒸汽灭菌方可使用,新领的布类洗涤一次再使用,消毒布类打开后未使用的亦需要洗涤后再消毒使用。

3. 无菌布类室应通风、干燥、保持整洁,每日做平面清洁及空气消毒。

4. 手术污衣送洗之前,应检查有无夹杂手术物品及金属异物;包布上的化学消毒试纸须清除干净,以免损坏洗衣机和影响洗涤效果;折叠布类时,应清除毛发、线头、纸屑等杂物;发现有破损布单,应及时缝补,若布单变得稀薄应立即报废,不应再用。

5. 建立敷料清点本。

五、介入手术室护士的素质与技能要求

1. 超前的预见能力　高危患者在手术操作过程中及术后返回病房途中,病情随时可能发生变化。介入手术室护士对意外事件和严重并发症需要有超前的预测,参加术前讨论,了解病情,识别高危患者,做好充分的心理准备。

2. 机敏的观察能力　介入手术常常是决定患者生死攸关的治疗,介入手术室护士应具有敏锐的观察力,及时、早期地发现患者的病情变化,迅速报告医生,准确、分秒不误地做好急救工作。

3. 熟练的操作能力　介入手术室采用的大都是高新技术,设备多,材料复杂,要求护士对手术器材熟记、熟递,熟练使用各种设备,如心电除颤仪、临时起搏仪、起搏分析仪等。

4. 科学的管理能力

(1) 护士安排手术顺序要兼顾患者病情轻重缓急,手术医生的时间、精力、体力状态及X线血管造影机的状态,以及各种抢救药物及抢救设备的准备。

(2) 对病情危重的患者手术过程中至少配 3 名护士(记录 1 人、器械 1～2 人、巡回 1人),专设护士站在手术床旁护理,护士长亲自参与抢救。

(3) 有些患者术后需要持续心电监测下返回病房,护士在护送途中要时刻保证设备处于完好状态,保证连接患者体表及血管腔内的各种导管不脱位。

(4) 在诊断性手术和治疗性手术同台完成时,做到干净、无菌、有序、美观、安全。

5. 熟练使用各种仪器的能力　根据介入手术室开展手术的种类和数量,适时适量地准备好各种器械和设备,及时补充消耗器械,更新和维修损坏的设备,以保证各种手术顺利进行。要精通各种器械和设备的性能特点,以便根据实施手术的种类、患者的临床特征,正确地准备和选递器械。

(杨　雅　许秀芳)

参 考 文 献

李晓蓉,许秀芳,程永德.2009.我国介入护理专科发展的现状与前景.介入放射学杂志,18:721-722

毛燕君,董惠娟,张玲娟,等.2009.DSA引导下调整中心静脉置管头端异位的尝试.介入放射学杂志,18:624-626

王秀清,吕淑坤,马淑贤,等.2010.健康教育在介入室工作中的应用.介入放射学杂志,19:149-150

闻利红.2009.靶血管内留置导管持续化疗患者的护理.介入放射学杂志,18:769

第七章 介入病房的建设和管理

一、制 度 管 理

明确各级医护人员职责:制定明确的主任医师或副主任医师、主治医师、住院总医师、住院医师、护士长、主管护师、护师、护士职责,其中均详细、具体地规定各级医护人员所应完成的工作和承担的责任,为介入病房的正常运转提供可靠保证。

1. 建立各种医疗工作制度　三级医师查房制度,术前讨论、疑难病例讨论、死亡病例讨论制度,值班交接班制度,会诊制度,医疗护理文件书写规范,以规范医疗护理行为。

2. 建立各种护理工作制度　患者身份识别制度,分级护理制度,消毒隔离制度,健康教育制度,查对制度,值班交接班制度,会诊制度,特殊、疑难、危重患者护理查房制度等等,通过制度规范护理工作,促使护理人员为患者提供安全有效的护理服务。

3. 完善各种患者管理制度　如患者出入院管理制度、探视陪护制度、饮食管理制度、物品药品器械管理制度等。要严格按照医院的各项医疗护理质控要求实行,如床位使用率、床位周转率、治愈率、院内感染控制等。

二、诊疗程序规范化

按标准、程序规范运作是实现质量目标的根本途径。介入病房应严格按照各种疾病的诊疗规范进行诊治,术前完善相关检查,明确诊断,确认无介入治疗禁忌,然后实施介入治疗。对疑难或重病患者要进行术前讨论,确定最佳手术方案、器材和设备准备情况及术中术后注意事项和应急处理方案;术中患者常规补液,并使用心电监护,操作规范,手法轻柔,严防医疗事故出现;术后给予相应处理,并严密观察病情变化。

结合介入护理的特点制订介入护理规范,包括术前患者访视、各种介入护理手术配合流程、介入治疗术后并发症的观察和处理、出院后健康教育等。还应制定规范性护理文书,如一般护理记录单、介入术前术后护理记录单、健康教育手册、患者满意度调查表等。介入患者几乎涉及所有的临床科室,故不仅要对专业知识非常精通,还要掌握常见病,如糖尿病、高血压等的处理。对各种急症,如心力衰竭、休克、消化道大出血、肝性脑病等也要熟练掌握,制定抢救预案,要求每位医师护师都能够独立处理这些急症。加强护理人员相关专业知识的学习,提高其在临床并发症、应急、抢救、护理等方面的处理能力。

三、以人为本,全面推行多层次人性化优质服务

以人为本是一种人文精神,本质上是一种以人为中心,对人存在的意义,人的价值以及人的自由和发展,珍视和关注的思想。日本护理界认为,所谓"护理"就是对于不同健康阶段

的所有人,在认识他们是社会的人,并且了解他们所具有的特有的身体、心理、社会方面的基本需要的前提下为保持和增进健康,而帮助他们满足基本需要的过程。这个概念反映了以人为中心的整体护理模式。"以人为本",一方面指以患者为主体,站在患者的角度思考问题,对护士进行亲情教育,体贴患者及家属的切身感受,本着对患者负责的态度实施各项护理操作。另一方面,指以护士为主体,护士长对护士的管理站在尊重、关心、信任护士的角度,善于运用激励机制和竞争机制,提倡挖掘潜能。使护士工作舒心,护士长放心,患者称心,从而保证了护理质量。

优质服务顺应了以人为本的护理理念,要求医护人员转变服务观念,变被动服务为主动服务,重视人性化的医疗护理服务,强调在护理服务中体现人文关怀的服务理念,实行全程优质服务。如加强患者入院时主动出迎,做好介入手术室工作的管理;配置了专职的护士助理,护送患者做各种检查。此外,还可以以多种形式针对性地满足不同介入患者的健康教育指导需求,并采用各种便民服务措施,如供应一次性水杯,设置了投币电话、氧气袋、轮椅、推车出租,大大方便患者和家属。

四、建立介入病房的特色护理

与传统临床学科相比,介入诊疗学工作有其特殊性,首先涉及疾病谱广,其次应用技术种类繁多,如各种栓塞术、化疗灌注术、溶栓术、血栓抽吸术、血管成形术、经皮穿刺活检术、各种支架置入术、导管药盒植入术、经皮胃造瘘术和各种引流术等。由此可见对临床护理工作要求极高。要求护理人员必须具备扎实全面的基础医学知识、多学科的专业知识及介入专科技术的基础知识。建科之初对本科护理人员作介入诊疗学基础知识以及常见疾病的基础医学知识的培训,以建立对介入诊疗学基本认识和术前、术后特殊并发症的观察概念。其后不断加强与介入医师的沟通和交流,学习介入新技术和新业务。介入治疗的特点是通过插管技术达到诊治的目的。因此术后患者体内导管留置种类繁多,目的也不相同,包括胸腹部和盆腔的各种引流管,为局部药物注入而留置的动脉、静脉导管和皮下埋置的药盒等。因此必须加强术后各种留置导管、药盒植入等患者的护理。带有留置管的患者应与医师沟通,澄清导管名称、留管部位、留置目的和时间、固定方式、是否长期留置、导管各个接口通向何处、患者是否可以起床活动和护理观察处理要点等一系列问题。掌握了留置导管的观察护理要点后,方可预防术后留置管脱落移位、引流或注药不畅等并发症的发生。加强安全用药不容忽视。对特殊药品如化疗药、细胞毒性药物标识醒目;垂体后叶素、肝素钠、尿激酶等需冷藏的药品,注意调整合适的冰箱温度;有些药品注意避光保存。定期组织学习药物原理、使用范围、效果、配伍禁忌、不良反应及注意事项。

五、循证护理在介入治疗中的作用

循证护理(evidence-based nursing,EBN)是遵循证据的护理科学,是从经验型走向科学型的护理方法,亦是护理人员和患者的一种保护性防御措施。循证护理,即以有价值的、可信的科学研究结果为证据,提出问题,寻找实证,用实证对患者实施最佳的护理。循证护理包含3个要素:

（1）可利用的最适宜的护理研究依据。

（2）护理人员的个人技能及临床经验。

（3）患者的实际情况、价值观与愿望。

运用循证护理要求护士除具备护理人员的基本素质外还要掌握扎实的肿瘤科专科知识。在护理过程中，护士只有慎重、准确和明智地应用当前所能获得的最好的研究依据，考虑患者的愿望，通过将护理问题与循证护理有机结合，制定出最适合患者的护理方案，及时调整介入手术护理常规，如对于备皮时间及部位的调整，对比剂皮试的取消及患者术前禁食的改革，加强扶正和胃健脾中药的服药护理，才能给予患者更加科学、安全的护理，帮助其顺利度过围手术期，有效缓解临床症状，提高其生活质量。

将循证护理应用介入手术患者的健康教育的过程中，需要全面了解国内外同行对该项目的开展情况，在此基础上提出健康教育的护理问题为出发点，将科研结果作为实证与临床经验以及患者对健康教育的需求相结合，寻找出最佳的教育方法和内容使广大患者受益。系统的术前教育和详细具体的术前指导是一种重要且有效的护理手段，能够减轻患者焦虑，是保证手术成功、减少并发症发生的关键。循证护理的实施为患者提供个体化服务，对护士综合考虑患者实际情况的能力提出了更高的要求，有助于护理人员整体素质的提高。

（黄　喆　陆海燕）

参 考 文 献

冯建宇，田野，王君兰 . 2009. 关于介入病房护理特殊性管理的几点体会 . 介入放射学杂志，18：774-775

孔令轩 . 2009. "以人为本"对中国古代民本思想的超越 . 镇江高专学报，1：97-99

李小寒 . 2003. 循证护理资源的获取方法 . 中华护理杂志，38：1-4

廖磊 . 1994. 经皮动脉导管栓塞术的配合 . 介入放射学杂志，3：233-234

刘英 . 2007. 浅谈病房管理 . 现代医药卫生，23：603-604

梅雀林，李彦豪 . 2004. 介入放射学的产生、发展和未来 . 中华放射学杂志，38：1-3

欧阳墉，倪才方 . 2007. 我国介入放射学发展中的主要问题及对策 . 介入放射学杂志，16：1-3

庞书勤，陈锦秀 . 1999. 从临床角度看中日两国小儿护理 . 实用护理杂志，11：62-63

屈娟，倪代会，叶瑞，等 . 2004. 介入临床护理中潜在医疗纠纷防范对策 . 介入放射学杂志，13：366-367

苏洪英，徐克 . 2004. 浅谈介入放射医师临床能力的培养与介入病房的管理 . 介入放射学杂志，13：478-480

孙秀珍，孙月霞，许立华 . 2001. 护理管理应以人为本 . 中国医院管理，1：58

王艳，殷磊 . 2001. 循证护理学——科学指导护理实践的方法 . 护士进修杂志，16：577-579

王执民 . 2004. 介入放射学发展的必由之路 . 介入放射学杂志，13：573-574

徐翠荣 . 2010. 循证护理在原发性肝癌介入治疗术后并发症预防中的应用 . 介入放射学杂志，19：824-826

叶瑞，倪代会，屈娟，等 . 2004. 从"举证责任倒置"分析介入科护理记录单书写现状及对策 . 介入放射学杂志，14：203

袁牧，谭玉林，张阳，等 . 2010. 细化介入病房管理　促进介入学科发展 . 中华全科医学，8：243-244

张晓群 . 2010. 胰腺癌患者介入治疗围手术期循证护理 1 例 . 河北中医，4：611-612

郑耀珍 . 2001. 冠心病介入治疗的并发症及预防处理 . 中华护理杂志，36：856

第八章 介入护理人员培训

随着现代医学模式的转变和整体护理的全面实施,患者的治疗护理效果,也从过去只注重改善其躯体症状发展为重视提高患者的生存质量,关注被观察对象的自我感受,对个人所感受到的心理、生理、社会等多方面适应性进行综合评价。介入手术后疗效的优劣,很大程度上取决于护理,尤其是在并发症的观察和护理上。随着护理专科化的程度日益提高,介入护理也应重视对各级护理人员的专科化培训,以提高介入护理质量,如严格的岗前培训、经常性的职业道德教育、专业技能的培训、专科护士的培养、管理能力的培养、科研能力的培养等。

一、专业技能培训

将介入手术室与介入病房的护理人员组成介入护理团队,有计划地安排护士进行介入手术室以及病区轮转,使每位护士都能熟练掌握术中配合和术后病情观察和护理。应用有介入专科护理特色的表格式护理记录单,衔接术前访视、术前患者准备、术中护理配合流程、术后并发症预防、健康教育、心理护理和饮食护理等护理工作。整体护理实施中,除要有一批有学识、有才能、有道德、精通业务的护理骨干外,还要有一批具有较好应用护理程序、沟通技巧、健康教育与行为训练等技能的临床护士,以满足患者需求。培训中要有技能培训内容,采取技能展示观摩、示范查房、模拟情景演练、集中考评等方式来进行技能培训,采用审核记录法、直接观察法、问卷调查法对护士技能水平进行考核、评价,达到培养出实用型护理人才的目的。

二、专业知识培训

对介入专科护士的职责、工作内容、考核标准进行明确规定,使专科护士的培养形成制度。定期对护士进行系统的介入专科知识培训,涉及介入诊疗规范、护理常规、介入护理书写、消毒隔离等方面的培训。定期组织教育查房、业务学习、疑难病例讨论、组织会诊等,加强急救护理技能的培训以提高护士的专科水平和急救处理的能力。建议学校把介入护理学纳入全日制教育范畴,从源头开始教授系统的介入护理知识。

三、科研能力培养

科研设计与论文写作能力成为护士最为需要的综合能力培训项目。护士作为一种专业角色,仅仅具有优良的服务、精湛的技术是远远不够的,还必须具备创新意识,能够在临床工作中发现问题、解决问题,只有这样才能推动学科的不断向前发展。开展护理科研是护理创新的一个重要途径。因此要定期组织护士学习文献检索、统计学方面的知识,积极学习并掌握专科学术动态、进展,利用好临床第一手资料和数据,用理论指导实践,提高工作效率。

四、提高护理核心能力

护士核心能力由 Lenbure 于 20 世纪 90 年代提出,它包括评估和干预能力、交流能力、评判性思维能力、人际交往能力、管理能力、领导才能、教育能力和知识综合能力。从以上核心能力的概念和内涵可以看出,核心能力就是在企业及人的能力体系中处于核心地位的能力。核心竞争力具有普遍性、必备性、重要性和教育指导性的特点,护士核心能力是指护理教育着重培养的护理专业人员必备的最主要的能力,从而可以提高护士评估和干预能力,沟通和人际交往能力,病情观察能力和处置能力,科研创新能力。

五、发挥晨间提问在介入科护理培训中的作用

有计划地提问:护士长围绕护理基础理论,结合本病区的实际病例,针对在班护士个体的特点,提前将提出的相关问题公示通知,让护士带着问题有目的地翻阅资料、查看病历,经过思考整理答案,并根据学习时间,分期、分组、分班、分专题进行,确保效果;分层次地提问:根据问题的难易程度,对不同年资的护士进行提问,低年资的护士回答不出时,可请年资高的护士回答,最后由护士长总结性解答;针对性地提问:根据人员流动变化情况,结合临床病种、病例和问题等特点,以缺什么学什么、补什么为目标;新理论、新知识的提问,围绕循证护理,提高护理工作的科学性,引导护士关心、关注临床护理新动态,克服经验性的主观工作,避免问题发生。发挥以上晨间提问,可以达到学习工作化、工作学习化的有机结合;全面锻炼、提升护士的基本能力;培养护士自觉学习的习惯和营造科学性护理、依据性护理的职业作风。

六、PDCA 循环在介入科护士岗前培训中的应用

PDCA 是英语单词 Plan(计划)、Do(执行)、Check(检查)和 Action(处理)的第一个字母,PDCA 循环就是按照这样的顺序进行质量管理,并且循环不止地进行下去的科学程序。PDCA 循环法运用于新护士的岗前培训中,就是按照计划、执行、检查、处理四个阶段循环上升的过程,PDCA 循环不停地运转,原有的质量问题解决了又会产生新的问题,问题不断产生,而又不断地解决,如此循环不止,每一次循环即赋予新的内容,这就是管理不断前进的过程,由美国质量管理专家戴明提出,又称戴明环。用 PDCA 循环进行岗前培训可激发新护士的学习热情,大家都以尽快上岗为荣,经过岗前培训以后,增加护士工作适应力,进入工作角色快,综合素质和工作能力提高快,仪表规范,工作态度端正,服务态度良好,患者反映好,可提高护理安全意识、风险意识、法律意识、自我保护意识还可提高护士的护理操作技能、动手能力,使其能正确处理好医护、护护、护患等各种人际关系。

七、护理程序在介入科护士培训中的应用

护理程序是一种科学地确认问题和解决问题的工作方法。它为临床护士提供日常工作正确的逻辑思维方式和解决问题的步骤,指导护士有条理地工作,高质量地满足服务对象的需求,目前,护理程序已广泛应用于临床护理的方方面面,受护理程序的提示,介入科将护理程序的工作方法与护士培训相结合,不但提高了本科室护士的综合素质,而且保证了科室护理人才培养的效率及质量,最终可以培养出一支具有优秀文化素质的护理团队,这支护理团队不但具备扎实的医护理论,还拥有无私奉献,崇高的献身精神,终生学习,可贵的进取精神,亲密合作、优秀的团队精神,在临床护士培训中,通过发挥护理程序的特定目标性、循环的、动态的过程,组织性和计划性等特点,以及对培训对象系统地、连续的评估,发现存在的问题,制定具体培训措施,有的放矢地提高临床护士的综合素质,保证了人才培养的效率及质量,避免盲目培训造成时间、人力、物力及精力的浪费。对于未达到培训目标的问题或者发现的新问题,我们将纳入下一个循环中进行新一轮的培训,达到培训最终目标。

总之,医学技术和护理学科的飞速发展,不断为护理人员的培训提出新的目标。适应新形势,不断完善培训体系,培养一支服务优良、技术精湛的护理队伍,是提高护理服务质量、打造过硬的护理品牌的关键。

(黄　喆　陆海燕)

参 考 文 献

陈晓蓉,汪琪.2002.模式病房护理人员整体护理培训存在的问题及对策.华夏医学,15:258-259

杜丽娜,杨红.2010.核心能力培养在手术室专科护理培训中的应用.健康必读杂志,10:263-264

樊晶晶.2008.发挥晨间提问在护理培训中的作用.中国民康医学,20:831

傅维利.2001.浅谈高职学生应具备的核心能力.中国职业技术教育,9:50-51

胡艳丽.2011.PDCA循环在护士岗前培训的实施与体会.护理实践与研究,8:64-67

李雪,陈金华,李君.2010.综合性介入手术记录单的设计及应用效果评价.介入放射学杂志,19:741-744

刘鹏芝,韩金红,赵凤珍.1996.肝癌介入治疗中导管和导丝系列的清洗和消毒.介入放射学杂志,5:50-52

毛燕君,张玲娟,杨继金,等.2007.综合性介入治疗规范化护理管理模式的构建.护理管理杂志,1:1-3

闵琦芬,朱春萍,徐萍.2006.引入PDCA循环指导临床护理教学管理的实践及效果.护理管理杂志,6:39-40

倪代会,王红娟,杨亚娟,等.2010.谈护理程序在介入放射科护士培训中的应用.介入放射学杂志,19:913-915

鸥尽南.2009.介入治疗分册.长沙:湖南科学技术出版社,33-35

闫瑞芹,沈宁.2004.护士核心能力的研究与发展现状.护理研究,18:201-203

殷磊,于艳秋,丁亚平.2002.护理学基础.北京:人民卫生出版社,88-89

虞金芳.2001.运用护理程序对新分配护士实施岗位培训的体会.护士进修杂志,16:748

张会芝,史艳菊,吴雪.2009.ICU护士专业培训需求的调查研究.护理研究,23:193-195

张芹,任素珍,刘光青.2008.PDCA循环管理法在手术室新入护士培训中的应用.齐鲁护理杂志,10:93-94

第二篇 血管内肿瘤介入护理

第九章 血管造影与采血介入护理

第一节 血管造影的护理

随着 1953 年瑞典学者 Seldinger 发明经皮穿刺动脉插管技术以来,血管造影术在临床得到了广泛的应用。血管造影术是一种在透视监视下将导管插进靶血管后,注入对比剂后使之充盈,增加与邻近组织的对比度,从而获得清晰的血管形态、走行分布及血流动力学变化等参数,来判断有无病变及病变的部位、范围、数量和性质,达到明确诊断和鉴别诊断目的医学检查技术。若将导管插入较小的血管分支后注射对比剂,并采用数字减影处理方法,会获得更清晰的血管造影像,这种选择性插管血管造影技术既是检查血管相关疾病的有效方法,又是经血管内介入放射治疗的必备步骤和基础方法之一。血管造影术虽然方便、简捷、安全,但毕竟是一种有创检查,存在各种医疗风险,通过加强护理,可使患者增强对疾病的认识,可以预防或减少并发症的发生。下面以临床最常见的肿瘤血管造影术为例,阐述其相关的护理内容。

一、适应证与禁忌证

在充分了解病情的基础上,严格把握选择性血管造影的适应证和禁忌证。

1. 适应证

(1) 临床或影像学检查怀疑肿瘤,需行血管造影术进一步明确。

(2) 体内实质性肿瘤需行血管内灌注化疗和(或)栓塞的术前评估。

(3) 肿瘤外科手术术前评估。

(4) 部分肿瘤经外科手术、放化疗或血管内治疗后的疗效复查。

2. 禁忌证　没有绝对禁忌证,相对禁忌证包括:

(1) 碘过敏。

(2) 严重心、肝或肾功能不全或衰竭。

(3) 肿瘤恶病质。

(4) 有严重出血性疾病及出血倾向者。

二、介入手术操作

(1) 常规双侧腹股沟及会阴区消毒铺单,暴露两侧腹股沟部。

(2) 穿刺点选腹股沟韧带下 1.5～2cm 股动脉搏动最明显处,局部浸润麻醉,进针角度与皮肤成 30°～45°。

(3) 穿刺成功后,在短导丝的辅助下置血管鞘(一般 4～6F)。

(4) 在透视监视下,经股动脉通路,选择合适形态导管,在导丝导引下逐级选择性插管至靶血管。

(5) 连接高压注射器并抽吸对比剂。所有连接装置要求无气泡。肝素盐水冲洗造影导管。

(6) 如血管过于迂曲或者插管困难,可先行上一级血管选择性造影,明确靶向血管开口和走行情况下再进行插管。

三、手术相关并发症

1. 穿刺部位出血　可由患者凝血机制障碍、躁动、过早过多运动下肢等原因所造成。对上述患者,术后延迟 10～20 分钟拔鞘,穿刺部位三指压迫时间延长至 15～20 分钟,松开后观察 5 分钟有无出血,穿刺部位加压包扎等方法可有效预防穿刺部位出血。如果局部有小血肿(直径<10cm),仅需 24 小时后局部热敷或理疗。造成局部压迫者可切开清除。

2. 血管痉挛　可由于导管或导丝对血管内膜的刺激,引起血管平滑肌收缩所引起。血管痉挛发生后的处理包括动脉内缓慢推注罂粟碱(15mg 加 10ml 等渗盐水);在外周动脉(心脑血管除外),可考虑经导管内推注稀释的利多卡因(一般利多卡因:生理盐水按照 1:2 浓度比例稀释),复查造影观察血管痉挛改善情况。

3. 动脉内膜下通道(血管夹层)　可能是导管或导丝插入时损伤内膜或注射对比剂压力过大时,造成内膜外翻,进而形成内膜下通道。透视下,仔细监视导管、导丝的方向和位置,遇到阻力时不应强行插入,如感觉导管导丝已进入夹层,则不应继续前行或经导管造影,以免扩大夹层,覆盖血管真腔。对于小的动脉夹层,如为顺行夹层,可考虑不予以处理,一般可自愈;主动脉弓上血管多为逆行夹层,严重者须放置支架或抗凝治疗,必要时须控制性降压或请胸心血管外科处理。

4. 血栓形成或栓塞　可能与血液高凝状态,斑块脱落或者内膜损伤有关。血栓形成后要行造影检查,评估栓塞的程度和栓子的准确位置,对于新鲜血栓或者栓子,如果引起重要血管的闭塞,需积极行取栓、机械碎栓或溶栓治疗。

5. 血管穿孔或血管壁撕裂　可能与血管结构异常或者不规范操作相关。操作时应尽量轻柔,对于复杂开口的血管分支,应采用导丝导引或者在路图导引下插管。对于开口不明确的分支血管,需行多角度投射血管造影明确开口和走行后方能行超选择性插管;对于细小分支,普通导管进入困难时应采用微导管技术。一旦发生血管穿孔或者血管壁全层撕裂,应及时中和肝素,止血降压。对于肢体或者其他走形于肌间隙血管,单纯导丝穿出可不做处理或者仅行加压包扎,对于大的血管撕裂,可用球囊导管暂时性闭塞破裂血管,或用覆膜支架封堵破裂口,或行永久性血管内栓塞止血,不能闭塞的血管如发生致命性的大出血,应积极行手术修补。

6. 穿刺部位假性动脉瘤或动静脉瘘 可能与患者凝血机制障碍,或使用抗凝、溶栓、抗血小板聚集药物、患者烦躁、过早过多运动下肢有关。对于大的假性动脉瘤或者分流明显的动静脉瘘,应行局部压迫、球囊栓塞、带膜支架植入或手术修复等积极治疗。

7. 血栓性静脉炎 可能与对比剂致使内皮细胞损伤、静脉血淤滞等有关。应予以严格抗凝、抬高患肢和积极止痛等对症处理。

四、术 前 护 理

1. 了解病情 血管造影术前应该认真查阅患者病史,包括既往史、现病史、过敏史、用药史、疾病诊断,需要注意患者是否接触过对比剂,是否发生过严重不良反应,如有不良反应,应及时向手术医生反映,以调整术前准备方案。

2. 术前检查 实验室检查包括血常规、凝血功能、肝肾功能,乙肝、丙肝、艾滋病和梅毒抗原抗体等,其他辅助检查包括心电图、X线胸片、脑电图等。

着重注意血尿素氮以及肌酐,以排除肾功能不全或肾衰竭,一般认为肌酐≤250μmol/L,行造影是安全的,有条件者可以选用对肾脏影响较小的等渗对比剂如碘沙克醇(威视派克)等。注意患者是否存在出血性素质,血小板≤80×10^{12}/L 的患者,一般不建议做血管造影。

3. 和患者沟通 指导患者熟悉术中可能需要配合的命令,如屏气、咳嗽、调整体位等。有效地和患者以及家属进行交流,帮助其增加对手术的认识,有助于缓解患者紧张情绪,更好地配合医师检查,可显著减少操作时间,有效减少并发症。

4. 患者准备 包括碘过敏试验、手术区域备皮、建立有效的静脉通路(必要时开通深静脉)等。女性患者还要询问月经史,了解患者的全身情况。

(1)碘过敏试验操作:抽取造影术中拟用对比剂 1ml 静脉推注。观察患者是否有心慌、气短、荨麻疹、球结膜充血等体征,试验前后测量血压,其波动应该<10~20mmHg。整个试验观察至少 1 小时。对于碘过敏试验阳性而必须进行造影者,术前 3 天应用激素以及口服抗组胺药物进行脱敏治疗,术中准备地塞米松、肾上腺素、多巴胺等药物以防过敏性休克。尽量使用非离子型水溶液对比剂。

碘对比剂造成的过敏反应可按发作时间快慢分为速发型反应和迟发型反应。速发型过敏反应根据病情严重程度可分为轻、中、重度。轻度反应一般不需要处理。中度反应处理原则是让患者平卧、吸氧,密切观察其生命体征给予对症处理。重度反应除给予解痉、抗过敏、升压、扩容等治疗外,还应行气管切开、心肺复苏以挽救患者生命(详见术中护理)。迟发型过敏反应多为轻至中度反应,有自愈性,可对症治疗。

(2)皮肤准备:术前一天沐浴,更换清洁衣服,然后根据穿刺部位做相应的皮肤准备,最常见的为腹股沟区,应进行双侧腹股沟和会阴区备皮,备皮范围上至肚脐,下至大腿上 1/3,两侧至腋中线,包括会阴部,切勿损伤皮肤。并检查穿刺部位皮肤有无感染、破损。

(3)术前一般准备:术前测量患者的体温、脉搏、血压,如果有异常,通知医生做相应的处理。对糖尿病患者需注意血糖变化,并应询问医生是否术前继续使用降糖药物。长时间操作者须留置导尿。术前 30 分钟肌内注射苯巴比妥 100mg。如患者紧张焦虑情绪较明显,可给予地西泮 5～10mg 静脉注射,或咪达唑仑 10mg 静脉注射,确保患者在手术过程中镇静,防止躁动影响操作过程和造影质量。

（4）胃肠道准备:术前 4 小时禁饮食。

（5）术前体位训练:手术体位采取平卧位,造影时患者必须保持不动,否则会影响到成像的清晰度;术后手术侧肢体应伸直制动 24 小时。护士应向患者讲述此体位的重要性,让患者练习床上排便,伸髋平卧 24 小时翻身方法,教会患者术后咳嗽,排便时需用手紧压伤口,避免腹压增加,以减少手术并发症。

5. 器械准备　血管造影手术包 1 个,软包装等渗氧化钠 500ml 6 袋,三通接头 1 个,血管造影导管 1 根(5F 或 4F,血管迂曲者酌情选用不同形状的造影导管,如 Simmons、Cobra、RH、椎动脉导管、Headhunter 导管等),导管鞘 1 个(5F 或 6F),30cm 泥鳅短导丝和 150cm 长导丝各 1 根。高压注射器及连接管,100～200ml 对比剂。穿刺针(成人选 16 G 或 18 G,儿童选 18 G 或 20 G)。

6. 药物准备　苯巴比妥钠、咪达唑仑或者丙泊酚等用于术前术中镇静;尼莫地平、法舒地尔、罂粟碱防治血管痉挛;肝素、尿激酶或者 rt-PA 用于术中血栓性病变的防治。

五、术　中　配　合

1. 术中全身肝素化　一般情况下是不需要进行肝素化,肿瘤病人基本不用肝素化,只是对于存在动脉粥样硬化、脑梗死或有过暂时性脑缺血(TIA)发作的患者行弓上相关血管造影时可考虑术中预防性肝素化。

应详细记录首次应用肝素的剂量、时间,对肝素化患者根据手术时间及时追加肝素。观察动脉加压输液情况,随时补充压力。记录追加肝素剂量、中间间隔时间。必要时术中随时监测。

2. 生命体征的监测　每个患者应该给予包括心电、呼吸、指脉氧饱和度、自动间歇血压在内的术中监测。必要时给予持续鼻导管或者面罩吸氧。备有抢救车、气管插管或者切开材料、人工辅助呼吸球囊、呼吸机。保持静脉通路畅通。一旦发生急症、重大并发症能及时给予支持和抢救。生命体征的监测包括心率和心律的监测、血氧饱和度的监测和血压的监测,术中的理想血压控制于 160/80mmHg 以下,如果高于基础血压 20% 以上,应该实施药物控制血压。常用降压药物有拉贝洛尔、尼卡地平、乌拉地尔等。

3. 术中过敏性休克或迷走反射的处理

（1）遇有过敏性休克,立即肌内注射肾上腺素 0.5～1ml,症状不缓解,半小时后重复肌内注射或静脉注射肾上腺素,直至脱离危险。也可以使用氢化可的松或地塞米松 5～10mg 静推。

（2）如果收缩压降至 80mmHg 以下,采取可间羟胺静脉注射或静脉滴注,根据病情调整滴速与用量。

（3）心脏骤停可行胸外心脏按摩或电击复律,或者实施急诊安装临时起搏器。

（4）遇到呼吸困难时,积极给予氧气,可使用呼吸兴奋剂尼克刹米、洛贝林等,同时寻找原因,必要时气管切开或插管进行机械支持通气。

（5）注意观察生命体征,积极对症处理,直至脱离危险。

4. 根据手术情况随时调整高压注射器的各项参数,如压力、总量、速率等。

动脉造影对比剂参考剂量及速度的选择见表2-9-1。

表2-9-1 动脉造影建议的对比剂常用剂量、注射速率以及最高注射压力

血管	注射速率(ml/s)	总量(ml)	最高注射压力(磅力)
颈总动脉	4～6	8～12	300
颈内动脉	3～5	6～10	300
锁骨下动脉	4～6	8～10	300
椎动脉	2～4	5～7	200
主动脉弓	15～20	30～40	600
腹腔干动脉	5～8	15～20	300
肝固有动脉	4～6	10～15	300
肠系膜上动脉	4～6	10～15	300
肾动脉	3～5	6～10	300
肠系膜下动脉	3～5	6～10	300
腰动脉	3～4	5～8	300
髂总动脉	6～8	10～15	300
髂内动脉	4～6	10～12	300
髂外动脉	4～6	10～12	300
股浅动脉	4～6	10～12	300

注:注射压力是指注射器每平方英寸的压力。1磅=0.45千克。

5. 指导患者术中如何配合医生,并训练患者术中屏气,以提高胸腹部血管造影质量。术中穿刺侧肢体严格制动。告知患者对比剂进入体内时,可能会有发热的感觉,属正常情况。

六、术 后 护 理

1. **一般护理** 术后24小时内绝对卧床休息,利于体力恢复,做好患者的生活护理,对于呕吐患者,首先予以清淡消化的稀饭、米饭等食物,逐渐过渡到食物,若无呕吐,术后即可进食,予以高营养易消化的低盐、低脂饮食,同时鼓励患者多饮水,以利于对比剂的排出,8小时尿量应超过1000ml,有运动障碍的患者协助1～2小时翻身一次,防压疮,做好患者的心理护理,使患者心情愉快,以达到治疗满意的效果。

2. **穿刺处护理**

(1) 术后6小时内穿刺点加压砂袋包扎,在此期间穿刺下肢严格制动并不能翻身。

(2) 每小时观察记录穿刺点有无出血、青紫、血肿,足背动脉搏动情况,足部皮肤的色泽、温度,6小时后去除砂袋,查看包扎处松紧情况(应可插入2～3指)。观察穿刺部位有无出血或肿胀、肢体远侧脉搏、皮肤颜色、温度和功能情况,发现异常情况应及时报告医师处理。活动监督患者卧床24小时,期间每2小时按摩一次穿刺侧肢体,防止静脉血栓形成。24小时后如无异常去除加压后包扎,穿刺点常规消毒,纱布覆盖,可下床行走。

（3）咳嗽、排大小便时用手压迫穿刺点防止出血，并协助做好生活护理。

3. 术后抗炎应遵照预防性使用抗生素规范用药。

4. 拔鞘时或拔鞘后加压包扎时迷走反射。主要表现为血压减慢、心率减慢，患者可有出冷汗、苍白、四肢湿冷等休克表现。特别在高龄、心功能不全时可危及生命。静脉推注阿托品 0.5mg 为首选方法，同时可补充血容量，观察生命体征变化。

七、健 康 教 育

健康教育是提高患者自我管理能力的有效途径。护理人员针对具体情况，应进行如下几方面的教育和指导：

（1）调整好患者患病后的心态。在血管造影结束后，对于需要进一步治疗的患者，应鼓励患者树立信心，为增进、保持和恢复自己的健康及提高生活质量而努力；

（2）对于需要多次接受介入治疗的中晚期肿瘤患者，对此治疗的耐受力与肿瘤的病期、部位及重要脏器的疾患有关；治疗结束后家庭是其休养的主要环境，因此亦应动员其家庭成员与患者一道共同战胜疾病，多给患者些关怀、安慰、理解，以增加患者的抗病能力；

（3）引导患者自理，避免和减轻长期依靠他人带来的精神创伤，最大限度地发挥自理潜力；

（4）严格做好随诊复查工作。若原有症状加重，应及时到医院诊治，以更好地动态监测，为医护人员及时行观察治疗提供可靠的依据。

（牟　凌　朱悦琦　许秀芳）

第二节　靶器官采血的护理

一、概　　述

有些具有内分泌功能的肿瘤病变如胰岛素瘤、胃泌素瘤、类癌等，药物治疗效果差，需要精确定位诊断，便于手术切除。由于这类肿瘤常常体积较小并缺乏血管组织，术前非创伤性的影像学检查如超声、CT、MRI 等定位诊断常常困难，甚至有假阴性。选择性血管造影对约 70% 的胰岛素瘤患者能做出定位诊断，但不能对 CT/MRI 假阴性的患者做出诊断。一些确诊高胰岛素血症的患者，其胰岛素瘤往往无法被这些形态学方法定位，而对于这些患者，功能性定位诊断则能进一步提供帮助。应用介入技术对某些难以诊断的内分泌性疾病进行动脉激发静脉采血检查（arterial stimulation venous sampling，ASVS），以达到功能定位诊断的目的。该技术局部定位检测的敏感度极高，但只适用于 CT/MRI 检查呈阴性的患者。

动脉激发静脉采血原理：以激发剂灌注可疑肿瘤所在器官的动脉后，对引流静脉采血，从而测得较外周静脉血含量高的内泌素。

二、适应证与禁忌证

1. 适应证　临床及化验诊断高胰岛素血症、胃泌素瘤、类癌,而非创伤性影像学检查及选择性血管造影无法准确定位者。

2. 禁忌证

(1) 临床及化验诊断高胰岛素血症、类癌,非创伤性影像学检查或选择性血管造影可以明确定位诊断者,没有必要进一步行 ASVS。

(2) 血管造影禁忌证者,如凝血机制不良、对比剂过敏等。

三、靶器官采血过程

1. 术前准备　临床定性诊断明确而形态学检查定位不明的内分泌肿瘤(以胰岛素瘤为例)患者,术前临床 Whipple 三联征阳性,血清胰岛素与同步血糖比>0.3。检查日晨禁食,检查前予以 5%葡萄糖注射液 250ml 以避免低血糖发作,并给予山莨菪碱 10mg 肌内注射以预防血管痉挛。

2. 介入操作　在 DSA 监视下,以 Seldinger 技术行血管穿刺,首先经右股静脉插管至右肝静脉并保留固定导管,然后经右股动脉将导管插管分别至胃十二指肠动脉(GDA)、肠系膜上动脉(SMA)、脾动脉近段(SAP)和远段(SAD)(导管位于脾动脉开口处为近段,越过胰大动脉为远段),常规先以高压注射器经导管注入对比剂,使胰腺显影,然后注入 10%葡萄糖酸钙溶液 3ml 及生理盐水 2ml 的混合液 5ml 进行激发(钙剂是胰岛素分泌的刺激物)。然后在胰腺静脉回流的终末端肝静脉内采血测定胰岛素水平。采血结束后,分别拔出股动脉、股静脉导管,压迫止血、加压包扎。

3. 判断方法　计算每次激发不同动脉后胰岛素峰值与激发前基础值之比值,将比值最高的动脉所供应的胰腺区域认定为肿瘤所在区域。GAD、SMA、SAP 和 SAD 分别对应胰头上半区、胰头下半区及钩突、胰体和胰尾。

四、术 前 护 理

1. 心理护理　术前要详细地向患者及家属说明介入采血的必要性、目的、方法、优越性、操作过程、术中配合注意事项、会产生哪些不适的反应、药物的不良反应等。使患者对介入手术过程有大概的了解,消除患者的思想顾虑,稳定患者情绪,最大限度地减少由于心理因素导致的介入过程的负效应。

2. 详细询问过敏史,包括食物、药物和碘过敏史,做碘过敏试验,备皮,行凝血酶原时间、肝肾功能、电解质检查,停用活血及影响造影结果的药物。

3. 检查双侧股动脉和足背动脉搏动情况,训练患者深呼吸、憋气、咳嗽动作和床上大小便。手术日清晨禁食、禁水,进手术室前排空膀胱。

4. 物品、药品准备　准备手术器械、耗材、各种抢救设备及药品。

五、术中配合

1. 协助医生实施麻醉等前驱步骤。如协助患者取去枕平卧位,两手放于身体两侧。打开手术包,协助手术医生穿手术衣,消毒,铺无菌手术单。并协助医生取2%利多卡因溶液行腹股沟区局部麻醉。

2. 术中随时观看心电监护仪,密切注意生命体征的变化,观察患者面色、意识变化。并询问患者在灌注过程中有无异常不适感觉。发现异常,及时通知医生,及时配合医生救治。

3. 协助医生完成对患者的压迫止血及穿刺点包扎,安全护送患者回病房,与病房护士做好交接,向患者及家属做好相关指导。

六、术后护理

1. 常规介入术后护理　做好病情观察,监测心率、心律、血压、体温、呼吸、血氧饱和度的变化,并及时做好记录。询问患者有无不适主诉,密切观察有无碘过敏的迟发反应,患者如出现恶心、呕吐,使其头偏向一侧,保持呼吸道通畅,遵医嘱给予止吐药和保护胃黏膜药等。

2. 心理护理　向患者解释介入治疗后穿刺侧肢体被限制活动的必要性及注意事项。向患者介绍介入手术过程及结果情况。告知相关化验结果时间等。

3. 穿刺点和手术侧肢体的护理　术后穿刺侧肢体保持伸直位要求制动6～12小时,砂袋加压2小时。穿刺点长时间压迫还应注意动静脉血栓形成,密切观察穿刺侧肢体的颜色、温度、感觉、足背动脉搏动是否有力和对称,并测量足踝部外周长度以检测是否肿胀,下床活动后注意行走的步态。若发现穿刺侧肢体疼痛、肤色苍白或发绀、肢体发凉、足背动脉搏动减弱或消失,应考虑动脉血运不良或血栓形成。血运不良应给予保暖或松解包扎,若疑为血栓形成应及时与医生联系以便及时处理。

4. 常见反应及护理　因采血检查血管造影应用对比剂较多,术后患者可有发热、腹痛等不适。反应多为一过性,嘱多饮水,配合适当补液、利尿处理即可。

胰岛素瘤患者易出现低血糖,要注意患者意识、精神状态,术后要及时进食、补液。

七、健康教育

1. 告知患者病变特点及诊治程序、策略,便于患者安排时间。

2. 介绍疾病发展变化规律及相关注意事项,分析介入采血结果对指导手术治疗的意义。

3. 告知患者定期随访肝肾功能、血常规、CT等检查。

(刘玉金　张秀美　李　娜)

［附］ 门静脉压力测定的护理

一、概　　述

门脉高压症是指由门静脉系统压力升高所引起的一系列临床表现，为各种原因所致门静脉血循环障碍的临床综合表现，所有能造成门静脉血流障碍和(或)血流量增加，均能引起门脉高压症。所以门静脉高压病人在临床上往往表现出门静脉高压和原发病的症状，通过其典型的临床表现和相关检查诊断不难。门静脉压力测定是研究门静脉高压症的必要手段，有助于对门静脉压力升高的早期诊断，并可了解病程、观察疗效和预后。

正常人的门静脉压力波动范围较大，为 $0.981\sim1.47kPa(7.4\sim11.0mmHg)$，但在 $1.862\,kPa(14.0mmHg)$ 以内时，仍可以是正常。当门静脉压力超过 $2.45\,kPa(18.3mmHg)$ 或高出下腔静脉压 $1.47\,kPa(11.0mmHg)$ 以上时，便可诊断为门静脉高压；若用间接方法测量，当脾髓压超过 $2.27\,kPa(17.0mmHg)$ 或肝静脉楔入压(WHVP)高出下腔静脉压 $0.533\,kPa(4.0mmHg)$ 以上时，同样可以诊断为门静脉高压症。

门静脉压力测定方法有：①手术中测压；②脐静脉插管测压；③经皮经肝穿刺门静脉测压；④经颈静脉肝内穿刺门静脉测压。介入科常通过后两种途径测定门静脉压力。

二、介 入 操 作

无论是经皮经肝穿刺途径门静脉测压，还是经颈静脉肝内穿刺途径门静脉测压，都是通过穿刺肝组织进入门静脉，行门静脉造影确认后，进行门静脉测压。以下以经皮经肝穿刺途径为例，介绍门静脉测压介入操作大致过程。

1. 门静脉穿刺

(1) 体位及穿刺点选择：患者平卧在介入手术台，使横膈位置恢复到一定高度。以右侧肋膈角下 $1\sim2$ 肋间腋中线为穿刺点，通常在右腋中线 $7\sim9$ 肋间隙。

(2) 穿刺：常规消毒铺巾，用 2% 利多卡因局麻后，在穿刺点做一小切口。患者平静呼吸状态下屏气，千叶针从肋骨上缘水平向 $T_{10\sim11}$ 椎体穿刺至椎旁2cm左右。平静呼吸状态下，抽出针芯，缓慢回拔千叶针，也可接上注射器边退边抽。待有血液流出，即注入少量稀释的对比剂加以证实。

(3) 门静脉造影：证实穿中门静脉主干或分支后，如果进入的门静脉合适，则经千叶针导入 0.018in 导丝深入脾静脉内，并更换穿刺套管系统，然后留外套管在门静脉内。引入 0.035in 或 0.038in 导丝，跟进单弯导管，行门静脉造影，使门静脉系统得以显示，了解整个门静脉及分支、侧支循环情况，固定导管，外接测压连接管，准备测压。

2. 门静脉测压　确认导管进入门静脉后，保持导管头于门静脉主干。导管尾端连接事先装满注射用水的测压连接管，$20\sim30cm$ 长，保持垂直，待测压管中水柱稳定后，读取腋中线平面到水面距离作为门静脉压力值。

3. 根据门静脉高压程度及病情需要，可行 TIPS 或胃冠状静脉固化、栓塞术等。

三、并发症及处理

1. 穿刺点血肿、出血　主要为患者凝血功能差及操作损伤所致。一般采用压迫止血结合内科保守治疗即可。

2. 腹腔内出血　主要为肝外门静脉穿刺所致,若大量出血则行急症手术。

3. 气胸　穿刺点位置偏高伤及肺组织所致。少量气胸没有症状可自行吸收无需特殊处理。必要时行胸腔置管抽气或闭式引流。

4. 肝内动静脉瘘　为肝内穿刺损伤动静脉,形成动静脉瘘。若分流大,要经肝动脉栓塞瘘口。

四、术前护理

1. 心理护理　因门静脉测压常与 TIPS、DIPS 同时进行,责任护士要积极参与术前讨论,了解病情,充分告知患者及家属介入性诊疗的必要性、大致操作过程、术后注意事项等。为患者提供亲友般的心理支持,减少患者的恐惧心理,以最佳的心理状态配合介入治疗。

2. 制定护理计划　根据患者的病情、介入治疗方法、年龄、性别、文化层次、心理状况以及患者现存、潜在或可能出现的护理问题,制定相应的护理措施以保证介入治疗安全。

3. 嘱患者术前排空大小便。训练卧床排尿,预防术后尿潴留。

4. 完善必要的化验、检查,了解病人主要脏器功能状况、凝血酶原时间及其他不利因素,并通过必要的检查尽可能明确病变的位置、大小、与周围结构的关系和病变的血供特征。

5. 做好治疗前的准备工作,如备皮、过敏试验、备药物等。

6. 准备手术所需的各种导管、支架、器械,完善各种抢救药物、心电监护、氧气、吸引器、呼吸辅助装置等急救设备。保持介入手术室清洁、安静,规范消毒,调节室内灯光,保持适宜的温度、湿度。

五、术中配合

1. 患者实施局麻,术中完全清醒,要随时与患者沟通,安慰患者,稳定情绪,特别当患者血管情况复杂、术时较长时,使患者获得安全感、信赖感。

2. 穿刺前,协助患者摆放体位,右手上抬。穿刺时,嘱患者平静自然呼吸或短暂屏气,以确保穿刺部位精确,避免异位穿刺,刺伤正常肺组织、胆管、胆囊等。

3. 术中密切监测患者的生命体征、血氧饱和度,注意观察患者的面色及腹部体征,必要时给予相应的处理,如吸氧、补液等,确保手术的顺利进行。

六、术后护理

1. 常规护理　术后应常规心电监测。观察穿刺点有无出血、血肿,术后可自由卧位,肢体活动不受影响。

2. 并发症的护理

（1）腹腔内出血：密切观察患者生命体征，有无低血压，一旦出现头晕、心慌、面色苍白、四肢湿冷等情况，应立即报告值班医师，分析原因，立即做出处理，一般需要急诊手术止血。

（2）疼痛：术后患者肝区及穿刺处可出现隐隐胀痛或刺痛，通常3～5天后即可缓解。可根据患者疼痛的耐受力给予适当的心理护理，如采用移情、音乐、松弛、暗示等方法分散病人注意力，必要时给予药物镇痛。要注意排除血肿、内出血原因。

（3）气胸：术后出现胸闷、呼吸困难者应行急诊胸部X线摄片或胸部CT平扫以明确诊断，有少量气胸而呼吸较平稳者可待其自行恢复，肺压缩超过30%或呼吸困难明显者应立即穿刺排气，有张力性气胸者立即给予胸腔闭式引流。同时注意胸腔积液量并做出相应处理。护士要密切观察气胸引流情况及患者临床症状改善程度，保持引流管通畅。耐心向患者解释并发症的可能原因及处理方法，使患者认可、理解并配合治疗。

（4）肝内动静脉瘘：若门静脉造影时发现逆向血流，要注意识别肝动门静脉瘘。肝动门静脉瘘是门静脉高压的原因之一，经肝动脉栓塞瘘口是治疗肝动门静脉瘘的主要方法。护士要向患者及家属解释并发症的治疗方法及必要性，让患者理解治疗门静脉高压症的必要性。

七、健 康 教 育

1. 教育患者检测门静脉高压症的必要性及其并发症的危害性。注意劳逸结合，避免重体力劳动，参加适当的锻炼，如打太极拳、练习瑜伽、散步等。

2. 健康饮食。对食管静脉曲张患者要告知以软食为主，忌食辛辣、生硬食物及烟酒，鼓励多食蔬菜、水果。保持大便通畅。

3. 门静脉高压症者要严格随访时间。通常每1～3个月门诊随访，每3～6个月随访复查食管静脉曲张及脾亢情况。根据随访结果确定介入治疗时机。

（刘玉金　陈　莹　张秀美）

参 考 文 献

陈富六.2002.动脉激发静脉采血检查对胰岛素瘤术前功能性定位的价值.诊断学理论与实践,1:186-187

陈嘉,卢朝霞.2008.晚期恶性肿瘤患者介入治疗的护理体会.新乡医学院学报,25:427-429

陈绍亮,刘文官,朱玮珉,等.2001.无创性门静脉压力测定在肝胆外科中的应用.中国实用外科杂志,21:595-597

韩新巍.2008.介入治疗临床应用与研究进展.郑州:郑州大学出版社,1

何育兰.2008.血管内支架成形术治疗颈动脉狭窄术的健康教育与护理.医学临床研究,9:25-27

金征宇,赵平,李晓光,等.2002.经动脉钙刺激试验术前定位诊断胰岛素瘤的价值.中华放射学杂志,36:44-47

李晓蓉,许秀芳,程永德.2009.我国介入护理专科发展的现状与前景.介入放射学杂志,18:721-722

李雪,陈金华,张伟国,等.2009.综合性介入诊治中心规范化护理管理探讨.介入放射学杂志,18:230-232

卢春贤,常红,张燕莉.2008.应用术前健康教育对拟行全脑血管造影术患者的效果研究.中华现代护理杂志,21:125-128

罗蒙,吴志勇.2009.门静脉压力测定在肝硬化门静脉高压症术式选择中的意义.外科理论与实践,14:7-9

宋琦,吴达明,张华,等.2006.动脉钙刺激静脉采血检查术前定位胰岛素瘤的临床价值.介入放射学杂志,15:588-591

王珏,程永德.2009.介入放射药物治疗学.北京:科学出版社

王希锐 . 1999. 介入放射问答 . 第 2 版 . 北京：人民军医出版社，9

闻利红 . 2009. 靶血管内留置导管持续化疗患者的护理 . 介入放射学杂志，18：769-771

肖书萍，王桂兰 . 2004. 介入治疗与护理 . 北京：中国协和医科大学出版社，12

熊晓玲 . 2002. 经股动脉穿刺全脑血管造影的护理 . 四川医学，23：220

尹红梅 . 2005. 60 例数字减影全脑血管造影术的护理 . 中华现代护理学杂志，19：1760-1761

曾令琼，徐翔 . 2009. 100 例数字减影脑血管造影术的护理及配合体会 . 中国药业，5：12-14

张华清 . 2001. 急症患者介入性血管造影的护理 . 介入放射学杂志，10：115

郑勇，陈卫刚，常向云，等 . 2002. 经皮经肝门静脉直接穿刺测压法的临床价值 . 新疆医学，32：12-13

Doppman JL，Miller DL，Chang R，et al. 1991. Insulinoma：localization with selective intraarterial injection of calcium. Radiology，178：237-241

第十章 原发性肝癌介入治疗的护理

一、概　　述

肝癌分为原发性肝癌和继发性肝癌两种,原发性肝癌(primary liver cancer,PLC)是由肝细胞或肝内胆管上皮细胞发生的恶性肿瘤,简称肝癌,是临床上常见的消化系统恶性肿瘤之一,在全世界范围内,其发病率呈现上升的趋势,年发患者数已经超过 62 万,死亡接近 60 万。但肝癌的发病有着显著的地区分布差异性,东南亚、西太平洋地区和非洲撒哈拉沙漠以南的东、南及中非国家是肝癌的高发区,而英、美、北欧、加拿大、澳大利亚等国家为低发区。我国大陆和台湾省都是肝癌的高发地区。在欧美国家,肝癌已是第 5 位常见的恶性肿瘤;而我国是肝癌大国,即全球肝癌发病率和绝对数最高的国家,在常见肿瘤中仅次于肺癌,居第 2 位。肝癌恶性程度很高,对人民健康危害很大。肝癌起病隐匿,大多数病例发现时已属中晚期,能够手术切除的仅占 28% 左右,40%～60% 的肝癌在手术时已发生肝内转移,术后复发率高,不能手术切除的中晚期肝癌患者的一般生存期仅 3～6 个月。

肝癌的介入治疗,包括血管性介入治疗和非血管性介入治疗。前者主要是经肝动脉化疗栓塞(TACE),后者包括经皮无水乙醇注射、经皮射频消融、微波、激光、高强度超声聚焦、氩氦刀冷冻治疗等。TACE 通过栓塞肿瘤供血动脉使肿瘤缺血坏死,同时抗肿瘤药物在肿瘤局部缓慢释放起到化疗作用,显著提高了不能手术切除的中晚期肝癌的疗效。本章主要阐述 TACE 的护理。

二、TACE 的适应证、禁忌证

1. 适应证

(1) 不能或不宜手术切除的中晚期肝癌,无肝肾功能严重障碍、无门静脉主干完全阻塞、肿瘤占据率<70%。

(2) 肝肿瘤切除术前应用,可使肿瘤缩小,有利于切除。

(3) 其他原因不能手术切除的小肝癌。

(4) 外科手术失败或切除术后复发者。

(5) 控制疼痛、出血及动静脉瘘。

(6) 肝癌切除术后的预防性肝动脉化疗栓塞术。

(7) 行肝移植术前等待供肝者,可考虑行化疗栓塞以控制肝癌的发展。

2. 禁忌证

(1) 重度黄疸、腹水、严重肝肾功能损害。

(2) 严重心功能不全、呼吸功能衰竭。

(3) 凝血功能减退,有出血倾向者。

（4）严重门静脉高压，有破裂出血可能。

（5）肿瘤巨大，体积占全肝 75％ 或以上者。

（6）合并严重感染。

（7）碘过敏、解剖变异，无法完成选择性肝动脉插管者。

（8）门静脉主干完全被癌栓阻塞者门静脉主干或其分支被癌栓部分阻塞为相对禁忌证。

（9）广泛肝外转移者、全身状况差或恶病质、大量腹腔积液、下腔静脉癌栓。

三、介入手术操作

1. 术前常规检查　进行详细的肝功能查体并记录，包括患者的一般情况、病因、疼痛的发生情况，既往史。了解患者的饮食和生活习惯，是否居住于肝癌高发区；是否进食含黄曲霉菌的食物、有无亚硝胺类致癌物的接触史。患者腹痛的性质、部位、程度、持续时间，有无放射痛，加重或缓解的因素，药物止痛效果如何；有无嗳气、腹胀。有无其他疾病，如肝炎、肝硬化。家族史中有无肝癌或其他肿瘤患者。

2. 常规术前准备　包括连接心电监护、建立静脉通路、消毒、铺无菌手术单、连接灌注线等。

3. 操作技术　2％利多卡因行腹股沟区局部麻醉后，采用 Seldinger 技术股动脉穿刺，在导丝引导下导入导管，在 X 线透视监视下，将导管头插入腹腔动脉或肠系膜上动脉及其他血管后造影，以全面了解血管解剖状态、有无血管变异、肿瘤部位、大小、数量等。导管选择性插入供血动脉后，先灌注化疗药。然后用超液化碘油与一种化疗药物混合，制成混悬液或乳剂，经导管注入，也可再应用明胶海绵条或颗粒栓塞肿瘤供血动脉。栓塞结束行供血动脉造影或 CT 扫描，了解栓塞情况（见图 2-10-1，图 2-10-2）。

4. 压迫止血　拔出导管，压迫穿刺点，然后用绷带包扎，砂袋加压，平车送患者回病房。或应用其他压迫止血方法。

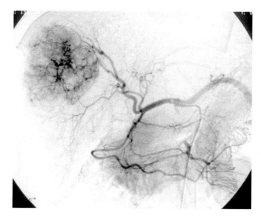
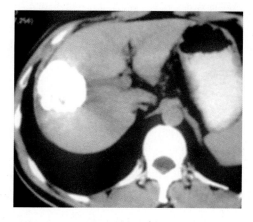

图 2-10-1　肝癌，造影显示肿瘤染色明显，血管扭曲、动脉抱球征　　图 2-10-2　肝肿瘤栓塞后，CT 显示碘油沉积良好

四、并　发　症

　　肝癌介入治疗后患者的死亡原因并非都与肿瘤有关,部分患者死于肿瘤合并症以及介入治疗的并发症,如门静脉高压引起的上消化道大出血、肿瘤压迫引起的梗阻性黄疸、肝功能衰竭等。

　　1. 介入操作导致的并发症　血管痉挛,血管内膜损伤,血管夹层,穿刺部位血肿等,这些并发症的发生主要和治疗过程中操作粗暴所致,因此提高介入操作技术是避免产生此类并发症的关键。

　　2. 急性肝功能衰竭　Jeon 等发现,TACE 后 2 周内出现急性肝功能衰竭者高达 12%。可能原因为术前未充分估计患者肝功能储备能力,因此,术前应予以保肝及支持治疗,增强肝脏的储备能力。

　　3. 异位栓塞　与插管是否超选择、栓塞剂反流及栓子脱落有关。多见于与肿瘤供血动脉相毗邻的动脉供血器官,常见的受累动脉有胆囊动脉、胃十二指肠动脉、脾动脉等,从而引起胆囊梗死和胆道损伤、胃黏膜病变、上消化道出血和穿孔、脾梗死等。

　　(1) 急性上消化道大出血:大量碘油进入肝血窦引起的肝脏微循环改变,碘油逆流入门静脉引起门脉高压或(和)加重原有门静脉高压是出血的主要原因,易使食管胃底静脉曲张破裂出血。

　　(2) 肺栓塞:TACE 术时,部分碘油乳剂可随血流从肝动脉经肝动脉肝静脉瘘进入肝静脉分支,最后经下腔静脉进入肺动脉,从而导致肺栓塞。

　　(3) 急性胆囊炎:胆囊动脉发自肝右动脉,因此在肝动脉化疗栓塞术中,难免会发生胆囊动脉栓塞及损伤。通常肿瘤血管管径较粗大,而胆囊动脉管径相对细小,因此化疗药及碘油即使栓塞至胆囊动脉,量较少,临床可无症状。当较大量栓塞剂进入胆囊动脉时,则发生缺血性胆囊炎,重者胆囊穿孔。

　　4. 胆汁瘤　有报道 TACE 术后胆管缺血、坏死损伤的发生率达 0.5%～1.3%,局部胆管因严重缺血、坏死、破裂,胆汁漏出并在肝组织聚积,即形成所谓胆汁瘤。

　　5. 肝癌破裂出血,大多数是由于:①未能严格掌握适应证,忽视一些已存在的高危因素。②术中未行超选择性插管,化疗药、碘油乳剂注速过快,或化疗栓塞过度。

五、术　前　护　理

　　1. 心理护理　由于患者及家属对介入治疗不了解,作为护理人员应表现出热情、关怀、理解及和蔼可亲的态度,关心患者的思想状况,通过亲切交谈,观察他们的情绪变化,做好思想工作,取得患者的理解、同意及配合。术前要详细地向患者及家属说明此手术的优越性、目的、意义、操作过程、术中配合注意事项、会产生哪些不适的反应、药物的不良反应等。也可以请手术成功的患者亲自介绍体会,或给患者一些宣传图片等资料,使患者对手术过程有大概的了解,消除患者的思想顾虑,稳定患者情绪,使之处于接受治疗的最佳状态,最大限度地减少由于心理因素导致的治疗负效应。

　　2. 详细询问过敏史及备皮　包括食物、药物和碘过敏史,做碘过敏试验,及清洁插管部位皮肤。

3. 术前患者训练　训练患者深呼吸、憋气、咳嗽动作和床上大小便。手术日清晨禁食、禁水,进手术室前排空膀胱。

4. 物品、药品准备　准备手术器械、耗材、各种抢救设备及药品。

六、术 中 配 合

1. 协助医生实施麻醉等前驱步骤。如协助患者取去枕平卧位,两手放于身体两侧。打开手术包,协助手术医生穿手术衣,消毒铺无菌手术单。并协助医生取2%利多卡因行腹股沟区局部麻醉。

2. 术中随时观看心电监护仪,密切注意生命体征的变化,观察患者面色、意识变化。并询问患者在灌注过程中有无异常不适感觉。发现异常,及时通知医生,及时配合医生救治。

3. 协助医生完成对患者的压迫止血及穿刺点包扎,安全护送患者回病房,与病房护士做好交接,向患者及家属做好相关指导。

七、术 后 护 理

1. 术后常规介入护理　做好病情观察,监测心率、心律、血压、体温、呼吸、血氧饱和度的变化,并及时做好记录。询问患者有无不适主诉,密切观察其有无碘过敏的迟发反应,患者如出现恶心、呕吐者,使其头偏向一侧,保持呼吸道通畅,遵医嘱给予止吐药和保护胃黏膜药等。

2. 心理护理　介入治疗后的患者穿刺侧肢体被限制活动,舒适度发生改变;住院费用问题以及对预后的担心均会对患者产生心理压力,因此应根据患者的心理表现及不同的心理需要做出相应的对策。

3. 穿刺点和术侧肢体的护理　术后穿刺侧肢体保持伸直位要求制动6～12小时,砂袋加压2小时。穿刺点长时间压迫还应注意动静脉血栓形成,密切观察穿刺侧肢体的颜色、温度、感觉、足背动脉搏动是否有力和对称,并测量足踝部外周长度以检测是否肿胀,下床活动后注意行走的步态。若发现穿刺侧肢体疼痛、肤色苍白或发绀、肢体发凉、足背动脉搏动减弱或消失,应考虑动脉血运不良或血栓形成。血运不良应给予保暖或松解包扎,若疑为血栓形成,应及时与医生联系以便及时处理。

4. 常见反应及护理　包括恶心、呕吐、发热、腹痛、黄疸、腹水、麻痹性肠梗阻。上述反应多为一过性,对症处理即可。发热多为肿瘤坏死吸收热,可至38～39℃,多为7～14日,也可持续1个月,用抗生素往往无效,而用吲哚美辛口服或肛塞后常可退热,必要时可短期使用地塞米松。疼痛可适当应用止痛剂。

5. 并发症的预防及护理

(1) 胃肠道反应:是抗肿瘤药物对胃肠黏膜的直接损害引起的,多出现于介入后48小时。为减轻患者的胃肠道反应,可适当使用昂丹司琼、格雷司琼等止吐剂,呕吐严重时,可将患者头偏向一侧,以防呕吐物吸入气管而窒息。注意观察呕吐物的颜色及量,做好口腔护理,鼓励患者多进食清淡易消化食物,并注意补充水、电解质,防止发生水、电解质紊乱。

(2) 动脉栓塞:操作时可能损伤血管内皮细胞,激活内源性凝血系统,引起动脉血栓形成栓塞,穿刺口包扎过紧,血液淤滞,促进动脉血栓形成。

预防及护理:①术中动作要轻柔,避免损伤内皮。②术后 1 小时,每隔 0.5 小时拿起砂袋 5 分钟。③密切观察下肢血运,每 15~30 分钟双手同时触摸双侧足背动脉,观察搏动情况。④观察下肢皮肤的颜色、温度、感觉。⑤经常询问患者有无下肢麻木、疼痛。

(3)呼吸系统并发症的预防及护理:当肝癌伴有动静脉瘘时,碘化油乳剂可通过瘘口进入肺,引起油脂性肺炎。患者可伴有暂时的胸闷,但有较长时间的咳嗽,一般 1~2 个月后可自行吸收。当肝癌并发有下腔静脉或肝静脉癌栓时,癌栓脱落进入肺动脉时可致肺梗死,患者多为由蹲位改变成站位时发生,表现为突发胸痛、呼吸急促、面色发绀、大汗淋漓,因来不及抢救,多数发病后即刻死亡。

(4)压疮:术后平卧 24 小时,受压部位毛细血管微循环受阻,产生局部缺血,若持续时间较长易发生压疮。护理时按照压疮的预防措施实施照护。

(5)胆囊炎:发病率极高,临床表现为右上腹痛伴胆囊区压痛及反跳痛。按胆囊炎治疗,给予抗菌、抗炎、解痉、利胆治疗。

(6)食管胃底静脉曲张破裂出血:表现为大量呕血,血液为暗红色,注意与剧烈呕吐造成的胃黏膜撕裂出血相鉴别。可先用内科治疗,如使用垂体后叶素、奥曲肽止血,若出血仍控制不住,可用三腔管压迫止血、内镜下注射硬化剂,必要时行急症 TIPS 或 PTVE。

八、健 康 教 育

1. 患者应保持乐观情绪,建立积极的生活方式,有条件者可参加社会性抗癌组织活动,增添精神支持力量,以提高机体抗肿瘤功能。

2. 保持生活规律,防止情绪剧烈波动和劳累,以减少肝糖原分解,减少乳酸和血氨的产生。

3. 全面摄取营养素,增强抵抗力,戒烟、酒,减轻对肝脏的损害,注意饮食和饮水卫生。

4. 定期随访肝肾功能、血常规、CT 等检查。

5. 出院后按治疗方案坚持服药,按时来院行下一疗程的治疗,以巩固疗效。

(杨　雅　许秀芳)

［附一］　肝癌伴门脉癌栓的介入护理

一、概　　述

肝细胞肝癌(hepatocellular carcinoma,HCC)是常见的消化道恶性肿瘤之一,在我国是居于第二位的癌症杀手。由于肝癌起病隐匿,生长迅速,发现时往往已近晚期,肝癌侵犯肝内血管系统较为常见,其中有相当比例的患者伴有肝细胞癌侵及门静脉主干或第一级分支形成门静脉癌栓(portal vein tumor thrombi,PVTT),据报道肝癌合并门静脉癌栓占 60%~80%。这些患者门静脉高压、肝功能恶化、肝内广泛转移及术后复发,往往不能耐受传统的外科治疗,而内科保守治疗的作用有限。经动脉化疗栓塞(trans catheter arterial chemoembolization,TACE)是目前公认的非手术性治疗晚期肝癌最有效的手段之一。但是,针对肝癌侵犯肝内血管、导致血管腔内癌栓形成的情况,单一的 TACE 治疗通常疗效不佳。因而,越来越多的学者意识到综合性运用介入技术联合其他局部治疗手段对肝癌合并门脉内癌栓进行治疗的必要性和重要性。

二、肝癌合并门静脉癌栓的综合性介入治疗

肝癌合并门静脉癌栓的患者,由于肝内门脉血流灌注的减少,使得患者的肝功能及肝功能储备受到明显损害,且由于癌栓堵塞了门脉,进一步增加了门脉压力导致上消化道出血的几率大大增加。门静脉癌栓的治疗重点在两个方面,一是使癌栓缩小或消失,二是开通门静脉,恢复血流。

(一) 经肝动脉、门静脉联合化疗、栓塞

肝癌的血供 95%～99% 来自于肝动脉,门脉内癌栓的血供也不例外,经肝动脉化疗、栓塞,可促使癌栓缺血、坏死,改善临床症状,但大多数患者门脉癌栓的供血动脉纤细,超选择性插管很困难。目前有学者提出,把化疗药物总量的 2/3 在肝动脉注入,1/3 在脾动脉注入,借脾静脉→门静脉回流行门静脉化疗,或经皮穿肝行直接门静脉插管化疗,可提高疗效。

(二) TACE 联合门静脉支架植入

在经肝动脉实施化疗、栓塞的同时,经皮穿肝或经皮穿脾途径,在门静脉主干或肝内 1 级分支内植入金属支架,可恢复门静脉主干血流起到保护肝功能的作用,同时可对曲张的胃冠状静脉、胃短静脉进行栓塞,避免或减少介入术后上消化道出血的发生(图 2-10-3)。

(三) TACE 联合放疗

研究表明肝癌细胞对放射线敏感,在对肝内病灶实施 TACE 后,可对门脉癌栓进行放疗,进一步杀伤肿瘤细胞,延长患者的生存时间。

(四) TACE 联合门脉癌栓内 ^{125}I 籽源植入

近年来,组织间植入放射性 ^{125}I 籽源的近程放疗(brachytherapy)被广泛应用于多种实体肿瘤的治疗。治疗型放射性 ^{125}I 籽源可持续释放 27.4～31.4keV 的 X 射线及 35.5keV 的 γ 射线,其优点为半衰期长(59.4 天);生物利用度好(1.2～2.0);组织内辐射半径仅为 17mm,即 ^{125}I 籽源的辐射剂量局限在此范围内,对周围组织损伤小。

(五) TACE 联合局部消融

消融术包括无水乙醇注射(PEI)、射频消融(RFA)、微波凝固(PMCT)是肝癌局部治疗的重要手段。PEI 主要是利用无水乙醇的脱水作用,使肿瘤细胞和肿瘤血管内皮细胞迅速脱水,蛋白变性凝固,小血管闭塞,导致肿瘤坏死。肿瘤组织具有不耐热的特点,45～50℃可致组织脱水,细胞内的蛋白质变性,细胞膜崩解;70℃可致肿瘤产生凝固性坏死;其邻近还有一个热疗区,温度为 43～60℃,该区域内的肿瘤细胞被杀灭,而正常细胞可恢复。RFA 及

PMCT 是通过经皮穿刺技术,在肿瘤内植入射频、微波发射装置,局部产生热效应,导致肿瘤坏死。但是,一般认为热消融方法不适合门脉主干及 1 级分支癌栓。

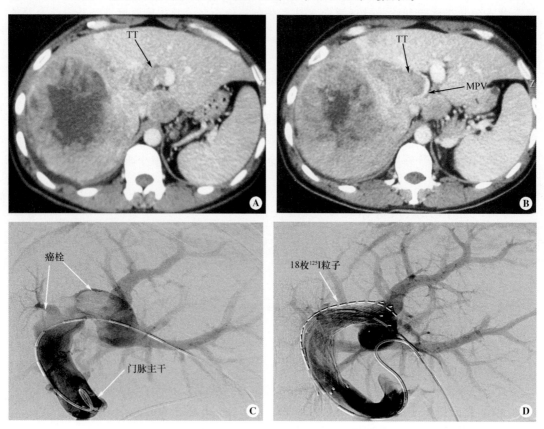

图 2-10-3　男,41 岁,肝恶性肿瘤伴门静脉癌栓

A、B 分别为术前、术后 CT;C 为术中 DSA,支架植入前见门静脉主干及左支矢状短充盈缺损;D 支架及粒子植入后造影示门静脉通畅良好

三、并　发　症

　　肝癌合并门脉癌栓的综合介入治疗产生的并发症主要有穿刺、插管有关的并发症,如穿刺部位、肝内血管的损伤、腹腔内出血、气胸等;与支架置入有关的并发症,如支架的狭窄、脱落、消化道出血等;与化疗栓塞有关的并发症,如肝性脑病、肝功能衰竭、肝肾综合征等以及与对比剂有关的并发症,如碘过敏、对比剂肾病等。

四、术　前　护　理

　　1. 心理护理　肝癌伴门脉主干癌栓患者的临床特点是病情重,症状较为明显,手术后反应大,并发症多,恢复期长,责任护士要积极参与术前讨论,了解病情,注重患者家属心理状态对患者的影响,充分与家属进行沟通,做好宣教工作,使其成为介入治疗和护理的协作者;要善于建立良好的护患基础,为患者提供亲友般的心理支持,鼓励倾诉痛苦,指导其以积极乐观的态度应对疾病对健康的威胁,以最佳的心理状态配合介入治疗,对取得理想疗效至关重要。

2. 制定护理计划　根据患者的病情、介入治疗方法、年龄、性别、文化层次、心理状况以及患者现存、潜在的护理问题,制定相应的护理措施以保证介入治疗安全。

3. 开展护士术前访视　有利于介入治疗的护士全面了解患者的情况,能在术中及时发现和处理护理问题,并预防并发症的发生,同时加强护患沟通,有利于减少患者的恐惧心理,使手术顺利实施。

4. 备皮,嘱咐患者术前排空膀胱。

5. 做好皮肤护理、口腔护理等,以减少并发症。

6. 对患者进行屏气练习。训练卧床排尿,预防术后尿潴留。

7. 完善必要的化验、检查,了解患者主要脏器功能状况、凝血功能状况及有无其他不利因素,并通过必要的检查尽可能明确病变的位置、大小、与周围结构的关系和病变的血供特征。

8. 做好治疗前的准备工作,如备皮、过敏试验、备药物等。

9. 介入手术无需禁食,患者一般在术前 4 小时可进食一些易消化的流质或半流质饮食,以便患者保持一定的体力,必要时加强营养支持。遵医嘱术前用药。

10. 手术所需的各种导管、支架、器械或彩色多普勒超声诊断仪等准备妥当。完善各种抢救药物、心电监护、氧气、吸引器、呼吸辅助装置等急救设备。保持介入手术室清洁、安静、规范消毒,调节室内灯光,保持适宜的温度、湿度。

五、术　中　配　合

1. 由于实施局麻,患者在完全清醒的状态下手术,因此要注意与患者的沟通,随时安慰患者,稳定情绪,特别当患者血管情况复杂、手术时间较长时,使患者获得安全感、信赖感。

2. 协助患者取平卧位或左侧卧位,保持体位处于相对舒适状态。在行经皮、肝穿刺时嘱患者平静自然呼吸或短暂屏气,以确保穿刺部位精确,避免刺伤正常血管、胆管、胆囊等。

3. 术中密切监测患者的生命体征,注意观察患者的面色及腹部体征,必要时给予相应的处理,如吸氧、补液等,确保手术的顺利完成。

六、术　后　护　理

1. 常规护理　介入治疗有损伤血管或因穿刺部位压迫无效引起大出血和因凝血机制的改变引起出血不止的可能。因此术后应常规心电监测。观察穿刺部位有无出血,有无因压迫压力过大引起的远端血液循环障碍,如血运情况、肢体感觉、活动功能及足背动脉搏动情况,术侧下肢直伸,6 小时内可水平移动,6 小时后保持患肢直伸,可自由卧位,按摩肢体受压部位,12 小时后可下床活动。经常巡视病房了解患者的需要,落实交接班制度,做好基础护理。

2. 综合介入治疗后并发症的护理

(1) 胃肠道反应:最常见的胃肠道反应为恶心、呕吐等。系化疗药物、栓塞剂等引起迷走神经兴奋所引起。一般 3~4 天可缓解,严重者可持续 1 周,如发生呕吐时,应使患者头偏向一侧,以免误吸引起呛咳或窒息。呕吐后给予口腔护理。同时可应用耳穴埋豆、艾灸、穴位敷贴等中医辨证疗法进行护理,减轻患者恶心、呕吐的症状。注意观察呕吐物性质、颜色、量,防止消化道出血。虽然综合治疗取得了降低门静脉高压性上消化道出血概率,但是持续的呕吐可增加腹压诱发消化道大出血。对于呕吐严重者应加强止吐药物的应用,暂禁食,静脉补充营养,注意保持水、电解质平衡。如患者术后胃肠道反应不明显,可从流质、半流质饮食逐渐过渡,第2天恢复高蛋白、高热能、高维生素、易消化的饮食。

(2)发热:体温波动在37.5～39.5℃。发热是综合介入术后的常见并发症,多为肿瘤坏死组织吸收而产生的吸收热,这种发热为非细菌性感染所致,单用抗生素无效。鼓励患者增加水的摄入,术后3天内每天应保持摄水量大约3000ml,饮食中增加粥、汤和含水分高的水果、蔬菜,可通过增加尿量排泄来达到降温目的。如果消化道反应严重,应该通过静脉补充足够的水分和营养,这样可以明显降低术后发热反应,且能增加患者术后舒适感。如体温持续升高,遵医嘱行药物治疗和物理降温,必要时行血液学检查,合并感染者遵医嘱联合抗生素治疗。加强基础护理。

(3)疼痛:术后患者肝区及穿刺处可出现隐隐胀痛或刺痛,通常3～5天后即可缓解。术后加强巡回,倾听患者主诉,避免过多搬动,可根据患者疼痛的耐受力和感知程度给予适当的心理护理,如采用移情、音乐、松弛、暗示等方法分散患者注意力,必要时给予药物镇痛。及时评估镇痛效果,同时要防止止痛药物掩盖病情,如消融术后,患者出现板状腹、腹部压痛、反跳痛等症状,应考虑腹膜炎等发生,及时与医生沟通加强护理。

(4)肝功能异常、肝肾综合征:虽然综合介入对患者的损伤较小,增强了患者对积极治疗的耐受性,但是由于患者肝动脉栓塞后肝内血流动力学的改变,肝功能酶系可出现一过性升高,一般于1～5天内达到高峰,同时术中使用对比剂及化疗药物亦可致肾功能损害。术后护理应特别注意肝肾功能的变化,给予常规保肝、水化治疗及时补充白蛋白。密切观察患者皮肤巩膜有无黄染及黄染是否逐渐加重;注意患者的精神状态及反应,有无肝昏迷前驱症状;观察大小便颜色,准确记录24小时尿量。给予优质高蛋白易消化饮食,注意观察患者的饮食状态,保持大便通畅。

(5)出血:密切观察患者生命体征,有无呕血和黑便,尤其是心率的变化,在排除因发热引起心率加快的前提下,注意有无出血的可能,如短时间内患者腹围增大,移动性浊音范围改变或肠鸣音增强或减弱都应警惕肿瘤破裂、内支架移位脱落或血管壁破裂出血可能,做好应急处理,做到早发现、早处理。同时向患者提供预防出血的知识,如合理休息与适当活动,避免过于劳累,一旦出现头晕、心慌和出汗等不适立即卧床休息;饮食应进软食,避免干硬、辛辣刺激饮食;保持大便通畅,防止便秘;避免剧烈咳嗽、打喷嚏等引起腹内压升高的因素。

(6)呃逆:由于化疗药物刺激膈神经;患者对疾病过于担心,精神紧张、抑郁;术后饮食欠佳,胃肠功能紊乱;手术操作刺激膈神经或迷走神经分支等引起。呃逆症状轻者,多可自行缓解,不需要处理,对于不能缓解者,可及时进行心理疏导,嘱患者连续缓慢吞咽温开水可缓解,或针刺中脘、足三里、膈俞、内关等穴位,顽固性呃逆应积极寻找病因并予以对症治疗。

(7)骨髓抑制:多数化疗药物对骨髓造血系统有抑制作用,其主要表现为白细胞、血小板减少。易出现感染、出血等症状。遵医嘱给予药物口服或注射。密切观察体温及血象,加强基础护理,预防感染。放疗一般不会引起骨髓抑制,如果血液检查显示放疗降低了白细胞数和血小板数,治疗要暂缓一周,以便增加患者的血细胞数量。饮食上按照中医"药食同源"的理论,指导患者用大枣、当归、川芎、熟地、白芍、桂圆等中药煲汤或煮粥同服。

(8)气胸:消融治疗术后密切观察患者呼吸是否平稳,呼吸困难者应行急诊胸部X线摄片以明确诊断,有少量气胸而呼吸较平稳者可待其自行恢复,肺压缩超过 30% 或呼吸困难明显者应立即穿刺抽吸,有张力性气胸者立即给予胸腔闭式引流。

(9) 继发血栓形成可能:介入成形术前、术中、术后均需使用抗凝药物,对预防支架置入术后急性和亚急性血栓形成有重要意义,也有学者提出因肝癌患者往往肝功能异常,为防止出血,术后当日不抗凝,一般术后一天起给予低分子肝素 8h 一次皮下注射,连用 3 天后改口服抗凝药物维持量 6 个月。在抗凝过程中,需密切观察有无皮肤、黏膜、牙龈、内脏及颅内出血,观察大小便颜色。严格掌握药物剂量,密切观察凝血酶原时间,以了解抗凝情况。口服抗凝药物有胃肠道刺激作用,应指导患者在饭后服用,避免引起胃肠道不适和溃疡发生。术后如果患者出现腹胀、排便次数明显增多、消化道出血等症状,考虑介入综合治疗后继发血栓形成可能,应积极检查及时处置。

七、健 康 教 育

1. 使患者理解"带瘤生存"在肝癌治疗中的意义,保持稳定的情绪,以积极乐观态度应对较长的治疗过程。注意劳逸结合,避免重体力劳动,参加适当的锻炼,如打太极拳、练习瑜伽、散步等。

2. 戒烟酒,忌食辛辣、生硬食物,适量用绿茶、菊花茶,清淡、"三高一低"的饮食。勤漱口,如口腔溃疡、炎症及时积极治疗。鼓励多饮水,以促进排毒和增进食欲。保持大便通畅。

3. 介入间隔期间治疗,推荐采用保肝、提高免疫力及中医扶正固本治疗。中医中药可在介入术后 2 周开始应用。推荐:扶正固本,补气,提高免疫力,调理脾胃;不推荐:以毒攻毒,软坚散结,活血化瘀,清热解毒类药物。也可应用提高免疫力药物:干扰素、胸腺肽、转移因子、白细胞介素Ⅱ、肿瘤坏死因子、LAK 细胞、香菇多糖、保尔佳等。可单独或选用 2～3 种药物联合使用。

4. 门诊随访时间通常为介入治疗后 35 天至 3 个月,原则上为患者从介入术后恢复算起,至少 3 周以上。介入治疗依随访结果而定。

(李晓蓉)

[附二] 肝癌合并门脉高压的介入护理

一、概 述

肝细胞肝癌(hepatocellular carcinoma,HCC)是常见的消化道恶性肿瘤之一,我国的 HCC 常常是在肝炎、肝硬化的基础上发展而来的,所以肝癌患者常伴有肝硬化门静脉高压症(门静脉压力超过 $25cmH_2O$)。食管及胃底静脉曲张破裂大出血是门脉高压较为多见的严重并发症,常引起失血性休克,危及生命。此时行外科急诊手术,手术死亡率高达 50% 以上,而内科保守治疗的作用有限。选择性地进行胃冠状静脉栓塞术(PTVE)是控制食管胃底静脉大出血的一种有效的介入性治疗方法。经颈静脉肝内门体静脉分流术(TIPS),肝癌患者系相对禁忌证,但是若肝癌未侵及肝内大血管,肿块不在拟穿刺道上,发生门静脉高压性大出血,可行急诊 TIPS 术,以抢救生命,也是治疗肝硬化、门脉高压、静脉曲张破裂出血的一种很有实用价值的介入性治疗方法。

二、适应证与禁忌证

(一) 胃冠状静脉栓塞术(PTVE)

1. 适应证

(1) 确诊为食管胃底静脉曲张破裂出血者。

(2) 有出血既往史,经血管造影或内镜检查有再出血的危险者。

(3) 门脉高压食管静脉曲张破裂出血,经血管加压素或垂体后叶素治疗、三腔气囊压迫等常规内科治疗失败者。

(4) 手术后或内镜硬化剂注射止血治疗后再出血者。

(5) 不能耐受紧急手术治疗的出血者。

2. 禁忌证

(1) 肝功能严重损害。

(2) 大量腹水。

(3) 有出血倾向。

(4) 败血症或肝脓肿。

(5) 肝血管瘤。

(6) 门静脉主干狭窄或阻塞、门静脉血栓形成。

(二) 经颈静脉肝内门体静脉分流术(TIPS)

1. TIPS 适应证的选择相当重要,它直接关系到患者的预后和生存质量,对于术后获得满意的临床疗效具有重要作用,应根据肝脏功能情况,患者病情,重要脏器如心、肺、肾功能等情况做全面分析。下列情况可考虑作为适应证:

(1) 肝硬化门静脉高压症近期发生过食管胃底静脉曲张破裂大出血者。

(2) 患者经内科治疗效果欠佳,一般情况及 Child 分级又难以接受外科治疗者。

(3) 多次接受经内镜硬化治疗无效或外科治疗后再出血者。

(4) 重度胃底静脉曲张,一旦破裂将致患者死亡者。

(5) 有难治性腹水者。

(6) 肝移植术前对消化道做预防性治疗的患者。

2. TIPS 的禁忌证有时也是相对的,如肝右叶肝癌侵犯门静脉乃至肝右静脉分支,但是,如果患者对于肝癌化疗栓塞术反应较佳,有望完全控制,但同时又发生了门静脉高压静脉曲张破裂大出血者,考虑从肝中或肝左静脉尝试建立分流道,应是可供选择的方法。

三、介入手术操作

1. 胃冠状静脉栓塞术 患者取平卧位,右上肢外展平伸或右手放于枕后,呈平静呼吸状态。选取右侧腋中线第7～8肋间(注意避开右肋膈角)为穿刺点,局部消毒、麻醉后,用经皮肝穿肝套管针水平方向穿刺,针尖穿向第12胸椎椎体右上角,取出针芯,见有暗红色血液流出,透视下造影(图2-10-4),证实为门静脉后在微导丝交换下将导管选择性插入胃冠状静脉,用无水乙醇加明胶海绵微粒及弹簧圈进行栓塞(图2-10-5)。再次造影观察栓塞效果。最后用该管测定门静脉压力。导管从肝实质向外撤除时应缓慢,防止出血。

2. 经颈静脉肝内门体静脉分流术(TIPS)常规准备后,选择右下颌角2.5cm、胸锁乳突肌前缘处为穿刺点行颈内静脉穿刺,将Rups-100自右颈内静脉送入肝静脉开口部(图2-10-6),调整Rups-100尖端方向穿刺进入门静脉,将超滑导丝通过肝内分流道送入门静脉主干或脾静脉,沿导丝插入导管行门静脉造影及测压,随后行肝内门脉分流道球囊扩张(图2-10-7,图2-10-8),送入金属支架释放系统,定位后释放,随后再次测门静脉压,门静脉造影后示分流道血流通畅(图2-10-9)。术后加压包扎,返回病房。

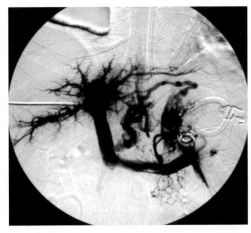

图2-10-4　经皮穿刺肝内门静脉右支成功后造影显示:脾静脉、门静脉主干、肝内分支通畅,胃冠状静脉曲张明显

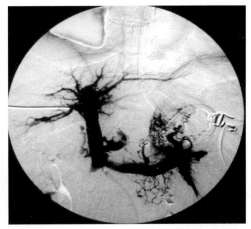

图2-10-5　采用明胶海绵＋弹簧圈栓塞胃冠状静脉后造影显示:胃冠状静脉闭塞、脾静脉、门静脉主干、肝内分支保持通畅

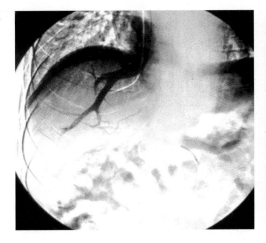

图2-10-6　穿刺右侧颈静脉,进入肝右静脉后造影显示:肝右静脉回流通畅

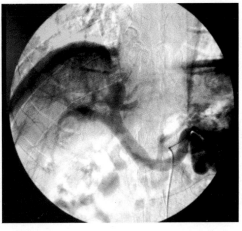

图2-10-7　穿刺右侧股动脉,将导管置于脾动脉内造影显示:脾静脉、门静脉主干、肝内分支通畅

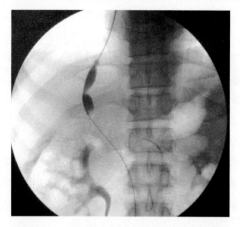 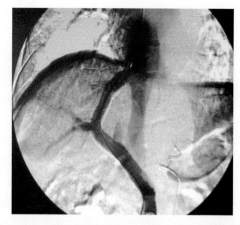

图 2-10-8 经肝右静脉穿刺入肝内门静脉右支后,采用 8mm×40mm 球囊扩张分流道

图 2-10-9 在分流道内植入 8mm×80mm 支架后造影显示:支架膨胀良好,准确连接肝右静脉及肝内门静脉右支,门静脉血流经分流道回流入肝右静脉

四、并 发 症

1. 腹腔内出血　主要为患者凝血功能差及操作损伤所致。一般采用内科保守治疗,若大量出血则急症手术。

2. 血胸及气胸　主要是 PTVE 操作时,穿刺点过于偏向头侧,进入胸腔所致。少量可自行吸收,大量则需引流、排气。

3. 肝性脑病　TIPS 的发生率为 3%～10%,术前肝功能异常者应予以纠正,减少术中穿刺次数,术后加强保肝措施,避免过量的门-腔分流。

4. 急性心功能、肝功能衰竭　TIPS 术后大量门静脉血液回流,全身血流高动力状态更为严重,心脏容量负荷加重;术前肝功能异常者,TIPS 术后出血肝脏缺血性损害,可导致肝肾功能衰竭。

5. 其他　如发热、门脉血栓、肺动脉栓塞、脑动脉栓塞、不锈钢圈移位,主要与栓塞剂应用不当及操作不熟练有关。

五、术 前 护 理

1. 消化道大出血,积极落实抢救配合,评估患者的失血量,完善急诊介入的术前准备及宣教指导。

2. 择期介入患者

(1) 制定护理计划:根据患者的病情、介入治疗方法、年龄、性别、文化层次、心理状况以及患者现存、潜在或可能出现的护理问题,制定相应的护理措施以保证介入治疗安全。患者因失血,情绪不稳定,术前应尽量减轻患者的心理负担,详细介绍必要的治疗方法及注意事项,以解除患者的恐惧心理,树立信心,配合治疗。

(2) 开展护士术前访视:有利于介入治疗的护士全面了解患者的情况,能在术中及时发现和处理护理问题,并预防并发症的发生,同时加强护患沟通,有利于减少患者的恐惧心理,使手术顺利实施。

(3) 避免并消除引起腹压升高的因素。预防消化道出血。

(4) 遵医嘱术前用药,术前 2～3 天口服肠道不吸收的抗生素,减少肠道细菌量,用生理盐水清洁灌肠(忌用肥皂水灌肠),可用食醋加生理盐水或乳果糖保留灌肠,避免胃肠道残血被分解产氨,诱发肝性脑病。

(5) 做好皮肤护理、口腔护理等,以减少并发症。

(6) 对患者进行有利于介入的呼吸练习,如屏气、深呼吸。训练卧床排尿,预防术后尿潴留。

(7) 完善必要的化验、检查,了解患者主要脏器功能状况、凝血时间及其他不利因素,并通过必要的检查尽可能明确病变的位置、大小、与周围结构的关系和病变的血供特征。

(8) 做好治疗前的准备工作,如备皮、过敏试验、备药物等。

(9) 术前晚要保证睡眠。介入手术无需禁食,患者一般在术前 4 小时可进食一些易消化流质或半流质饮食,以便患者保持一定的体力,必要时加强营养支持。嘱咐患者术前排空膀胱。精神紧张的患者,术前 30 分钟可给予镇静剂。

(10) 手术所需的各种导管、支架、器械或彩色多普勒超声诊断仪等准备妥当。完善各种抢救药物、心电监护、氧气、吸引器、呼吸辅助装置等急救设备。保持介入手术室清洁、安静,规范消毒,调节室内灯光,保持适宜的温度、湿度。

六、术 中 配 合

术中护理向患者简要介绍导管室的环境、仪器,消除患者的孤独和恐惧,协助患者仰卧于导管床上,并在手术进行过程中提前将需要患者配合之处告诉患者,如心电监护,肝穿定位时对疼痛的耐受,呕吐时头偏向一侧,保持平静呼吸状态,避免咳嗽及大幅度运动,以减少出血的危险。密切观察患者有无不适,如血压、脉搏、面色及有无腹痛等,以便及早发现和处理并发症。

七、术 后 护 理

1. 常规护理

(1) 卧位与休息:为防止患者穿刺部位出血,增加舒适感,指导患者平卧位或半卧位,避免头颈部过度活动。绝对卧床 24 小时,48 小时限制活动。

(2) 密切观察生命体征、意识、腹部症状和体征、肝功能、水及电解质平衡,记录 24 小时出入量。

(3) 饮食:术后禁食 4～6 小时,从流质开始过渡到正常饮食,保证热量供给。上消化道出血者,出血停止后给予冷流质,逐渐过渡到半流质、软食,忌食粗糙和过烫食物,肝功能异常者,限制蛋白质和肉类的摄入。禁烟酒。

(4) 心理护理:肝癌门脉高压肝硬化患者病程较长,症状不易改善,预后较差,因担心治疗效果患者往往表现得情绪低落、焦虑等,护士应关心体贴患者,主动多与患者交谈,分散其注意力,缓解和消除不良情绪,加强巡视,护理操作应轻柔。加强环境管理。保持室内安静、清洁,营造一个舒适的住所,利于疾病恢复。

(5) 营养支持:患者体质虚弱,加之手术时间长,患者消耗大,术后食欲差,应加强静脉高营养。予以通便药物,保持大便通畅。

2. 并发症的护理

(1) 感染:体温变化是反映有无感染存在的客观指标,由于穿刺肝脏可以出现一过性的吸收热,术后1~3天可以有轻度体温增高。有肺部感染及合并败血症时体温可达38.5℃以上。遵医嘱给予物理或化学降温,抗生素规范应用,严格执行无菌操作,保持室内安静、清洁、舒适,利于病情恢复。

(2) 腹腔内出血:观察患者有无心悸、气促、烦躁、脸色苍白,如患者突然心率加快,血压先升后降,或出现腹部剧痛、压痛、反跳痛、肌紧张,或短时间内腹围增大、移动性浊音范围改变、肠鸣音增强或减弱,血红蛋白下降、持续黑稀便等要警惕腹腔出血可能,做好应急处理。

(3) 肝性脑病:是TIPS最常见的并发症。严格观察有无意识、精神异常表现,如兴奋易激动、幻听、幻想、手足扑翼样震颤及步态不稳、烦躁不安,严重者可致昏迷。治疗原则以清除体内多余的氨为目的,同时纠正代谢性酸中毒;还应该注意限制蛋白质摄入,保持大便通畅,用乳果糖或稀醋酸溶液灌肠导泻,清除肠内积血和含氨物质,静脉点滴精氨酸、支链氨基酸、大剂量的维生素C等,适当应用抗生素以减轻内毒素血症,防止肝肾综合征的发生。注意患者安全,留专人守护;禁用安眠、镇静、镇痛、麻醉类药物;做好基础护理,预防褥疮。

(4) 急性心功能、肝功能衰竭:加强心力衰竭症状、体征的观察;指导患者半卧位;吸氧,减少活动,减少机体耗氧量;记录出入水量,控制补液量及速度。

指导患者进低盐易消化的饮食;予以强心利尿扩血管药物,及时评估用药效果。加强对肝功能的监护,手术后要密切观察患者肝功能变化,采取一定的护肝措施。

(5) 肺动脉、脑动脉栓塞:由于患者原先就存在血栓或癌栓,同时导管在血管内的反复操作,均有可能诱发血栓。分流后,栓子随血流上行,易导致肺栓塞,亦有脑栓塞发生的报道。术后密切观察患者有无胸痛、呼吸困难、咳嗽、咯血及肌力下降、肢体活动障碍等症状发生,及时与医生沟通,做好抢救配合。

(6) 气胸:术后密切观察患者呼吸是否平稳,呼吸困难者应行急诊胸部摄片以明确诊断,有少量气胸而呼吸较平稳者可待其自行恢复,肺压缩超过30%或呼吸困难明显者应立即穿刺抽吸,有张力性气胸者立即给予胸腔闭式引流。

八、健 康 教 育

1. 使患者理解"带瘤生存"在肝癌治疗中的意义,保持稳定的情绪,以积极乐观态度应对较长的治疗过程。休息、饮食与门脉高压症的发病有密切关系,注意休息,保证充足睡眠,避免劳累和重体力劳动,参加适当的锻炼,如打太极拳、练习瑜伽、散步等。

2. 禁烟酒,少喝咖啡和浓茶。避免粗糙、干硬、过烫、辛辣食物。保持大便通畅。

3. 保持室内环境清洁舒适,防止感冒咳嗽。

4. 遵医嘱服用保肝药,定期复查肝功能、血常规、电解质。

5. 定期门诊随访,如出现黑便、呕血、腹胀、下肢水肿等应及时就诊。

(李晓蓉)

［附三］ 肝癌合并下腔静脉癌栓的介入护理

一、概　　述

肝细胞肝癌(hepatocellular carcinoma,HCC)起病隐匿,生长迅速,发现时往往已近晚期,肝癌侵犯肝内血管系统较为常见,据报道肝癌侵犯肝静脉占 13%～23%,下腔静脉占 5%～10%,患者往往伴有双下肢、阴部水肿,腹部浅静脉怒张,腹水,全身浮肿及肾功能损害等症状,称之为下腔静脉梗阻综合征,这不仅严重影响了患者的生存及治疗,且由于癌栓脱落甚至可发生肺栓塞等致命的并发症。这些患者往往不能耐受传统的外科治疗,而内科保守治疗的作用有限,应该在进行 TACE 治疗的同时处理下腔静脉癌栓。

二、合并肝静脉及下腔静脉癌栓的介入治疗

（一）TACE 联合下腔静脉支架置入

自 1992 年 Sawada 等及 Irving 等分别报道了植入 Gianturco 支架治疗下腔静脉恶性梗阻的经验以来,TACE 联合腔静脉支架置入术逐步成为治疗肝癌合并肝静脉、下腔静脉癌栓的主流措施。在对肝内病灶实施化疗、栓塞的同时在下腔静脉梗阻段植入金属支架,可迅速开通下腔静脉,有效缓解患者临床症状,为后续治疗打下基础。

（二）TACE 联合放疗

由于肝静脉、下腔静脉内癌栓往往缺乏明显的供血动脉(图 2-10-10),因而单纯的 TACE,对癌栓的疗效不明显。应用现代放疗技术可对肝静脉及下腔静脉内癌栓进行局部照射,不仅能有效杀伤肿瘤细胞,而且避免了放射性肝损伤的发生。

（三）TACE 联合[125]I 籽源植入

由于单独使用 TACE 治疗肝静脉、下腔静脉内的癌栓疗效不明显,联合[125]I 籽源植入,对癌栓持续实施内放疗成为介入性治疗肝癌合并下腔静脉内癌栓的新方法。由于下腔静脉解剖位置较深,既往采用直接穿刺植入[125]I 籽源的方法危险性较大,所植入的[125]I 籽源可发生移位,造成异位栓塞,且单纯植入[125]I 籽源难以同时缓解下腔静脉梗阻症状,因而有学者提出联合 TACE 并在下腔静脉梗阻段植入携带[125]I 籽源条的金属支架治疗肝癌合并肝静脉、下腔静脉癌栓的设想:[125]I 籽源的辐射集中于下腔静脉内癌栓,持续杀伤肿瘤细胞;植入的支架可迅速开通下腔静脉,缓解临床症状;支架释放后[125]I 籽源条被牢牢固定于支架及下腔静脉壁之间,减少了移位的发生;且由于支架的持续性贴壁作用,癌栓脱落的危险将大大降低(图 2-10-11)。

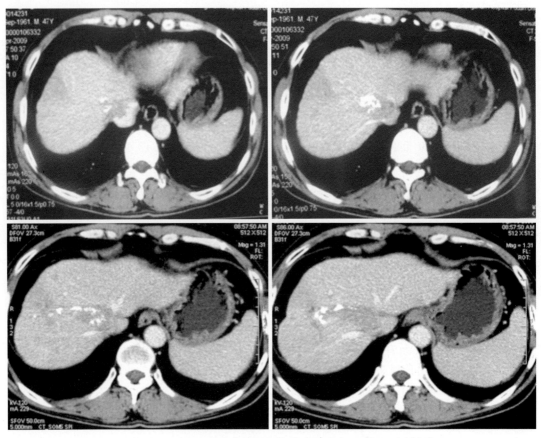

图 2-10-10　肝右叶肝癌合并肝右静脉癌栓形成,延伸入下腔静脉

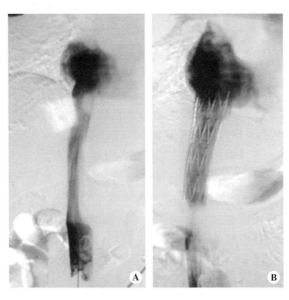

图 2-10-11　A. 下腔静脉造影显示下腔静脉入右心房处有充盈缺损;B. 下腔静脉内植入 30mm×100mm 支架及含 10 枚 ^{125}I 粒子条后造影,显示支架膨胀良好,准确覆盖癌栓,下腔静脉回流通畅

三、并　发　症

1. 血管经路并发症　介入成形术是在血管内进行的高难度的操作，可能会出现各种严重的并发症，其中血管经路并发症(PVC)越来越受到重视。PVC 发生率在诊断性介入术中为 0.1%～2%，治疗性介入术为 0.5%～5%，复杂性介入手术可达 14% 左右，血管经路并发症包括出血(皮下淤血、血肿、腹膜后血肿)、血管迷走反射损伤、假性动脉瘤、动静脉瘘、血栓性并发症、神经功能障碍等。

2. 化疗栓塞综合征　腹痛、发热、恶心呕吐等化疗栓塞综合征是介入治疗后常见的反应，都可造成患者水、电解质失平衡，抵抗力下降。原发性肝癌患者常有严重肝硬化，特别是病灶较大、并发下腔静脉癌栓时，肝功能储备较差，一次注入大量的化疗药及栓塞治疗后，容易导致肝功能衰竭、肝肾综合征。

3. 支架置入　成功的扩张导致大量淤滞的静脉血液回流，心脏前负荷增加，易致心衰。支架置入后下腔静脉内癌栓脱落和急性血栓形成都能造成肺栓塞，植入位置不当造成医源性的布-加综合征，以至于肝脏淤血等一系列病理变化，以及支架移位进入心房引起的心律失常等。

4. 放疗的损伤　皮肤、黏膜护理：保持照射野皮肤清洁干燥，避免在日光下曝晒，穿棉质柔软内衣，皮肤瘙痒、脱皮时避免抓、挠、撕；出现皮肤反应(表皮浮起、水疱、溃破)应暂停放疗，保持照射野清洁、干燥，涂抗炎软膏，预防感染，必要时外科换药；照射野忌用乙醇、碘酒、肥皂、胶布等；重视口腔护理，保持良好卫生习惯，正确刷牙，用软毛牙刷。

四、术　前　护　理

1. 心理护理　肝癌伴门脉主干癌栓患者的临床特点是病情重，症状较为明显，介入术后反应大，并发症多，恢复期长，责任护士要积极参与术前讨论，了解病情，注重患者家属心理状态对患者的影响，充分与家属进行沟通，做好宣教工作，使其成为介入治疗和护理的协作者；要善于建立良好的护患基础，为患者提供亲友般的心理支持，鼓励倾诉痛苦，指导其以积极乐观态度应对疾病对健康的威胁，以最佳的心理状态配合介入治疗，对取得理想疗效至关重要。

2. 制定护理计划　根据患者的病情、介入治疗方法、年龄、性别、文化层次、心理状况以及患者现存、潜在的护理问题，制定相应的护理措施以保证介入治疗安全。

3. 绝对卧床，预防癌栓脱落　肝癌所致下腔静脉阻塞，未建立充分的侧支循环，短时间的运动可使癌栓脱落，造成肺栓塞，甚至猝死。故应指导患者绝对卧床休息，防止癌栓脱落。

4. 开展护士术前访视　护士全面了解患者的情况有利于介入治疗，便于术中及时发现和处理护理问题，并预防并发症的发生，同时加强护患沟通，有利于减少患者的恐惧心理，使手术顺利实施。

5. 做好皮肤护理、口腔护理等，以减少并发症。

6. 对患者进行有利于手术的呼吸练习，如屏气、深呼吸。训练卧床排尿，预防术后尿潴留。

7. 完善必要的化验、检查,了解患者主要脏器功能状况、凝血酶原时间及其他不利因素,并通过必要的检查尽可能明确病变的位置、大小、与周围结构的关系和病变的血供特征。

8. 做好治疗前的准备工作,如备皮、过敏试验、备药物等。

9. 介入手术无需禁食,患者一般在术前 4 小时可进食一些易消化流质或半流质饮食,以便患者保持一定的体力,必要时加强营养支持。遵医嘱术前用药。

10. 手术所需的各种导管、支架、器械或彩色多普勒超声诊断仪等准备妥当。各种抢救药物、心电监护、氧气、吸引器、呼吸辅助装置等急救设备成备用状态。保持介入手术室清洁、安静,规范消毒,调节室内灯光,保持适宜的温度、湿度。

五、术 中 配 合

1. 由于实施局麻,患者在完全清醒状态下手术,因此要注意与患者沟通,随时安慰患者,稳定情绪,特别当患者血管情况复杂、术时较长时,使患者获得安全感、信赖感。

2. 协助患者取平卧位或左侧卧位,保持体位处于相对舒适状态。在行经皮、肝穿刺时嘱患者平静自然呼吸或短暂屏气,以确保穿刺部位精确,避免刺伤正常血管、胆管、胆囊等。

3. 术中密切监测患者的生命体征,注意观察患者的面色及腹部体征,必要时给予相应的处理,如吸氧、补液等,确保手术顺利完成。

六、术 后 护 理

1. 心理护理　患者返回病房后既紧张又疲劳,任何细微刺激都可引起不良的心理反应,尤其需要护士的关心与支持。因此,要洞察介入术后患者的心理变化,应将心理护理贯穿于整个治疗过程中。

2. 心电监护　严密观察心率、心律、血压变化。患者回病房后予以心电监护,每30分钟测血压一次,连续 4 次,平稳后改为每小时测一次,并做好记录,发现异常应及时报告医生,做好相应的处理。同时观察患者的面色、表情,耐心倾听患者主诉,注意有无存在胸闷、恶心、呕吐、全身大汗、血压下降、心率变慢等血管迷走性反射表现,注意与低血糖、心脏压塞等症状相鉴别,以免误诊、误治,延误抢救时机而导致患者死亡。

3. 生化指标监测　监测凝血酶原时间、血常规,注意动态改变,以便早期发现活动性出血并及时处理。

4. 血管经路并发症的监护

(1) 患者介入术后穿刺点应加压包扎,密切观察穿刺局部有无皮肤青紫、苍白、肿胀、搏动性包块、局部明显压痛、渗血,注意双侧足背动脉搏动及皮肤颜色、温度、触觉、周径等,注意是否有患肢活动障碍,以便及早发现和处理血管经路并发症(PVC)的发生。

(2) 指导患者合理的卧位及姿势。嘱咐患者在咳嗽或移动身体时用手压迫穿刺部位。经股动脉穿刺的患者,常规加压包扎,砂袋压迫穿刺点 3 小时,手术侧下肢伸直,6 小时内可水平移动,6 小时后保持患肢直伸,可自由卧位,12 小时后可下床活动。

5. 体温的监护　介入术后由于化疗栓塞造成肿瘤组织的变性、坏死以及对比剂在体内引起的免疫反应,患者体温可波动在 $37.5 \sim 39.5℃$,一般持续 $3 \sim 10$ 天。每日定时测体温,做好发热护理,必要时可给予少量激素加抗生素治疗。观察热型变化及有无伴随症状,如果体温持续过高,对症处理无效,则应考虑继发感染的可能。

6. 疼痛的监护　肝动脉栓塞、化疗造成肿瘤缺血缺氧坏死,肝组织局部炎性水肿,肝包膜紧张度增加,血管扩张后支架置入等因素造成的疼痛,表现为肝区及胸前区疼痛,呈胀性钝痛,伴有烧灼感、恶心、呕吐。应帮助患者减轻心理压力,必要时给予镇痛剂。射频消融前后予以镇痛泵的使用,能有效缓解疼痛。注意患者腹部体征,如患者突然出现腹部剧痛、压痛、反跳痛、肌紧张,或短时间内腹围增大、移动性浊音范围改变、肠鸣音增强或减弱,要警惕肿瘤破裂、内支架移位脱落或血管壁破裂出血可能,做好应急处理。

7. 监测肝肾功能　介入术后,应密切观察患者意识、皮肤巩膜、尿量及腹围的变化,记录 24 小时出入水量,定期复查肝、肾功能、血氨。给予高热量饮食,常规保肝、支持治疗,必要时给予支链氨基酸、谷氨酸及乳果糖等降氨治疗。对于高尿酸血症引起的肾衰,重视水化和尿碱化作用。水化时,除给予利尿剂外,还应鼓励患者多饮水,每日保证入量在 4000ml 以上,尿量在 3000ml 以上,以促进药物及早排出体外;尿碱化时,要保证尿 pH 大于 7,若低于此值要报告医生,增加碱性药物量。

8. 心衰的监护　下腔静脉支架置入后,成功的扩张导致大量淤滞的静脉血液回流,心脏前负荷增加,而易致心衰。术后应观察患者有无心慌、气急、端坐呼吸、烦躁不安等症状,并及时给予强心、利尿、氧疗。

9. 栓塞症状的监护　由于阻塞处以下的淤滞静脉血易形成血栓,下腔静脉支架置入使得狭窄或闭塞的血管扩张后,血栓随血流上行,易导致肺栓塞。术后观察有无胸痛、咯血、呼吸困难等。如出现上述症状,立即嘱患者平卧,给予高浓度氧气吸入,避免深呼吸、咳嗽、剧烈翻动,并立即报告医生。患者术后 24 小时下床活动,7~10 天避免剧烈活动,观察有无下肢疼痛、感觉障碍等症状,有异常应尽早进行有效的溶栓治疗,预防下肢静脉血栓形成。

10. 抗凝药物使用的监护　介入成形术前、术中、术后均需使用抗凝药物,对预防支架置入术后血栓急性和亚急性血栓形成有重要意义,也有学者提出因肝癌患者往往肝功能异常,为防止出血,术后当日不抗凝,术后一天起一般给予低分子肝素每 8 小时皮下注射一次,连用 3 天后改口服抗凝药物维持量 6 个月。在抗凝过程中,需密切观察有无皮肤、黏膜、牙龈、内脏及颅内出血,观察大小便颜色。严格掌握药物剂量,密切观察凝血酶原时间,以了解抗凝情况。口服抗凝药物有胃肠道刺激作用,应指导患者在饭后服用,避免引起胃肠道不适和溃疡发生。

七、健 康 教 育

1. 使患者理解"带瘤生存"在肝癌治疗中的意义,保持稳定的情绪,以积极乐观态度应对较长的治疗过程。注意劳逸结合,避免重体力劳动,参加适当的锻炼,如打太极拳、练习瑜伽、散步等。

2. 戒烟酒,忌食辛辣、生硬、过烫食物,适宜清淡、"三高一低"的饮食。保持大便通畅,记录尿量,观察大小便颜色的变化。

3. 介入间隔期间治疗,推荐采用保肝、提高免疫力及中医扶正固本治疗。中医中药介入术后 2 周可开始应用。推荐:扶正固本,补气,提高免疫力,调理脾胃;不推荐:以毒攻毒,软坚散结,活血化瘀,清热解毒类药物。提高免疫力药物:胸腺素、干扰素、胸腺肽、转移因子、香菇多糖等,可单独或选用 2～3 种药物联合使用。出院后抗凝治疗,应注意观察有无出血倾向,定期复查凝血全套。

4. 门诊随访时间通常为介入治疗后 35 天至 3 个月,原则上为患者从介入术后恢复算起,至少 3 周以上。介入治疗依随访结果而定。如有腹痛、腹胀、水肿等症状继续加重,应随时复诊。

(李晓蓉)

参 考 文 献

陈瑜,徐静,林福群.2011.索拉非尼治疗晚期肝癌不良反应的观察和护理.介入放射学杂志,20:156-158

陈自谦,杨利,杨熙章,等.2008.肝癌介入治疗现状与进展.介入放射学杂志,17:223-227

丁蕊,周嘉,钟晶,等.2010.TIPS治疗肝硬化门脉高压症的术后并发症及护理.医学影像学杂志,20:1142-1144

高佩珠,丁文彬,明志兵.2010.肝癌伴门静脉癌栓行门静脉支架结合经动脉化疗栓塞术的护理.工企医刊,23:23-24

吉美玲,程永德.1995.肝癌介入治疗后的护理.介入放射学杂志,4:171

季芸芸,盛月红,黄丽丽,等.2011.激光消融治疗肝癌门静脉癌栓患者的护理.解放军护理杂志,28:51-52

李健平.2009.静脉化疗栓塞结合经肝动脉化疗栓塞术治疗原发性肝癌合并门静脉癌栓的护理.微创医学,4

李麟荪,滕皋军.2010.介入放射学临床与并发症.北京:人民卫生出版社,12

李露芳,梁婉萍.1998.整体护理肝癌介入治疗中的应用研究.介入放射学杂志,7:119

李晓晖,练贤惠,蔡银科,等.2000.经颈静脉肝内门体静脉分流术后的并发症观察和护理.介入放射学杂志,9:116-117

李旭英,刘阿敏,薛玲玲.2008.肝硬化门脉高压症消化道出血的双介入治疗及护理.护士进修杂志,23:1606-1607

练贤惠,李晓晖,张德葵,等.2004.肝癌肝动脉-门静脉分流栓塞治疗的护理.介入放射学杂志,13:180

刘凌云,单鸿.1998.介入性腹腔-腔静脉分流术治疗顽固性腹水并发症的护理.介入放射学杂志,7:120-121

刘凌云,李晓辉,丘璇英,等.2009.应用NBCA行食管胃底曲张静脉栓塞术的并发症观察与护理.介入放射学杂志,18:311-313

刘清欣,颜志平,李说,等.2009.^{125}I粒子条联合门静脉支架及化疗栓塞治疗原发性肝癌合并门静脉癌栓.介入放射学杂志,18:593-595

刘淑惠.1999.肝癌介入治疗的观察与护理.介入放射学杂志,8:46

刘香琴,张红娟,李志欣,等.2010.双介入联合放疗治疗肝癌合并门静脉癌栓护理会.北京中医药,29:807-808

刘永娥.2008.介入断流术治疗肝硬化门静脉高压症合并上消化道出血的护理体会.江西医药,43:74-75

陆海燕,杨场,孟志强,等.2010.姜末穴位外敷预防含铂化疗药物介入治疗肝癌及转移性肝癌后恶心呕吐的研究.介入放射学杂志,19:664-668

罗剑钧,颜志平,王建华,等.2002.下腔静脉恶性梗阻的介入治疗.中华放射学杂志,36:430-434

罗永荣,毕向红.2002.肝脾动脉双栓塞治疗肝癌的护理.介入放射学杂志,11:156

毛燕君,许秀芳,杨继金.2007.介入治疗护理学.北京:人民军医出版社

汤水琴,郑备琴,周茜菁,等.2004.肝癌患者介入治疗的心理特点及心理行为干预.介入放射学杂志,14:82-83

田惠琴,陈付勇.1996.布加综合征介入治疗的配合与护理.介入放射学杂志,5:107

王滨,曹贵文.2005.介入护理学.北京:人民卫生出版社

王涵平,吴琦.1994.布加综合征下腔静脉成形术护理.介入放射学杂志,3:232-233

王建华,罗剑钧.2009.肝癌合并门静脉、肝静脉和下腔静脉癌栓的综合性介入治疗.实用肿瘤杂志,24:429-431

王建华,王小林,颜志平.1998.腹部介入放射学.上海:上海医科大学出版社

王茂强,唐文捷,林汉英,等.2005.经导管肝动脉化疗栓塞术后胆管损伤的临床意义.介入放射学杂志,14:493-497

邢丽,孙丽霞.1997.肝癌介入治疗术中的护理.介入放射学杂志,6:109-110

徐翠荣.2010.循证护理在原发性肝癌介入治疗术后并发症预防中的应用.介入放射学杂志,19:824-826

颜志平,罗剑钧.2009.重视经门脉系统的介入诊治.介入放射学杂志,18:561-562

杨熙章,杨永岩,吴纪瑞,等.2001.部分脾栓塞术在肝癌介入治疗中的应用.中国医学影像学杂志,9:261-265

姚问我,颜志平,王建华,等.2007.介入治疗肝癌伴门脉癌栓的若干问题.中国临床医学,14:810-811

于春玲,曹晋.1999.Bud-Chiari 综合征介入术中护理要点.介入放射学杂志,8:231

于桂香.2004.介入诊疗后血管经路并发症的危险因素及护理进展.中国实用护理杂志,20:51-53

岳同云,隋文惠,吕双燕.2003.经皮药盒治疗转移性肝癌、胃癌、胰腺癌的护理.介入放射学杂志,12:465

詹爱华,蒋峰,唐丽琴.2011.原发性肝癌合并下腔静脉瘤栓行介入治疗患者的护理.齐齐哈尔医学院报,32:142-143

张桂敏,程红岩.1999.肝癌介入治疗的心理护理.介入放射学杂志,8:47

张桂敏,陆翠玉.1998.肝瘤介入治疗术后物品的消毒处理.介入放射学杂志,7:244-245

张金山,巩悦勤.2003.门脉高压症的介入治疗.中国医师杂志,5:433-437

张武芝,袁修银,殷世武,等.2011.布加综合征的介入治疗与护理.现代医药卫生,27:131-132

赵广生,徐克,梁松年,等.2008.原发性肝癌 TACE 术后严重并发症原因及预防.介入放射学杂志,17:773-775

周泽健,罗鹏飞,邵培坚,等.2002.介入治疗后 38 例中晚期肝癌患者生存 5 年以上的因素分析.中华放射学杂志,36:792-796

朱颖.2009.伴门静脉主干癌栓肝癌患者介入治疗围手术期的护理.实用临床医药杂志(护理版),5:13-14

Jean SH,ParkKS,KimYH,et al.2007.Incidence and riskfaetom of acutehepatic failure after trauscatheter arterial chemo-emb-olization for hepatocellular carcinoma.Korean J Gastroe-nterol,50:176-182

Wu jx,Huang JF,Yu ZJ,et al.2002.Factors related to acute upper gastrointestinal bleeding after transcatheter arterial chemoembolization in patients withhepatocellular carcinoma.Ai Zheng,21:881-884

第十一章 肺癌介入治疗的护理

一、概 述

原发性支气管肺癌(primary bronchogenic carcinoma)简称肺癌,是最常见的肺部原发性恶性肿瘤。起源于支气管黏膜或腺体,常有区域性淋巴转移和血行转移。肺癌患者大多数是男性,男女之比为(4～8)∶1。患者年龄多在 40 岁以上。近年来,世界各国肺癌发病率和死亡率急剧上升。在我国肺癌在男性中占常见恶性肿瘤的第四位,在女性中占第五位。

肺癌的介入治疗,主要是指经支气管动脉灌注抗癌药物,可以治疗各种类型的肺癌,与常规的口服或静脉注射方法相比具有用药剂量小,但疗效更好、副作用更小等优点,近期疗效明显优于单纯放射治疗和全身化疗。并且也可在支气管动脉灌注化疗的同时进行栓塞治疗,进一步提高疗效。所以,经支气管动脉灌注化疗和栓塞治疗在中、晚期肺癌综合治疗中的作用和地位日益受到重视。由于支气管动脉解剖变异较大,为了避免盲目插管,近年来,多层螺旋 CT 血管造影(multi-slice spiral CT angiography,MSCTA)作为术前检查有利于降低术中操作难度、减少并发症、提高疗效。

二、介入治疗适应证

1. 已失去手术机会而病灶还局限于胸内者。
2. 有外科手术禁忌证或拒绝手术者。
3. 作为手术切除前的局部化疗,以提高手术的成功率,降低转移发生率和复发率。
4. 手术切除后预防性治疗,以降低复发率。
5. 手术切除后胸内复发或转移者。
6. 对于顽固的大咯血,内科药物治疗无效又无手术指征的患者,可进行选择性支气管动脉栓塞以阻断病变血管的血流,从而达到止血的目的。

三、介入治疗禁忌证

以下几种情况可列为肺癌介入手术的禁忌证:
1. 患者已是恶病质或有心、肺、肝、肾功能衰竭。
2. 有高热、感染迹象及白细胞计数少于$(3～4)×10^9/L$者。
3. 有严重出血倾向和碘过敏等血管造影禁忌者。

四、介入手术操作

1. 术前详细了解患者病情,包括肿瘤的病理类型,肿瘤的大小、部位、范围,患者以前的治疗情况,原发病灶情况等。

2. 常规术前准备,包括协助患者取平卧位,两手放于身体两侧。连接心电监护、建立静脉通路、消毒、铺无菌手术单、局部麻醉。

3. 先行选择性支气管动脉造影(图 2-11-1,图 2-11-2),确定供血的支气管动脉后,固定导管。为避免发生对比剂引起的不良反应,宜用非离子型对比剂,浓度 45% 左右。有文献报道:支气管肺癌接受支气管动脉和肺动脉双重供血,两者互相补充,肺动脉供血以癌肿的边缘为主,而支气管动脉供血以癌肿的中心为主。支气管动脉是肺癌的主要供血动脉,胸部的其他血管也可能参与肺癌的部分血供,故肺癌的介入治疗应以支气管动脉为主,也应检查有无其他侧支血供。支气管动脉常与肋间动脉共干外,尚可与纵隔支、食管、脊髓动脉等共干。因此要注意避免脊髓损伤。

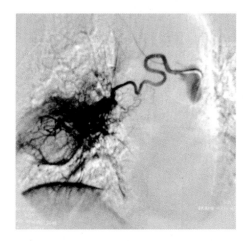 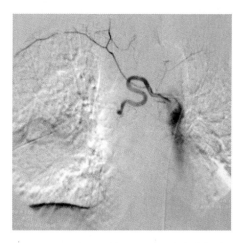

图 2-11-1　支气管动脉造影显示支气管动脉增　　图 2-11-2　栓塞后再次造影显示肿瘤染色消失
　粗、扭曲,延伸到肿瘤血管,肿瘤染色明显

4. 插管成功后将 2~3 种事先准备好的抗癌药物分别溶于 40~50ml 等渗盐水中,逐一用手推法经导管注入支气管动脉,如肿瘤有多条血管供血,宜将抗癌药物按参与血供的比例,注入每一条供血动脉内。所有药物可在 15~30 分钟或更长时间内缓慢注射。

5. 如肿瘤血供较丰富,导管进入供血动脉较深,该动脉与脊髓动脉无共干,患者一般情况较好,可在支气管动脉灌注化疗后行栓塞治疗。最后可再造影,了解血管栓塞的情况。栓塞剂一般用明胶海绵碎粒或碘油与化疗药混合的乳剂、含有抗癌药物的微球来栓塞支气管动脉。

6. 拔出导管,压迫止血后,用绷带包扎,砂袋加压,平车送患者回病房。

五、并　发　症

支气管动脉灌注化疗栓塞后可出现发热、胸闷、背痛、胸骨后烧灼感、肋间痛和吞咽不适等症状,也可出现与介入手术操作有关的并发症,例如腹股沟血肿、血管内膜损伤等,支气管动脉灌注化疗与栓塞治疗的主要并发症如下:

1. 脊髓损伤　是支气管动脉化疗栓塞最严重的并发症。常可在术中即开始有脊髓损伤的表现,并逐步加重,出现感觉、运动功能降低或消失,表现为肢体麻木无力和下肢感觉异常、尿潴留，甚至截瘫。其发生原因一般认为是由于支气管动脉与脊髓动脉有吻合，高浓度的对比剂或药物损伤脊髓，或因栓塞剂阻塞造成脊髓缺血所致。

2. 胸壁皮肤损伤　由于灌注化疗的药物、栓塞剂进入肋间动脉，造成胸壁皮肤损伤。表现为胸壁皮肤带状红肿、疼痛、水疱，甚至皮肤溃烂。

3. 大咯血　支气管动脉灌注化疗栓塞后，由于肿瘤组织缺血坏死致瘤体内血管破裂造成大咯血。

六、术 前 护 理

1. 心理护理　患者入院后，主动热情地向患者介绍病区环境、主治医生及主管护士，使患者尽快熟悉住院环境。注意评估患者的健康史和相关因素、身体状况、家庭和社会支持情况等。应耐心解释手术的基本原理、必要性及并发症的预防、术前术后的注意事项，取得患者、家属的积极配合，使患者以最佳状态接受手术治疗。

2. 术前常规准备　术前4小时禁食禁水。询问过敏史，包括食物、药物和碘过敏史，行碘过敏实验。行凝血酶原时间、肝肾功能、电解质检查。检查双侧股动脉和足背动脉搏动情况。训练患者深呼吸，憋气、咳嗽动作和床上大小便训练。

3. 器械和药物准备　导管一般选用4～5F，导管形态可用眼镜蛇（Cobra）、猎人头（Headhunter）、牧羊钩（Shepherd'hook）、"C"形和右冠状动脉导管等。此外，还可备用一条同轴微导管，以备进一步超选择插管用。除血管造影所需的对比剂、有关急救备用药外，根据化疗方案，准备化疗药物及其他药物，如止吐药、镇痛药、局麻药等。

七、术 中 配 合

1. 协助医生完成术前常规准备，如摆正患者体位、连接心电监护、开通静脉通路、连接导管灌注装置，打开手术包，协助手术医生穿手术衣，消毒铺无菌手术单。准备肝素、利多卡因等常用药物。

2. 术中随时观看心电监护仪，密切注意生命体征的变化，观察患者面色、意识变化。并询问患者在灌注过程中有无异常不适感觉。发现异常，及时通知医生，及时配合医生救治。

3. 介入手术完成后，再次对患者进行全面的检查，包括生命体征、术侧肢体敷料包扎情况、足背动脉搏动情况，并与术前检查结果比较，以排除因栓塞可能导致的并发症。

4. 护送患者安返病房，并向患者及其家属交代术后的注意事项。

八、术 后 护 理

1. 常规介入术后护理　做好病情观察，监测心率、心律、血压、体温、呼吸、血氧饱和度的变化，并及时做好记录。询问患者有无不适主诉，密切观察其有无碘过敏的迟发反应、脊髓损伤的延迟反应及急性肺水肿发生，如有发生立即通知医生并配合积极抢救。患者如出现恶心、呕吐者，使其头偏向一侧，保持呼吸道通畅，遵医嘱给予止吐药和保护胃黏膜药等。患者如出现呼吸困难、剧烈咳嗽、哮喘严重时，应绝对卧床休息并给予持续低流量吸氧，减少活动,以免发生呼吸肌痉挛引起窒息。

2. 心理护理　把对患者的同情和关怀延伸到介入手术室外,了解患者术后反应,加深与患者及家属之间的理解和信任,做好心理护理,使介入治疗尽可能达到满意的效果。

3. 穿刺点和肢体的护理　见 Seldinger 技术术后护理(第一篇第二章)。

4. 并发症的预防及护理

(1) 消化道反应的护理:由于抗肿瘤药物对胃肠道毒性反应引起的恶心、呕吐等多见于介入术后 48 小时,有时术中即可开始。为减轻患者的胃肠道反应,可适当使用昂丹司琼、格雷司琼等止吐剂,呕吐严重时,可将患者头偏向一侧,以防呕吐物吸入气管而窒息。注意观察呕吐物的颜色及量,做好口腔护理,鼓励患者多进食清淡易消化食物,并注意补充水、电解质,防止发生水、电解质紊乱。

(2) 下肢血管栓塞:操作时可能损伤血管内皮细胞,激活内源性凝血系统,引起动脉血栓形成栓塞,穿刺口包扎过紧,血液淤滞,促进动脉血栓形成。也可因为较长时间卧床,加上局部压迫包扎,容易造成下肢静脉血栓形成。

预防及护理:①术中动作要轻柔,避免损伤内皮。②术后 1 小时,每隔 0.5 小时拿起砂袋 5 分钟。③密切观察下肢血运,每 15~30 分钟双手同时触摸双侧足背动脉,观察搏动情况。④观察下肢皮肤的颜色、温度、感觉。⑤经常询问患者有无下肢麻木、疼痛。

(3) 脊髓损伤:支气管动脉化疗栓塞除了可发生一般插管造影所引起的并发症和化疗药物引起的副作用外,脊髓损伤是支气管动脉介入治疗最严重的并发症。表现为术后 2~3 小时患者感觉障碍、尿潴留、偏瘫,甚至截瘫,经治疗大多数能在数天至数月内逐渐恢复,少数成为不可逆性损伤。

预防及护理:①一定要用非离子型对比剂,推注对比剂时要低浓度、小剂量、低流速。②化疗药物充分稀释后缓慢注入。③嘱患者 15~30 分钟主动运动健侧下肢或针刺皮肤上下平面有无感觉异常。观察患者有无尿潴留。④术后常规使用血管扩张剂,如低分子右旋糖酐、丹参、地塞米松等。

(4) 大咯血、咳痰:由于行介入治疗后肿瘤组织大块坏死,瘤体内血管可能破裂,出现大咯血、咳痰,应备吸引器等急救设备和药物,防止窒息。

九、健 康 教 育

1. 讲解疾病有关知识,告知非药物控制疼痛的方法和技巧,以缓解疼痛。

2. 合理安排休息,适当进行户外活动,加强锻炼,增强机体抵抗力。保持乐观开朗的情绪,树立战胜疾病的信心,积极配合治疗。

3. 加强营养,进食高热量、高维生素、高蛋白饮食,如肉、鱼、蛋、禽、奶制品、新鲜的蔬菜水果等,禁烟酒。

4. 注意气候冷暖变化,防止受寒感冒,如果发生上呼吸道感染,应及时就医用药,彻底治疗。

5. 宣传吸烟对健康的危害,提倡不吸烟,并注意避免被动吸烟。

6. 定期随访,复查胸片、胸部 CT 等,如有异常及时就医。

(杨　雅　许秀芳)

［附］ 肺癌伴上腔静脉压迫综合征的介入护理

一、概　　述

肺癌是呼吸系统最常见的恶性肿瘤之一,手术切除为治疗肺癌的首选方法,但是因其起病隐匿,约80％的患者失去手术切除的时机。选择性的支气管动脉药物灌注和栓塞治疗(BAI/BAE)及射频消融治疗(RFA)以创伤小、不良反应少、见效快、疗效肯定而显示出特有的治疗优势。但是,针对肺癌压迫、侵及上腔静脉所致的上腔静脉压迫综合征(superior vena cavasyndrome,SVCS)所呈现的头痛、头晕甚至晕厥、胸闷、气短、咳嗽、呼吸急促、口唇发绀、声音嘶哑,以颜面、颈部、臂部肿胀为特点的披肩式水肿等急性或亚急性临床危象,单一的 BAI/BAE、RFA 效果不佳,如不能及时有效解除,则会出现如喉部或者是脑部的水肿等危及生命的并发症。因而,越来越多的学者意识到综合性运用介入技术联合其他局部治疗手段对肺癌合并上腔静脉压迫综合征进行治疗的必要性和重要性。随着介入技术的发展,上腔静脉支架成形术及上腔静脉局部导管溶栓术,使得大部分由于肺癌引起的 SVCS 得以较好的救治。

二、适应证与禁忌证

(一)适应证

一般认为有下列情况的上腔静脉综合征患者应考虑行介入治疗。

1. 疾病发展快,静脉回流障碍明显,特别是伴有呼吸困难及颅内压增高症状,需要及时解除梗阻者。

2. 上腔静脉综合征患者经正规放疗、化疗抗肿瘤治疗后效果不佳或者肿瘤复发者。

3. 已进入肿瘤晚期,体质无法耐受放、化疗及手术而且合并上腔静脉综合征的患者。

(二)禁忌证

如无碘剂或者麻醉药品过敏者以及严重感染者,一般无绝对禁忌证。对侧支循环建立良好而无明显临床症状、体征者,则不需要介入治疗。

三、介入手术操作

1. 静脉入路　一般采用股静脉入路,如术中操作困难,也可选用颈静脉途径,而锁骨下静脉及腋静脉不常用,但可作选择的途径之一。

2. 腔静脉造影及测压　植入鞘管后,将导丝、导管通过下腔静脉、右心房,进入上腔静脉阻塞段的下端,然后调整导管与导丝的头端方向,用 0.035in 的亲水导丝钻挤、探寻潜在缝隙,力求使导丝、导管通过狭窄段,进入上腔静脉远心端。造影观察梗阻的部位、狭窄程度和长度及有无血栓形成并测压。如果未发现血栓,则直接进行球囊扩张治疗;如果有血栓形成,是否进行溶栓治疗尚存争议,大部分学者认为,溶栓可进一步减少并发症的发生。溶栓的方法是:用溶栓导管先进行溶栓。注入尿激酶的速率为:1万 U/min,共50万～100万 U。溶栓过程中随时监测凝血指标的变化而进行调整。

3. 球囊扩张　拟行球囊扩张前,应根据患者体重给予全身肝素化。导丝和导管突破梗阻段后,用0.038in Amplatz 超硬导丝更换0.035in 亲水导丝,选用和血管直径适合的球囊,由小到大进行扩张,扩张球囊的压力不宜过大,以防血管因不能承受太大的压力而破裂,导致出血、休克甚至死亡。典型的影像学表现可以见到"腰征"。

4. 支架植入　球囊扩张完成后,植入支架的直径比正常上腔静脉管径大10%为宜,一般为12～20mm 直径支架,长度要超出狭窄段上、下各1～2cm,以保持足够的支撑力。支架送至病变部位后,固定推送器,小心、缓慢退出外套管,确保将支架置于理想位置。支架释放后,如果支架尚未完全展开,可以不再作进一步处理,靠支架本身的张力逐渐展开到理想直径。如果支架能够通过狭窄段,也可不用球囊扩张,直接放置自膨式支架。

5. 复查造影　支架释放完毕后,再次造影观察支架位置、上腔静脉开通情况,对比剂有无外溢,确保血管没有破裂出血,然后测压、记录数值。

病例:女,53岁,右肺小细胞肺癌伴上腔静脉综合征(图 2-11-3)。

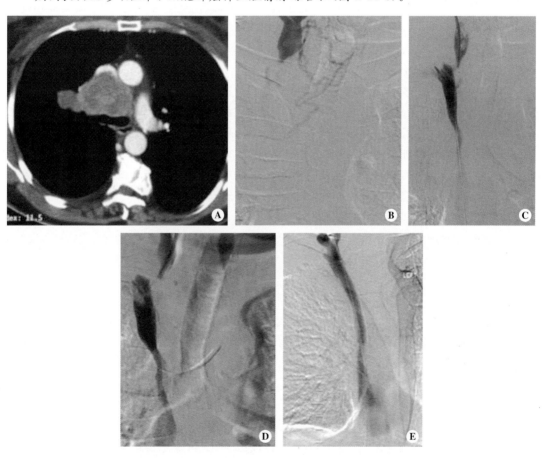

图 2-11-3　图 A 示治疗前 CT 增强扫描,显示上腔静脉受肿瘤侵犯并狭窄;图 B 示经右侧颈内静脉造影,显示上腔静脉阻塞及周围侧支循环;图 C～E 示导丝通过狭窄、植入支架、造影显示上腔静脉通畅

四、并发症以及防治

上腔静脉综合征介入治疗的严重并发症较少。理论上上腔静脉内支架置入可发生血管破裂、支架移位、支架梗阻、肺栓塞等并发症,但临床上的类似的并发症报道并不多见。不常见的并发症包括:发热,穿刺部位的感染,以及球囊扩张时出现一过性的疼痛。甚至有一侧膈膨升的报道,有学者认为是由于肿瘤侵犯了膈神经,而与支架置入无关。有在心包内发现对比剂的报道,考虑可能是打通梗阻时,导丝穿透损伤右心房,而出现造影外渗,但并没有造成严重的并发症,因此在操作过程中要小心。术后抗凝引起的出血,由于患者均为恶性肿瘤患者,因此对抗凝的监测尤为重要,需控制 INR 在 1.5~2.0。

五、术 前 护 理

1. 评估并详细记录患者的情况　全面了解患者的病情,除了明确引起梗阻的病因外,还需要通过增强 CT 或者 MR,明确上腔静脉梗阻的部位和梗阻的程度,以及侧支循环建立的情况。必要时可先行经肘静脉造影,了解狭窄的部位、范围等情况。完善各项化验指标。记录呼吸次数、频率。测量并记录双上肢及颈部浮肿的程度,以便为术后护理观察提供对比依据。呼吸困难者给予半卧位,对症处理。

2. 心理护理　多数患者临床症状较重,生活质量差,精神压力大,情绪不稳定,再加上治疗费用高,往往产生紧张、焦虑、恐惧心理,甚至对生活绝望失去信心。他们希望治疗后症状缓解,减轻痛苦,同时又担心花了钱后不但没有效果,又添新病。这要求护士多与患者交谈,了解患者性格、经济状况、心理状态、文化知识层次,耐心地对患者及家属进行手术步骤、目的、优越性及配合方法的讲解,使他们对介入治疗有更多的认识,增强患者的信心并赢得信任,使患者处于接受治疗的最佳心理状态,积极配合治疗及护理。

3. 术前准备　行药物过敏试验,备皮(颈部术区、双侧腹股沟及会阴部),术前 4 小时禁食。器械和药物准备完善。

六、术 中 配 合

术中护理对患者进行心电图、血压、血氧饱和度监护,并详细记录各种数据变化,及时向手术医生汇报;此类患者常有呼吸困难和呼吸道分泌物增加,予以氧气,准备好吸痰器,保证患者呼吸道通畅。

七、术 后 护 理

1. 穿刺点的护理　术后 24 小时卧床休息,次日根据病情可离床活动。术中因应用了 12~14F 长鞘,创口大,且经颈静脉穿刺溶栓易造成出血,血肿可压迫气管、阻塞气道造成窒息。术后密切观察穿刺点加压包扎情况,有无渗血,颈部有无血肿。一旦颈部出现严重血肿应立即采取急救措施。

2. 出血的护理　由于术中应用溶栓药、行球囊扩张、支架植入,术后要给予抗凝治疗。因此,要密切观察患者有无脑出血征兆,有无尿血、便血、鼻出血等。观察患者皮肤黏膜有无出血点,同时监测凝血全套,如果超过正常值 2.5 倍时应及时通知医生,考虑药物减量或停止输入。

3. 肺梗死的护理　术后给予心电监护严密监测心率、脉搏、血压、呼吸的变化,同时观察呼吸节律、频率及深浅度,如出现呼吸困难、胸闷伴氧饱和度下降至 90% 以下、胸痛、咯血、晕厥,应立即给予吸氧并遵医嘱对症治疗及处理。在观察是否出现肺梗死的同时要与肺水肿区别开。

4. 支架脱落移位的护理　这是较严重的并发症,如果支架移位脱落后落入心脏,刺激后会出现心律失常,危及患者生命,监测心电图有无改变,做好急救准备。

5. 尿量的观察及护理　上腔静脉开通后,回心血量增加,组织间存留的水分短时间进入血循环,尿量增加。一般需记 24 小时出入水量,并注意有无电解质紊乱及心衰发生。

6. 加强营养,防止感染护理　肺癌是肺部原发的恶性肿瘤,而恶性肿瘤又是一种消耗性疾病,加上患者的精神因素,以及在治疗过程中应用大剂量的化疗药物而引起的胃肠道反应,导致食欲下降,甚至厌食,此时免疫力急骤下降,特别是患者已发生上腔静脉回流受阻,肺部淤血,病情渐重,长期卧床,易发生各种感染,如呼吸道感染、泌尿系感染等。因此要做好饮食护理及营养指导,加强基础护理。给予高热量、高蛋白、高维生素的饮食,既要清淡又要注意色香味。给予容易消化的食物,避免刺激性的食物,并鼓励患者少吃多餐,多食用新鲜的蔬菜和水果。要耐心讲解营养与疾病的关系,合理的膳食安排既可提高机体的免疫力,减少感染,又可提高机体对各种药物的耐受力,提高治疗效果。

八、健 康 教 育

1. 保持乐观积极的态度,保证充足的睡眠,避免劳累和重体力劳动,参加适当的锻炼,如打太极拳、练习瑜伽、散步等。进行有效呼吸的锻炼。

2. 戒烟,并注意避免被动吸烟。给予高热量、高蛋白、高维生素的容易消化的食物,避免刺激性的食物,少吃多餐,多食用新鲜的蔬菜和水果,提高机体的免疫力,减少感染。

3. 保持室内环境清洁舒适,保持空气清新,防止空气污染,防止感冒咳嗽。

4. 观察尿量、肢体、颜面的肿胀度。测量血压以左上肢为准,不宜先用右上肢测量血压,必要时两侧对照测量。保持大便通畅。

5. 术后患者应长期服用抗凝药物持续半年,严格遵医嘱按时按量服药,学会自我观察出血倾向,定期监测出凝血指标。若出现头面部肿胀症状加重、气急或再次出现颈外静脉怒张等情况,应警惕是否发生支架再狭窄,及时就医。

(李晓蓉)

参 考 文 献

段天红 . 1998. 肺癌介入术中给药法的改进 . 介入放射学杂志,7:243-244

解晓东,廖振银,卢武胜,等 . 2001. 肺癌合并上腔静脉压迫综合征的血管内支架及溶栓治疗 . 临床放射杂志,20:388-391

李麟荪,滕高军.2010.介入放射学临床与并发症.北京:人民卫生出版社,12

刘晶杰,张月芬.2009.肺癌合并上腔静脉压迫综合征的治疗分析.当代医学,15:66

刘鹏程,杜端明,陈在中,等.2005.上腔静脉阻塞综合征的术前评估及介入治疗.罕少疾病杂志,12:14-16

孟如娥.1998.支气管动脉灌注化疗治疗肺癌的护理.介入放射学杂志,7:177-178

彭辽河,肖湘生,贾宁阳,等.2009.DSA 与 MSCTA 在肺癌介入治疗中的协同应用研究.介入放射学杂志,18:664-667

彭辽河,肖湘生.2008.多层螺旋 CT 血管造影在肺癌血供研究及介入治疗中的应用.放射学实践,23:218-220

宋磊,王峰,纪东举,等.2008.恶性肿瘤所致上腔静脉压迫综合征的介入治疗.中国微创外科杂志,8:355-359

文春玉,刘祚燕,李伟,等.2002.血管内支架置入术治疗肺癌伴上腔静脉阻塞综合征的护理.华西医学,17:256

许秀芳,程永德,丁美娟.1994.肺癌介入后的护理.介入放射学杂志,3:232

杨熙章,杨利,陈自谦,等.2005.支气管动脉介入治疗中严重并发症的防治.介入放射学杂志,14:536-538

张电波,董生,董伟华,等.2008.非小细胞肺癌栓塞化疗术并发症分析.介入放射学杂志,17:176-178

张电波,肖湘生,欧阳张,等.2002.支气管动脉栓塞术并发症分析.实用放射学杂志,18:359-361

张福君,吴沛宏,黄金华,等.2000.肿瘤所致上腔静脉阻塞综合征的内支架治疗,19:284-286

张丽敏,张艺,谭霞,等.2009.上腔静脉综合征行支架置入术的围手术期护理.实用医学杂志,25:2374-2375

张玉侠,祖茂衡.2000.气管内支架置入术的护理.介入放射学杂志,9:219

赵丽,徐阳.2004.上腔静脉综合征介入治疗的护理 14 例.中国实用护理杂志,20:12-13

赵盈.2004.经皮上腔静脉成形术治疗上腔静脉阻塞综合征的护理体会.介入放射学杂志,13:508

Tan RT,MeGahan JP,Link DP,et al.1991.Bronchial artery embolization in management of hemoptysis.J Intervl Radiol,6:67-76

第十二章　胃癌介入治疗的护理

一、概　　述

胃癌是我国常见的恶性肿瘤之一,在我国其发病率居各类肿瘤的首位。中国的胃癌发病率以西北最高、东北及内蒙古次之、华东及沿海又次之、中南及西南最低,每年约有 17 万人死于胃癌,几乎接近全部恶性肿瘤死亡人数的 1/4,且每年还有 2 万以上新发的胃癌患者,胃癌是一种严重威胁人民身体健康的疾病。不同国家与地区胃癌的发病率与死亡率有明显区别,高低之比可相差 10 倍。

"早诊断、早切除"是提高胃癌治愈率的主要手段,为了改进中晚期胃癌的治疗方法和手段,提高其生存期和生存质量,介入治疗已成为改善胃癌患者生存状况的重要部分。有研究认为腹腔转移是胃癌复发最常见的形式,治疗很困难。对于因腹腔转移形成肠梗阻者,可行肠切除、肠造瘘、全腹膜切除,但疗效不佳。采用动脉插管介入性化疗灌注取得比较明显效果,不仅肠梗阻症状好转,而且延长了生存期。用介入放射学方法治疗胃癌,为中、晚期患者治疗提供了一条新的途径。目前较为成熟的方法包括病灶切除部位动脉内大剂量冲击化疗(one-shot bolus chemoinfusion)及连续长期动脉内化疗灌注(long-term chemoinfusion)两种,国内外文献报告两种方法均较单纯外科根治术近期和远期疗效好。还有经皮胃造瘘(percutaneous gastroectomy,PG)和金属内支架置入术(metal stent implantation)。PG 主要运用于因梗阻而不能进食患者,可改善患者的体质和全身状况,文献报告成功率达 90%以上,而 30 天内的死亡率在 6%～11%,明显低于外科造瘘的死亡率。金属内支架置入主要运用于胃癌根治后因吻合口复发引起的狭窄,也可用于胃窦癌引起幽门梗阻的患者,最早由 Kromer 报告,综合国内外文献多数认为以镍钛形状记忆合金内支架的疗效为好。

二、介入治疗的适应证与禁忌证

(一)适应证

1. 拒绝外科手术的患者。
2. 外科手术不能切除的患者,可以改善生活质量,延长生存期。
3. 胃癌根治切除术或姑息切除术前、术后的辅助治疗。
4. 癌性溃疡伴大出血者。
5. 术后复发不能或不愿意再次手术者。
6. 合并消化道、吻合口出血,保守治疗无效者。
7. 与靶向药物、生物治疗等措施联合实施,以提高疗效者。

（二）禁忌证

胃癌的介入治疗，无绝对的禁忌证，但一般以下几种情况不鼓励行介入术：

1. 心、肝、肺、肾功能不全患者。
2. 凝血功能障碍患者。
3. 全身广泛转移者。
4. 全身衰竭恶病质状态者。
5. 伴有严重感染者。

三、介入手术操作

1. 术前要常规进行详细的消化系统查体并记录，包括有无上腹或胸骨后疼痛、嗳气、反酸、食欲不振，有无呕血和黑便，有无消瘦和体重下降，既往有无慢性萎缩性胃炎、胃溃疡、胃息肉等病史等。

2. 进行常规术前准备，包括连接心电监护、建立静脉通路、消毒、铺无菌手术单等。

3. 经过 2% 利多卡因行腹股沟区局部麻醉后，采用 Seldinger 技术股动脉穿刺，在导丝引导下导入导管，经 DSA（或其他 X 线影像监视设备）监视，将导管头插入腹腔动脉，先行腹腔动脉造影，了解肿瘤血供情况，根据造影情况选择灌注动脉（图 2-12-1）。

4. 微导管超选择性插管进入肿瘤供血动脉，经微导管再次造影了解有无危险吻合支。为避免损伤正常组织，在用碘化油与化疗药的混悬剂栓塞治疗时，一定要超选择。

5. 使用栓塞剂对肿瘤血管进行栓塞或药物灌注时，通常配合导丝将导管插到预定血管后，开始灌注化疗药。灌注时先将每种化疗药稀释

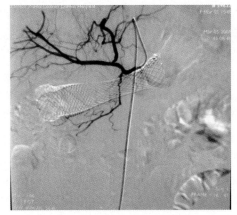

图 2-12-1　胃癌，造影显示肿瘤明显染色，可见胃十二指肠动脉扭曲、狭窄、僵硬

到 50ml 缓慢注入，必要时用明胶海绵碎粒或碘化油与化疗药物的混悬液进行肿瘤供血动脉栓塞。

6. 栓塞结束行供血动脉造影观察栓塞情况。

7. 拔出导管，压迫止血包扎后，平车送患者回病房。

四、并　发　症

1. 胃癌供血动脉内灌注化疗后易造成胃黏膜肿胀，细胞坏死，出现糜烂，甚至溃疡，一般为可逆反应，约 4 周时局部损伤修复。胃癌供血动脉栓塞还易出现胃穿孔、消化道出血、顽固性呃逆、幽门梗阻等并发症。

2. 其他并发症如胃-食管反流、吸入性肺炎、发热等。

3. 因误栓引起急性胰腺炎、胆囊炎等。

五、术前护理

1. 心理护理　胃癌患者在心理和躯体上受到双重折磨,此时最需要亲人、朋友、医护人员的关怀和体贴。护士应根据患者的心理特点及入院后评估结果,进行认真分析,实施有效的心理疏导及松弛疗法,以减轻心理压力,满足其心理需求,向患者及家属有针对性地介绍介入治疗的目的、意义、方法、环境和可能会出现的并发症、药物的副作用及防范措施与注意事项,使患者很好地配合治疗,以利于手术顺利进行并减少术中和术后的并发症。

2. 术前常规护理　术前禁食 4 小时(若有消化道梗阻,则禁食 12 小时),行碘过敏试验,凝血酶原时间、肝肾功能、电解质检查。检查双侧股动脉和足背动脉搏动情况。指导患者进行深呼吸、憋气、咳嗽动作和床上大小便训练,进手术室前排空膀胱。

3. 器械及药物准备　按照医嘱准备好需要的器材及药物,如化疗药、止吐药、2% 利多卡因、地塞米松、肝素等。

4 备好术中抢救可能使用的药物,这些药物主要包括:急救药物(心脏、呼吸兴奋剂),解痉药、止血药等。

六、术中配合

1. 协助医生完成术前常规准备,如协助患者取平卧位,两手放于身体两侧。连接心电监护、开通静脉通路,打开手术包,协助医生穿手术衣,准备肝素、利多卡因等常用药物。

2. 随时观看心电监护仪,密切注意生命体征,观察患者面色、意识变化。并询问患者在灌注过程中有无异常不适感觉。发现异常,及时通知医生,及时配合医生救治。

3. 介入治疗完成后,再次对患者进行全面的检查,包括生命体征、术侧肢体敷料包扎情况、足背动脉搏动情况,并与术前检查结果比较,以排除因栓塞可能导致的并发症。

4. 护送患者安返病房,并向患者及其家属交代术后的注意事项。

七、术后护理

1. 常规介入术后护理。做好病情观察,监测心率、心律、血压、体温、呼吸、血氧饱和度的变化,并及时做好记录。询问患者有无不适主诉。注意患者有无介入术后常见并发症的一些前期表现,如发热、疼痛、消化道反应、出血等,有异常及时通知医生处理。观察患者有无大便、大便的颜色。

2. 心理护理。介入治疗后,疼痛、呕吐、发热等反应比较大,往往使患者焦躁、痛苦、绝望,所以医护人员要尽力为患者创造一个良好的心理环境。特别要重视与患者建立信赖关系。临床实践表明,医护人员的语言是良好的安慰剂,应耐心诚恳地回答患者及家属提出的问题,举一些治疗成功的病例去鼓励患者。

3. 监测穿刺肢体的足背动脉搏动、皮温,穿刺点压迫部位有无渗血。穿刺肢体若出现皮温降低、足背动脉搏动消失、肢体肿胀,应适当放松穿刺点的压迫,以防出现下肢的缺血和深静脉的血栓形成。

4. 胃癌介入术后进食量应由少到多、由稀到稠逐渐适应,如饮水、米汤、牛奶、稀饭过渡到普食,进食时要细嚼慢咽,以减轻残胃负担,注意少食多餐。多补充蛋白质、热量、维生素以及铁剂,原则上以易消化吸收、无刺激性为主。

如果患者行支架植入术,饮食指导是术后护理的重点。术后可嘱患者饮少量温热水,12小时后开始进食流质,3天后可进半流质,一周后进普食,但禁食冷饮。患者术前吞咽困难而很少进食,一旦梗阻解除,往往进食心切,应指导患者逐渐增加食量。避免进冷食以防支架收缩移位。避免吞食坚硬、富含纤维和黏性食物,如各类坚果、韭菜、元宵、蹄膀等。

5. 并发症护理

(1) 胃肠道反应:由于化疗药物对胃肠道黏膜的直接损害,出现恶心、呕吐和胃黏膜损伤,可遵医嘱使用止吐药,胃黏膜保护药等。呕吐严重时,可将患者头偏向一侧,以防呕吐物吸入气管而窒息,鼓励患者多进食清淡易消化食物,一般2~3天后症状可缓解。

(2) 出血、穿孔:有两种原因,即化疗药物的损伤及动脉栓塞后局部缺血造成胃黏膜破溃;应激反应造成胃黏膜糜烂。通常以轻微出血较多见,不一定出现黑便,大便隐血可呈阳性,严重者可引起穿孔。术后应观察患者有无腹痛、呕血、黑便、血压变化等,如有异常立即报告医生进行处理。

(3) 急性胰腺炎:化疗药物经胰十二指肠动脉或脾动脉的胰背动脉分支进入胰腺组织可致急性胰腺炎,但较少发生。一旦怀疑应予以禁食,查血、尿淀粉酶,遵医嘱用药,并与患者及家属解释清楚,消除其顾虑。

八、健 康 指 导

1. 注意休息,保证充足睡眠,保持心情舒畅,适量活动,避免劳累及受凉。

2. 饮食要有规律,少食多餐,宜清淡饮食,避免生、冷、硬、辛辣、酒等刺激性食物,多食及水果,少进咸菜和腌制食物,不食霉变食物。

3. 遵医嘱服助消化剂及抗贫血药物。

4. 保持大便通畅,并观察有无黑便、血便,发现异常及时就医。

5. 如有腹痛、反酸、嗳气甚至恶心、呕吐者及时检查,及早治疗。

6. 出院后按治疗方案坚持服药,按时来院复查,行下一疗程的治疗,以巩固疗效。

(杨 雅 许秀芳)

参 考 文 献

杜菊芬.1997. 胃动脉灌注化疗与栓塞治疗胃癌后的护理. 介入放射学杂志,6:110-111

巩日红,刘少恒,朱丙炎,等.2005. 胃癌术后复发及残胃癌的供血动脉造影技术及介入治疗. 介入放射学杂志,14:77-78

林含舜,曹美萍,李军苗.2005. 金属内支架置入治疗胃窦幽门恶性狭窄. 介入放射学杂志,14:79-80

苏秀琴,孟祥文,张进,等.2001. 胃左动脉丝裂霉素明胶微球栓塞的实验研究. 介入放射学杂志,3:171-173

王舒宝,王俊.2006. 胃癌复发与转移的有关问题及综合治疗. 中国普外基础与临床杂志,13:9-11

朱明德,张子敬,季洪胜,等.2008. 进展期胃癌介入治疗疗效分析. 介入放射学杂志,17:136-139

第十三章　大肠癌介入治疗的护理

一、概　　述

大肠癌为结肠癌和直肠癌的总称,是指大肠黏膜上皮在环境或遗传等多种致癌因素作用下发生的恶性病变。大肠癌预后不良,死亡率较高。大肠癌是大肠黏膜上皮起源的恶性肿瘤,是最常见的消化道恶性肿瘤之一。大肠癌治疗以手术切除为主,但仅靠手术切除往往效果不佳,术后会出现复发和转移,还会伴随多种并发症。放疗和化疗,往往副作用比较大,对身体的伤害也比较大。介入治疗是目前应用比较多的一种辅助治疗方式,对大肠癌患者有比较好的疗效,可提高生存质量,延长寿命。随着医学技术的不断发展,介入治疗已被临床广泛应用,接受介入治疗的患者越来越多。介入治疗的护理工作是保证介入治疗成功的关键环节,介入治疗的护理工作范围也在不断地扩展、更新与完善。

二、适应证与禁忌证

1. 适应证　①手术前辅助化疗;②术后预防复发;③术后治疗局部残余病灶或复发;④失去手术机会或不愿手术的晚期患者的姑息治疗;⑤向腹腔脏器转移、扩散,尤其是肝脏转移瘤。

2. 禁忌证　①严重凝血功能障碍;②严重心、肺、肝、肾功能衰竭;③严重骨髓抑制(白细胞$<3\times10^9$/L)。

三、介入手术操作

经股动脉采用 Seldinger 法穿刺插管,用 4 F 或 5 F Cobra、Yashiro、Simmon 或将 RH 导管成形后,将导管送达靶动脉,将化疗药物稀释后,缓慢注入。灌注化疗结束后,在透视下进行导管解襻,拔管。局部压迫止血、包扎(图 2-13-1～图 2-13-4)。

四、并　发　症

1. 穿刺点出血或血肿。
2. 血栓形成。
3. 血管痉挛、血管壁损伤或破裂。
4. 化疗药毒性反应。

五、术　前　护　理

1. 心理护理　患者术前常有焦虑、恐惧心理,应详细向患者及家属介绍介入治疗的目的、效果、注意事项及成功病例,使他们有充分的思想准备,以良好的心态接受治疗。

2. 术前准备　术前常规检查凝血功能、肝、肾功能等。术前 4 小时禁食,避免治疗过程中发生呕吐而影响治疗的顺利进行。触摸双侧足背动脉搏动情况,便于术中、术后对照。术前常规备皮及常规训练患者床上排尿。

3. 物品及药物准备 备好一切所需物品及药品,认真检查导管、导丝质量,以防术中断裂、脱落等,并做好一切应急处理准备。

六、术 中 配 合

1. 主动向患者简单介绍自己,手术治疗过程、方法,使患者了解相关知识,减轻或消除患者焦虑、紧张心理。

2. 术中严密观察患者的意识、面色、心率、心律、血压等情况,如有异常,及时告知医生。

3. 术毕,局部加压止血后,加压包扎,送回病房。

图 2-13-1～图 2-13-4 女性,76 岁,里急后重伴便血 2 个月,肠镜组织学诊断直肠癌。

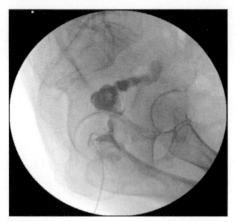

图 2-13-1 经肛门灌肠造影显示直肠长约 4 cm 病变,局部袋形破坏,管腔狭窄,管壁毛糙、僵硬

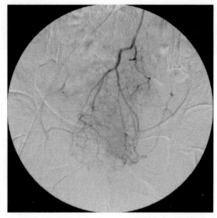

图 2-13-2 经股动脉将 C3 导管超选至直肠上动脉行 DSA 造影,显示血管增多,紊乱,粗细不均和肿瘤染色等富血供肿瘤 X 线改变,局部灌注化疗药后用 350～560μm 明胶海绵颗粒栓塞

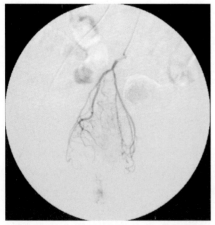

图 2-13-3 经导管栓塞后 DSA 造影,显示肿瘤血管闭塞,肿瘤染色现象消失。1 天后患者便血症状缓解

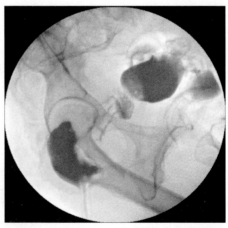

图 2-13-4 术后 3 周经肛门灌肠造影检查显示原直肠狭窄处较前增宽,患者里急后重等肛门刺激症状也较前缓解

七、术 后 护 理

1. 饮食护理 饮食宜清淡、可口、易消化。少食多餐,即使是在有恶心、呕吐时仍要坚持进食,以加强营养,增强机体免疫力。多饮水,保持尿量在 2500ml/d 以上,促进化疗药物的排泄,保护肾功能。

2. 不良反应的观察及护理

(1)穿刺点出血或血肿:穿刺点出血和血肿形成的机会多在术后 8 小时内,尤其在搬动患者过程中。因此,行血管介入术后,穿刺部位压迫止血 15 分钟,加压包扎,然后股动脉穿刺点用 1kg 重砂袋压迫 6 小时,术后卧床休息,患肢制动 24 小时,协助患者床上使用大小便器,必要时可留置导尿管,防止过早活动,严密观察穿刺部位有无渗血、渗液,观察周围皮肤有无皮下淤血、血肿,保持敷料清洁干燥,避免感染。

(2)血栓:由于穿刺损伤血管、化疗药物刺激、卧床、下肢制动,容易导致下肢血栓形成,应密切观察患肢远端血液循环情况,患肢皮肤颜色、温度及足背动脉搏动情况。若出现肢体变冷、下肢疼痛、趾端苍白、麻木、足背动脉搏动减弱,及时报告医生,避免下肢动脉栓塞形成。

(3)化疗药毒性反应

1)由于化疗药物的刺激可引起不同程度的恶心、呕吐,应少量多餐,给予高蛋白、高维生素、高热量、易消化饮食,必要时给予止吐剂,补液,防止电解质紊乱。

2)对比剂血管内注入后主要经肾脏排泄,对肾脏也会产生一定的毒性作用,术后应记录尿量,观察尿液的颜色,术后 2 小时内无尿,需报告医生应用利尿剂,以加速药物排泄,保护肾脏的功能,定期复查肝肾功能。

3)由于化疗药物导致骨髓抑制,术后应定期作血常规检查。患者出现重度白细胞减少时,实施保护性隔离,嘱患者卧床休息,限制探视人员;加强皮肤口腔护理;注意无菌操作,以便预防感染。

八、健 康 教 育

1. 不去人多的公共场所,避免感冒。
2. 定期监测血象、肝肾功能,如有不适及时来院就诊。

(范 红 陈 茹)

参 考 文 献

张鸿斌.2005. 胃肠道癌介入治疗术后并发症的防护. 华夏医学,18;802 - 803

第十四章　妇科恶性肿瘤介入治疗的护理

一、概　　述

随着介入放射学的发展，介入技术应用于妇产科疾病治疗范畴日益增大。介入治疗因其简捷、安全、并发症少、且疗效肯定而使该治疗广泛地应用于临床，成为治疗中晚期癌症的重要手段之一，妇科恶性肿瘤的治疗原则通常以手术为主，但对于术后复发，或错过手术时机的患者实施介入治疗，是一种较理想的治疗方法。通过介入治疗阻断肿瘤血供，可使肿瘤缩小，增加手术机会和减少术中出血，提高患者生存质量，延长生命。

妇科恶性肿瘤主要局限于盆腔呈浸润性生长，其血供主要来源于子宫动脉及髂内动脉前干的其他侧支，当选择性插管至肿瘤供血动脉并灌注抗癌药物时，局部抗癌药物浓度提高，从而增加了抗癌药物对肿瘤细胞的杀伤作用。动脉灌注化疗时癌组织中的药物浓度较静脉化疗高。经动脉灌注时由于存在"首过效应"，这使以游离型发挥作用的化疗药物直接到达肿瘤部位，减少了药物与血浆蛋白的结合而失去效应。如顺铂在静脉给药时 $75\% \sim 92\%$ 为结合型，动脉灌注时可以提高游离型药物浓度，卡铂动脉灌注时其疗效可提高 $2 \sim 10$ 倍。文献报道对宫颈癌采用子宫动脉插管灌注化疗，其有效率可高达 87%。

单纯动脉灌注化疗虽使局部药物浓度升高，但药物在肿瘤组织内停留时间短，药物与肿瘤细胞不能充分接触，而化疗栓塞则将化疗药物与栓塞剂同时注入靶血管，在缓释化疗药物的同时阻断了肿瘤组织的血液供应，使肿瘤细胞处于缺血缺氧状态，加速肿瘤细胞的死亡，使肿块迅速缩小。介入治疗后可以使瘤体缩小，宫旁浸润情况得到改善，从而使其分期下降，为手术治疗创造机会，同时，通过动脉化疗可以降低癌细胞的活力，消灭微小转移灶，减少术中播散及术后转移。对晚期病例、手术和放化疗后复发者行介入治疗，虽为姑息性治疗，但可以有效止血，抑制肿瘤生长和浸润，从而缓解临床症状，提高生存质量。

二、适　应　证

妇科常见恶性肿瘤均可行术前、术后及姑息性介入治疗：

1. 外阴恶性肿瘤。
2. 宫颈恶性肿瘤。
3. 子宫内膜癌。
4. 子宫肉瘤。
5. 卵巢恶性肿瘤。
6. 输卵管恶性肿瘤。

三、禁　忌　证

1. 对比剂和麻醉药过敏。
2. 严重心、肝、肾疾病。
3. 严重血管硬化或穿刺血管严重阻塞病变。
4. 急性炎症和高热患者严重出血倾向和凝血功能障碍。
5. 严重贫血。
6. 穿刺部位感染。

四、介入手术操作

盆腔介入治疗常用方法是经股动脉穿刺路径：患者取平卧位，常规消毒铺巾，于右侧（或左侧）腹股沟中点下方股动脉搏动最明显处，局麻后切开皮肤2～3mm，钝性分离皮下组织，采用改良 Seldinger 技术穿刺股动脉，插入短导丝后引入导管鞘及导管。导管插入后于腹主动脉下段造影，了解肿瘤血供后，再进一步进行选择性插管或超选择性插管，根据病变部位将导管插至子宫动脉或阴部内动脉或直肠下动脉等靶血管，造影充分了解肿瘤供血情况，根据肿瘤血供情况决定药物灌注方案。再以海绵颗粒或条进行填塞，直至血流明显减慢、阻断（图 2-14-1～图 2-14-3）；最后拔出导管、导管鞘，局部加压包扎。手术顺利结束，患者无不适，安返病房。

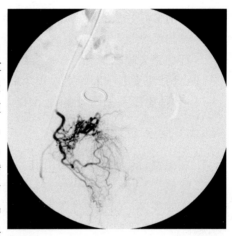

图 2-14-1　宫颈浸润性鳞癌。右侧子宫动脉造影显示子宫动脉增粗、迂曲，肿瘤血管增多，宫颈病灶血供丰富，可见宫腔内节育器影

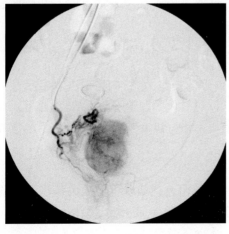

图 2-14-2　同图 2-14-1 病例，造影晚期可见病灶染色明显，以右侧子宫动脉供血为主

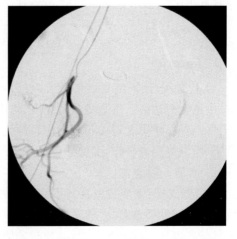

图 2-14-3　同图 2-14-1 病例，右侧子宫动脉栓塞后将导管回撤至髂内动脉造影，子宫动脉已闭塞未显影，病灶染色消失

五、妇科恶性肿瘤介入手术的护理

(一) 护理评估

1. 评估病史、年龄、职业、体重、药物过敏史、婚姻状况、末次月经。
2. 评估患者意识是否清楚、生命体征是否平稳。
3. 评估患者疼痛性质、规律及持续时间。
4. 评估患者饮食情况,营养状况,体重下降情况,有无贫血、脱水或衰竭等。
5. 评估患者排泄情况有无大小便失禁,留置导尿管者应保持导管通畅,固定位置妥当。
6. 评估患者有无各种躯体疾病及躯体并发症。
7. 评估患者手术部位皮肤及全身皮肤情况,有无破溃、溃烂、青紫或全身其他部位压疮等。
8. 评估患者自理情况,生活是自理或是需他人协助。
9. 评估患者睡眠情况。
10. 评估患者各项实验室检查结果有无异常。
11. 评估患者及家属对疾病、治疗方法、预后的认识程度、心理反应和承受能力等。

(二) 常见护理问题

1. 焦虑、恐惧　与担心疾病预后、环境陌生、惧怕手术及癌症有关。
2. 疼痛　与癌症浸润或栓塞后综合征反应有关。
3. 营养失调　低于机体需要的摄入量,与长期癌症侵袭消耗、术后化疗造成胃肠道反应引起食欲下降等有关。
4. 知识缺乏　与缺少治疗及康复知识有关。
5. 自我形象紊乱　与化疗后严重脱发,或子宫动脉栓塞后卵巢功能降低或早衰、提前出现更年期症状有关。

常见并发症:大出血、局部血肿、导管在动脉内折断、血管破裂、气栓、对比剂所致并发症等。

(三) 护理措施

1. 术前护理

(1) 心理护理:同情与尊重患者,与患者建立良好的护患关系,向患者讲解癌症有关知识,鼓励患者表达自己不适症状及恐惧、焦虑原因,针对具体问题给予耐心解释,并用语言和非语言的安慰,使患者对疾病的治疗及预后充满信心。做好患者术前指导,讲明手术意义和注意事项,取得患者合作,消除患者对手术的恐惧感。

(2) 术前一般准备

1) 营养支持:大多数患者有不同程度的贫血、低蛋白血症或水电解质失衡等。术前应根据患者情况调整饮食,改善营养状况。鼓励患者进食高蛋白、高热量、高维生素饮食;对进食量欠佳者应从静脉补充营养,必要时酌情输血。术前需禁食禁饮 4 小时以上,对于严重营养失衡者,可给予静脉补充。

2) 做好术前各项准备:麻醉药过敏试验,检查心肝肾功能、凝血酶原时间、血常规,备好临床检查资料及有关影像学资料等。

3) 详细了解生命体征、病变情况。

(3) 皮肤准备：术前一天沐浴、更衣，术日晨行手术野皮肤准备。备皮范围是：脐部以下至大腿上 1/3，两侧至腋中线，包括外阴部。

(4) 胃肠道准备：介入手术前一天给予易消化饮食，术前 6 小时禁食、禁饮。便秘者术前晚酌情给予导泻药或灌肠，可避免术中肠道内容物造成伪影或麻醉后肛门括约肌松弛排便而污染手术台。

(5) 阴道准备：于术前 3 天开始用高效碘溶液灌洗，每天一次，如为子宫癌进行擦洗时应动作轻柔，避免损伤病灶引起出血。

(6) 常规留置导尿管，避免术中膀胱充盈影响手术操作，术前半小时给予镇静剂。

(7) 事先和技术员检查好 X 线机、导管床、DSA 设备及高压注射器，根据手术需要准备好各种相应穿刺针、导管和导丝，以及消毒手术包及各种手术用品。必要时还应备好如氧气、除颤器、气管切开包、气管插管器械及简易呼吸器等抢救设备和抢救药品。

2. 术中配合

(1) 患者准备：①摆好患者体位，使患者处于舒适及准确的手术体位；暴露手术部位，同时注意保护患者隐私，接受镇痛泵者，应检查泵是否开启，并教会患者使用。②做好患者心理护理，缓解患者紧张情绪。

(2) 药物准备：①配制肝素无菌液体，根据手术需要备好适当的对比剂、局麻药、栓塞剂，保持静脉通路通畅。配合技术员使用高压注射器抽吸对比剂，排空空气。②进行化疗药的配制：原则是现配现用、充分混匀，确保药物剂量、浓度和用法准确。

(3) 病情观察及预防并发症发生

1) 术中应密切观察患者意识、生命体征变化，最好能使用心电监护仪。观察心血管系并发症：由于操作刺激患者易发生心血管并发症，如胸闷、呼吸困难、低血压或心律失常等，应及时报告医生给予积极处理。

2) 观察过敏反应：在血管内介入治疗中，对比剂过敏是最常见原因，尤其是在患者本身存在高危因素时，可出现皮肤潮红、恶心、呕吐、头痛、血压下降、呼吸困难、惊厥、休克和昏迷，则应考虑是过敏反应，重者可危及生命，需紧急处理，如吸氧，皮下注射肾上腺素以及应用激素等抗过敏、抗休克等对症处理。

3) 疼痛的护理：由于栓塞剂或化疗剂到达靶血管，刺激血管内膜，引起血管强烈收缩，或血管逐渐被栓塞，引起血管供应区组织缺血而发生疼痛，应密切观察疼痛发生时间、部位、持续时间，在注药的短时间内患者可感到下腹胀痛伴有发热，属于正常现象，给予安抚。对较严重的，术前可注射哌替啶或使用镇痛泵，同时应多与患者交流，分散其注意力。

4) 呕吐的观察和护理：一旦发生呕吐，应置患者于头侧位，防止呕吐物吸入气管内，并帮助其吸出口腔内呕吐物。

5) 血管痉挛的观察及护理：为多次穿刺插管刺激或插管动作过大过急所致，或患者精神过于紧张和恐惧等，若发现有下肢疼痛、发麻、皮肤苍白，首先应考虑是血管痉挛，可对末梢血管采取保暖以促进末梢血液循环，也可注射利多卡因或交感神经阻滞剂。

(4) 心理护理：由于手术使用局麻，因此患者在整个手术过程中意识是清醒的，术者的言谈举止和环境及手术部位疼痛都将会造成患者紧张、焦虑的心理。应认真仔细观察手术进程,根据手术需要及时快速为医生准备好临时需要物品及手术器材。手术的顺利进展就是给患者最大的心理安慰。术中多关心患者感受,及时疏导其心理疑问,使用言语和非言语技巧让患者感到安全。

(5)手术完毕后,拔出导管应压迫动脉止血,再加压包扎,护送患者安返病房。

3. 术后护理

(1)观察生命体征变化:术后4~6小时内每小时测血压、脉搏、呼吸一次,并注意神态、精神状态及其他病情变化,留置镇痛泵者应特别观察呼吸变化,发现异常及时报告医生。

(2)患者卧位:一般取平卧位,穿刺侧肢体保持伸直,制动6~8小时,严禁扭转,弯曲手术侧肢体,绝对卧床休息24小时,以利穿刺点闭合止血。告知患者避免屈髋、屈膝、打喷嚏和剧烈咳嗽等增加腹压运动,以免导致穿刺点出血。8小时后可取健侧卧位,24小时后方可下床活动。

(3)下肢血循环监测:严密观察双下肢皮肤颜色、温度、感觉、肌力及足背动脉搏动情况,警惕动脉血栓形成或动脉栓塞发生。若发生皮肤颜色苍白、下肢感觉异常、发麻、肌力减退则应及时报告医生,遵医嘱给予血管扩张剂及营养神经药物,并配合物理疗法。

(4)正确记录尿量:如术后24小时有尿少现象,应警惕对比剂及化疗药对肾脏的损害。有镇痛泵者应在拆除镇痛泵后才能拔出导尿管,以免因麻醉药造成膀胱肌肉麻痹引起尿潴留。

(5)疼痛的观察及护理:术后仍有大部分患者感到下腹部、臀大肌、下肢等轻中度阵发性胀痛,手术当天可适当使用镇痛泵或哌替啶等止痛,术后第二天可口服止痛片,若疼痛超过一周,并较剧烈,应警惕严重并发症发生。

(6)会阴部护理:由于介入术后可有一周左右阴道流液流血,应保持外阴清洁,预防感染。每日会阴擦洗两次,若发生化疗药致阴唇部溃疡,可予清洗后保持局部干燥,并遵医嘱局部涂药,阴道有感染者,可予以1:5000高锰酸钾溶液坐浴,每日两次。

(7)饮食护理:嘱患者术后第一餐进食少量半流食,一般患者会出现不同程度的恶心、呕吐、食欲下降等消化道反应,应鼓励患者进食,少量多餐,食易消化、清淡、营养均衡食物,以补充机体需要量。

(8)心理护理:术后患者急切想知道手术是否成功,有无并发症发生,期待好的疗效出现,应加强与患者及家属沟通,建立良好护患关系,取得患者信任。耐心讲解手术及各种治疗护理的意义,详细解释患者疑问。介绍一些能缓解焦虑的松弛方法,如听音乐、读书看报、呼吸练习等。

(9)术后并发症观察及护理

1)行子宫动脉或髂内动脉栓塞者会出现下腹部疼痛不适,重者出现臀部疼痛及下肢沉重感;如发生神经损伤,表现为下肢乏力、感觉异常,重者下肢麻痹,应严密观察,多与患者交流术后感受,出现异常及时报告医生。

2)局部血肿或出血:常为术中穿刺器械过粗及术后压迫止血不够,表现为穿刺部位皮下肿胀、胀痛不适和瘀斑;严重者可造成盆腔腹膜后血肿,引起髂静脉、膀胱或股神经压迫症状,出血多时发生休克而危及生命。预防:术前应准备合适的穿刺器械;了解患者凝血机制是否正常;拔管后采用正确压迫止血方法,使用加压包扎法,穿刺侧肢体保持伸直,制动6~8小时,严禁扭转,弯曲手术侧肢体,绝对卧床休息24小时。8小时后可取健侧卧位,24小时后方可下床活动。处理:一旦发生出血或血肿可延长加压时间或给予冰敷,24小时后改为热敷、频谱仪照射,促进血肿吸收,若血肿过大,需行血肿清除术。

3)动脉内血栓栓塞:由于动脉血管壁的损伤和加压包扎,动脉内逐渐形成血栓,由于卧床制动和加压包扎也易形成静脉血栓。预防:患者术后平卧6小时,并保持手术侧肢体伸直制动,以利血管穿刺点收缩闭合,保持血流通畅,术后24小时鼓励患者适当下床活动,防止下肢静脉血栓形成;密切观察下肢血循环情况,观察远端肢体皮肤颜色、温度、感觉、肌力及足背动脉搏动情况,注意有无"5P 征"发生。"5P 征"是:疼痛、麻木、运动障碍、无脉、苍白,是动脉栓塞的典型症状。紧急处理:抬高床头,遵医嘱用药,然后进行溶栓和使用扩张血管药物,必要时做好手术取血栓准备。

4)介入术后栓塞综合征观察和护理

A. 发热:由术后肿瘤组织坏死吸收或继发感染引起。一般体温在38℃左右,无自觉不适者,不需用药处理,发热时应多饮水;若体温在39℃以上,可用冰敷、酒精擦浴或使用退热药物降温;记录体温,及时更换汗湿衣物。

B. 胃肠道反应:主要是抗癌药物的毒副作用,立即反应是恶心、呕吐、腹痛,应激性消化道溃疡,为防止呕吐,在治疗前后可遵医嘱使用止吐药,有助于减轻症状。手术前后使用雷尼替丁或西咪替丁,可预防应激性溃疡。

C. 腹胀、腹痛:腹痛较重者可遵医嘱使用曲马多、哌替啶等药镇痛。

5)假性动脉瘤和动静脉瘘:常因操作过于粗鲁,使动脉壁受损,及穿刺时穿过动静脉所致,若血肿消失后局部仍有局限搏动性肿块,应警惕假性动脉瘤形成,需及早进行手术治疗。

6)其他

导管在动脉内折断:多为导管质量差,插管时旋、扭导管动作过猛等造成。

动脉夹层和夹层动脉瘤:为动脉插管粗暴损伤动脉内膜,或导管端顶住血管壁,在高压注射器注射对比剂时出现内膜切割。

血管破裂:高压注射器在导管端顶住血管壁高压注射时,或导丝遇阻力仍强行推进时。

气栓:高压注射器或注射器内空气未排净。

药物注入过程中外渗,引起皮肤坏死等。

术中严格遵守操作规程,术后密切观察,一旦发生给予积极对症处理。

4. 健康教育

(1)注意休息。保证充足睡眠,避免腹部碰撞和剧烈运动。避免重体力活动,劳逸结合,适当锻炼,打太极拳,练气功等,以增强体质。

(2)饮食少吃多餐,可吃高热量、适量优质蛋白、低脂饮食,多食水果、蔬菜,保持大便通畅。

(3)指导患者出院后随访时间、用药、性生活等,嘱患者遵医嘱按时服药,继续服用抗癌药物,不擅自加减药物剂量,避免引起不良反应,并注意定期复查白细胞计数及盆腔情况。

(4)保持良好的心态,以乐观的态度面对疾病,树立战胜疾病的信心。

(5)化疗后脱发严重者,告知患者经过一段时间头发能够重新长出,指导患者正确配戴假发。

(张燕玉)

参 考 文 献

陈春林,谭道彩,梁立志.1995.动静脉灌注化疗子宫颈癌组织药物浓度的比较.中华妇产科杂志,30:298

陈春林.2003.妇产科放射介入治疗学.北京:人民卫生出版社,416-432

韩志刚,张国福,谢洁林,等.2010.Ⅰb2-Ⅱa期宫颈癌根治性子宫切除术前子宫动脉栓塞化疗及髂内动脉前干支化疗的疗效比较.介入放射学杂志,19:955-958

柳曦,冯敢生.2010.选择性子宫动脉栓塞治疗子宫肌瘤的临床研究.介入放射学杂志,19:420

庞义存,宋月卿.2004.巨块型宫颈癌介入化疗疗效探讨.介入放射学杂志,13:530

乔翠云,兰桂云,刘双,等.2010.心理干预与介入治疗宫颈癌患者的心率及收缩压的相关性研究.介入放射学杂志,19:911-912

王建华,王小林,颜志平.1998.腹部介入放射学.上海:上海医科大学出版社,152-154

吴沛宏.2005.肿瘤介入诊疗学.北京:科学出版社,55-66

岳同云,李微青,罗延伟,等.2004.晚期子宫颈癌经导管热灌注栓塞介入治疗的护理总结.介入放射学杂志,14:315

张国福,韩志刚,胡培安,等.2010.选择性子宫动脉栓塞术在症状性子宫肌瘤中的应用.介入放射学杂志,19:951-954

张国福,尚鸣异,田晓梅,等.2009.子宫动脉化疗栓塞在宫颈妊娠中临床应用价值.介入放射学杂志,18:182-184

张国福,田晓梅,韩志刚,等.2009.子宫动脉化疗栓塞在宫颈癌术前临床应用价值.介入放射学杂志,18:97-99

第十五章　乳腺癌介入治疗的护理

一、概　　述

乳腺癌是女性最常见的恶性肿瘤之一。近年来,在我国尤其是上海、北京等发达地区已成为危害妇女健康的主要恶性肿瘤之一。乳腺癌的病因尚不十分清楚,发病机制比较复杂,影响乳腺癌发病的因素也很多,患者中约 15％有乳腺癌阳性家族史,因此认为乳腺癌与遗传有较大相关性。流行病学研究表明与非家族性乳腺癌有关的危险因素主要有雌激素的长期刺激,如初潮年龄早,绝经年龄晚,月经周期短,无哺乳史等。

早期乳腺癌治疗以手术切除辅以放化疗、内分泌治疗为主,而晚期(Ⅲ期或Ⅳ期)乳腺癌则以化疗、放疗、内分泌等综合治疗为主,旨在使肿瘤降期,获得手术切除机会或者控制局部病灶,提高患者生活质量和延长生存期。乳腺癌是对化疗敏感的实体瘤之一,符合动脉灌注化疗三个基本要素:①肿瘤有明确的供血动脉;②肿瘤为血管丰富型;③肿瘤细胞对药物敏感。动脉内给药可以提高局部药物浓度,同样的药物和剂量,动脉内灌注化疗与全身化疗相比,具有较高的应答率和较低的不良反应率。

20 世纪 60 年代,Byron 等将腋动脉外科切开置管行晚期乳腺癌局部化疗,取得了一定疗效。这是乳腺癌的介入治疗雏形,然而这种方法不仅痛苦大,而且创伤大、并发症多。随后,外科出现了尺动脉插管法,也取得了较好的局部控制效果,但存在患肢疼痛、手指麻木感、患肢前臂肌肉轻度萎缩、患肢功能障碍等较为严重的并发症。随着介入放射学技术应用的日趋成熟,临床开始采用经皮穿刺股动脉,插管至锁骨下动脉或肿瘤供血动脉,进行局部灌注化疗药物及栓塞,临床实践显示这种方法较尺动脉途径并发症显著降低,可重复操作性强,导管定位准确,临床效果好。

二、介入治疗适应证与禁忌证

(一)适应证

1. 局部晚期乳腺癌治疗或术前辅助降期治疗。
2. 局部复发的乳腺癌治疗。
3. 不能承受大剂量全身静脉化疗或局部病灶放疗无效的患者。

(二)禁忌证

严重凝血机制障碍,对对比剂过敏,严重心、肾、肝等功能障碍,全身衰竭等为禁忌证。

三、介入手术操作

（1）穿刺插管以 Seldinger 方法经皮穿刺股动脉，插管至病变侧锁骨下动脉，先行锁骨下动脉造影，明确肿瘤供血动脉，然后超选择插管至肿瘤供血动脉。必要时可采用植入动脉药盒或埋入化疗泵的方法进行长期多次动脉给药。

（2）乳腺癌动脉灌注化疗药物选择：可选用的化疗药物有蒽环类药物、紫杉类药物、长春碱类药物、铂类药物、烷化剂和抗代谢药物。目前动脉内用药剂量尚无相关的药代动力学及毒理学标准，用量主要参考全身静脉用量，一般相当于单个疗程全身静脉给药量的 70%～80%。

（3）灌注方法：造影确认插管至肿瘤供血动脉后，将每种化疗药物稀释至 100ml 左右，分别缓慢推注，推注过程中注意和患者沟通，了解有无头痛、皮肤疼痛等不适。对于肿瘤供血动脉超选插管困难或者病变广泛的病例，可将导管超越椎动脉开口，置于锁骨下动脉，然后将加压袖带束于患侧上臂靠近肩关节处加压，压力以完全阻断肱动脉的血压为标准，这样暂时阻断肱动脉血流后灌注，可使化疗药物充分进入肿瘤供血动脉，增加肿瘤及腋窝局部药物浓度，提高疗效，又可减少化疗药物对远端肢体的刺激。

（4）栓塞：在确保不会异位栓塞的情况下，可以采用碘油、微粒、明胶海绵等栓塞剂对肿瘤供血动脉进行栓塞，提高疗效（图 2-15-1～图 2-15-2）。

四、并　发　症

乳腺癌介入治疗产生的并发症主要与对比剂反应，穿刺、插管损伤，灌注化疗药物，血管栓塞等有关。

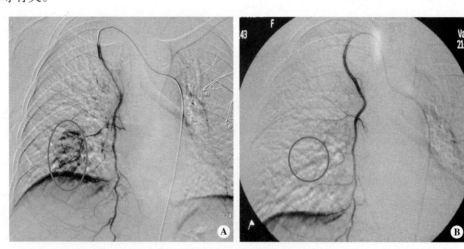

图 2-15-1　右侧ⅢA期乳腺癌患者

A. 首次灌注化疗前右侧内乳动脉造影见明显团块状肿瘤染色，肿瘤最大径约 6cm。内乳动脉发出分支供应肿瘤（圈所示）；B. 第二次动脉灌注化疗前右侧内乳动脉造影示肿瘤染色消失（圈所示）。超声检查未见明显肿瘤，患者达到 CR。

手术结果：肿瘤体积明显缩小，手摸不能触及，连续标本取材示肿瘤基本坏死

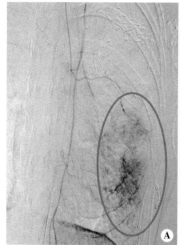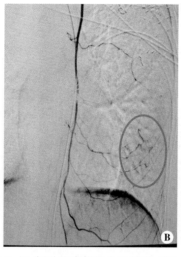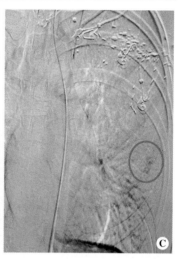

图 2-15-2　左侧乳腺癌保乳术后复发，ⅢB 期患者

A. 首次灌注化疗前左侧内乳动脉造影示明显团块状肿瘤染色，范围广泛，直径约 11cm，肿块与局部胸壁和皮肤固定（圈所示）；B. 第二次灌注化疗前内乳动脉造影示肿瘤范围较治疗前明显缩小，染色大部分消失，仅见小片状染色（圈所示）；C. 第三次灌注化疗前内乳动脉造影示肿瘤染色进一步减少，仅见少许淡染肿瘤染色（圈所示），患者达到 PR。手术结果：肿瘤体积明显缩小，标本肿瘤直径约 2cm，大部分坏死

五、术 前 护 理

1. 制定护理计划。根据患者的病情、介入治疗方法、年龄、性别、文化层次、心理状况以及患者现存、潜在或可能出现的护理问题，制定相应的护理措施，以保证介入治疗安全。

2. 开展护士术前访视。有利于介入治疗的护士全面了解患者的情况，能在术中及时发现和处理护理问题，并预防并发症的发生，同时加强了护患沟通，有利于减少患者的恐惧心理，使手术顺利实施。

3. 治疗前要解除患者心理上的疑点和顾虑，向患者介绍介入治疗的原理、基本过程、疗效，让患者有充分的心理准备。

4. 做好皮肤护理、口腔护理等，以减少并发症。

5. 训练卧床排尿，预防术后尿潴留。

6. 完善必要的化验、检查，了解患者主要脏器功能状况、凝血功能及其他不利因素，并通过必要的检查尽可能明确病变的位置、大小、与周围结构的关系和病变的血供特征。

7. 做好治疗前的准备工作，如备皮、过敏试验、准备药物等。

8. 术前 4 小时禁食。遵医嘱肌内注射地西泮 10mg。

9. 手术室完善各种抢救药物、心电监护、氧气、吸引器、呼吸辅助装置等急救设备。

六、术 中 配 合

1. 手术在局麻下进行，患者始终处于清醒状态，患者虽然看不到手术的情况，但会全力去倾听和猜测手术的进展情况，因此术者之间尽量用专业术语交谈。护士随时观察患者的表情，主动询问患者有无不适，一方面分散患者的注意力，另一方面也给患者以心理支持，使手术能顺利进行。

2. 予以平卧位,上肢及左下肢适当约束,暴露穿刺部位,右下肢稍外展。经尺动脉插管者暴露穿刺侧前臂。

3. 严密监测血压、脉搏、呼吸的变化。持续低流量吸氧。患者头偏向一侧,以免术中的恶心、呕吐而误吸,保持呼吸道通畅。警惕因对比剂过敏引起的喉水肿及支气管痉挛而导致的呼吸困难、恶心、呕吐、烦躁、出冷汗、呼吸急促等过敏反应。推注对比剂前,静脉注射地塞米松 10mg,以减轻对比剂的副作用。如发现晕厥、胸痛、肢体活动障碍、肌力减退等症状,立即报告医生,及时处理以防并发症的发生。

4. 术中灌注化疗药前在患侧上臂绑扎血压计袖带加压至 180～220mmHg（也可注气至摸不到桡动脉搏动为止）,阻断动脉血流,以保证治疗区药物浓度,并避免药物对上臂血管的刺激;期间注意观察局部皮肤变化。留置导管者应严格操作规程,每次固定好导管,防止导管滑脱,推药前应检查和测量导管在体外长度,以保证导管未发生移位。

5. 协助医生完成对患者的压迫止血及穿刺点包扎,并向患者及其家属指导术后的注意事项。

七、术 后 护 理

1. 常规护理　术后严密监测生命体征、穿刺点及术侧肢体的血运及活动度。水化解毒,记录尿量。乳腺癌患者晚期由于有腋下和（或）锁骨上淋巴结转移,导致淋巴液回流受阻而出现患侧上肢肿胀,严重者功能受限,护理时应将患肢抬高 20°～30°;严禁在患肢测血压、注射、抽血、输液,避免烫伤。

2. 并发症的防治与护理

（1）对比剂有关的并发症

1）主要是对比剂过敏迟发反应,轻者表现为头痛、胸闷、恶心、呕吐,全身荨麻疹样皮疹、眼睑面颊水肿;严重的可出现呼吸困难、哮喘、面色苍白、四肢青紫、血压下降、心脏骤停、知觉丧失等。发生过敏反应者进行激素脱敏治疗、给氧、补充血容量。并密切观察生命体征变化。

2）对比剂对肾功能的损害可以造成对比剂肾病,术后遵医嘱补液水化外,嘱患者多饮水,促进对比剂排泄,并注意排尿量,及时检测肾功能。

（2）与插管有关的并发症

1）穿刺部位出血及血肿形成:常见于术后压迫不当、穿刺者技术不熟练、患者术后下床活动太早、肝素用量大,尤其是凝血机制障碍或伴有高血压及动脉硬化者。防治:术前常规检查凝血酶原时间、血压,凝血功能异常和高血压者禁忌手术或纠正至正常范围方可手术;术中尽量避免肝素用量过多;提高一次穿刺成功率;术后穿刺部位压迫 20～30 分钟。观察无渗血后穿刺点用绷带加压包扎,患者咳嗽、大小便时用手按压穿刺部位;术后 12～24 小时卧床休息,穿刺侧下肢或上肢不能过度弯曲;小血肿多能自行吸收。出血者局部缝扎止血;有报道大血肿发生率约为 0.3%,用透明质酸钠血肿内注射促进吸收。

2）血管内膜损伤及动脉栓塞:操作粗糙、导管导丝尖端过硬或不光滑、导管长时间留置血管内或强行通过迂曲有阻力的血管都可引起血管痉挛、血管内膜损伤。若伴有动脉粥样硬化、血液高凝状态、操作时间过长、肝素用量不足、导管内凝血块被推入血管内等因素,则可导致动脉内血栓形成,影响肢体远端血液供应。术中手法轻柔是减少血管内膜损伤的关键;尽量选用质量好、表面光滑的导管导丝,避免术中操作时间过长;术中用的导丝、导管应用肝素盐水冲洗,及时将导管内的血凝块抽出;留置导管者,每次推药前后用肝素生理盐水(肝素 12 500U 与生理盐水 1250ml)10ml/次冲洗,防止导管堵塞;避免血管内留置导管时间过长;术后严密观察患侧肢体皮肤颜色、感觉、足背动脉或桡动脉搏动情况,并注意保暖。血栓形成或血栓栓塞后,可立即经导管注入 25 万～50 万 U 尿激酶做溶栓治疗,必要时血栓消融、血栓抽吸等。

3) 感染:晚期乳腺癌患者自身抵抗力低下,容易发生局部或全身感染。介入是一种有创性治疗,尤其是血管内长时间留置导管者,更易发生感染。防治:必须严格无菌操作;术后预防性使用抗生素 3～7 天;留置导管者,保持局部干燥、无渗血渗液,及时换药,每次灌注药物前后肝素帽均应严格消毒;密切观察体温变化和穿刺点有无红、肿等炎症表现。一旦怀疑或确认感染,应及时进行血培养或根据血培养结果使用有效抗生素,补充液体,鼓励患者多饮水,保持室内环境清洁,加强患者生活护理;减少探视,避免交叉感染。

(3) 与灌注化疗药物、肿瘤血管栓塞有关的并发症

1) 局部剧烈疼痛:可能因大剂量、高浓度的化疗药和留置导管刺激血管痉挛有关。报道留管多次灌注化疗引起肢体疼痛、麻木感发生率为 18%。患者出现上肢、肩背部剧烈疼痛,难以忍受,不能入睡。给予解痉、扩张血管药物及止痛药物治疗缓解。防治:减少化疗药物剂量和浓度、缩短化疗疗程、缩短留管时间是预防此并发症的关键。安慰患者,消除紧张情绪;肢体麻木疼痛,可给予保护及扩张血管药物如丹参、低分子右旋糖酐等,症状较重者应给予血管解痉药物如:罂粟碱 30mg,静脉注射,间隔 4～6 小时给药,可缓解症状;局部行普鲁卡因封闭、给予止痛剂均可减轻不适。

2) 局部皮肤受损、肌肉萎缩:乳腺癌介入化疗后部分患者出现锁骨下动脉供血区域的皮肤(乳房、肩胛区、腋下)损伤。轻度表现为局部皮肤发红、疼痛,重者出现大片紫褐色斑块、水疱甚至皮肤坏死,可能与化疗药物影响局部皮肤末梢循环有关。防治:化疗期间注意观察局部皮肤变化,如出现皮肤紫癜、色素沉着等皮肤受损现象应停止用药;有水疱者给予暴露疗法及保持干燥,防止破损,2 周后水疱一般能自行吸收;留置导管者应严格遵循操作规程,每次推药前在患侧上臂扎血压计袖带加压至 180～220mmHg(也可注气至摸不到桡动脉搏动为止)阻断动脉血流,以保证治疗区药物浓度并避免药物对上臂血管的刺激;固定好导管,防止导管滑脱,推药前应检查和测量导管在体外长度,以保证导管不发生移位;术后常规使用解痉和扩张血管的药物,对上肢肌肉萎缩者可应用保护血管、神经营养药物及理疗,可缓解症状。

3) 脊髓动脉损:脊髓动脉损伤是乳腺癌肺转移经支气管动脉化疗栓塞可能出现的严重并发症,发生率 0.43%～1.24%。支气管动脉与肋间动脉共干,T_4～T_6 段脊髓前动脉来源于 T_3～T_5 肋间动脉发出的根动脉,此段脊髓血供差,侧支循环少,且约有 5% 的人支气管动脉与脊髓前动脉交通,故介入化疗时若导管和药物误入有脊髓动脉支的动脉,可发生血管痉挛或阻塞血流,导致脊髓损伤,严重者引起截瘫。防治:术中仔细辨认脊髓动脉和支气管动脉与肋间动脉吻合支情况,询问患者感觉,如导管在支气管动脉,患者可有咽部烧灼感、发痒及咳嗽;若患者有背部热灼感,提示该导管进入肋间动脉;如患者有脊椎区灼痛感,应警惕进入脊髓动脉;术后应注意观察四肢感觉、运动功能及皮肤颜色改变,一旦出现肢体麻木无力、背部疼痛,及时给予 20% 甘露醇静脉滴注,应用保护血管、神经营养药物及地塞米松等激素药物。术后 48 小时应加强患者肢体锻炼,促进肢体功能康复。

4) 栓塞综合征:可见于乳腺癌肝转移经肝动脉介入化疗者,表现为腹痛、发热、恶心呕吐、骨髓抑制以及肝功能异常等,严重者可出现腹水、肝功能衰竭。原因是栓塞后器官缺血、水肿和肿瘤坏死所致,轻者不需要处理。腹痛伴呕吐较重者,可给予甲氧氯普腰、吗啡注射,

呕吐严重可给予中枢性止吐剂等,作用强而不良反应轻。发热者,可物理降温,也可给予少量激素和使用抗生素治疗。骨髓抑制主要表现为白细胞计数和血小板计数减少,监测血常规,同时遵医嘱给予提高免疫力药物。预防感染。肝功能下降者应加强护肝治疗,及时补充白蛋白、支链氨基酸,给予营养丰富食物,一般 2～3 周肝功能可恢复正常。

5) 消化道溃疡:可发生于乳腺癌肝转移经肝动脉介入治疗的患者,多数在术后 1 周内出现,轻者排柏油样便,严重者呕吐咖啡样物或呕血。这与栓塞或化疗药物反流进入胃右动脉或胃十二指肠动脉,导致胃黏膜充血、水肿、出血,甚至发生应激性溃疡有关。防治:术中插管要注意超选择性,避免药物累及相邻器官;术后暂禁食或给予温冷全流质饮食,避免口服酸性食物及药物;给予保护胃黏膜的药物如奥美拉唑、氢氧化铝凝胶等;密切观察面色、脉搏、血压等生命体征,大便性状及呕吐物的变化。

八、健 康 教 育

1. 调整心态,正视疾病　消除不利健康的行为及负面心理效应,重建心理平衡。在身体许可的情况下,做一些力所能及的事,并积极参加有益身心的集体活动。

2. 改变不良的饮食习惯　国内外的许多研究都认为高脂肪、低蔬菜及豆类饮食、腌制食品与乳腺癌的发生存在关联性,奶制品的摄入为乳腺癌的保护因素。

3. 加强口腔护理　养成定时刷牙、饭前后漱口的良好习惯,有口腔溃疡前兆时,可用口泰漱口液含漱,每日三次,溃疡处涂溃疡膏,口唇外涂植物油,防止干裂,诱发感染。

4. 养成良好的生活习惯　坚持循序渐进地锻炼身体,避免劳累,增强身体抵抗力。

5. 坚持乳房自我检查,做好自我护理。遵医嘱用药、定期复查。

(李晓蓉)

参 考 文 献

陈振兰,葛德湘,庞永慧,等. 2008. 介入治疗局部晚期乳腺癌的护理. 微创医学,3:770-772

郝秋梅,韩彭. 2003. 晚期乳腺癌的介入治疗及护理. 护理研究,17:1328

胡爱书,赵增顺,刘思文,等. 2006. 中晚期乳腺癌经内乳动脉置管化疗的护理. 华北国防医药,18:302-303

寇红艳,丁玉珍. 2000. 锁骨下动脉介入治疗晚期乳癌 7 例护理分析. 川北医学院报,15:91-92

刘凌晓,王小林,颜志平,等. 2007. 乳腺癌肝转移的介入治疗. 中国临床医学,14

罗凤,韦小云,吴凯南. 2005. 乳腺癌介入治疗并发症的防治及护理. 重庆医学,34:1796-1797

邵梅华,王荣. 2002. 在介入治疗中实施系统化整体护理的体会. 齐鲁护理杂志,8:447

许立超,李文涛. 2010. 乳腺癌介入治疗指南的建议. 介入放射学杂志,19:425-428

杨红梅. 2002. 介入手术患者全程心理护理的探讨. 护士进修杂志,17:381-382

赵宏耀. 2005. 局部晚期乳腺癌新辅助化疗的临床意义. 乳腺病杂志,3:36

第十六章 肾癌、膀胱癌介入治疗的护理

第一节 肾癌介入治疗的护理

一、概　述

　　肾癌又称肾细胞癌或肾实质癌,是最常见的肾脏实质恶性肿瘤,占肾恶性肿瘤的 80%～90%,多见于 40 岁以上,50～70 岁为高发年龄组,男女比例为 2∶1。根据显微结构可分为透明细胞癌和颗粒细胞癌,其中透明细胞癌约占 85%。在病理学上除少数因肾皮质腺瘤恶化而形成外,多来源于肾小管上皮细胞,故又称为肾腺癌。肾癌可发生于肾的任何部位,但多见于肾的两极,尤以上极为多见。

　　肾癌早期常无症状,其三大临床症状为血尿、肿块和肾区痛,间歇性无痛性血尿说明肿瘤浸润血管或侵及肾盂肾盏。

　　肾癌目前采用的分期标准为 Robson 分期法:

　　Ⅰ期:肿瘤局限在肾内,无肾周围脂肪、肾静脉、局部淋巴结的侵犯。

　　Ⅱ期:肿瘤侵犯肾周围脂肪,但局限于肾周围筋膜内,未侵及肾静脉及局部淋巴结。

　　Ⅲ期:肿瘤已侵及肾静脉、局部淋巴结,甚至下腔静脉。

　　Ⅳ期:肿瘤远处转移。

　　手术切除是治疗肾癌的首选方法,其他激素疗法、化疗和免疫治疗等效果均不甚理想,20 世纪 70 年代化疗栓塞开始应用于临床,介入治疗肾癌用于术前栓塞和无手术指征的患者姑息治疗。肾癌姑息性治疗是指通过栓塞阻止肿瘤的供血,使之广泛坏死、缩小,同时经动脉灌注化疗药,提高局部药物浓度。增加化疗药在肿瘤组织的首过效应而发挥治疗效果。肾癌术前行肾动脉栓塞治疗,可使肿瘤明显缩小、有利于手术剥离、减少术中出血,缩短手术时间,并可减少肿瘤细胞扩散,提高手术成功率和治愈率。

二、介入治疗适应证与禁忌证

(一) 适应证

1. 肿瘤已突破肾包膜而无远处转移者,做术前栓塞。

2. 不宜手术的肾癌,做姑息性治疗。

3. 肾肿瘤引起的出血。

4. 肿瘤性肾动静脉瘘的栓塞治疗。

(二) 禁忌证

1. 严重心、肺、肝、肾功能不全的患者。

2. 凝血功能障碍,无法纠正者。

3. 严重的泌尿系感染者。

三、介入手术操作

通常在局麻下采用 Seldinger 技术股动脉穿刺进腹主动脉造影和(或)选择性肾动脉造影,必要时对肿瘤区域动脉超选择性插管造影,在观察肿瘤的血管造影表现及肾静脉与下腔静脉情况和非靶侧肾的情况后,进行肾动脉及肿瘤相关血管的选择性与超选择性准确置管,进行灌注化疗和栓塞(图 2-16-1~图 2-16-4)。

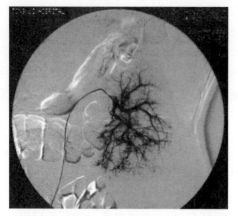

图 2-16-1　左肾癌:左肾动脉造影后肿瘤血管紊乱

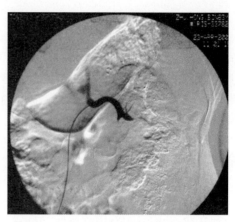

图 2-16-2　栓塞治疗后肿瘤血管消失

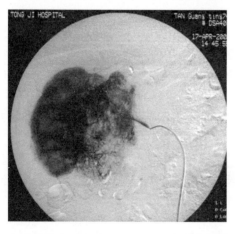

图 2-16-3　右肾癌:右肾动脉造影后右肾中下肿瘤血管紊乱

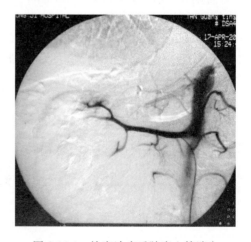

图 2-16-4　栓塞治疗后肿瘤血管消失

四、并　发　症

1. 栓塞后综合征　栓塞侧胁腹疼痛、发热、恶心、呕吐,一般短期内即可恢复,采用对症处理。

2. 非靶器官栓塞　栓塞剂反流误入其他血管,可造成下肢动脉栓塞、肠系膜上下动脉栓塞、对侧肾脏栓塞和肺栓塞等。肺栓塞是栓塞剂通过较大的动静脉交通支所致。应严格遵守操作规程,注入栓塞剂前确认导管必须是在靶动脉内,栓塞剂应在透视下缓慢注入,必要时使用带气囊导管,以防止栓塞剂反流。

3. 感染　多因操作中消毒不严或肾脏原有感染所致。术中应严格遵守无菌操作原则,术后使用抗生素预防感染。

4. 一过性高血压　栓塞后偶尔出现,通常在术后数小时内可恢复正常。

五、术 前 护 理

1. 心理护理　术前主动与患者沟通,鼓励其诉说内心的想法,及时提供相应的帮助。介绍病情、手术方法、预后情况及有益于患者治疗的护理和医疗信息。通过护理,稳定患者情绪,使之处于接受治疗的最佳状态,以取得最好的治疗效果。

2. 术前常规准备　双侧腹股沟区备皮,术前禁食 4 小时,术前 30 分钟按医嘱给予镇静药,查看各项辅助检查是否完善。

六、术 中 配 合

1. 详细地向患者说明手术的优越性、目的及意义,操作过程,配合要点,术中可能出现哪些不适,如何克服。以真诚热情的态度关心患者,消除其紧张、恐惧心理。使之能更好地配合手术进行。

2. 核对患者资料。按手术要求采取平卧位,双手放于身体两侧,充分暴露脐水平以下、大腿 1/2 水平以上的部位,注意保暖。连接心电监护,开放静脉通路,准备好肝素、利多卡因等常用药。备好常用器材和物品。观察手术侧足背动脉搏动情况,并做好记录。

3. 打开手术包,协助医生穿手术衣、消毒皮肤、铺无菌手术单,及时递送手术所需器械。

4. 常用化疗药物为顺铂、表柔比星、丝裂霉素等;常用栓塞剂为无水乙醇、明胶海绵、金属弹簧圈、栓塞微球颗粒等。

5. 经股动脉插管后行动脉造影,然后进行栓塞和化疗,协助医生将化疗药缓慢注入,栓塞后再行肾动脉造影,了解栓塞情况。

6. 栓塞治疗时可能出现组织缺氧性疼痛,对轻微疼痛者应给予安慰、鼓励,对疼痛程度较重者,根据医嘱给予哌替啶、利多卡因等药物,以减轻患者的痛苦。

7. 术中注射对比剂时,应密切观察患者有无过敏反应,一旦发生过敏反应应立即停止注射,并静脉注射地塞米松、盐酸肾上腺素等药物。

8. 治疗结束拔除导管、动脉鞘,穿刺点压迫止血,伤口无渗血后,用无菌纱布和弹性胶布加压包扎。

七、术 后 护 理

1. 心理护理　告知患者手术部位的制动时间。密切观察穿刺部位有无渗血、出血及皮下血肿形成。保持穿刺部位敷料干燥,防止感染,观察穿刺侧下肢血液循环情况。告知术后可能出现的症状、原因及解决的方法。

2. 生命体征监测　24 小时持续心电监护、吸氧。密切观察患者生命体征、意识、瞳孔及肢体活动情况。

3. 肾功能监测观察尿量、颜色、性状并做好记录,以了解肾功能情况;嘱患者多饮水,减轻对比剂的毒性作用。

4. 术后不良反应护理

(1) 发热:为肾动脉栓塞后常见反应,是坏死肿瘤细胞被吸收所致。向患者解释体温升高的原因,消除顾虑;发热轻者无需处理,体温超过 38.5℃ 遵医嘱给予药物或物理降温,并做好生活护理,预防感冒;为排除发热是否为继发感染所致,及时为患者做血常规检测,必要时抽血做细菌培养及药敏试验,遵医嘱使用抗生素。

(2) 腰部疼痛:由肾肿瘤栓塞后缺血或痉挛所致,栓塞开始时即可出现,一般持续 6～12 小时,疼痛与栓塞程度成正比。做好疼痛评估,观察并记录疼痛性质、程度、发作规律、动态观察疼痛的变化,遵医嘱给予止痛药,指导患者使用放松技巧,减轻疼痛。

(3) 恶性、呕吐:因栓塞剂和化疗药物刺激所致。术后合理调整饮食,多进食高蛋白、高热量、高维生素、易消化的食物,遵医嘱给予止吐药物,防止水、电解质紊乱;做好口腔护理;注意观察呕吐物性质、颜色,防止消化道出血。

八、健 康 教 育

1. 患者应保持乐观的心态,避免情绪激动,增强战胜疾病的信心。

2. 合理饮食,加强营养。给予高蛋白、高热量、高维生素、低脂肪、易消化的食物。戒烟、酒,禁刺激性食物。饮食不宜过饱,少食多餐。

3. 生活规律,适当体育锻炼,保证充足的睡眠。

4. 定期复查,若有异常及时就诊。

（陆　影）

第二节　膀胱癌介入治疗的护理

一、概　　述

膀胱癌是泌尿系统最常见的恶性肿瘤,高发年龄 50～70 岁,男女比例为 4:1。肿瘤 84％ 发生在膀胱的侧壁和后壁,40％ 在膀胱三角区。膀胱肿瘤可先后或同时伴有肾盂、输尿管和尿道肿瘤。病理分类大致上分为移行细胞癌、未分化癌、鳞状细胞癌和腺癌等。

临床首发症状为间隙性无痛性全程血尿,先后出现膀胱刺激症状及其他转移症状。膀胱癌分级:

Ⅰ级:分化良好,移行上皮层次多于 7 层,核异型稍异于正常,核分裂偶见。

Ⅱ级:上皮增厚,细胞极性消失,中等度核异型性出现,核分裂常见。

Ⅲ级:属不分化型,与正常上皮无相似之处。核分裂多。一般来说,恶性度与浸润性成正比。

外科手术是膀胱癌的主要治疗手段,但对于已失去手术机会的晚期膀胱癌和复发性膀胱癌,介入栓塞术具有显著的治疗效果。选择髂内动脉灌注化疗药,可使膀胱癌及盆腔区域的局部组织对药物摄取增多,浓度增高,作用时间延长,同时又减少了化疗药对全身其他器官的损坏,毒副作用明显减少。术前介入治疗可有效控制血尿,争取手术时间,并且由于栓塞区域缺血、组织水肿、肿瘤界面清晰,有利于提高膀胱癌的切除率,减少术中出血。术后再实施介入治疗,有利于手术切除残留肿瘤的处理及避免因全身化疗的副作用给患者康复带来的不利影响。

二、介入治疗适应证、禁忌证

(一)适应证

1. 晚期膀胱癌的姑息性治疗。
2. 膀胱癌并发不可控制的出血。
3. 膀胱癌术后或其他方法治疗后复发者。
4. 手术前、后的辅助治疗。
5. 与放疗、全身化疗的协同作用治疗。

(二)禁忌证

1. 严重心、肺、肝、肾功能不全的患者。
2. 凝血功能障碍,无法纠正者。
3. 严重的泌尿系感染患者。
4. 严重恶病质,白血病计数低,且无法纠正者。

三、介 入 操 作

在局麻下采用 Seldinger 技术行股动脉穿刺,双侧髂内动脉造影,观察肿瘤供血动脉的分布、走行及侧支循环情况。明确供血动脉后,应尽量避开正常组织分支,将导管超选择插入肿瘤血管,然后将化疗药及栓塞剂缓慢注入。

四、并　发　症

一般来说膀胱癌的髂内动脉灌注化疗无严重的特殊的并发症,可能发生的并发症为:
1. 臀部疼痛　可能是化疗药或栓塞剂反流入臀上动脉,造成局部血运障碍,也可能插管时间过长,导管内或周围形成的血栓进入动脉分支所致。介入治疗时,导管头尽量进入肿瘤供血动脉,避开正常血管。此症状一般持续 5～6 天,对症处理即可缓解并逐渐消失。
2. 栓塞后综合征　如恶心、呕吐、发热等,应进行对症处理。

五、术前护理

1. 心理护理　术前主动与患者沟通，鼓励其诉说内心的想法，及时提供相应的帮助。介绍病情，手术方法，手术的目的及意义，操作过程，配合要点，术中可能出现的不适如何克服，预后情况及有益于患者治疗的护理和医疗信息。以真诚热情的态度关心患者，消除其紧张、恐惧心理。通过护理，稳定患者情绪，使之处于接受治疗的最佳状态，以取得最好的治疗效果。

2. 术前常规准备　双侧腹股沟区备皮，术前禁食 4 小时，术前 30 分钟按医嘱给予镇静药，留置导尿，查看各项辅助检查是否完善等。

六、术中配合

1. 核对患者资料。按手术要求采取平卧位，双手放于身体两侧，充分暴露脐水平以下、大腿 1/2 水平以上的部位，注意保暖。连接心电监护，开放静脉通路，准备好肝素、利多卡因等常用药。备好常用器材和物品。观察手术侧足背动脉搏动情况，并做好记录。

2. 打开手术包，协助医生穿手术衣、消毒皮肤、铺无菌手术单。及时递送手术所需器械。常用化疗药物为顺铂、多柔比星、丝裂霉素等；常用栓塞剂为明胶海绵、金属弹簧圈、碘油等。

3. 经股动脉插管后行动脉造影，然后进行栓塞和化疗，协助医生将化疗药缓慢注入，栓塞后再行髂内动脉造影，了解栓塞情况。

4. 栓塞治疗时可能出现组织缺氧性疼痛，对轻微疼痛者应给予安慰、鼓励，对疼痛程度较重者，根据医嘱给予哌替啶、利多卡因等药物，以减轻患者的痛苦。

5. 术中注射对比剂时，应密切观察患者有无过敏反应，一旦发生过敏反应应立即停止注射，并静脉注射地塞米松、盐酸肾上腺素等药物。

6. 治疗结束拔除导管、动脉鞘，穿刺点压迫止血，伤口无渗血后，用无菌纱布和弹性胶布加压包扎。

七、术后护理

1. 常规护理　告知患者手术部位制动 6～8 小时，24 小时内卧床。密切观察穿刺部位有无渗血、出血及皮下血肿形成。保持穿刺部位敷料干燥，防止感染，观察穿刺侧下肢血液循环情况。告知术后可能出现的症状、原因及解决的方法。

2. 生命体征监测　24 小时持续心电监护，密切观察患者生命体征变化；低流量吸氧，根据血氧饱和度调整流量。

3. 肾功能监测　观察尿量、颜色、性状，并准确记录 24 小时出入量，以了解肾功能情况；定期挤压导尿管，以免膀胱内凝血块堵塞导尿管；嘱患者多饮水，减轻对比剂的毒性作用。

4. 防止腹压增高　保持排便通畅，控制剧烈咳嗽，预防穿刺点出血及血栓脱落。

5. 术后不良反应护理

（1）恶心、呕吐、食欲不振，鼓励患者多食高营养、易消化、清淡的饮食和酸性水果。呕吐严重和不能进食者应遵医嘱补液、用止吐药,防止发生水、电解质紊乱。

(2)发热:为动脉栓塞后常见反应,是坏死肿瘤细胞被吸收所致。遵医嘱给予物理和药物降温,合理使用抗生素。

(3)臀部疼痛:随着药物的排泄和肢体循环的建立,症状可改善并逐渐消失。疼痛剧烈者可进行以下护理:保持病室安静,减少探视;调整体位于舒适的位置以减轻疼痛;加强巡视,密切观察患者疼痛的部位、规律、持续时间;做好心理疏导,消除忧虑;也可局部热敷,遵医嘱给予止痛剂并观察用药后效果;操作时动作轻柔,以免给患者造成不必要的痛苦。

八、健 康 教 育

1. 树立坚定的信心,保持乐观的情绪,以助调整自身的免疫功能和抗病能力。

2. 多进食营养丰富的高蛋白、高维生素、低脂肪及易消化的食物。少食多餐,戒烟、戒酒及不食刺激性食物。

3. 养成良好的生活习惯,避免过度劳累,保证充足的睡眠和休息。

4. 坚持服药治疗,注意药物的不良反应。定期复查,如有不适及时就诊。

(陆　影)

参 考 文 献

陈云,李政浩,杨国学,等.2010.高危晚期膀胱癌出血 8 例的临床治疗体会.医学信息,7:2405-2406

郭欣,黄福贵.2007.巨大肾癌介入治疗的临床护理.解放军护理杂志,5:71-72

吉美玲.1997.肾癌介入治疗及护理.介入放射学杂志,6:236

李彦豪.2004.实用介入诊疗技术图解.北京:科学出版社

刘丽珠,陈佩燕,张丽韶.2008.肾癌介入治疗 32 例的护理.中国误诊学杂志,35:8731-8732

柳宇祥,贺淑禹,王贵荣,等.2010.灌注化疗加栓塞治疗晚期膀胱癌出血的临床应用(附 12 例分析).当代医学,1:74-75

罗鹏飞.2003.肾癌介入治疗的规范化意见.介入放射学杂志,5:394-395

毛燕君,许秀芳,杨继金.2007.介入治疗护理学.北京:人民军医出版社,6

向梅.2009.10 例膀胱出血伴下肢深静脉栓塞的护理.当代护士(专业版),9

许公普,全用.2010.中晚期肾癌介入治疗的临床应用价值.中国社区医师(医学专业),23:125

叶其伟,窦永充,孔健,等.2007.髂内动脉化疗栓塞治疗膀胱癌出血.放射学实践,7:753-754

第十七章 胰腺癌介入治疗的护理

一、概　　述

胰腺癌是常见的恶性程度很高的消化系统肿瘤,其在世界范围内的发病率呈逐年上升趋势,病死率已跃居所有肿瘤的前五位。据报道,美国年发病达 42 470 例,年死亡 35 240 例,居死亡相关病因第五位。来自上海疾病预防控制中心的资料显示,本市胰腺癌的年发病例已达 1800 例,在实体肿瘤中女性已占第七位,男性占第八位,死亡率几乎接近其发病率。

其男女发病比例为 1.5：1,好发年龄为 40 岁以上,早期症状不明显,患者首发症状以腹痛、黄疸等为常见,其次为消瘦、腹胀不适、腰背痛;乏力、腹部包块、发热和腹泻等也较常见。吸烟、高蛋白高脂肪饮食、慢性胰腺炎、糖尿病、遗传因素等,均是胰腺癌相关的危险因素。

尽管手术切除是治疗胰腺癌最有效的方法,但是由于胰腺的特殊解剖位置,生理特点及胰腺癌临床症状的非特异性使其早期诊断十分困难,多数患者就诊时已属疾病中晚期,仅 10%～15% 的患者可行根治性切除手术,但由于手术切除残留,肿瘤局部复发及肝转移等原因这部分患者预后仍不乐观,虽然目前外科手术治疗、化疗及放疗已有很大进展,但尚无法显著提高患者的生存率。

近年来,介入治疗在胰腺癌的治疗中具有明显的优势而备受推崇。其治疗操作简便、适应证广、并发症少,尤其适用于中晚期患者,可有效抑制肿瘤生长,缓解患者症状,延长生存期。此外,介入治疗作为胰十二指肠切除术后的辅助疗效,可以明显降低术后肝转移的发生率。另有调查发现术前介入方法治疗局部进展期胰腺癌可以达到提高根治性手术切除率、减少手术后肿瘤的局部复发和肝转移、延长生存时间的目的。因此,介入治疗已成为胰腺癌治疗的重要方法之一。

二、适应证与禁忌证

1. 胰腺癌血管内肿瘤介入的主要适应证　包括:①胰腺癌患者术前新辅助治疗;②胰腺癌切除术后辅助化疗;③无法切除的中晚期患者辅助治疗;④伴有肝转移的胰腺癌患者;⑤胰腺癌切除术后后腹膜淋巴结转移复发。

2. 胰腺癌血管内肿瘤介入的主要禁忌证　包括:①有明显的肝肾功能异常,骨髓储备和造血功能异常;②接受过化疗或放射治疗,KPS 评分均≤70;③伴中等或大量腹水;④有明显的远处转移征象,生存时间估计≤12 周。

三、手术操作方法

局麻下经皮股动脉穿刺分别插管至腹腔干和肠系膜上动脉,DSA 造影后,再由腹腔干经肝动脉至胃十二指肠动脉和肠系膜上动脉缓慢注射化疗药物,注射药物时间>30 分钟。注射完毕后,动脉穿刺部位予以压迫 15～20 分钟,回病房平卧 24 小时,并给予保肝抗炎支持治疗。介入治疗后 3～4 周复查 EBCT，观察肿瘤大小的改变和周围血管的关系，并准备手术治疗。

介入治疗使用的药物，采用联合药物治疗方案：5-FU 600mg/m² ＋ MMC 10mg/m² ＋ 健择 1g/m² ＋奥曲肽 0.1mg，其中奥曲肽有减轻胰腺炎症和抗肿瘤作用。

病例 1：男性，43 岁，胰腺癌（图 2-17-1～图 2-17-3）。

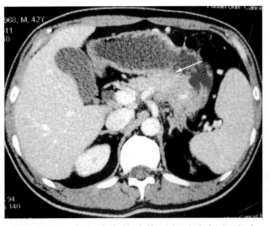
图 2-17-1　介入治疗前胰体尾部肿瘤侵犯脾动脉与胃后壁

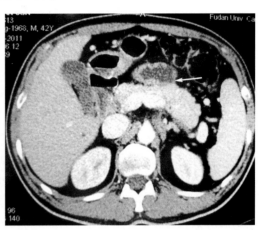
图 2-17-2　介入治疗后胰体尾部肿瘤与胃之间的间隙清晰，肿瘤得到控制部分缩小

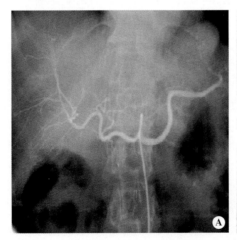

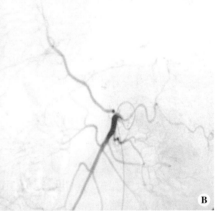

图 2-17-3　介入治疗
A. 用导管选择腹腔干动脉，造影显示肝总动脉和脾动脉；B. 用导管选择肠系膜上动脉，造影肠系膜上动脉和副肝动脉；C. 用导管选择肝总动脉，造影显示肝固有动脉和胃十二指肠动脉

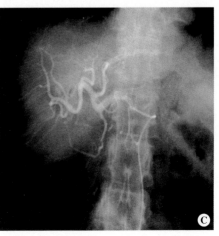

四、并 发 症

1. 局部出血及血肿。
2. 化疗检查后综合征：恶心、呕吐、发热、局部疼痛。
3. 急性胆囊炎及胰腺炎。
4. 消化道出血、溃疡。
5. 骨髓抑制，肝肾功能损害。

五、术 前 护 理

1. 心理护理　做好相应的心理护理，使患者保持良好的心理状态。向患者或家属讲明介入治疗的必要性、简单的操作过程及可能出现的情况，以取得配合，赢得患者及家属的信任。

2. 详细了解病情　包括患者有无药物过敏史及其他危险因素（包括心脏病、肾功能不全、糖尿病、气管炎、哮喘、湿疹、荨麻疹等），有异常者应及时报告医师；术前做碘过敏试验，并准确记录结果。

3. 备皮　做好穿刺部位局部清洁，股动脉穿刺的消毒范围是上至脐平，下至大腿上三分之一处，并注意观察穿刺部位有无破损或者感染。

4. 嘱患者练习床上大小便，术后因病情限制，患者不能立即下床，所以术前需练习床上排便。

5. 术前 6 小时禁食，必要时给予患者静脉补液。

6. 按医嘱备好术中所需药品（如健择、奥铂、氟脲苷、利多卡因、地塞米松等）及物品（如床单、医用三通接头、绷带等）。

六、术 中 配 合

1. 护士态度和蔼、亲切，以消除患者的紧张情绪。
2. 准备好该项检查或治疗的对比剂、器械、介入手术包及必要的治疗和抢救药品。
3. 协助患者采取正确卧位：平卧位，穿刺肢体伸直略外展，暴露手术野并配合医师消毒。
4. 准确无误配合术者，术中严格执行无菌操作原则，防止术后并发感染。
5. 随时观察患者生命体征，在检查治疗过程中的反应，一旦出现对比剂过敏、出血等不良反应及时通知医师并积极配合处理和抢救。
6. 手术结束后，局部压迫止血，穿刺点用无菌纱布覆盖，绷带加压包扎，或使用压迫器，护送患者回病房，做好相应的术后宣教。

七、术 后 护 理

1. 密切观察患者生命体征变化，观察时间根据医嘱及患者的病情变化而定，一般情况术后每半小时测生命体征及足背动脉一次，共 4 次，次日晨再监测一次。

2. 穿刺部位护理:术后卧床 24 小时,穿刺肢体制动 8～12 小时,伤口处加压包扎 12～24 小时,卧床期间鼓励患者进行踝关节和足趾的运动。观察穿刺部位有无血肿,术侧肢体血供、皮温情况及颜色的变化,足背动脉搏动情况。检查是否由于加压包扎过紧、血流不畅所致,可稍松解包扎压力。注意观察有无下肢血管栓塞的可能,及时报告医师。同时做好皮肤护理,防止皮肤受压,尽量减轻患者痛苦。

3. 饮食指导:介入术后当日,若无恶心呕吐可进食少量流质饮食,次日可进清淡、易消化的饮食。

4. 密切观察术后并发症的发生

(1) 局部出血及血肿:密切观察肢体血循环,防止压迫过紧阻碍血流,观察足背动脉搏动,下肢皮肤颜色及皮温。如形成血肿,除观察肢体功能外,还应观察局部包块有无动脉搏动,防止假性动脉瘤形成。

(2) 压迫器的使用及观察:在止血器压迫 2～4 小时后,制动肢体可平移,并逐渐松解止血器,每隔 2 小时进行松解减压,6～8 小时后可缓慢侧身,8～12 小时后可解除压迫器。使用时压迫器压力的大小以触及轻微足背动脉搏动为准,如触不到搏动可能压力过大,要求适当放松;反之应加大压力,达到有效止血的目的。

(3) 恶心、呕吐:由于化疗药物进入循环,导致大部分患者出现不同程度的胃肠道反应,如食欲不振、恶心、呕吐、腹泻、便秘等。对于这些患者应给予耐心的讲解,鼓励患者进食清淡、易消化、高热量、高维生素、低脂肪食物,少量多餐。对恶心、呕吐严重者遵医嘱给予药物对症处理,如及时清理呕吐物,保持口腔清洁,为患者创造舒适的环境。

(4) 发热:主要是由于化疗药物或栓塞剂注入肿瘤组织使肿瘤组织缺血坏死,机体吸收坏死组织所致。高热时间一般为术后 1～4 天,但体温一般在 38.5℃ 左右。可给予物理降温或解热镇痛药护理。保持病室空气流通,患者多饮水,出汗时及时更换衣裤,防止受凉。如持续数天高热,应注意观察,有感染者给予相应的抗感染治疗。

(5) 腹部疼痛:多因术中灌注药物引起的胃肠道痉挛所致,可予解痉对症处理,若患者剧烈疼痛,应考虑急性胰腺炎、急性胆囊炎及血管栓塞等严重并发症,及时判断并及时报告医师处理。

(6) 肝、肾功能监测:化疗药物可导致不同程度的骨髓抑制和对肝、肾组织的损害,因此应注意监测肝、肾功能的变化。可应用保肝药物。大剂量化疗药物并栓塞后,癌细胞崩解,释放大量酸性物质,使得尿酸排出增多,严重时可在肾实质、肾小管、肾盂内结晶沉积,导致尿闭、尿毒症。水化可加速化疗药物从肾脏的排泄,降低化疗药物的毒性。术后 3 天内鼓励患者多饮水,保证每日的入液量在 3000ml 以上,观察并记录尿量,保证 24 小时尿量在 2000ml 以上。必要时静脉补液,并按医嘱应用利尿剂、碱性药物,以碱化尿液,降低毒性作用,保护肾功能。

(7) 消化道溃疡、出血:高浓度化疗药物的毒性作用导致局部胃、十二指肠黏膜受损、充血、水肿、坏死、溃疡形成,甚至出血。护理上密切观察患者的生命体征,并注意呕吐物及大便的颜色、次数、量及性状,建立有效的静脉通道,遵医嘱给予止血药物及抑制胃酸药物,必要时需禁食,胃肠减压。

八、健 康 教 育

保持良好的心理状态;注意休息,劳逸结合,进行适当的锻炼,避免劳累和重体力活动;饮食以富含营养、高蛋白、高热量、高维生素、低脂肪膳食为主,忌油炸和刺激性食物,禁烟、禁酒;定期来院复查。

(沈 丹 陆海燕)

参 考 文 献

陈惠珠,庞长珠,冯耀,等.2004.介入置管持续区域灌注治疗重症急性胰腺炎的护理.介入放射学杂志,14:316

段瑞媛,夏芸.2006.介入放射治疗的护理体会.西南军医,8:125

傅德良,倪泉兴,虞先浚,等.2004.局部进展期胰腺癌术前介入治疗新方法的应用.消化外科,3:18-22

郭丽莉.2008.股动脉压迫器应用70例体会.天津医药,36:571

黄丽萍,金丽梅,刘子香.2005.胰腺癌患者介入治疗的护理.长江大学学报(自科版),6:204-206

李槐,刘德忠,闫东.2008.胰腺癌的介入诊疗.介入放射学杂志,17:381-383

李强,童辉,肖竣,等.2009.动脉压迫止血器在经股动脉介入术后的临床应用.检验医学与临床,6:1030-1031

李新建,郑莹,沈玉珍,等.2002.上海市胰腺癌的流行现状和趋势研究.外科理论与实践,7:342-345

汤水琴,郑备琴,周茜菁,等.2005.肝癌患者介入治疗的心理特点及心理行为干预.介入放射学杂志,14:82-83

王秀清,吕淑坤,马淑贤,等.2010.健康教育在介入室工作中的应用.介入放射学杂志,19:149-150

徐永泉,林艳.2004.胰腺癌介入治疗.中国新药与临床杂志,23:311-312

张晓群.2010.胰腺癌患者介入治疗围手术期循证护理1例.河北中医,32:611-612

张新艳,李扬,李增灿.1997.双介入治疗胰腺癌的护理.黑龙江省护理杂志,3:17-18

赵广生,徐克,梁松年,等.2008.原发性肝癌TACE术后严重并发症的原因和预防.介入放射学杂志,17:773-775

子才,刘莉,张海波,等.2010.1620例次外周血管介入治疗围手术期严重并发症的分析.介入放射学杂志,19:732-735

第十八章　骨与软组织肿瘤介入治疗的护理

一、概　　述

　　骨与软组织肿瘤是严重危害人类健康及生命的疾病,近年来发病率逐渐上升,原发恶性骨肿瘤多见于青少年和中年人,常见的是骨肉瘤、尤文肉瘤、软骨肉瘤、恶性纤维组织细胞瘤、脊索瘤等,常见的软组织恶性肿瘤是滑膜肉瘤、纤维肉瘤、脂肪肉瘤、横纹肌肉瘤等,骨转移癌多见于中老年人,常见的原发肿瘤是肺癌、乳腺癌、肾癌、前列腺癌及甲状腺癌等。骨与软组织肿瘤的治疗方法很多,如手术、化疗和放疗等,但治疗效果均不够理想。20 世纪 70 年代以来,骨与软组织肿瘤介入治疗从手术前肿瘤供血动脉内灌注化疗,已发展为骨与软组织肿瘤治疗中不可缺少的一种新方法,是术前、术后综合治疗的重要组成部分。

二、介入治疗适应证、禁忌证

(一)适应证

　　凡血供丰富的原发骨和软组织恶性肿瘤及单发性转移瘤均适宜做术前动脉内灌注化疗及栓塞治疗,如骨肉瘤、尤文肉瘤、横纹肌肉瘤、脂肪肉瘤、纤维肉瘤等。血供丰富的良性骨肿瘤和软组织肿瘤或肿瘤样病变则宜于做栓塞治疗,如骨巨细胞瘤、动脉瘤样骨囊肿、血管瘤、血管畸形等。术后复发姑息治疗亦可做动脉内化疗或栓塞。

(二)禁忌证

　　通常灌注化疗无绝对禁忌证,但是,对化疗药物不敏感的恶性肿瘤应列为相对禁忌证。如有丰富侧支吻合,栓塞可能导致邻近组织坏死者或已作动脉结扎者不能做栓塞治疗。

三、介入手术操作

　　1. 行局部皮肤常规消毒,铺无菌巾,在腹股沟韧带下方 1～2cm 股动脉搏动最强处用 2%利多卡因做局部浸润麻醉。

　　2. 按 Seldinger 插管技术行股动脉插管。

　　3. 行肿瘤供血动脉造影。

　　4. 动脉插管或者超选择性插管肿瘤供血动脉后,行化疗和栓塞。一般联合使用多种化疗药和多种栓塞剂,但是不主张用弹簧圈栓塞供血动脉主干。

　　5. 栓塞结束后再行供血动脉造影,了解栓塞情况(如图 2-18-1,图 2-18-2)。

6.拔除鞘管加压包扎。

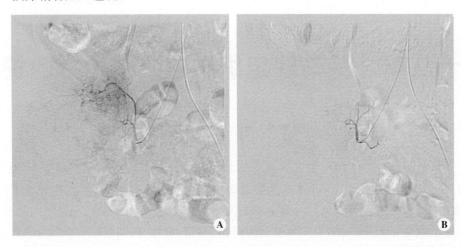

图 2-18-1　骶骨肿瘤,血管造影显示右侧骶外侧动脉为肿瘤供血并见肿瘤染色(A 图),栓塞后造影示肿瘤染色消失(B 图)

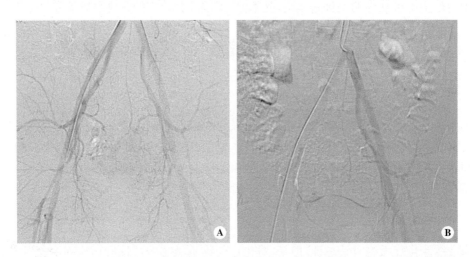

图 2-18-2　骶骨肿瘤,血管造影显示双侧骶外侧动脉为肿瘤供血及并见染色(A 图),分别栓塞后造影示肿瘤染色消失(B 图)

四、并 发 症

　　动脉内局部灌注化疗的副作用明显少于相同剂量的全身静脉化疗,但也可出现胃肠道反应或轻度骨髓抑制。局部药物浓度过高可出现皮疹或轻度皮肤坏死,软组织内小动脉内膜增厚、纤维化和管腔阻塞性变化,故选择适当敏感性药物是必要的。

　　栓塞疗法的严重并发症是异位栓塞和血栓形成,术后要密切观察肢体的血供情况,以便早期发现、及时处理、防止发生皮肤坏死或神经症状。

五、术 前 护 理

1. 临床资料准备　了解患者基本病情,患病部位,凝血酶原时间,心、肝、肾功能等。

2. 心理护理　向患者及其家属讲解手术的目的、疗效、常规操作方法及术前准备项目。使患者及其家属对治疗有所了解,心理上有所准备,能配合临床治疗,以取得好的临床治疗效果。

3. 术前准备　做对比剂、抗生素过敏试验;穿刺部位备皮;术前 2 天训练患者在床上大小便;术前 4～6 小时禁食、禁水,减轻术中出现恶心、呕吐等不适。

4. 遵医嘱准备好手术器械、监护和抢救设备以及相关药物。

六、术 中 配 合

1. 协助患者平卧于手术台上,连接心电监护仪记录脉搏、呼吸、血压,并建立静脉通道。认真检查导管、导丝,防止术中出现断裂脱落、漏液等。

2. 配合医师穿手术衣,套无菌设备防护罩,铺治疗巾、洞巾。配合皮肤消毒,抽取麻醉药,协助医生将浸泡消毒过的器械用生理盐水冲洗。

3. 递送猪尾巴导管及 Cobra 导管、子宫动脉导管和泥鳅导丝等。

4. 稀释各种化疗药物。导管插入肿瘤供血动脉后,配合医生将化疗药物缓慢注入。

5. 术中注射对比剂时,应排尽空气,密切观察患者有无过敏反应。观察生命体征。

6. 拔管后用手压迫穿刺点止血,观察伤口无渗血后用无菌纱布加弹力胶布或弹力绷带加压固定。

七、术 后 护 理

1. 预防血栓形成　由于穿刺插管及留置导管损伤动脉血管内膜,化疗药物刺激血管壁均有可能导致血栓的形成。所以要密切观察患者插管侧下肢皮肤的颜色、温度、触觉、足背动脉搏动情况。

2. 预防切口感染　观察局部敷料情况及切口的周围皮肤有无渗血、淤血、血肿,发现渗血则行压迫止血,及时通知医生处理;切口以无菌纱布覆盖,并以无菌薄膜固定。

3. 固定留置导管,避免脱出　导管留置时应记录导管插入刻度,可在导管体外端做好标记,导管外端接肝素帽或正压接头(最适合),避免导管折叠,观察各连接处是否牢固,避免导管或连接处滑脱引起大出血。

4. 预防留置导管堵塞　输注化疗药物时注射器应保持正压,以防止血液回流至导管,造成管腔堵塞。每次输注化疗药物后应立即从导管内推注 20ml 生理盐水,然后用 4～5ml 的肝素生理盐水推注入导管封闭留置导管。

5. 灌注药物护理　验证动脉导管是否通畅:每次注入药物前均需回抽,回血顺利才能注药,回抽及注药时避免气泡入血以免引起空气栓塞,操作最好两人协助进行;应用输液泵泵入药物,每 30 分钟巡视一次,观察输液是否通畅、穿刺口有无肿胀及患者有没有主诉疼痛情况。

6. 拔管处理　输注化疗结束后拔除导管,拔管后马上加压压迫局部 15～30 分钟,无活动性出血后予无菌纱布、薄膜覆盖 24～48 小时,并用 1 kg 砂袋压迫置管处 6～8 小时,24 小时内注意创口有无出血及生命体征变化。

7. 饮食指导　术后有不同程度的恶心、呕吐,指导进食清淡、易消化的食物,症状较重者暂禁饮食,给予止吐剂,由静脉补充水分及营养,好转后逐渐增加进食量。

8. 化疗药物不良反应的处理　常见有消化道反应,骨髓抑制,心、肝、肾的毒性反应等。严密观察生命体征,如出现恶心、呕吐、腹痛、腹泻、乏力、心悸等不适,及时报告医生。对于应用顺氨氯铂进行水化的,告知患者术后每日常规输入 2500～3000ml 液体,多饮水,每日尿量 3000ml 以上,以促进排毒。

八、健 康 教 育

患者术后常规平卧 6 小时,以后可变换舒适体位,但应注意强度、力度不宜过大,以免发生病理性骨折。因为骨肿瘤本身已破坏了骨骼的完整性,介入操作又进一步加重了患病部位的损伤,所以应告知患者适度活动的重要性,并告知外出应戴口罩,根据天气增减衣物,以预防因白细胞降低引起的感染。

(刘玉金　潘　慧　钱珍妮　陈　莹)

参 考 文 献

蔡林,顾洁夫,王华,等.2000.介入治疗在骨盆和脊柱骨肿瘤中的应用.临床肿瘤学杂志,5:28-30

陈航,陈义雄.2006.动脉内灌注化疗及栓塞治疗骨与软组织恶性肿瘤的临床与病理观察.中国基层医药,13:1100-1101

陈晓岚.2003.恶性股骨肿瘤介入治疗的临床护理.华夏医学,16:643-644

程晓明.2010.经皮椎体成形术治疗椎体骨折的护理配合.中国实用医学杂志,20:89-90

邓刚,郭金和,何仁诚,等.2002.经皮椎体成形术及后凸成形术的治疗现状与进展.中华放射学杂志,36:373-375

甘秀天.2008.经皮椎体成形术并发症的预防方法探讨.微创医学,3:594-595

贡桔,陆志俊,王忠敏,等.2009.CT 引导下射频治疗转移性骨肿瘤的临床应用.介入放射学杂志,18:344-347

古会珍,刘凌云,李露芳.2003.经皮椎体成形术的护理.介入放射学杂志,12:308-309

郭会利,水根会,陈亚玲,等.2003.骨盆肿瘤介入治疗的临床研究.实用放射学杂志,19:328-330,922-924

郭卫,李大森,唐顺,等.2010.骶骨肿瘤的类型和临床特点.中国脊柱脊髓杂志,20:380-384

何家湖,郑小宁.2004.成骨性转移性骨肿瘤的介入治疗.临床外科杂志,12:509-510

何仕诚,滕皋军.2001.经皮椎体成形术.介入放射学杂志,10:56-58

蒋辉,吴春根,程永德,等.2010.骨肿瘤及肿瘤样病变 CT 引导下穿刺活检与手术病理对照研究.介入放射学杂志,19:49-52

李海涛,解皓,柴斌,等.2010.骶骨肿瘤术前动脉栓塞的疗效分析.合理用药,3:28-29

刘玉金,程永德,刘林祥.2003.骨肿瘤介入治疗进展.中国肿瘤,12:334-338

刘玉金,杨仁杰,张秀美,等.2007.骨盆骨肿瘤的介入治疗.介入放射学杂志,16:232-234

倪才方,刘一之,邵国良,等.1998.骨肿瘤的术前动脉栓塞治疗.临床放射学杂志,17:301

倪才方,唐天驷.2000.介入放射学在骨肿瘤诊断治疗中的价值.中华骨科杂志,20:29-31

倪才方,杨惠林,唐天驷,等.1997.骨肿瘤的经导管动脉栓塞治疗.中华骨科杂志,17:427

倪才方,杨惠林,唐天驷,等.2002.经皮椎体成形术的初步临床应用.介入放射学杂志,11:275-277

王立平,王淑平,曹素玉,等.2003.经皮椎体成形术的护理体会.介入放射学杂志,12:309

王明珠,娄伟刚.2003.经皮椎体成形术治疗脊椎压缩性骨折的围手术期护理.上海护理,3:32-33

王宁,胡敏,范红旗.2006.腰骶部骨肿瘤的介入性动脉栓塞治疗.临床军医杂志,34:596-597

王艳丽,韩斯巍,高雪梅,等.2005.骶骨肿瘤手术前介入栓塞治疗的应用.临床放射杂志,24:181-182

王一平,申东峰,张晋清,等.2001.恶性骨肿瘤的介入治疗.实用医学影像杂志,2:266-267

吴恩惠,翅玉清,贺能树.1995.介入性治疗学.北京:人民卫生出版社

杨正强,黄健,朱纪吾,等.2002.术前选择性髂内动脉栓塞治疗骨盆肿瘤.临床放射学杂志,21:385-387

张丽云,陈克敏,王忠敏.2009.骨肿瘤射频消融治疗研究进展.介入放射学杂志,18:395-397

赵增仁.2003.晚期恶性骨肿瘤介入治疗的近期临床疗效观察.现代中西医结合杂志,12:2173-2174

郑明英,彭淑华.2002.下肢恶性骨肿瘤介入诊断和治疗的护理.介入放射学杂志,11:380

仲武,陈济铭,官怀文,等.2005.骨盆肿瘤术前介入治疗的临床价值.中国临床医学影像杂志,16:332-334

第十九章　颅内肿瘤介入治疗的护理

第一节　颅内恶性肿瘤动脉灌注化疗的护理

一、概　　述

颅内常见的恶性肿瘤包括颅内胶质瘤、转移瘤、脑原发性淋巴瘤、生殖细胞肿瘤等。该类肿瘤手术治疗困难,但肿瘤往往生长迅速,急剧的占位效应和快速进展过程所致的进行性颅内高压,给患者带来巨大的痛苦。原发颅内恶性肿瘤手术后容易复发,必须辅以放疗和化疗。转移性颅内肿瘤以放疗或化疗为主。

动脉内灌注化疗治疗颅内原发性和转移性肿瘤的研究开始于20世纪50年代,其目的是将化疗药物以更高浓度送入肿瘤细胞,提高细胞内药物浓度,从而提高对肿瘤细胞的杀伤力。因为颅内肿瘤均为脑动脉供血为主,因此动脉内灌注化疗适用于大部分颅内恶性肿瘤。动物实验和临床试验均已经证实,颈动脉灌注化疗能够明显提高肿瘤及其周围脑组织内药物浓度,并且与静脉给药比较,并不增加神经系统的毒性。根据数学模型推测,以浓度-时间积分为衡量指标,动脉灌注对药物的输送效率是静脉给药的5倍。

但是,由于颅内肿瘤总体发病率较低,并且在技术方面颈内动脉灌注化疗需要先进的血管造影机、专业的神经介入医师和多学科的合作,这导致临床研究中很难进行大样本的随机对照试验,从而导致其在治疗的疗效、并发症等方面不能取得高级别的证据,从而阻碍了其在临床应用的推广。Angelov 等对原发性中枢神经系统内淋巴瘤(PCNSL)进行的动脉灌注化疗的多中心研究中,对149例患者使用甲氨蝶呤动脉灌注化疗的结果显示,患者显效率为81.9%(CR+PR),中位生存时间为3.1年,中位无进展生存时间为1.8年。Doolittle 等对221例颅内恶性肿瘤患者的动脉灌注化疗的研究中,75%的淋巴瘤完全缓解,79%的恶性胶质瘤获得稳定以上的效果。还有部分关于动脉灌注化疗治疗颅内恶性肿瘤的研究,但样本量相对较小。

目前虽然部分医院已经开展颅内恶性肿瘤的动脉灌注化疗技术,但在开放血-脑屏障、药物的使用和化疗方案上仍有较大分歧。

二、介入治疗适应证、禁忌证

(一) 适应证

1. 中枢神经系统淋巴瘤。
2. 无法进行手术切除的颅内恶性胶质瘤和胶质瘤手术后复发者。

3. 颅内转移性肿瘤放化疗疗效欠佳者。

（二）禁忌证

1. 严重心、肺、肝、肾功能损害。
2. 严重骨髓抑制，恶病质的患者。

三、介入手术操作

1. 术前详细了解患者病情，包括肿瘤的病理类型，肿瘤的大小、部位、范围、强化程度、瘤周水肿情况，患者以前的治疗情况、原发病灶情况等。

2. 对患者进行全面的神经系统查体，包括患者意识、肢体运动和感觉、脑神经功能，重点检查患者视力、视野，使用卡铂的患者还要检查患者听力。

3. 介入栓塞手术一般在局麻下进行。常规术前准备，包括连接心电监护、建立静脉通路、消毒、铺无菌巾、连接灌注线等。

4. 进行全面的脑血管造影，了解肿瘤血供情况。主要包括肿瘤染色程度、范围、供血血管的情况。对于没有肝素禁忌证的患者，脑血管造影完成后进行治疗前，常规全身肝素化。对于单支供血的单发病变，可使用微导管超选择插管；对于多支供血的血管一般无需超选择插管。

5. 开放血-脑屏障（BBB）。开放血-脑屏障的方法：将 25% 的甘露醇加热到体温，以 3～4ml/s 的速度经导管动脉灌注，持续时间 30 秒。Newolt 等指出快速灌注甘露醇后，CT 强化扫描可见皮质的增强密度远较单纯强化扫描时高，说明 BBB 已开放，而速度过慢 BBB 未能开放。应当指出，国内多采用术前快速静脉滴注甘露醇，而国外研究静脉滴注甘露醇不足以开放血脑屏障。国外还有使用缓激肽及其类似物 RMP-7、尿素、阿拉伯糖开放血-脑屏障的研究（图 2-19-1）。

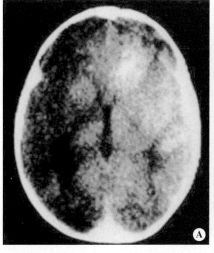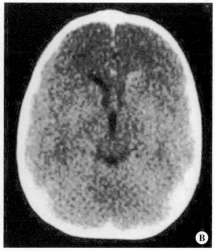

图 2-19-1　左额叶胶质瘤

A. 快速动脉灌注甘露醇后 CT 增强扫描显示开放血-脑屏障，肿瘤侧脑组织强化较对侧明显；B. 6 个疗程后 CT 复查显示肿瘤明显缩小

6. 动脉内灌注化疗药物。动脉灌注药物一般于甘露醇灌注完成后 5 分钟开始,使用微泵或高压注射器缓慢匀速注入,灌注时间一般不少于 30 分钟。对于颅内原发淋巴瘤,一般使用甲氨蝶呤(MTX)为基础的化疗方案:连续 2 日,术后使用亚叶酸钙解毒。对于胶质瘤、转移瘤及其他相对少见肿瘤的治疗,动脉化疗药物的使用并不统一:文献最多报道的是卡铂、替尼泊苷、鬼臼乙叉苷和卡氮芥四种药物,单一或联合应用。其中国外文献中以卡铂和鬼臼乙叉苷单药灌注为主;国内文献则多用替尼泊苷、卡氮芥和铂类,单药或联合用药。国外有学者认为,卡氮芥为脂溶性药物,容易透过血-脑屏障,开放血-脑屏障后灌注卡氮芥能大大增加正常脑组织的药物吸收量,从而增加神经毒性,现在应用较少(图 2-19-2)。

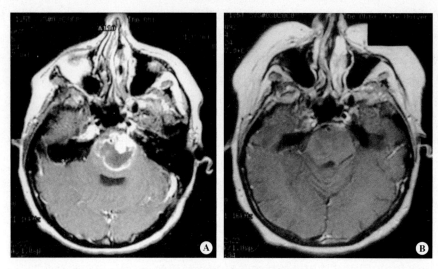

图 2-19-2 脑桥区恶性星形细胞瘤
A. 脑桥区可见不均匀强化病灶,第四脑室受压变形;B. 12 个疗程后肿瘤基本消失

7. 术后再次进行灌注区域的脑血管造影,观察血管是否通畅,以及早发现急性血栓事件,尽早处理。

8. 术后再次进行详尽的神经系统查体,并与术前查体相比较,观察肌力、视野、瞳孔等神经功能有无改变。

四、并 发 症

动脉内灌注化疗的并发症主要包括药物相关并发症和手术相关并发症两大类,其常见并发症主要有:

1. 介入操作导致的并发症　血管痉挛,血管内膜损伤,血管夹层,颈动脉斑块脱落,颅内动脉穿孔,穿刺部位血肿等,这些并发症的发生主要是由于治疗过程中操作粗暴所致,因此提高介入操作技术是避免产生此类并发症的关键。

2. 急性血栓性事件　由于在药物灌注过程需要的时间较长,且部分肿瘤患者本身处于高凝状态,术中有形成血栓的可能。因此术中患者应当常规肝素化,使用微导管还需连接灌注线。若术中出现造影可见的栓子并且位于比较重要的功能区,应当进行溶栓治疗,以减少梗死范围。

3. 局灶性癫痫发作　在动脉灌注甘露醇开放血-脑屏障和动脉灌注药物时,可能是由于高浓度甘露醇或药物刺激所致。Angelov 等报道开放血-脑屏障动脉灌注化疗的临床研究中,局灶性癫痫的发生率为 9.2%。这些癫痫通过药物治疗大多能够控制。

一过性神经功能障碍:表现为一过性的肢体肌力下降、头晕等,可能为药物刺激所致,一般能够恢复。

4. 眼部症状　若导管置于眼动脉以前进行灌注,患者可出现胀痛不适、结膜充血、视物模糊、幻视等眼部症状,严重者可出现视力下降。眼动脉远端灌注药物可避免眼部并发症的发生。

5. 脑疝形成　有研究证实甘露醇开通血-脑屏障后,能够使脑内水分增加,增加 2%。对于术前肿瘤较大,已经有中线移位的患者,进行血-脑屏障开放和动脉灌注化疗要尤为小心,颅内压较高,中线移位明显的不建议进行此治疗。

6. 化疗药物相关并发症　主要是化疗药物的副作用所致,主要包括术后恶心、呕吐,肝肾功能损害,骨髓抑制。尤其要注意开放血-脑屏障后,动脉灌注卡铂可能导致听力下降。术后使用硫代硫酸钠能够降低卡铂的听神经损害。

五、术 前 护 理

1. 心理护理　由于该化疗方法与常规的化疗方法不同,部分患者及家属思想上有顾虑。我们把此方法的优点及特点给患者及家属讲解,让他们以积极的态度配合治疗,向他们解释在治疗中可能感到的一些不适,消除心理上的压力。术前由于紧张而入睡困难者,可给予镇静催眠药物。

2. 术前药物治疗　有癫痫发作病史者,术前常规使用抗癫痫药物;术前患者有高颅压症状的,可静脉滴注甘露醇 250ml,2 次/天,以降低颅内压,静脉滴注地塞米松 10mg,以减轻脑水肿。

3. 介入治疗术前常规准备　术前 1 天抗生素皮试,双侧腹股沟区备皮,术前 4 小时禁食;由于化疗中应用高渗性脱水剂,患者在化疗中不能活动,化疗前给予留置导尿管;术前给予地西泮 10mg 或苯巴比妥钠 100mg 肌内注射。

4. 药物准备　除化疗所用的药物外,还需准备治疗可能发生的并发症的所需药物:甘露醇、地西泮、罂粟碱、尿激酶、巴曲酶等。

六、术 中 配 合

1. 协助医生完成术前准备　摆正患者体位,连接心电监护,开通静脉通路,准备灌注线,准备并配好肝素、利多卡因等常用药物。需要开放血-脑屏障的需要将甘露醇提前放入恒温箱,将其加热至 37℃左右。

2. 配合手术医生对患者进行全面的神经系统查体,包括双侧脑神经和躯体感觉运动神经功能,尤其要注意检查视力和视野情况。对于使用卡铂灌注的患者,术前要注意检查听力情况。要对神经系统查体情况进行书面记录,以与治疗后和随访期进行比较。

3. 打开手术包,协助医生穿手术衣,消毒,铺无菌手术单,做好手术护理记录。

4. 在开放血-脑屏障及灌注化疗药物过程中,随时观看心电监护仪,密切注意生命体征,观察患者面色、意识变化。重点要观察患者的肢体活动、语言、视力、瞳孔等改变。肢体活动情况,并询问患者在灌注过程中有无异常不适感觉。发现异常,马上告知医生,及时配合医生救治。

5. 患者在开放血-脑屏障及灌注化疗药物时可出现以下症状:灌注侧出现一过性眼部胀痛不适、流泪、结膜充血、幻视,一般灌注停止后可自行缓解;局灶性癫痫发作,表现为单侧、单肢或一侧面部的抽搐,多不伴有意识障碍,可立即静脉缓慢注射地西泮 10mg,一般能够缓解,术后回病房后可继续使用抗癫痫药物 2~3 天;患者术中恶心、呕吐,可能为血-脑屏障破坏后一过性脑水肿加重或药物刺激呕吐中枢所致,此时马上将患者头偏向一侧(防止呕吐物吸入气管),整理呕吐物,嘱患者全身放松,张口深呼吸,同时给予氧气吸入。

6. 灌注化疗完成后,再次对患者进行全面的神经系统功能检查,并与术前检查结果比较,以及早发现急性血栓性并发症并及时处理。

7. 协助介入治疗医生完成对患者的压迫止血及穿刺点包扎,并向患者及其家属交代术后的注意事项。

七、术 后 护 理

1. 常规介入术后护理。患者返回病房后,立即给予吸氧,给予心电监护,了解患者血压、脉搏、血氧饱和度等情况。

2. 定期观察穿刺点有无渗血或血肿形成、足背动脉搏动情况,防止局部形成血肿压迫或包扎过紧导致的下肢供血不足,或深静脉血栓形成。

3. 密切观察患者神经系统功能变化　密切观察患者的意识水平、精神、语言,定时检查患者四肢运动感觉功能,检查患者瞳孔大小、形态及对光反射,检查有无视力下降、视野缺损情况。使用卡铂的患者要注意检查患者的听力。脑动脉插管给药,由于流程短,速度快,药物在血流中的分布极不均匀,可能会有过高浓度的药物流至脑血管的某个分支而造成脑组织的损害,而插管部位越高,血管就越细,药物在血流中的浓度越高,对肿瘤细胞产生大量杀伤,对正常脑组织也产生相应毒性。

4. 患者若术后出现胃肠道反应,应当区分以下两种情况:一种情况为化疗药物导致的胃肠道反应,这种情况主要见于铂类化疗药物,一般使用止吐药物后能够缓解;另一种情况为颅内压增高导致的恶心、呕吐,患者常伴明显头痛、视盘水肿、血压升高、心率缓慢,还可伴有意识和瞳孔改变。若怀疑颅内压升高所致的呕吐,要及时行颅脑 CT 检查,以排除急性脑水肿、脑疝、瘤内出血等导致的急性颅内压升高。

5. 并发症的护理

(1)血肿的护理:血肿的形成常见于穿刺不顺利,反复穿刺损伤动脉壁,可以产生局部血肿。患者出现血肿后,前 3 天给予冷敷,以后热敷,一般经过 1 周的治疗和周密护理,血肿可吸收。

(2)尿潴留的护理:部分患者由于习惯或心理因素,术后卧床情况下往往小便不易解出,加之术后补液量较大,产生尿量较多,患者可出现尿潴留。此时可嘱患者放松,给予膀胱区热敷,有助于小便的解出。必要时可给予留置导尿。

(3)癫痫的护理:开放血-脑屏障或灌注化疗药物时可能出现癫痫发作,有癫痫病史的患者发生率更高,多数为局灶性癫痫,少数可出现全身性癫痫。癫痫发作时要制动四肢,防止患者从床上掉下摔伤,给患者垫牙垫防止舌咬伤。发作停止后,可将患者头部转向一侧,以利于分泌物流出,防止窒息。必要时要使用药物控制癫痫的发作。

(4)急性脑水肿的护理:有研究显示开放血-脑屏障后可导致脑内水含量增加,加之化疗药物对组织的毒性作用,术后有可能出现急性脑水肿,对于占位效应明显、术前颅内压较高的患者甚至可能诱发脑疝。对于怀疑有脑水肿的患者,要密切观察患者意识、瞳孔、生命体征。呕吐的患者要预防呕吐物进入气道窒息;意识模糊、烦躁的患者,要注意加用床挡或给予适当约束,防止坠床等意外伤害;术后出现高热的患者,可给予冰帽和物理降温,有助于降低脑代谢、减轻脑耗氧量,必要时可使用人工冬眠;若患者出现双侧瞳孔不等大、呼吸不规则等脑疝征象,要及时汇报医生,必要时行外科处理。

(5)脑卒中患者的护理:在灌注化疗时可因急性血栓形成而产生脑卒中。患者卒中后要绝对卧床,不要大幅搬动,给予 24 小时心电监测,间断性低流量吸氧。做好生活护理,防止压疮发生。需行外科手术的,转入外科。

八、健 康 教 育

对于恶性颅内肿瘤的患者,由于长期受到疾病折磨和治疗带来的痛苦,往往身心俱疲,难免产生悲观厌世情绪。患者家属心情很复杂,悲哀沮丧,痛苦绝望,情绪低落。作为护理工作者首先要理解同情,针对不同的心理采取不同的指导方法。对患者要多加关心、鼓励,让患者感受到温暖,增强战胜病魔的信心。对家属要安慰,让其认识到疾病发展的规律、疗效和预后。出院后要指导家属做好家庭护理,定期随访肝肾功能、血常规、颅脑 CT 等检查。出院后按治疗方案坚持服药,按时来院行下一疗程的治疗,以巩固疗效。

(许秀芳　周　兵　年　凌)

第二节　脑膜瘤栓塞治疗的护理

一、概　　述

脑膜瘤又叫蛛网膜内皮瘤,是中枢神经系统内常见的原发性肿瘤,在颅内肿瘤中发病率仅次于神经上皮肿瘤而居第 2 位,为 16%～77%。中老年多发,尤其中年女性,肿瘤绝大多数发生在颅内、椎管和眶内,临床症状因肿瘤部位的不同而异,可出现头痛、视力下降、视野缺损、嗅觉和听觉障碍等症状,大约 40% 的脑膜瘤患者会出现癫痫症状。近年来脑膜瘤的检出率逐步增高,这与医学科学的发展、CT、磁共振等检查的提高有一定的关系。

脑膜瘤起源于蛛网膜颗粒的内皮细胞和成纤维细胞,组织学分型颇多,80%～90%的脑膜瘤为良性(WHO Ⅰ级),此类瘤细胞形态多样、排列形式多样,细胞分化较好;5%～15%的脑膜瘤属于非典型型(WHO Ⅱ级),组织学上可见细胞密度增加,小细胞性,可出现较多核分裂,细胞核异型,该类型肿瘤复发率较高(7%～20%)。1%～3%脑膜瘤属于分化不良型（恶性 WHOⅢ级），组织学上细胞明显异常，核分裂指数高，复发率为 $50\%\sim78\%$，通常在诊断后 2 年内死亡。

脑膜瘤一般属于良性肿瘤，治疗主要是手术切除。由于脑膜瘤大多数血供丰富，部分脑膜瘤发生于蝶鞍旁、斜坡、海绵窦、桥小脑角等部分，手术难度较高，风险较大。Manelfe 等在 1973 年最早提出了术前肿瘤栓塞的技术。脑膜瘤术前栓塞能够使肿瘤大部分或全部去血管化，肿瘤质地变软，从而不但减少术中出血，还能够使肿瘤易于切除，从而降低手术风险，提高肿瘤切除率。对于肿瘤较大、部位较深、手术风险较大的脑膜瘤，术前栓塞已经成为一种有效的辅助治疗手段。对恶性脑膜瘤和不能完全切除的脑膜瘤，还要辅助放疗、化疗，以提高术后生存率，降低复发率。另外有实验证明，无论体外还是体内生长激素受体拮抗剂、生长抑素激动剂以及多巴胺 D_2 受体激动剂对脑膜瘤都具有一定的抗肿瘤增殖作用。

二、介入治疗适应证与禁忌证

脑膜瘤的术前栓塞作为手术的一种辅助治疗手段，国内外文献均未见有明确的适应证及禁忌证的报道。综合国内外文献，结合我们和相关单位的实际工作，认为以下情况适合术前栓塞：

1. 脑膜瘤体积较大，一般直径>3cm。
2. 术前检查显示脑膜瘤供血丰富，且为颈外动脉供血为主。
3. 脑膜瘤位于颅底或邻近重要神经结构、考虑术中出血较多或与正常解剖结构分离困难。

以下情况认为不适合术前栓塞：

1. 肿瘤供血血管以颈内动脉或椎动脉系统供血为主。
2. 造影可见的颈外动脉与颈内动脉或椎基底动脉间有吻合者。
3. 有不适合介入治疗的其他情况，如凝血功能障碍、重要脏器功能不全、血管解剖入路困难、对比剂过敏、不能控制的高血压（>180/110mmHg）。

三、介入手术操作

1. 术前要常规进行详细的神经系统查体并记录，包括患者意识、语言，双侧肢体的运动、感觉，尤其要注意颅神经的功能。
2. 介入栓塞手术一般在局麻下进行。常规术前准备，包括连接心电监护、建立静脉通路、消毒、铺无菌巾、连接灌注线等。
3. 进行全面的脑血管造影，了解肿瘤血供情况。一般脑膜瘤以颈外动脉供血为主，最常见脑膜中动脉、脑膜副动脉、枕动脉、颞浅动脉供血，颈内动脉参与供血者以脑膜垂体干供多见。
4. 微导管超选择性插管进入肿瘤供血血管，微导管内造影了解有无危险吻合。若无危险吻合可进一步进行利多卡因激发试验，一般以 2% 的利多卡因溶液 1ml 稀释后缓慢沿微导管注入，然后再进行神经系统评估。若为阳性则进一步调整微导管位置。有危险吻合者要尽量将微导管超过危险吻合，若不能超过，原则上不进行栓塞治疗。
5. 使用栓塞剂对肿瘤血管进行栓塞。常用栓塞剂有 NBCA 胶、ONYX 胶、PVA 颗粒、明胶海绵等,必要时可辅以弹簧圈。国外文献报道中使用 PVA 颗粒较为常见。

6. 颈内动脉系统供血者栓塞要慎重,椎动脉系统供血者尤其要慎重,稍有不慎就会导致灾难性后果。

7. 术后再次进行详尽的神经系统查体,并与术前查体进行比较。若发生颅神经功能障碍,可能是由于栓塞剂栓塞了脑神经的滋养动脉所致,一般经过保守治疗能够恢复;若患者除脑神经障碍外还伴有肢体运动、感觉障碍、意识改变,则可能栓塞剂进入颅内,要进行颅脑 MRI 检查,并进行积极的内科治疗(图 2-19-3,图 2-19-4)。

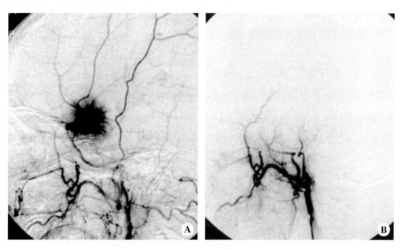

图 2-19-3　右侧蝶骨脊脑膜瘤
A. 颈外动脉造影显示肿瘤明显染色,脑膜中动脉供血;B. 栓塞后再次造影显示肿瘤染色消失

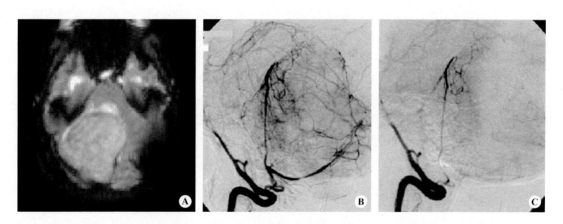

图 2-19-4　右侧后颅窝脑膜瘤
A. 颅脑 MRI 显示后颅窝脑膜瘤;B. 椎动脉造影显示肿瘤明显染色,脑膜后动脉供血;C. 栓塞后再次造影显示肿瘤染色大部分消失

四、并　发　症

除介入手术操作共有的并发症,例如腹股沟血肿、血管内膜损伤等,主要并发症来自于异位栓塞。颅内外危险吻合的存在是引起脑神经和脑组织缺血的重要原因。Manelfe 等较

早就提出了危险吻合的存在,如在眼动脉和脑膜中动脉之间,海绵窦段的颈内动脉和脑膜中动脉、脑膜副动脉之间,椎动脉和咽深动脉之间,椎动脉和枕动脉之间,均存在危险循环。此外,在脑膜中动脉上有滋养血管发出供应面神经,在咽深动脉上有分支供应后组脑神经,这是颈外动脉栓塞可能引起脑神经障碍的一个非常重要的原因。因此,微导管应尽量接近肿瘤,以使栓塞剂更好地进入肿瘤的毛细血管床,达到较好的栓塞效果。常见并发症包括:

1. 栓塞剂通过危险吻合或反流进入脑血管内,导致脑梗死;或栓塞视网膜动脉,导致视力障碍,严重者可失明。

2. 栓塞剂栓塞头皮供血动脉,导致头皮坏死,用液态性栓塞剂发生的可能性更大。一般来说,头皮组织供血丰富,固体栓塞剂不会导致头皮组织缺血坏死。使用液体性栓塞剂有导致头皮坏死的可能。

3. 脑神经滋养动脉栓塞,导致一过性或永久性脑神经功能障碍。一般来说,脑神经滋养血管细小,栓塞剂不易到达末梢,因此不易导致永久性神经功能障碍。

4. 栓塞后肿瘤内出血,导致肿瘤体积迅速增大,神经功能恶化,部分需紧急手术处理。

5. 栓塞后局部组织缺血,导致术后头痛,一般经过改善微循环、止痛等对症处理后能够缓解。

五、术前护理

1. 心理护理　患者入院后,主动热情向患者介绍病区环境、主治医师及主管护士,使患者尽快熟悉住院环境。应耐心解释手术的基本原理、必要性及并发症的预防、术前术后的注意事项,取得患者、家属的积极配合,使患者以最佳状态接受手术治疗。

2. 术前常规准备　术前嘱患者练习在床上解小便,术前4小时禁食、禁水,腹股沟区备皮,抗生素皮试。术前使镇静药物,地西泮10mg或苯巴比妥钠100mg肌内注射。

3. 癫痫的预防　运动区、颞叶等部位脑膜瘤,特别是已有癫痫病史者,需要围手术期使用抗癫痫药物治疗。术前无癫痫发作的患者,要备好抗癫痫药物,以防术中发作。

4. 备好术中抢救可能使用的药物　这些药物主要包括:急救药物(心脏、呼吸兴奋剂),解痉药(罂粟碱),脱水剂(甘露醇),抗癫痫药物(地西泮、德巴金),溶栓药物(尿激酶、rt-PA),止血药物(巴曲酶),肝素中和剂(鱼精蛋白)等。

六、术中配合

1. 协助医师完成术前常规准备,如摆正患者体位、连接心电监护、开通静脉通路、连接导管灌注装置,准备并配好肝素、利多卡因等常用药物。肝素的配置:肝素1支(12500U)使用生理盐水稀释至12.5 ml,即1000 U/ml。导引导管放置到位后,按100 U/kg体重静脉注射全身肝素化,并准确记录肝素注射时间。将5000U肝素加入500 ml生理盐水中用来冲洗介入器械。

2. 配合手术医师完成术前神经系统查体,对术前患者的神经功能检查结果进行详细记录,包括双侧脑神经和躯体感觉运动神经功能,尤其要注意记录双眼视力,面神经、动眼神经和三叉神经感觉运动功能。

3. 在进行栓塞前先行激发试验及栓塞过程中要严密观察患者生命体征和神经功能变化。由于介入治疗医师术中为无菌操作,且精力高度集中,不方便或忽略对患者的术中的神经功能变化。这时护士要时刻注意患者语言、意识的变化,提醒医师并进行必要的神经系统检查。

4. 栓塞完成后,再次对患者进行全面的神经系统功能检查,并与术前检查结果比较,以排除因栓塞可能导致的并发症。

5. 协助介入治疗医师完成对患者的压迫止血及穿刺点包扎,并向患者及其家属交代术后的注意事项。

七、术 后 护 理

1. 一般护理 病人术毕回病房后,立即吸氧,心电监护,了解病人血压、脉搏、呼吸有无异常。定时监测血压、脉搏、呼吸、体温变化,并认真做好记录。有变化时及时汇报医师,积极配合抢救。

2. 神经功能监测 密切观察病人意识状态、精神、语言,定时观察患者脑神经功能、肢体的运动和感觉功能。尤其要注意视力有无变化,定时观察瞳孔的大小、形态及对光反射,两侧是否等大等圆,面神经、三叉神经运动和感觉功能,因为这些都是栓塞中容易造成损伤的神经。若患者出现剧烈恶心、呕吐,意识水平降低,双侧瞳孔不等大或反射迟钝,要及时通知相关医师并进行 CT 复查,以排除肿瘤内或颅内出血。

3. 监测穿刺肢体的足背动脉搏动、皮温,穿刺点压迫部位有无渗血 穿刺肢体若出现皮温降低、足背动脉搏动消失、肢体肿胀,应适当放松穿刺点的压迫,以防出现下肢的缺血和深静脉的血栓形成。

4. 对症处理 术后出现一般程度的恶心、呕吐,不伴有剧烈头痛、颈项强直、瞳孔改变、意识改变,可能为脑血管造影后的反应,可对症处理后密切观察生命体征;若患者伴有上述情况,需要进一步 CT 扫描排除肿瘤内出血及大面积梗死情况。术后患者可出现头痛,可能主要与栓塞后局部脑膜缺血有关,若不伴有神经功能障碍也可止痛治疗后观察。部分患者平卧体位小便不易解出,多为心理性因素,可嘱咐患者放松,或使用膀胱区热敷,多能自行解出,必要时可进行留置导尿。

八、健 康 教 育

患者入院后,要向患者及其家属介绍脑膜瘤的临床特点、介入治疗的基本原理、介入栓塞和手术治疗脑膜瘤的必要性以及手术前后需要注意的事项,以取得患者及其家属的信任,从而能够积极的配合介入栓塞治疗。出院后坚持按医嘱服药,特别是抗癫痫的药物,需长期服药,按医嘱减量或停药。出院后合理、卫生饮食,多吃含蛋白质、维生素的食物。有神经功能障碍的患者每天要坚持适当的锻炼,注意劳逸结合。出院后定期随访。

(许秀芳 周 兵 年 凌)

参 考 文 献

陈锦华,周政.2001.恶性脑胶质瘤的选择性动脉灌注化疗.介入放射学杂志,10:362-364

付利.2002.脑胶质瘤介入治疗的护理体会.第三军医大学学报,24:1181-1184

刘子厚,张继伟,杜宇鹏,等.2006.经颈总动脉穿刺灌注替尼泊苷治疗脑胶质瘤35例临床分析.中华肿瘤防治杂志,13:883-891

马骏,任伟新,陈鹏,等.2004.脑膜瘤数字减影血管造影的诊断价值.介入放射学杂志,13:483-485

梁朝辉,张鸿祺,凌锋,等.2008.脑膜瘤术前栓塞并发肿瘤卒中一例及文献复习.中国脑血管病杂志,12:563-565

陶晓峰,施增儒.2000.甘露醇开放血-脑屏障在大鼠脑胶质瘤动脉介入化疗应用.中国医学影像学杂志,8:127-130

陶晓峰,王驹.2001.可逆性开放血-脑屏障在脑胶质瘤动脉化疗中的应用.第二军医大学学报,22:281-283

于耀宇,马廉亭,秦尚振,等.2009.脑胶质瘤术后超选介入化疗联合放疗临床分析.中华神经外科疾病研究杂志,14:124-126

曾晓琴,陈雪娟,黄燕梅,等.2006.脑膜瘤患者术前施行栓塞术的护理.现代护理,12:1249

周政,刘俊,杨辉,等.2004.术前超选择性栓塞高血运脑膜瘤的临床意义.介入放射学杂志,13:390-392

祝斐,黄新,朱炯明,等.2009.术前栓塞在巨大脑膜瘤手术中的应用.中国临床神经外科杂志,14:337-338

Abdel Kerim A, Bonneville F, Jean B, et al. 2010. Balloon-assisted embolization of skull base meningioma with liquid embolic agent. J Neurosurg,112:70-72

Angelov L, Doolittle ND, Kraemer DF, et al. 2009. Blood-brain barrier disruption and intra-arterial methotrexate-based therapy for newly diagnosed primary CNS lymphoma:a multi-institutional experience. J Clin Oncol,27:3503-3509

Bendszus M, Monoranu CM, Schütz A, et al. 2008. A "benign" sphenoid ridge meningioma manifesting as a subarachnoid hemorrhage associated with tumor invasion into the middle cerebral artery. Korean J Radiol, 9(Suppl):S10-3

Bendszus M, Monoranu CM, Schütz A, et al. 2005. Neurologic complications after particle embolization of intracranial meningiomas. Am J Neu Roradiol,26:1413-1419

Celedin S, Rabitsch E, H ausegger KA, et al. 2008. Accidental transtumoral microparticle embolization of eloquent brain areas in a case of large temporofrontal meningioma. Interv Neuroradiol,14:339-343

Chow KL, Gobin YP, Cloughesy T, et al. 2000. Prognostic factors in recurrent glioblastoma multiforme and anaplastic astrocytoma treated with selective intra-arterial chemotherapy. Am J Neuroradiol,21:471-478

Doolittle ND, Miner ME, Hall WA, et al. 2000. Safety and efficacy of a multicenter study using intraarterial chemotherapy in conjunction with osmotic opening of the blood-brain barrier for the treatment of patients with malignant brain tumors. Cancer,88:637-647

Dowd CF, Halbach VV, Higashida RT. 2003. Meningiomas: the role of preoperative angiography and embolization. Neurosurg Focus,15:E10

Fortin D, Desjardins A, Benko A, et al. 2005. Enhanced chemotherapy delivery by intraarterial infusion and blood-brain barrier disruption in malignant brain tumors: the Sherbrooke experience. Cancer,103:2606-2615

Fortin D, Gendron C, Boudrias M, et al. 2007. Enhanced chemotherapy delivery by intraarterial infusion and blood-brain barrier disruption in the treatment of cerebral metastasis. Cancer. 109:751-760

Fortin D, McAllister LD, Nesbit G, et al. 1999. Unusual cervical spinal cord toxicity associated with intra-arterial carboplatin, intra-arterial or intravenous etoposide phosphate, and intravenous cyclophosphamide in conjunction with osmotic blood brain-barrier disruption in the vertebral artery. Am J Neuroradiol,20:1794-1802

Gavrilovic IT, Hormigo A, Yahalom J, et al. 2006. Long-term follow-up of high-dose methotrexatebased therapy with and without whole brain irradiation for newly diagnosed primary CNS lymphoma. J Clin Oncol,24:4570-4574

Guillaume DJ, Doolittle ND, Gahramanov S, et al. 2010. Intra-arterial chemotherapy with osmotic blood-brain barrier disruption for aggressive oligodendroglial tumors: results of a phase I study. Neurosurgery,66:48-58

Hall WA, Doolittle ND, Daman M, et al. 2006. Osmotic blood-brain barrier disruption chemotherapy for diffuse pontine gliomas. J Neurooncol,77:279-284

Hayashi N, Kubo M, Tsuboi Y, et al. 2007. Impact of anomalous origin of the ophthalmic artery from the middle meningeal artery on selection of surgical approach to skull base meningioma. Surg Neurol,68:568-571

Hirai T, Korogi Y, Ono K, et al. 2004. Preoperative embolization for meningeal tumors: evaluation of vascular supply with angio-CT. Am J Neuroradiol,25:74-76

Hirohata M，Abe T，Morimitsu H，et al. 2003. Preokperative selective internal carotid artery dural branch embolisation for petroclival meningiomas. Neuroradiology，45：656-660

Jahnke K，Kraemer DF，Knight KR，et al. 2008. Intraarterial chemotherapy and osmotic blood-brain barrier disruption for patients with embryonal and germ cell tumors of the central nervous system. Cancer，112：581-588

Kai Y，Hamada J，Morioka M，et al. 2007. Preoperative cellulose porous beads for therapeutic embolization of meningioma：provocation test and technical considerations. Neuroradiology，49：437-443

Kochi M，Kitamura I，Goto T，et al. 2000. Randomized comparison of intra-arterial versus intravenous infusion of ACNU for newly diagnosed patients with glioblastoma. J Neurooncol，49：63-70

Koike T， Sasaki O， Tanaka R， et al. 1990. Long-term results in a case of meningioma treated by embolization alone——case report. Neurol Med Chir，30：173-177

Kusaka N，Tamiya T，Sugiu K，et al. 2007. Combined use of TruFill DCS detachable coil system and Guglielmi detachable coil for embolization of meningioma fed by branches of the cavernous internal carotid artery. Neurol Med Chi，47：29-31

Lefkowitz M， Giannotta SL， Hieshima G， et al. 1998. Embolization of neurosurgical lesions involving the ophthalmic artery. Neurosurgery，43：1298-1303

Liu HL，Hua MY，Chen PY，et al. 2010. Blood-brain barrier disruption with focused ultrasound enhances delivery of chemotherapeutic drugs for glioblastoma treatment. Radiology，255：415-425

Marchi N，Angelov L，Masaryk T，et al. 2007. Seizure-promoting effect of blood-brain barrier disruption. Epilepsia，48：732-742

Neuwelt EA，Frenkel EP，Diehl J，et al. 1980. Reversible osmotic blood-brain barrier disruption in humans：implications for the chemotherapy of malignant brain tumors. Neurosurgery，7：44-52

Neuwelt EA，Goldman DL，Dahlborg SA，et al. 1991. Primary CNS lymphoma treated with osmotic blood-brain barrier disruption：Prolonged survival and preservation of cognitive function. J Clin Oncol，9：1580-1590

Neuwelt EA，Guastadisegni PE，Várallyay P，et al. 2005. Imaging changes and cognitive outcome in primary CNS lymphoma after enhanced chemotherapy delivery. AJNR Am J Neuroradiol，26：258-265

Neuwelt EA，Specht HD，Howieson J，et al. 1983. Osmotic blood-brain barrier modification：clinical documentation by enhanced CT scanning and/or radionuclide brain scanning. AJR Am J Roentgenol，141：829-835

Newton HB，Slivka MA，Stevens CL，et al. 2002. Intra-arterial carboplatin and intravenous etoposide for the treatment of recurrent and progressive non-GBM gliomas. J Neurooncol，56：79-86

Ohata K，Nishio A，Takami T，et al. 2006. Sudden appearance of transdural anastomosis from middle meningeal artery to superior cerebellar artery during preoperative embolization of meningioma. Neurol India，54：328

Osztie E，Várallyay P，Doolittle ND，et al. 2001. Combined intraarterial carboplatin，intraarterial etoposide phosphate，and IV Cytoxan chemotherapy for progressive optic-hypothalamic gliomas in young children. AJNR Am J Neuroradiol，22：818-823

O'Brien PC，Roos DE，Pratt G，et al. 2006. Combined-modality therapy for primary central nervous system lymphoma：long-term data from a Phase Ⅱ multicenter study（Trans-Tasman Radiation Oncology Group）. Int J Radiat Oncol Biol Phys，64：408-413

Rossitti Sl，2007. Preoperative embolization of lower-falx meningiomas with ethylene vinyl alcohol copolymer：technical and anatomical aspects. Acta Radiol，48：321-326

Silvani A，Eoli M，Salmaggi A，et al. 2002. Intra-arterial ACNU and carboplatin versus intravenous chemotherapy with cisplatin and BCNU in newly diagnosed patients with glioblastoma. Neurol Sci，23：219-224

Sonoda Y，Matsumoto K，Kakuto Y，et al. 2007. Primary CNS lymphoma treated with combined intra-arterial ACNU and radiotherapy. Acta Neurochir（Wien），149：1183-1189

Tsugu H，Fukushima T，Ikeda K，et al. 1999. Hemangioblastoma mimicking tentorial meningioma：preoperative embolization of the meningeal arterial blood supply——case report. Neurol Med Chir，39：45-48

Yu SC，Boet R，Wong GK，et al. 2004. Postembolization hemorrhage of a la rge and necrotic meningioma. Am J Neuroradiol，25：506-508

第二十章　头颈部良恶性肿瘤介入治疗的护理

一、概　　述

头颈部重要器官集中,解剖关系复杂,其良恶性肿瘤种类繁多。根据流行病学的调查,我国近年头颈部恶性肿瘤的年发病率为 15/10 万,占全身恶性肿瘤的 4.45%。发病前几位的头颈恶性肿瘤的发病依次为喉(32.1%)、鼻咽(14.9%),头颈部恶性肿瘤从病理类型上讲以鳞状细胞癌为主,约占所有肿瘤的 90%。头颈部恶性肿瘤与吸烟和酗酒密切相关,烟酒消费高的国家发病率也高,在性别上以男性居多。介入治疗最常见的头颈部良性肿瘤是鼻咽血管纤维瘤,是富血供的血管源性良性肿瘤。

头颈部是各种器官集中的部位,它包含眼、耳、鼻、喉、咽、口腔内各器官、颌骨、涎腺及颈部的肌肉、血管、神经、甲状腺等,所以头颈部为多学科集中和交叉的部位,头颈部结构复杂互为联系,往往某一部位或器官发生的肿瘤同时也会涉及其他部位或器官。对于 T1~2N0 期患者,接受单纯手术或放疗的疗效类似;对于Ⅲ、Ⅳa、Ⅳb 期患者,则主要以放疗和挽救性手术为主的综合治疗。

介入治疗作为综合性治疗的方法之一,包括血管内介入治疗和非血管介入治疗。血管内介入治疗主要包括动脉插管区域性灌注化疗和栓塞治疗。对于一些对放化疗疗效不佳晚期患者,动脉内灌注化疗具有重要价值;对于一些肿瘤合并症,例如肿瘤压迫气道引起的呼吸、吞咽困难,局部动脉插管持续性灌注化疗往往能迅速改善患者临床症状;对于肿瘤浸润和破溃导致的急性出血、放射治疗后大出血,动脉栓塞能够挽救患者生命。国外多个研究证实动脉灌注化疗对于头颈部肿瘤具有良好疗效:Nakamura 等使用 20ml 稀释对比剂对头颈部肿瘤患者进行动脉区域灌注,然后使用 MRI 进行扫描,发现肿瘤区域强化较正常组织明显增高;Furusaka 等报道对 19 例舌癌患者使用多西紫杉醇＋顺铂动脉灌注联合 5-FU 静脉用药,其中位 5 年生存率为 94.74%,远较顺铂＋5-FU 静脉化疗方案为好(5 年生存率 20%);Mitsudo 等对 30 例 T3 和 T4 期患者进行动脉灌注化疗(多西紫杉醇＋顺铂)同步放射治疗,其 1、3、5 年生存率分别为 96.7%、83.1% 和 70.2%。对于良性肿瘤,鼻咽血管纤维瘤主要用于手术前栓塞治疗。

非血管介入治疗主要包括射频消融、氩氦刀冷冻治疗和超声聚焦刀等,但由于头颈部结构的复杂性和重要性,非血管治疗在肿瘤减容和缓解症状上有一定价值,无法做到根治性治疗,因此临床应用受到一定限制。

二、介入治疗适应证与禁忌证

1. 介入治疗适应证　尽管国外多个临床试验已经证实,颈外动脉灌注化疗对头颈部恶性肿瘤能够取得良好疗效,尤其是对于舌癌治疗能够大幅度提高生存率,但由于样本量相对较小,并且多数临床试验未达到双盲随机对照的要求,因此目前动脉灌注化疗仍然作为头颈部恶性肿瘤综合治疗的辅助性治疗方法,而不是首选和主要的治疗方法。根据国内外文献报道,结合我们和相关医院的临床实践,认为以下情况适合介入治疗:

(1) 头颈部肿瘤无法手术切除或切除后复发者。

(2) 头颈部肿瘤放疗和静脉化疗后疗效不佳者。

(3) 作为头颈部肿瘤综合治疗的组成部分。

(4) 头颈部肿瘤并发大出血,需急性止血。

(5) 良性肿瘤手术前栓塞治疗。

2. 介入治疗禁忌证

(1) 影像学检查显示肿瘤与邻近组织、重要器官有明显吻合支,甚至与颅内血管有吻合支,且经过介入性操作不能闭塞吻合支。

(2) 有显著的心、肝、肾功能不全,营养不良,感染或其他不适合行化疗的情况存在。

(3) 既往有对比剂过敏者。

(4) 有不适合介入治疗的其他情况,如凝血功能障碍、血管解剖入路困难、术前高血压控制不佳(>180/110mmHg)等。

三、介入手术操作

1. 术前要常规访视患者,进行系统的查体并记录,尤其要注意肿瘤病变侧脑神经功能、吞咽功能、肢体活动及听力,肿瘤侵犯范围,有无出血等,为术后疗效评估提供依据。

2. 介入栓塞手术一般在局麻下进行。常规术前准备,包括连接心电监护、建立静脉通路、消毒、铺无菌巾、连接灌注线等。

3. 全面了解肿瘤血供情况。由于头颈部肿瘤供血复杂,因此治疗前要进行双侧颈外动脉造影,肿瘤较大、侵犯范围较广泛时还要进行颈内、椎动脉及甲状颈干的造影。

4. 对于有明确颅底或颅内侵犯者,要进行利多卡因激发试验。一般以 2% 利多卡因溶液 1ml 稀释后缓慢沿微导管注入,然后再进行神经系统评估。若出现明显的神经功能障碍则不宜进行灌注化疗及栓塞。

5. 既往有明确癫痫病史者,要常规准备抗癫痫药物,或术前预防性使用抗癫痫药物。

6. 需要栓塞的患者,要仔细分析造影表现。若有明确的颅内外吻合支,要先对吻合支进行处理,吻合支闭塞后方能对肿瘤进行栓塞;或有可疑颅内外吻合但不明确,可先进行利多卡因激发试验,若激发试验阳性,除非抢救性治疗,否则不宜栓塞,以免造成严重后果。

7. 动脉内灌注化疗药物时,将导管插至颈外动脉、颌动脉或舌动脉等,尽量超选至肿瘤供血动脉,这样既可以提高药物浓度,又能够降低并发症和术后反应,目前常用的动脉灌注药物以铂类为基础。Furusaka 及 Mitsudo 使用多西紫杉醇＋顺铂的动脉灌注化疗方案,联合 5-FU 静脉化疗,5 年生存率为 92.7%;Mitsudo 使用多西紫杉醇＋顺铂的动脉灌注化疗方案,联合放射治疗,5 年生存率为 70.2%;Tohnai 对 31 例患者联合动脉灌注化疗和同步放疗,临床完全缓解率为 80.6%。动脉灌注药物一般使用微量泵注射,每种药物灌注时间不小于 20 分钟。为减轻化疗药物毒性,可在动脉灌注完成后使用硫代硫酸钠中和,但有学者认为使用硫代硫酸钠中和会降低疗效。

8. 对于血供非常丰富或有出血倾向的患者,可在化疗完成后对肿瘤供血血管进行动脉栓塞治疗。动脉栓塞时尽量使用超选择插管,若导管在肿瘤供血动脉内,可选用直径较小栓塞剂;若导管超选择程度不够,则栓塞剂直径不宜太小,谨防异位栓塞。栓塞后再次造影观察栓塞情况。

9. 术后再次进行详尽的神经系统查体,并与术前查体进行比较。若发生脑神经功能障碍,可能是由于栓塞剂栓塞了脑神经的滋养动脉所致,一般经过保守治疗能够恢复;若患者除脑神经障碍外还伴有肢体运动、感觉障碍、意识改变,则可能栓塞剂进入颅内,要进行颅脑MRI 检查,并进行积极的内科治疗。

四、并 发 症

1. **听力降低** 由于铂类药物本身的耳毒性,再加上动脉灌注的高浓度,可能会导致听力减退,动脉灌注化疗后使用硫代硫酸钠有可能会降低听力减退的发生率。Charlotte 对比铂类动脉灌注+硫代硫酸钠解毒和铂类静脉化疗对听力的影响,发现前者能够减少 10% 听力功能减退的发生率。对于已有听力功能障碍的患者,可能会加重听力障碍。

2. **栓塞后综合征** 对于栓塞的患者,最常见的栓塞后症状为疼痛,若脑膜动脉和颞浅动脉栓塞可导致偏侧头痛;栓塞上颌动脉可导致患者张口困难、咀嚼疼痛,影响进食。栓塞后还可出现面部肿胀、发热等反应。这些并发症经过一段时间一般能够恢复。

3. **急性栓塞性事件** 血栓或栓塞剂进入颈内动脉或椎动脉系统均可导致脑梗死,若栓塞重要脑功能区可导致肢体功能障碍,严重危及生命。术中仔细分析有无危险吻合、必要时利多卡因激发试验和肝素化能够减少脑栓塞性事件的发生。

4. **化疗药物相关并发症** 主要是化疗药物的副作用所致,包括术后恶心、呕吐、肝肾功能损害、骨髓抑制等。这些并发症主要依靠术前患者的评估和术后使用相应的药物来减轻或避免。

5. **手术操作相关并发症** 血管痉挛、血管内膜损伤、血管夹层、颈动脉斑块脱落、颅内动脉穿孔、穿刺部位血肿等,这些并发症的发生主要和治疗过程中操作粗暴所致,因此提高介入操作技术是避免产生此类并发症的关键。

五、术 前 护 理

1. **心理护理** 由于进行动脉灌注化疗的患者,大部分为Ⅲ、Ⅳ期恶性肿瘤患者,往往临床症状较重,生活质量低下,产生悲观厌世情绪。对于这些患者要对其进行鼓励,并且解释介入治疗的优点,使他们建立战胜病魔的信心。

2. **术前常规准备** 术前嘱患者练习在床上排尿,术前 4 小时禁食、禁水,腹股沟区备皮,抗生素皮试。术前使镇静药物,地西泮 10mg 或苯巴比妥钠 100mg 肌内注射。

3. **药物准备** 头颈部恶性肿瘤的化疗药物一般为卡铂、顺铂、多西紫杉醇,其他药物应用较少。除化疗药物外,还需准备地西泮、尿激酶、吗啡或哌替啶、利多卡因、罂粟碱等。

六、术中配合

1. 协助医师完成术前准备　摆正患者体位,连接心电监护仪,吸氧,开通静脉通路,准备并配好肝素、利多卡因等常用药物。按要求将化疗药物配制好,准备好药物微量泵。

2. 配合手术医师对患者进行神经系统查体,包括双侧脑神经和躯体感觉运动神经功能,尤其要注意检查视力和视野情况。要对神经系统查体情况进行书面记录,以便与治疗后和随访期进行比较。

3. 打开手术包,协助医师穿手术衣,消毒,铺无菌手术单,做好手术护理记录。

4. 术中常规准备吸痰管。头颈部肿瘤尤其是口腔癌患者,往往分泌物较多,加之气道狭窄,要预防分泌物堵塞气道的可能。

5. 灌注化疗完成后,再次对患者进行全面的神经系统功能检查,并与术前检查结果比较(图 2-20-1),以便及早发现急性栓塞性并发症和及时处理。

6. 协助介入治疗医师完成对患者的压迫止血及穿刺点包扎,并向患者及其家属交代术后的注意事项。

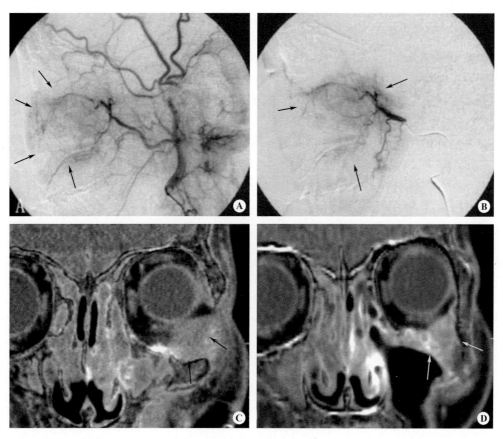

图 2-20-1　上颌窦恶性肿瘤

A、B. 造影显示上颌窦区可见高密度染色;C. 动脉灌注术前 MR 扫描见上颌窦肿瘤侵犯眼眶下壁;D. 术后 MR 扫描显示肿瘤显著缩小

七、术后护理

1. 常规介入术后护理 患者返回病房后,立即给予吸氧、心电监护,了解患者血压、脉搏、血氧饱和度等情况。

2. 定期观察穿刺点有无渗血或血肿形成、足背动脉搏动情况,防止局部形成血肿压迫或包扎过紧导致的下肢供血不足,或深静脉血栓形成。

3. 栓塞的患者术后往往会出现头面部疼痛、咀嚼食物疼痛、张口困难,要向家属解释发生这些情况的原因,并告知经过短期治疗能够好转。患者饮食可改为流质,必要时留置胃管行肠内营养。

4. 要定期观察患者口腔内情况。比较表浅的肿瘤在栓塞后可出现表面破溃,面部缺血严重也可出现口腔内溃疡,发生这些情况要进行必要的口腔护理。

5. 注意患者术后听力变化,若听力减退明显应及早告知医生,进行相应药物治疗。

6. 其他并发症的护理 详见第十九章第一节"颅内恶性肿瘤动脉灌注化疗的护理"。

八、健康教育

1. 晚期头颈部恶性肿瘤的患者,由于肿瘤累及的多个功能结构,常导致进食、呼吸、语言等多种功能障碍,生活质量较差,因此患者往往悲哀沮丧,痛苦绝望,情绪低落。在护理工作中首先要理解和针对不同情况对患者进行心理指导、生活指导和康复训练指导,帮助患者建立积极乐观的生活态度和战胜病魔的信心。

2. 告诉患者定期复查,如有不适及时就医。

(许秀芳 周 兵 牟 凌)

参 考 文 献

丁爱萍,李子祥,王松,等.2007. 动脉化疗治疗头颈部恶性肿瘤的临床研究. 介入放射学杂志,16:743-745

范新东,朱凌,董敏俊,等.2006. 双路动脉化疗治疗头颈部鳞状细胞癌. 介入放射学杂志,15:339-341

Balm AJ,Rasch CR,Schornagel JH,et al. 2004. High-dose superselective intra-arterial cisplatin and concomitant radiation (RADPLAT) for advanced head and neck cancer. Head Neck,26:485-493

Bertino G,Benazzo M,Gatti P,et al. 2007. Curative and organ-preserving treatment with intra-arterial carboplatin induction followed by surgery and/or radiotherapy for advanced head and neck cancer: single-center five-year results. BMC Cancer,7:62

Bertino G,Occhini A,Falco CE,et al. 2009. Concurrent intra-arterial carboplatin administration and radiation therapy for the treatment of advanced head and neck squamous cell carcinoma: short term results. BMC Cancer,9:313

Eckardt A,Kelber A,Pytlik C. 1995. Palliative intra-arterial chemotherapy with carboplatin (CBDCA) and 5-FU in unresectable advanced (stage III and IV) head and neck cancer using implantable port-systems. Eur J Surg Oncol,21:486-489

Furusaka T. 2006. Superselective intra-arterial infusion therapy with docetaxel, cisplatin and 5-fluorouracil for head and neck cancer——for tongue cancer patients in comparison patients with other therapies. Gan To Kagaku Ryoho,33:1241-1246

Kanoto M,Oda A,Hosoya T,et al. 2010. Impact of superselective transarterial infusion therapy of high-dose cisplatin on maxillary cancer with orbital invasion. Am J Neuroradiol,31:1390-1394

Kumagai T,Takeda N,Fukase S,et al. 2003. Intra-arterial chemotherapy for malignant tumors of head and neck region using three types of modified injection method. Interv Neuroradiol,9(Suppl 1):113-123

Mitsudo K,Shigetomi T,Fujimoto Y,et al. 2011. Organ preservation with daily concurrent chemoradiotherapy using superselective intra-arterial infusion via a superficial temporal artery for 2. T3 and T4 head and neck cancer. Int J Radiat Oncol Biol Phys,79:1428-1352

Rasch CR,Hauptmann M,Schornagel J,et al. 2010. Intra-arterial versus intravenous chemoradiation for advanced head and neck cancer:Results of a randomized phase 3 trial. Cancer,116:2159-2165

Robbins KT, Homma A. 2008. Intra-arterial chemotherapy for head and neck cancer:experiences from three continents. Surg Oncol Clin N Am,17:919-933

Tsurumaru D,Kuroiwa T,Yabuuchi H,et al. 2007. Efficacy of intra-arterial infusion chemotherapy for head and neck cancers using coaxial catheter technique:initial experience. Cardiovasc Intervent Radiol,30:207-211

Wilson WR,Siegel RS,Harisiadis LA,et al. 2001. High-dose intra-arterial cisplatin therapy followed by radiation therapy for advanced squamous cell carcinoma of the head and neck. Arch Otolaryngol Head Neck Surg,127:809-812

Yoshizaki T,Wakisaka N,Murono S,et al. 2007. Intra-arterial chemotherapy less intensive than RADPLAT with concurrent radiotherapy for resectable advanced head and neck squamous cell carcinoma:a prospective study. Ann Otol Rhinol Laryngol,116:54-61

Zuur CL,Simis YJ,Lansdaal PE,et al. 2007. Ototoxicity in a randomized phase III trial of intra-arterial compared with intravenous cisplatin chemoradiation in patients with locally advanced head and neck cancer. J Clin Oncol,25:3759-3765

第二十一章 肝血管瘤介入治疗的护理

一、概　　述

肝血管瘤是肝脏最常见的良性肿瘤,临床以海绵状血管瘤(cavernous hemangioma of liver, CHL)最常见,国内外学者普遍认为其为先天性血管畸形,而非真性肿瘤。其发病率为 0.4%~7.3%,约占肝脏良性肿瘤的 41.6%。可分为 4 种类型:海绵状血管瘤、毛细血管瘤、血管内皮细胞瘤、硬化性血管瘤,成人中以肝脏海绵状血管瘤发生率最高,婴幼儿则以血管内皮细胞瘤为多见。肝血管瘤一般无临床症状,体积较大的血管瘤可引起肝区疼痛,触诊可触及肝肿块。超声检查血管瘤呈局灶性高回声区,CT 平扫时病灶呈低密度区,造影后呈特征性增强,即在几分钟内由周围向中央增强。MRI T_2 加权像呈高信号的"灯泡征"。通常依据上述影像学检查方法即可做出诊断,而很少采用血管造影技术进行诊断。绝大多数病例肿瘤生长缓慢,症状轻;临床上不需要特殊治疗。而少数巨大血管瘤或位于肝脏边缘(邻近肝包膜)的相对大的血管瘤因撞击可引起破裂出血而造成患者死亡,所以应引起重视,采取积极的治疗,控制其发展。

传统治疗方法以外科手术为主,但存在创伤大、花费高、副作用大的缺点,随着介入放射学的发展,介入治疗已成为对手术无法摘除的肝巨大血管瘤(直径大于 5cm)、邻近肝门或大血管等特殊位置理想的治疗方法。肝血管瘤的介入治疗方式主要是肝动脉栓塞(HAE)。

二、介入治疗适应证与禁忌证

肝动脉栓塞治疗肝血管瘤的适应证:大于 5cm 的肝血管瘤,不论部位、范围、数量均可, 5.0cm 以下的血管瘤可不考虑治疗,但在瘤体位于肝脏边缘或瘤体对周围邻近器官有压迫症状时,则考虑进行栓塞治疗。再者,动态观察短期内病灶迅速增长的,应立即进行栓塞治疗。多发血管瘤可分期、分次、分支进行栓塞,原则以患者的耐受程度而定。肝动脉栓塞治疗肝血管瘤无绝对禁忌证,但严重肝、肾功能不全者慎用。

三、介入手术操作

1. 与患者沟通,取得理解。完善术前相关检查。

2. 介入栓塞手术一般在局麻下进行。常规术前准备,包括连接心电监护、建立静脉通路、消毒、铺无菌巾、连接灌注线等。

3. 先进行肝脏血管造影,了解肿瘤血供情况(图 2-21-1)。肝海绵状血管瘤主要是肝动脉分支供血,也可由肠系膜上动脉、胰十二指肠动脉供血,确定供血动脉之后,将导管超选择插入瘤体或尽可能接近瘤体的供血动脉,必要时可选用微导管超选择插管,以避免栓塞剂误栓正常组织。肝动脉栓塞是治疗肝血管瘤的有效方法之一(图 2-21-2)。

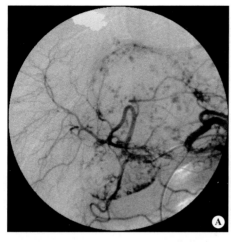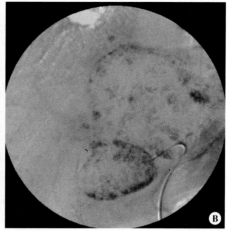

图 2-21-1　肝动脉造影

A. 动脉期示动脉分支旁出现"血湖"；B. 静脉期仍可见"血湖"显示，呈"早出晚归"

4. 栓塞材料有超液化碘油＋平阳霉素、无水乙醇、鱼肝油酸钠、PVA 颗粒、明胶海绵等。也可混合使用。

5. 栓塞结束行供血动脉造影，了解栓塞情况。

6. 拔出导管，压迫穿刺点，观察穿刺点无渗血后，用绷带包扎，砂袋加压，平车送患者回病房。

四、并　发　症

并发症主要是误栓正常组织。其原因是栓塞剂使用过多，或注射速度过快造成栓塞剂反流误栓正常肝组织引起。患者介入治疗后出现肝区疼痛、不规则弛张高热、上腹压痛和肝区叩痛、贫血、消瘦、肝功能损害等栓塞术后综合征。一般持续 2～7 天可缓解。还有患者可出现恶心、呕吐等消化道反应及胆囊炎、肝坏死等。损伤程度依误栓的程度而不同，重者可造成肝脏不可逆的损害，甚至死亡。所以对肝血管瘤介入治疗的危险性一定要重视。

预防并发症，减轻栓塞后反应的措施有：超选择性插管，注射栓塞剂时在透视监视下控制注射速度、压力，防止反流。栓塞剂量要计算准确。较大肝血管瘤可适当考虑分次栓塞。术后密切观察病情，保护肝功能及其他对症治疗。

五、术　前　护　理

1. 心理护理　做好解释工作，让患者对此项手术有正确的认识，帮助患者消除紧张、恐惧心理，向患者讲清手术过程，指导患者配合医生手术。以良好的心态配合治疗，并注意与患者家属进行有效沟通。

2. 术前常规准备　术前要反复训练患者的呼吸及屏气，以配合手术治疗，并嘱患者练习在床上排尿，术前 4 小时禁食、禁水，腹股沟区备皮，抗生素皮试，做好碘过敏试验。遵医嘱术前使用镇静药物，完善术前各项检查，备齐术中用品及可能用到的抢救物品。

六、术中配合

1. 协助医生完成术前常规准备,如摆正患者体位、连接心电监护仪、开通静脉通路、准备药物、协助医生穿手术衣。

2. 选择性的插管以高压注射器注射对比剂时,患者常感觉全身发热,放射至会阴部,并有排尿感,此时及时告知患者,使之消除恐惧心理。

3. 当用超液态碘油加平阳霉素乳剂栓塞血管瘤,以及用明胶海绵颗粒或条栓塞肝血管瘤供血动脉时感肝区胀痛、饱胀等不适,及时告知患者产生的原因,取得患者的理解和配合。

4. 术中随时观看心电监护仪,密切注意生命体征的变化,观察患者面色、意识变化。并询问患者在灌注过程中有无异常不适感觉。发现异常,及时通知医生,及时配合医生救治。

5. 术毕,加压包扎后,应观察足背动脉搏动,告知患者应制动穿刺侧下肢的注意事项。护送患者回病房后,交代病房当班护士,应注意观察穿刺侧肢体足背动脉,皮肤颜色、温度、穿刺点出血、渗血情况,观察病情变化,随时与医生取得联系。

七、术后护理

1. 常规介入术后护理　患者术毕回病房后,做好病情观察,必要时吸氧,心电监护,了解患者血压、脉搏、呼吸有无异常。定时监测血压、脉搏、呼吸、体温变化,并认真做好记录。有变化时及时汇报医生,积极配合抢救。监测穿刺侧肢体的足背动脉搏动、皮温,穿刺点压迫部位有无渗血。穿刺侧肢体若出现皮温降低、足背动脉搏动消失、肢体肿胀,应适当放松穿刺点的压迫,以防出现下肢的缺血和深静脉的血栓形成。

2. 心理护理　经动脉栓塞治疗肝血管瘤后可出现疼痛等不适,应及时做好心理护理,让患者了解肝血管瘤治疗后出现疼痛等不适的原因,对症治疗过程及作用,以配合治疗。

3. 并发症的预防及护理

1)最常见为栓塞后综合征,表现为术后厌食、胃部不适、恶心、呕吐、发热,右上腹部胀痛和麻痹性肠梗阻,重者于栓塞当时或栓塞后短时间内出现面色苍白、脉搏缓慢、四肢厥冷、大汗淋漓和血压下降等应激反应。护理时一定要注意监测患者生命体征,有呕吐症状时要及时清除口腔污物,保持口腔清洁,预防误吸、窒息等意外发生。

2)胆囊炎和胆囊坏死,多为栓塞剂经肝动脉(多为肝右动脉)误栓胆囊动脉而引起胆囊壁组织的缺血,造成胆囊炎甚至胆囊坏死,所以选择性插管一定要跨越胆囊动脉开口,推注压力一定要适中,以防反流;护理中要注意观察患者有无发生这些并发症的先兆表现,发现患者异常病情一定要通知医生。

3)肺栓塞及胸腔积液。肝血管瘤常常存在动静脉瘘,栓塞剂特别是碘化油乳剂可通过瘘口进入肝静脉回流进入肺动脉,造成肺栓塞,重者可出现胸腔积液。护士应及时观察患者有无发绀、胸闷、憋气、胸部疼痛等症状,有无咳嗽及尿量等情况。部分患者可极度恐慌或产生濒死感,应做好必要的解释安慰工作,加强心理疏导,及时汇报医师,积极救治。

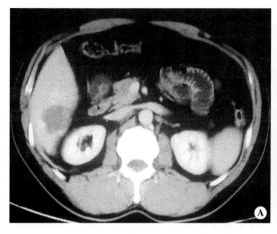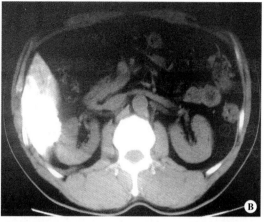

图 2-21-2　肝脏右下叶血管瘤

A. CT 增强扫描显示周边结节样强化；B. 显示碘化油栓塞后高密度沉积

八、健 康 教 育

1. 保持心情舒畅，切忌大怒暴怒，勿有太重的心理负担，可以做一些低强度运动，增强自身抵抗力。

2. 尽量多吃蔬菜、水果，保持大便通畅，防止便秘，因为经常便秘，可加重腹胀、嗳气等症状，严重便秘时用力排便，有发生巨大瘤体破裂的危险。

3. 应避免外力碰撞，忌剧烈体能运动或较强的体力劳动等，以免增加腹腔压力，引起瘤体破裂出血。

4. 定期随访。

（杨　雅　许秀芳）

参 考 文 献

蔡东顺，朱望东，龚雪鹏．2010. 肝血管瘤由胰十二指肠下动脉供血一例．介入放射学杂志，19：321

刘伟，陈根生，陈洪波，等．2004. 肝海绵状血管瘤的肝动脉栓塞治疗及并发症分析．介入放射学杂志，13：428-430

刘温豹，谢荣，李群，等．2000. 巨大肝血管瘤经动脉栓塞治疗．介入放射学杂志，9：111-112

卿润红．2006. 肝海绵状血管瘤介入护理．中华临床医学研究杂志，12：3188

王建华，王晓玲．1998. 腹部介入放射学．上海：上海医科大学出版社，73-75

王精兵，安潇，王悍等．2010. 无水乙醇-碘油栓塞治疗肝脏海绵状血管瘤．介入放射学杂志，19：358-360

曾俊仁，向述天，徐松，等．2009. 肝血管瘤介入栓塞治疗．当代医学，15：435-436

Glowacki J Nmst. 1982. Cell inhemangiomas and vascular malformations. Pediatrics，70：48

Yakes WF，Parer SH. 1992. Diagnosis and marmgement of vascular anomalies. In：Castaneda-ztmiga WR，Aeavarthy SM，eds. Intervenfiona Radiology. 2nd ed. Maryland：Williamas and Willcim，2：152

第二十二章 子宫肌瘤介入治疗的护理

一、概 述

在子宫肌瘤的治疗中,选择性子宫动脉栓塞治疗已是常用的、有效的方法之一,其原理是:经数字减影血管造影(DSA)明确子宫肌瘤的血供情况后,超选择插管栓塞子宫动脉,子宫肌瘤的血供一般均由双侧子宫动脉供血,栓塞后可使子宫肌瘤缺血而逐渐萎缩,改善临床症状。有学者研究表明行选择性子宫动脉栓塞治疗子宫肌瘤后 6 个月的随访结果:月经量及月经周期恢复正常,疼痛明显改善,肌瘤和子宫体积明显缩小,临床有效率达 86.67%。因此选择性子宫动脉栓塞治疗子宫肌瘤创伤小,临床效果好,操作简便,且因为可以保留子宫和卵巢功能,使患者可保留生育功能,对于子宫腺肌症(病)的治疗也是效果显著,优于药物和其他方法治疗,充分体现了介入治疗的微创和高效,患者对该治疗的满意度高。

二、适 应 证

子宫肌瘤的发病率高,但引起临床症状的患者只占 10%~20%,介入治疗的适应证和手术治疗的指征基本相同。

1. 绝经期前的育龄期女性。
2. 保守治疗(包括药物治疗及肌瘤剥除术)无效或术后复发者。
3. 子宫肌瘤诊断明确且由肌瘤引起的月经量过多导致贫血或占位压迫症状明显者。
4. 要求保留子宫及生育功能且拒绝手术者。
5. 无症状性子宫肌瘤,肌瘤直径>4cm。
6. 体弱或合并严重内科疾病如糖尿病等不能耐受手术者。
7. 多发子宫肌瘤,且拒绝手术者。

三、禁 忌 证

1. 碘剂和麻醉药过敏。
2. 严重心肝肾疾病。
3. 严重血管硬化或穿刺血管严重阻塞病变。
4. 急性炎症和高热严重出血倾向和凝血功能障碍。
5. 穿刺部位感染。
6. 严重贫血者。
7. 妊娠。
8. 怀疑子宫平滑肌肉瘤者及子宫肌瘤生长迅速怀疑肉瘤变者。

四、子宫肌瘤介入治疗的护理

（一）护理评估

1. 病史　详细询问患者资料,如年龄、职业、文化程度、月经史、婚姻生育史、家族史,了解患者疾病治疗史。由于子宫肌瘤多数患者无明显临床症状,是在妇科体检时发现,应了解其是否伴随压迫症状及继发贫血等。

2. 症状和体征　评估月经周期、月经量是否正常,痛经性质、规律及持续时间、伴随症状。了解子宫位置、大小、质地、活动度有无压痛,宫颈或阴道内有无脱出的瘤体等。

3. 营养状况　评估患者饮食情况、营养状况、有无贫血、各项检查及实验室检查结果有无异常。

4. 心理状况　评估患者及家属对疾病、治疗方法、预后的认识、接受程度等。子宫肌瘤患者具有以下心理特点:①患者年轻,未孕,或对生活质量有较高要求。②心理负担重,特别是伴有子宫腺肌病的患者,由于进行性加重的痛经、肛门坠胀感和性交困难等症状及月经不正常引起贫血等,使患者整日腰酸背痛,抑郁寡欢,长期经历多种治疗无效,因此心理负担重,对介入治疗抱有怀疑和期望心理。③缺乏相关疾病知识及介入手术治疗有关知识,对介入治疗的预后缺乏了解,担心子宫动脉栓塞后卵巢功能是否会降低,介入治疗后发生闭经,提前出现更年期症状。

（二）护理措施

1. 心理护理　有计划向患者介绍有关介入治疗的手术方式、麻醉方法、手术后不良反应等,与患者建立良好的护患关系,细致解答患者疑问,列举成功病例,让患者对治疗及预后充满信心。做好患者术前指导,讲明手术意义和注意事项,取得患者合作,消除患者对手术的恐惧感。

2. 术前准备

（1）营养与饮食:术前增加营养,改善贫血,增强机体抵抗力。

（2）做好辅助检查:进行各项检验,了解肝肾功能、凝血功能等,同时完成影像学检查,包括盆腔 MRI,精确了解子宫、附件情况,包括肌瘤数目、大小、位置、血供、类型及子宫内膜情况等。

（3）皮肤准备:术前一天沐浴、更衣,术日晨行手术野皮肤准备,备皮范围是脐部以下至大腿上 1/3,两侧至腋中线,包括外阴部。

（4）胃肠道准备:介入手术前一天给予易消化饮食,术前 6 小时禁食、禁饮。便秘者术前晚酌情给予导泻药或灌肠,可避免术中肠道内容物造成伪影或麻醉后肛门括约肌松弛排便污染手术台。

（5）阴道准备:为预防感染,于术前 3 天开始用高效碘溶液灌洗,每天一次。术前常规留置导尿管,避免术中膀胱充盈影响手术操作,术前半小时给予镇静剂。

（6）事先和技术员共同检查好 X 线机、导管床、DSA 设备及高压注射器,根据手术需要准备好各种相应穿刺针、导管和导丝,以及消毒手术包及各种手术用品。必要时还应备好氧气、除颤器、气管切开包、气管插管器械及简易呼吸器等抢救设备和抢救药品。

3. 术中配合(同恶性肿瘤介入治疗,见第十四章) ①摆好患者体位,使患者处于舒适及准确的手术体位;暴露手术部位,同时注意保护患者隐私。准备好药物,根据手术需要备好适当的对比剂、局麻药、栓塞剂。高压注射器吸入适量对比剂,排空空气备用。②加强病情观察、积极预防并发症:术中应密切观察患者意识及生命体征变化、心血管系统并发症、血管痉挛、疼痛、过敏反应等,出现异常应及时报告医师给予积极处理。做好术中心理护理(图2-22-1~图2-22-6)。

4. 术后护理

(1)由于子宫动脉栓塞后引起肌瘤缺血缺氧坏死,可致患者下腹部疼痛、酸胀和臀部疼痛。应密切观察疼痛情况,及时给予合理的止痛方法。

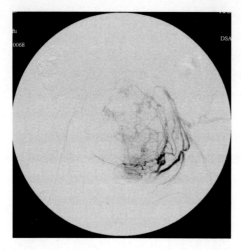

图2-22-1 患者37岁,子宫肌瘤约8.5cm×9.5cm;动脉期见左侧子宫动脉迂曲,约占肌瘤血供的2/3

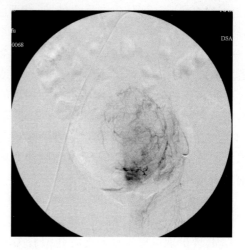

图2-22-2 同图2-22-1病例,动脉晚期见瘤体内毛细血管增多紊乱

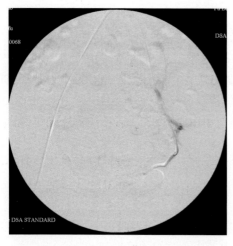

图2-22-3 同图2-22-1病例,左侧子宫动脉栓塞后造影,子宫动脉闭塞,病灶染色消失

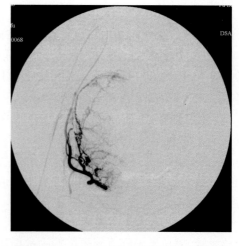

图2-22-4 同图2-22-1病例,右侧子宫动脉造影见血管扭曲、增粗及血管弧形受压,约占肌瘤血供的1/3

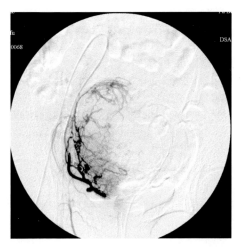 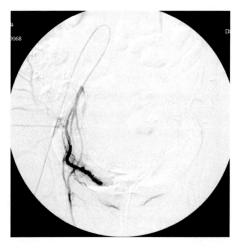

图 2-22-5　同图 2-22-1 病例,动脉晚期见　图 2-22-6　同图 2-22-1 病例,右侧子宫动

瘤体内毛细血管增多紊乱　脉栓塞后造影,子宫动脉闭塞,病灶染色
消失

（2）注意观察栓塞后综合征:主要表现为恶心、呕吐、发热、疼痛等,应及时给予止吐、退热、镇痛、吸氧等处理。

（3）为避免感染,遵医嘱合理使用抗生素,观察患者体温变化,保持阴部清洁干燥,栓塞后坏死组织会从阴道排出,每天应清洁会阴两次,及时更换会阴垫。

（4）注意预防并发症发生:如对比剂过敏反应、动脉内血栓栓塞、动脉痉挛、夹层动脉瘤、子宫内膜炎等。

（5）出院指导:由于栓塞剂作用,患者可能有一段时间的疼痛,为防止感染和出血,术后两月内严禁同房,保持会阴部清洁。开导患者消除对子宫动脉栓塞后卵巢功能降低或早衰、提前出现更年期症状的担心。

5. 健康教育

（1）注意劳逸结合。保证充足睡眠,避免腹部碰撞和剧烈运动。避免重体力活动,劳逸结合,适当锻炼,打太极拳,练气功等,以增强体质。

（2）加强营养,可食高热量、适量优质蛋白、低脂富含铁等补血食品,多食水果、蔬菜,保持大便通畅。

（3）指导患者出院后用药、性生活等。

（4）定期随访,严重贫血者,重视复查血常规。

（张燕玉）

参 考 文 献

陈春林．2003. 妇产科放射介入治疗学．北京:人民卫生出版社,416-432

陈丽凤,丁红霞．2002. 介入治疗子宫肌瘤后不良反应的护理．介入放射学杂志,11:303-304

窦彩绘．2003. 子宫动脉栓塞术治疗子宫肌瘤患者的康复指导．介入放射学杂志,12:464-465

郭文波,杨建勇,陈伟,等．2006. 子宫肌瘤栓塞术两种栓塞材料的对比研究．临床放射学杂志,25:361-365

兰为顺,杨文忠,袁先宏,等．2006. 子宫动脉灌注化疗加栓塞术在宫颈妊娠治疗中的应用．临床放射学杂志,25:288-289

倪代会,陈嵐,王淑红.2002.子宫动脉栓塞治疗子宫肌瘤的心理护理.介入放射学杂志,11:304

倪虹,郭志,邢文阁,等.2008.子宫动脉栓塞术治疗子宫腺肌症疗效及其预后相关因素.中国介入放射学,1:27-29

田惠琴,刘惠娟.2002.子宫肌瘤动脉栓塞术的护理要点.介入放射学杂志,11:302-303

姚永欢,褐肖勤,陆芙庆.2002.子宫肌瘤栓塞术的护理体会.介入放射学杂志,11:268

员秀俐,刘月娥,贺晓斌,等.2002.子宫肌瘤介入治疗的护理.介入放射学杂志,11:301

曾群,张晔.2001.子宫肌瘤介入治疗的护理.介入放射学杂志,10:54

张国福,韩志刚,胡培安,等.2010.选择性子宫动脉栓塞术在症状性子宫肌瘤中的应用.介入放射学杂志,19:951-954

Chen CL，Liu P，Zeng BL，et al. 2006. Intermediate and long term clinical effects of uterine artery embolization in treatment of adenomyosis. Zhonghua Fu Chan Ke Za Zhi,41:660-663

Edwards RD，Moss JG，Lumsden MA，et al. 2007. Uterine artery embolization versus surgery for symptomatic uterine fibroids. N Engl J Med,356:360-370

Kim MD，Kim S，Kim NK，et al. 2007. Long-term results of uterine artery embolization for symptomatic adenomyosis. Am J Roentgenol,18:835-841

第三篇　非血管肿瘤介入护理

第二十三章　经皮穿刺活检护理

第一节　概　　述

经皮穿刺活检术是临床上对肿瘤或新生物经常使用的一种微创性诊断方法；其操作方法是在影像设备引导下(诸如 CT、超声等)，用专用活检针或活检枪经皮穿刺病灶，取得病理标本后用以对疾病的定性诊断的技术；对于治疗方案的选择、制定，以及治疗后的随访、预后判断等方面均具有重要作用。

适用范围：经皮活检术适用于病灶性质不明确，需活检定性者；或需要取活细胞做细胞培养、肿瘤免疫、药物实验等。

一、设备和器械

1. CT 扫描机是经皮穿刺活检术的主要导引设备。CT 扫描机发展迅速，在结构上和性能上均有很大的改进，是目前临床上应用比较广泛的导引设备。

2. 超声具有简便灵活、不受体位限制、无辐射、价格便宜的优点，可迅速准确了解病灶的大小、深度和周围组织结构情况，临床运用比较广泛。

3. MRI 能多轴面成像，但国内专用的穿刺设备较少，且价格昂贵，故临床上很少使用。

二、穿刺器材

穿刺针的主要作用是将导丝及导管引入血管。可将穿刺针分为两类：带芯和不带芯穿刺针。目前较常使用的穿刺设备主要有以下几种：

1. 抽吸针　针细，柔性好，对组织损伤小，并发症少。常用的有 Turner 针、Greene 针、Chiba 针等。如 Chiba 针 18～22G，壁薄，用于肺、淋巴结、胰腺和腹部肿块等的活检。

2. 切割针　针较粗，对组织损伤较大，并发症较多。多用 20～18G，有不同的切割方式,如槽式、孔式等,均以取得组织块为目的。现在有的将抽吸和切割结合起来,如改良的 Turner 针和 Greene 针,这样既安全又可获得较多的组织学标本,提高成功率。

3. 骨钻针　又称环形针,如 Ackermann 针,此针广泛使用,可钻锯成骨性病变或骨皮质,多用于脊柱和管状骨等。Graig 针与 Ackermann 针基本相同,管径较大,可取的 3.5mm 大小标本,用于腰椎活检。

活检针的选择主要根据活检的部位、肿块邻近的组织结构和病变的特性。18G 针穿刺活检枪是目前较常使用的一种切割式活检设备。

三、其他器械和药物

1. 其他器械包括 20ml、50ml 针筒,装有无水乙醇的器皿和 10％甲醛溶液的小试管、载玻片以及溶血素等。溶血素可防止抽吸标本出现凝血,有利于提高标本阳性检出率。

2. 明胶海绵用于血管丰富病变穿刺后阻塞穿刺针道,减少出血危险性。

3. 2％利多卡因用于局部麻醉。生理盐水用于冲洗穿刺针。

四、急救药物

心脏、呼吸、止血抢救药物放置于抢救车内,CT 室内需安装氧气管及吸引器,供抢救用。

（黄　喆　陆海燕）

第二节　肺穿刺活检的护理

医学影像设备和技术的发展,尤其是高分辨率电子计算机断层扫描(CT)的应用,对胸部病变的显示越来越精细,但有些病变仍然不能确定其性质,需作进一步的组织病理学检查证实。CT 导引下经皮肺穿刺活体组织检查(活检)在很大程度上满足了病理学诊断的需求,对常规检查不能确诊的周围型肺占位病变正确诊断率达 74％～99％,恶性病变的敏感性在 90％以上。自 1976 年首次应用 CT 引导下经皮肺穿刺活检术以来,该技术已广泛应用于临床,并有极高的临床诊断价值。采用 CT 导向经皮肺穿刺活检对肺内占位性病变的病理诊断及鉴别诊断是目前最有效的方法之一。做好此项活检的护理配合,是提高穿刺成功率、减少并发症的重要因素。

一、适应证与禁忌证

1. 肺穿刺活检的适应证　包括:①肺部结节尤其是痰细胞学检查阴性者;②支气管外中央型肺部占位;③胸膜或胸壁肿块;④肺部弥漫型病灶;⑤放、化疗前取得病理学诊断。

2. 肺穿刺活检的禁忌证　包括:①患者不能控制咳嗽或不配合者;②有出血倾向的患者;③穿刺针经过的部位有大疱性肺气肿者;④患有严重的肺动脉高压者;⑤一侧已经做过

全肺切除或一侧为无功能肺,而另一侧肺内病变做穿刺活检者;⑥肺内阴影怀疑棘球囊肿、动脉瘤或动静脉畸形者;⑦其他,如心肺储备功能极差的垂危患者等。

二、操 作 方 法

1. 患者携带已有的检查资料,如 X 线平片、体层摄影片、CT 片等。酌情让患者取仰卧位、侧卧位或俯卧位。扫描定位片,确认定位准确后,在皮肤上用色笔做标记,确认穿刺点。测量穿刺点的原则是皮肤至病变的最短距离,设计最安全的进针路线(避开肋骨、大血管和重要脏器)和最佳进针角度。再次将体表进针部位置于扫描中心确认定位是否准确(书末彩图 9,图 3-23-1～图 3-23-4)。

2. 穿刺方法　常规消毒、铺巾、2%利多卡因局部麻醉,令患者屏住呼吸进行穿刺,进入病灶后,活检针按确定穿刺角度和进针距离迅速进针至病灶内,然后放枪、切取活检组织,活检标本以 1%甲醛溶液固定后行组织学检查并细胞学涂片。患者术后立即行一次平扫检查,了解有无气胸发生。让其卧床休息 24 小时,减少活动,严密观察呼吸、脉搏、血压,避免剧烈咳嗽。

图 3-23-1　预定位:以病变范围上下 1cm,预选择穿刺层面,选择穿刺点、穿刺道

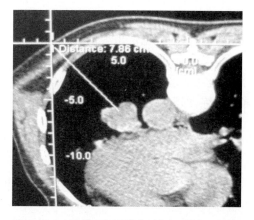

图 3-23-2　定位:常规消毒、铺巾,局麻后留置针头。CT 扫描野同上,选择穿刺道

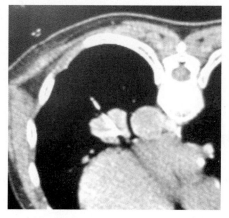

图 3-23-3　按穿刺道进针,行 CT 扫描,确定穿刺针头端

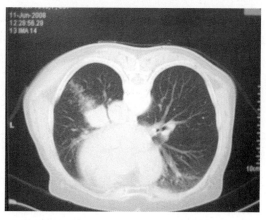

图 3-23-4　术后全肺扫描

三、并 发 症

虽然 CT 引导下经皮穿刺肺活检相当安全,但仍为有创检查。其并发症的发生多与病灶大小、病灶与胸壁距离、肺功能相关。最常见的并发症是气胸,国外文献报道气胸发生率为 11.7%~40%,绝大多数气胸在术后 2 天左右便可完全自愈。其次为肺出血。纵隔气肿较少见,但后果严重,需引起注意。空气栓塞很少见,在穿刺时应避免剧烈咳嗽,防止刺入肺静脉。

四、术 前 护 理

1. 心理护理 大多数患者对此项技术不很了解,存有不同程度的疑虑、恐惧和紧张等负性心理。术前应向患者说明穿刺的目的和注意事项。

2. 呼吸训练 术前需训练患者呼吸,要求呼吸平稳,每次呼吸幅度基本相同,并特别要求在术前每次行扫描及进针穿刺病变组织时需嘱患者屏息,目的是使病灶定位及穿刺时均处于相对固定位置,以免因受呼吸运动的影响而造成胸膜划伤或一次进针穿刺失败,进而导致并发症尤其是气胸的发生。指导患者术中配合,教会患者在穿刺中保持呼吸均匀、体位制动,禁咳嗽及运动。稳定患者情绪,积极配合治疗。

3. 常规护理 常规行血液学检查(包括乙肝五项、丙肝抗原抗体、艾滋病抗体、梅毒抗体、出凝血功能检测、肝肾功能、血常规及心电图检查)以确定适应证及禁忌证。指导患者做好屏气训练,即深吸一口气后,停止呼吸 10~15 秒,然后缓慢呼出。备好一切物品和药品。

五、术 中 配 合

1. 准备手术中所需药品及心电监护仪,提前 30 分钟进入手术间,将各种仪器、抢救药品配备妥当。

2. 患者进入手术室后,应立即建立静脉补液通路,连接好心电监护仪,密切观察患者生命体征。

3. 根据病灶大小、部位协助患者取合适体位(仰卧、侧卧或俯卧),既要方便治疗,又要使患者舒适安全,嘱患者保持呼吸均匀、体位制动,禁咳嗽及运动。

4. 手术治疗中应询问患者有无不适之处,鼓励患者,增强其对治疗的信心,消除其焦虑情绪,以便能够顺利完成手术。

5. 加强病情观察,积极对症处理术中并发症。

六、术 后 护 理

1. 常规护理 术后患者平静休息 2 小时,尽量保持平静呼吸,禁用力咳嗽及激烈运动或走动。

2. 病情观察 监测生命体征的变化,尤其是在术后 4~6 小时,每 1~2 小时测一次。注意观察早期有无胸闷、气急、胸痛情况,穿刺部位有无出血症状,避免剧烈活动。一旦发生胸痛、呼吸困难等，立即给氧，配合医生积极处理。注意观察呼吸频率和幅度，必要时行胸腔闭式引流术。

3. 并发症的观察及护理

（1）气胸：气胸的临床表现有突然出现的胸闷、胸痛、气促，不能平卧，烦躁。特别注意在术后 24 小时内密切观察患者的呼吸频率和深浅度的变化，随时了解患者的自觉症状。根据患者肺压缩的程度结合临床症状给予相应的处理。如肺压缩在 20% 以下，可予低流量吸氧 2～3L/min，并绝对卧床 4～6 小时。如肺压缩在 50% 或以上时可在无菌操作下行胸腔闭式引流术。

（2）出血：一般痰中带血或少量咳血。可予吸氧、镇静、止血治疗。护理上注意对患者进行耐心解释，消除紧张情绪，认真观察咯出血的色、质、量。中度咯血可以内科保守治疗，如肌内注射巴曲酶或静脉滴注垂体后叶素等。严重出血要考虑大血管损伤，必要时应紧急手术止血

七、健 康 教 育

指导患者注意休息。避免劳累，适当地进行体育锻炼，增强体质，加强营养，促进身体康复。饮食以高热量、高蛋白、高维生素为宜，如鱼类、蛋类、肉类及新鲜蔬菜、水果等，少量多餐。

（黄　喆　陆海燕）

第三节　肝穿刺活检的护理

肝脏穿刺活检是评估肝病性质、病变程度及治疗效果的特异手段。自 Menghini 报道"1 秒针刺肝穿活检"后，该操作得到了广泛应用。应用肝活检技术进行活体组织学检查，被国内外公认为是判断肝脏损害的"金标准"。

一、适应证与禁忌证

1. 肝脏穿刺的适应证　①超声显示或疑有局限性或弥漫性实质性占位需要确诊者；②肝癌患者放疗或肝动脉栓塞化疗前需经病理确诊者；③不典型的肝脏含液性占位病变（如早期肝脓肿、肝囊肿继发出血、感染等）需除外恶性肿瘤者；④临床或其他影像技术疑为肝癌，而超声仅有异常回声区者；⑤原发部位不明的转移性肿瘤。

2. 肝脏穿刺的禁忌证　①有出血倾向的患者，如血友病、海绵状肝血管病、凝血时间延长、血小板减少达 80×10^9/L 以下者；②大量腹水或重度黄疸者；③严重贫血或一般情况差者；④肝昏迷者；⑤严重肝外阻塞性黄疸伴胆囊肿大者；⑥疑为肝血管瘤者；⑦严重心、肺、肾疾病或其功能衰竭者；⑧右侧脓胸、膈下脓肿、胸腔积液或其他脏器有急性疾患者，穿刺处局部感染者；⑨儿童、老年人与不能合作的病者。

二、操 作 方 法

1. 根据术前的 CT 扫描片和病变部位，患者取仰卧位。常规 CT 扫描选择好穿刺层面

和进针点,用光标测出进针距离和角度,进针要避开胆囊、胆管、肝内血管(尤其是门静脉),而且要选择最短距离,避免不必要损伤(图 3-23-5,图 3-23-6)。

2. 在超声引导下穿刺。

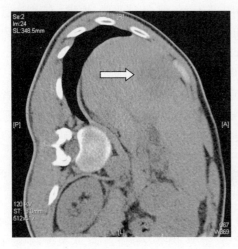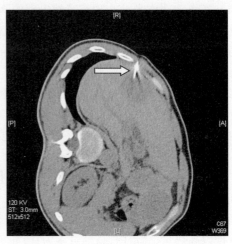

图 3-23-5　肝脏低密度占位性病变,性质　　图 3-23-6　CT 引导下经皮穿刺肝脏,穿
　　　　　　　不明　　　　　　　　　　　　　　　刺针(箭头)位于肝脏病变区域内

三、并　发　症

肝脏穿刺主要并发症有出血、胆汁性腹膜炎、气胸和胸膜反应、局部疼痛、感染及误刺其他内脏器官(肺、肾等)。

四、术　前　护　理

1. 心理护理　向患者讲解肝脏穿刺术的目的和必要性、方法、注意事项、不良反应及手术的可靠性及安全措施以及成功实例等,让患者消除顾虑,以良好的心理状态接受手术。

2. 常规行血液学检查(包括乙肝五项、丙肝抗原抗体、艾滋病抗体、梅毒抗体、出凝血功能检测、肝肾功能、血常规及心电图检查)以确定适应证及禁忌证。

3. 讲解并指导术中正确的呼吸动作和穿刺时屏气的技巧,以便配合手术顺利进行。

4. 患者术前半小时测血压、脉搏,排空膀胱。准备好腹带。

5. 指导患者练习床上使用便盆和尿壶,以保证术后能绝对卧床休息。

6. 遵医嘱术前静脉或肌内注射止血药,防止出血发生。

五、术　中　配　合

1. 体位准备　协助患者取仰卧位,平躺于床中央,双手或右手屈肘置于枕后或头顶,腰背部铺垫腹带,协助患者暴露穿刺部位,女性患者注意保护隐私部位。

2. 连接心电监护仪记录其脉搏、呼吸、血压,并建立静脉通道。

3. 嘱患者穿刺时尽量避免说话、咳嗽。

4. 护士应在床旁陪伴,用非语言姿势给其鼓励安慰,增加患者的信心和安全感。穿刺过程中,注意观察患者的面部表情、呼吸、脉搏,如有不适可尽早处理。

六、术 后 护 理

(一) 常规护理

1. 肝穿术后绝对卧床 24 小时,24 小时后患者可起床进行室内活动。

2. 密切观察穿刺点情况,有无渗血等。在 4 小时内每隔 15~30 分钟测脉搏、血压一次,如有脉搏增快细弱、血压下降、烦躁不安、面色苍白、出冷汗等内出血现象,应紧急处理。

3. 术后如局部疼痛,应仔细查找原因,若为一般组织损伤性疼痛,可给止痛剂;若发生气胸、胸膜性休克或胆汁性腹膜炎,应及时处理。

4. 肝穿后局部敷以消毒纱布,用腹带绑紧,压上小砂袋。

5. 根据医嘱用药。

6. 一周内禁止剧烈运动及用力提重物等增加腹压的动作。预防感冒,保持大便通畅。

(二) 并发症的观察和护理

虽然肝脏有丰富的血供,有关经皮肝穿刺的并发症并不多见。60%的并发症发生在活检后 2 小时,96%在 24 小时内。

1. 出血　出血可在腹腔内、胸腔内或者肝脏内。腹腔内出血,虽少见,却是经皮肝穿刺的最严重的并发症,通常在术后 2~3 小时内逐渐明显,可因深抽吸引起的撕裂伤或肝动脉或门静脉的穿透伤所致。应密切观察患者生命体征,如果怀疑出血,立即准备血管造影和外科处理,可静脉输液、血制品以改善血流动力学。经积极的复苏处理后,血流动力学仍不稳定并持续数小时,应行血管造影以决定栓塞治疗或外科手术。

2. 胆汁性腹膜炎　如发生肝脏胆汁外漏或者穿透胆囊可以引起胆汁性腹膜炎。多发生在活检后 3 小时内。胆汁性腹膜炎的症状变化较大,可表现轻度腹痛,也可表现明显的剧烈腹痛、肠梗阻、腹部包块、发热、少尿和休克等严重症状;可以突然发作,也可缓慢起病。由于胆盐的刺激作用,不仅使腹腔渗出液增加,也伴大量血浆渗入腹腔内。腹部可叩及移动性浊音。腹痛可随着体位而变化,尤其是从垂头仰卧位转变为平卧时,腹痛可以从右上腹部转移到右下腹部。可出现肠鸣音减弱或消失。以上临床表现为非特异性,但应结合病史高度怀疑有胆汁性腹膜炎的可能性。护理措施:立即让患者取半卧位或右侧卧位,以利于炎症局限,伴休克者取休克卧位。禁饮食、持续胃肠减压。按医嘱给予抗感染、营养支持、维持内环境稳定等处理。密切观察患者病情,对病情不能控制需手术者做好紧急术前准备。

3. 其他少见并发症包括气胸、血胸、皮下气肿、气腹、阴囊气肿、膈下脓肿。

七、健 康 教 育

指导患者注意休息,逐渐恢复活动,如肝穿刺术后 1 周内避免剧烈运动,合理膳食,加强营养,禁忌饮酒,禁止使用对肝脏有损害的药物,定期复诊。

(黄　喆　陆海燕)

第四节　胰腺穿刺活检的护理

　　胰腺癌是消化道常见肿瘤之一,其发病率近年来在国内外都有上升趋势,在美国其发病率近 30 年间上升了 3 倍。而我国根据上海 2003 年统计资料,胰腺癌已从过去恶性肿瘤发病率的第 20 位上升到第 8 位。由于早期诊断比较困难,确诊时 75% 以上患者已属晚期,而且病情进展迅速,手术切除率低,病死率居高不下。近年来随着介入超声学的快速发展,对胰腺癌早期诊断的方法也在不断地深入研究,超声或 CT 导引穿刺活检是诊断和鉴别诊断胰腺病变的重要手段之一。CT 扫描可清楚显示病变大小、位置以及病变与相邻结构的空间关系,又可精确地确定进针点、进针路径、角度和深度,具有明显优点。做好胰腺穿刺术的护理配合,对提高穿刺成功率和安全性,避免并发症的发生具有重要意义。

一、适应证与禁忌证

　　1. 胰腺穿刺的适应证　①超声或其他检查发现的胰腺实质性、囊性或囊实性肿块;②胰腺囊实性病变的定性诊断;③总胆管下段壶腹区梗阻的良、恶性鉴别诊断。

　　2. 胰腺穿刺的禁忌证　①合并急性胰腺炎或慢性胰腺炎急性发作者;②有严重出血倾向者;③伴有中等量以上腹水者;④全身衰竭、腹胀明显和不能合作者。

二、操 作 方 法

　　穿刺时令患者取仰卧位,取剑突下作为穿刺部位,患者取仰卧位,常规 CT 扫描,结合活检术前的胰腺 CT 增强扫描,选择最佳穿刺路径后,常规消毒,铺洞巾,局麻后,把穿刺针沿探头引导槽刺入腹壁,嘱患者屏气,在 CT 扫描监控下核实针尖位置和方向,确认针尖到达靶区。拔除针芯接 20ml 注射器负压下反复提插 3 次后退针,穿刺物涂片,病理科医生在场确定有肿瘤细胞颗粒,无颗粒者将进行再次穿刺。涂片后乙醇固定,行 HE 染色镜检。

三、并 发 症

　　胰腺穿刺的主要并发症有疼痛、出血、化学性腹膜炎、胰腺炎、穿刺道肿瘤种植等。

四、术 前 护 理

　　1. 心理护理　穿刺前心理护理能有效改善患者紧张情绪。向患者及家属介绍穿刺的方法及优点,并根据患者的个性、职业、文化修养的不同,向其讲解成功的经验。讲明该方法安全简单,痛苦少,使患者和家属充分了解本穿刺的安全性和优势,消除其心中疑虑和紧张情绪,提高患者主动配合意识,必要时请已穿刺后的患者现身说法。向患者及家属既要说明有利的一面,如经过此穿刺可以为临床诊断提供依据,明确诊断后可制订正确的治疗方案,也应指出穿刺后可能出现的不适及并发症,使患者有心理准备。

2. 环境及物品的准备 穿刺前手术室紫外线空气消毒 2 小时,保证环境清洁,操作空间宽阔。准备好穿刺操作所用物品,备好 21G 抽吸活检针,中性甲醛组织固定液 5ml 和 2 张玻片。准备好急救器材和物品。

3. 穿刺前应行相关检查,如患者出凝血时间、血小板计数、胰腺 CT、肝功能及心电图和血压等。

4. 嘱咐患者穿刺当天禁食 4 小时以上,指导患者术中控制呼吸,配合穿刺的进行。对于情绪紧张焦虑的患者可以肌内注射地西泮 5mg,可使患者安静,有利于检查顺利进行。

5. 术前局部区域准备 局部清洗,更换衣物。

五、术 中 配 合

1. 协助患者取平卧位,面向术者,嘱患者深呼吸,以减轻紧张情绪,指导患者调整呼吸配合穿刺。

2. 帮助患者暴露穿刺部位,协助医生进行局部消毒,严格无菌操作,积极配合医生传送术中用物。

3. 应严密观察患者的生命体征,包括血压、脉搏、呼吸;观察患者意识状态,一旦出现异常立即停止操作进行抢救。

4. 穿刺结束后用砂袋压迫穿刺点,并且用多条长胶布固定好(图 3-23-7,书末彩图 10)。

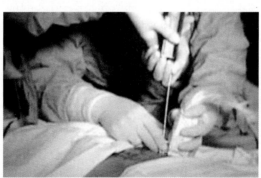

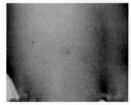  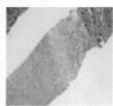

图 3-23-7 穿刺术中医生及正在抽吸病灶内组织、超声介入穿刺活检及针眼、组织条和病理镜下图

六、术 后 护 理

（一）常规护理

1. 检查完后将患者用平车推入病房，协助平卧休息 24 小时，腹部砂袋加压时间不少于 6 小时。

2. 术后 4 小时内密切观察生命体征并做好监测记录，观察有无腹痛、呕吐、出血等情况。

3. 向患者交待术后的注意事项，如术后 3 天之内不可洗澡，24 小时之内不做剧烈活动，尽量减少咳嗽，保持大便通畅等避免用力增加腹压的动作。禁食 24 小时，如血尿淀粉酶结果无异常可进流质。患者自觉症状缓解后，逐渐过渡到高热量高维生素、适量蛋白、低脂肪的半流质或普食。

4. 根据医嘱用药。

5. 整个穿刺过程做好护理记录和交班。

（二）并发症的观察与护理

1. 疼痛　穿刺后部分患者有不同程度的穿刺点疼痛和活动时腹部不适、疼痛。绝大多数患者在 1～2 天内自行消失，无需特殊处理，疼痛剧烈者观察有无其他异常情况。必要时给予镇痛剂。

2. 出血　应密切观察患者生命体征，如出现腹痛、心慌、出冷汗等情况，应建立静脉通路，积极配合抢救。

3. 化学性腹膜炎、胰腺炎　穿刺时可能造成胰液外漏到腹膜腔导致化学性腹膜炎和医源性胰腺炎。观察患者有无腹痛以及疼痛的性质和程度，有无局部或全腹压痛、反跳痛、肌紧张等症状。必要时行血常规、血尿淀粉酶检查。予生长抑素持续静脉滴注 12 小时，以预防急性胰腺炎的发生。

七、健 康 教 育

指导患者注意休息，饮食以清淡、易消化、少刺激、低脂肪、适量蛋白为宜，避免吸烟、饮酒、暴饮暴食。

（陈雷华　黄　喆　陆海燕）

第五节　肾脏穿刺活检的护理

经皮肾穿刺活检术（简称肾穿刺）是目前国内外普及的肾活检方法，对原发性疾病、继发或遗传性肾脏疾病的诊断具有重要意义，具有明确诊断、指导治疗、判断预后、节约经费等重要作用。做好肾脏穿刺活检的护理对减少并发症起着至关重要的作用。

一、适应证、禁忌证

1. 肾脏穿刺活检的适应证　①肾脏实质性和囊肿性肿块的鉴别诊断；②腹部肿块不排除来自肾脏者；③肾良、恶性肿瘤的诊断；④肾转移瘤，原发灶不明者；⑤肾病的诊断、分型和鉴别诊断；⑥取活检组织做组织培养，研究免疫、化学药物和放射性敏感度。

2. 肾脏穿刺活检的禁忌证　①明显出血倾向或正在应用抗凝药物治疗的患者；②肾功能不全患者；③孤立肾，老年人有严重动脉硬化、高血压者；④全身状况不允许者，如妊娠、大量腹水、过度肥胖、衰弱、精神异常不能合作者。

二、操　作　方　法

根据病变部位，患者取俯卧位。结合术前 CT 增强扫描选好穿刺层面和进针点，穿刺行径区最短垂直线。穿刺时嘱患者屏住呼吸。穿刺行径和深度要避开肾窦和肾门。因肾门处有肾动脉和肾静脉（图 3-23-8，图 3-23-9）。

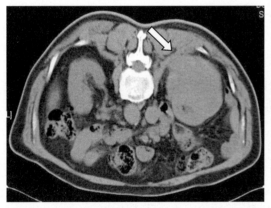 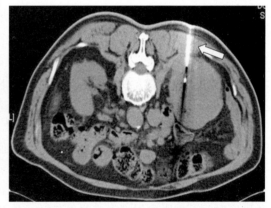

图 3-23-8　右侧肾脏巨大肿块（箭头），性质不明　　　图 3-23-9　CT 引导下经皮穿刺肾脏肿块，可见穿刺针（箭头）位于肾脏肿瘤内

三、并　发　症

肾脏穿刺活检并发症有血尿、尿潴留、肾周围血肿、腰痛和气胸等。肾脏活检发生严重并发症不到 1%。

四、术　前　护　理

1. 心理护理　肾穿刺术是一种有创性诊断方法，患者及家属对穿刺术会有一定的顾虑，对穿刺能否成功表示怀疑，对术后并发症不了解。因此必须向患者及家属解释穿刺的必要性，穿刺的优点及可能出现的并发症，减轻患者对穿刺的紧张和焦虑情绪。

2. 呼吸训练　指导患者俯卧位,进行深呼吸及屏气动作的训练,以使肾脏下移并固定,减少肾脏的损伤。

3. 准备好便器,训练床上排尿。

4. 常规行血液学检查(包括乙肝五项、丙肝抗原抗体、艾滋病抗体、梅毒抗体、出凝血功能检测、肝肾功能、血常规及心电图检查)以确定适应证及禁忌证。

5. 备齐所有用物和止血用物,床边注射止血药物。

五、术 中 配 合

1. 协助患者俯卧于操作台上,腹下垫一枕,以便肾脏顶向背部并固定,并做好患者心理护理,以减轻患者紧张情绪。

2. 配合医师消毒,充分麻醉后,嘱患者深呼吸,屏气。

3. 密切观察患者意识、呼吸、脉搏、血压、面色,认真倾听患者主诉。

4. 术后穿刺点敷无菌纱布并按压 15 分钟,胶布固定,协助医生固定腹带。协助患者取平卧位,平车推至病房。

六、术 后 护 理

(一) 常规护理

1. 术后俯卧于硬板床上,绝对卧床 8 小时,卧床休息 24 小时。目的是利用身体的压力压迫穿刺点,无肉眼血尿可取下腹带,下床活动,否则应延长卧床时间,至肉眼血尿消失,近期内限制剧烈运动及上下楼梯,避免剧烈咳嗽、打喷嚏。

2. 每半小时测血压、脉搏一次,4 小时后血压平稳可停止测量。若患者血压波动大或偏低应测至平稳,并给予对症处理。

3. 平卧 24 小时后,若病情平稳、无肉眼血尿,可下地活动。若患者出现肉眼血尿,应延长卧床时间至肉眼血尿消失或明显减轻。必要时给静脉输入止血药或输血。

4. 术后嘱患者多饮水,以尽快排出少量凝血块。同时留取尿标本 3 次常规送检。

5. 卧床期间,嘱患者安静休息,减少躯体的移动,避免引起伤口出血,同时应仔细观察患者伤口有无渗血并加强生活护理。

6. 应密切观察患者生命体征的变化,询问有无不适主诉,发现异常及时处理。

(二) 并发症的观察及护理

1. 血尿　有 60%～80% 的患者出现不同程度的镜下血尿,部分患者可出现肉眼血尿,为了使少量出血尽快从肾脏排出,除绝对卧床外,应嘱患者大量饮水,应观察每次尿颜色的变化以判断血尿是逐渐加重还是减轻。血尿明显者,应延长卧床时间,并及时静脉输入止血药,必要时输血。

2. 尿潴留　肾穿刺术后尿潴留常与平卧位肢体制动所致的排尿姿势改变、担心穿刺处出血、不习惯床上小便等多种因素有关。护理措施:术前 3 天开始指导患者在床上练习平卧位排尿,3 次/天,直到患者自己感觉排尿自然、顺利、舒适为止;术后做好心理护理,消除其紧张心理;排尿时应用屏风遮挡,提供独处的环境;出现尿潴留时用温水冲洗会阴部以诱导排尿;患者诱导排尿无效,在无菌技术操作下给予留置导尿,次日拔除导尿管,自行排尿。

3. 肾周围血肿　肾活检后24小时内应绝对卧床,若患者不能耐受,应及时向患者讲解清楚绝对卧床的重要性及剧烈活动可能出现的并发症,以求得患者的配合。在无肉眼血尿且卧床24小时后,开始逐渐活动,切不可突然增加活动量,以避免没有完全愈合的伤口再出血。此时应限制患者的活动,生活上给予适当的照顾。术后超声检查发现肾周围血肿的患者应延长卧床时间。

4. 腰痛及腰部不适　多数患者有轻微的同侧腰痛或腰部不适,一般持续1周左右。多数患者服用一般止痛药可减轻疼痛,但合并有肾周围血肿的患者腰痛剧烈,可给予麻醉性止痛药止痛。

5. 腹痛、腹胀　个别患者肾活检后出现腹痛,持续1～7日,少数患者可有压痛及反跳痛。由于生活习惯的改变加之腹带的压迫,患者大量饮水或可出现腹胀,一般无需特殊处理,对腹胀、腹痛明显者可给予乳酶生及解痉药等以缓解症状。

6. 发热　伴有肾周围血肿的患者,由于血肿的吸收,可有中等度发热,应按发热患者护理,并给予适当的药物处理。

七、健 康 教 育

术后1周内避免重体力劳动或剧烈运动,禁洗热水澡,以防出血。

(黄　喆　陆海燕)

第六节　脾穿刺活检的护理

淋巴瘤、恶性组织细胞病等诊断明确但治疗分期、治疗方法选择也需要脾组织依据。以往方法有脾穿刺抽吸脱落细胞检查、腹腔镜检查或脾切除后病理检查证实,给患者造成手术痛苦及经济负担。经皮脾穿刺活检可以准确可靠地取出组织,患者痛苦小,安全可靠,操作方法简单,可推广使用。

一、适应证与禁忌证

1. 脾穿刺活检的适应证　①脾脏良恶性肿瘤的诊断;②原发脾脏恶性血液病、单纯脾淋巴瘤的鉴别诊断;③部分需脾组织证实分期的病例。

2. 脾穿刺活检的禁忌证　①有出血倾向的患者,如血友病、海绵状肝血管病、凝血时间延长、血小板减少达80×10^9/L以下者;②大量腹水、腹膜炎者。

二、操 作 方 法

取仰卧位,CT引导下确定穿刺部位及深度,选择脾下及脾实质性占位区。局部消毒皮肤后铺洞巾,1%利多卡因溶液局部麻醉,选用100mm精细活检针刺入皮下后,嘱患者屏气,迅速进针预定深度,发射活检针迅速退出,嘱患者快速呼吸,局部无菌纱布覆盖并用腹带加压包扎，取出组织迅速送检。术中密切观察患者生命体征、意识变化。

三、并 发 症

并发症有出血、脾脓肿、呼吸系统并发症等。

四、术 前 护 理

1. 心理护理　因术前患者不了解穿刺方法，存在着焦虑、恐惧心理，术前应向患者解释穿刺基本程序、安全性及必要性，以消除其焦虑、恐惧心理，取得良好合作。

2. 术前准备　术前常规检查 CT、超声、血常规及心、肝、肾功能，前 3 天遵医嘱给予维生素 K_1 10mg 肌内注射，一天两次，术前一天指导患者屏气。

五、术 中 配 合

1. 体位准备　协助患者取仰卧位，平躺于床中央，双手或右手屈肘置于枕后或头顶，腰背部铺垫腹带，协助患者暴露穿刺部位，女性患者注意保护隐私部位。

2. 连接心电监护仪记录其脉搏、呼吸、血压，并建立静脉通道。

3. 嘱患者穿刺时尽量避免说话、咳嗽。

4. 护士应在床旁陪伴，用非语言姿势给其鼓励安慰，增加患者的信心和安全感。穿刺过程中，注意观察患者的面部表情、呼吸、脉搏，如有不适可尽早处理。

六、术 后 护 理

（一）常规护理

1. 休息　术后绝对卧床休息 6 小时，腹带加压包扎 24 小时，每 30 分钟测血压一次，如血压稳定 6 小时后可改为每 4 小时一次，监测 3～5 天，卧床休息 1 周。

2. 生命体征监测　密切观察患者生命体征及意识变化、穿刺部位有无渗血及腹痛腹胀、血压、脉搏情况，如患者出现面色苍白、出冷汗、血压下降等情况，立即通知医生并协助处理。术后遵医嘱使用止血药物。

3. 预防感染　保持穿刺部位清洁干燥，常规应用抗生素预防感染。

（二）并发症的观察与护理

1. 出血　密切观察患者生命体征，如果怀疑出血，立即准备血管造影和外科处理，可静脉输液、血制品以改善血流动力学。

2. 脾脓肿　为细菌感染所致。术中注意无菌操作，术后使用抗生素预防感染。大的脾脓肿应进行引流或外科手术治疗。

3. 呼吸系统并发症　胸膜反应导致胸膜渗出，肺部感染多由疼痛抑制呼吸所致，经抗生素治疗可以恢复。

七、健 康 教 育

术后 1 周内避免重体力劳动或剧烈运动,禁止洗热水澡,以防出血。适当锻炼,增强体质,促进康复。饮食以高热量、高蛋白、高维生素为宜,多食新鲜蔬菜、水果等,应少量多餐。

(黄　喆　陆海燕)

第七节　乳腺穿刺活检的护理

乳腺癌是女性最常见的恶性肿瘤之一。检查方法包括钼靶乳腺摄影、超声、CT 和 MRI 等,有时仅靠影像诊断仍十分困难,需依靠乳腺活检来确诊。

一、适应证与禁忌证

1. 乳腺穿刺活检的适应证　①乳腺肿块良性、恶性的鉴别;②提供乳腺病变的进一步其他情况,供制订治疗方案时参考;③对临床上未能触及的乳腺病变,做细针穿刺定位。

2. 乳腺穿刺活检的禁忌证　①乳腺炎症;②有出血倾向的患者。

二、操 作 方 法

1. 患者携带已有的检查资料,如 X 线平片、体层摄影片、CT 片等。

2. 穿刺方法　患者取坐位或俯卧位,矩形框压迫乳腺平片上的病变部位,分别自上而下进行正位、左右 24 度扫描共 3 次。根据以上图像,选择穿刺活检部位并输入计算机,自动活检装置根据此数据在 X、Y、Z 轴方向调整进针位置及深度,根据需要可选 14 号(外径 2.1mm)、16 号(外径 1.7mm)乳腺专用穿刺核心针。皮肤消毒、局麻,用自动活检枪将乳腺活检针通过穿刺孔刺入病灶后立即进行扫描,以确定针尖位置是否位于设定穿刺点,快速开枪取出活体组织标本,用甲醛或 95％乙醇溶液固定做病理检查。根据需要可多次多点取材。对可触及的乳腺肿块,穿刺前对照 X 线片,选择距皮肤最近处为进针点,常规消毒、局麻,将穿刺针直接刺入肿块,穿刺取出组织块,根据需要可不同方向取 3~8 块。穿刺后,局部常规加压止血,包扎,隔天检查伤口,术后常规口服抗生素 3 天。当穿刺活检未能触及乳腺病变时,则依 CT 扫描定位测出皮肤进针点,允许进针的最大深度和进针角度采取标本即可。

三、并 发 症

乳腺活检的并发症有血肿、感染和局部疼痛等,气胸较少见。

四、术 前 护 理

1. 心理护理　大多数患者对此项技术不很了解,存有不同程度的疑虑、恐惧和紧张等负性心理。术前应向患者说明穿刺的目的和注意事项。稳定患者情绪,积极配合治疗。

2. 常规护理 常规行血液学检查(包括乙肝五项、丙肝抗原抗体、艾滋病抗体、梅毒抗体、出凝血功能检测、肝肾功能、血常规及心电图检查)以确定适应证及禁忌证。

3. 备好一切物品和药品。

五、术 中 配 合

1. 根据病灶部位协助患者取合适体位,既要方便治疗,又要使患者舒适安全,嘱患者保持呼吸均匀、体位制动,禁咳嗽及运动。

2. 手术治疗中应询问患者有无不适之处,并不断与患者沟通,鼓励患者,增强其对治疗的信心,消除其焦虑情绪,以便能够顺利完成手术。

3. 加强病情观察,积极对症处理术中并发症。

六、术 后 护 理

(一)常规护理

1. 穿刺点的护理 穿刺完毕后无菌纱布包扎穿刺伤口,并加压10分钟,严密观察穿刺部位有无出血和渗血,并保持敷料清洁干燥。

2. 预防感染 操作过程中要严格执行无菌操作,避免感染。

(二)不良反应的观察及护理

1. 血肿 观察穿刺部位皮肤情况,穿刺完毕后纱布包扎穿刺伤口,并加压10分钟,以防止出血。

2. 疼痛 做好心理疏导,消除忧虑;密切观察疼痛的部位、性质、程度以及伴随症状;必要时使用止痛药物。

3. 气胸 操作过程中要严格控制穿刺方向和深度,尽可能与胸壁平行,以免发生气胸等并发症。

七、健 康 教 育

指导患者应注意休息,避免劳累,适当地进行体育锻炼,增强体质,加强营养,促进身体康复。饮食以高热量、高蛋白、高维生素为宜,如鱼类、蛋类、肉类及新鲜蔬菜、水果等,少量多餐。

(黄　喆　陆海燕)

第八节　骨穿刺活检的护理

1930 年,Martin 和 Ellis 首次报道 8 例骨骼肌肉系统的针吸活检。随着 CT 引导下穿刺活检术的发展,现已经被广泛应用在各种骨骼系统病变的诊断中,有助于对其定性诊断。CT 引导下经皮骨穿刺活检术具有花费少、创伤小、操作简便、定位准确、安全及诊断率高等优点。

一、适应证与禁忌证

1. 骨穿刺活检的适应证　①各种血液病的诊断、鉴别诊断及治疗随访；②不明原因的红细胞、白细胞、血小板数量增多或减少及形态学异常；③不明原因发热的诊断与鉴别诊断，可作骨髓培养，骨髓涂片找寄生虫等。

2. 骨穿刺活检的禁忌证　①血友病患者禁做骨髓穿刺；②局部皮肤有感染、肿瘤时不可穿刺。

二、操 作 方 法

1. 体位　根据病灶-体表就近原则选择不同的体位（仰卧、俯卧或侧卧位）。胸骨及髂前上棘穿刺时取仰卧位。髂后上棘穿刺时应取侧卧位。腰椎棘突穿刺时取坐位或侧卧位。使患者位于舒适且利于穿刺的最佳位置。

2. 体表粘贴定位栅，行 CT 扫描（图 3-23-10，图 3-23-11）。根据 CT 扫描图像选择最佳穿刺层面及进针点、进针方向、角度和深度，同时考虑与外科手术入路一致的原则。

3. 常规消毒皮肤，戴无菌手套、铺消毒洞巾，用 2% 利多卡因注射液作局部浸润麻醉直至骨膜。对骨皮质破坏缺损区采用切割式活检针；囊性病变采用抽吸式活检针；成骨及混合性病变尽量选取软组织有肿块或破坏部位取材，必要时先用骨活检针钻入骨皮质后行同轴式活检。

4. 将骨髓穿刺针固定器固定在适当长度上（髂骨穿刺约 1.5cm，肥胖者可适当放长，胸骨柄穿刺约 1.0cm），以左手拇指、示指固定穿刺部位皮肤，右手持针于骨面垂直刺入（若为胸骨柄穿刺，穿刺针与骨面成 30°～40° 角斜行刺入），当穿刺针接触到骨质后则左右旋转，缓缓钻刺骨质。

5. 穿刺结束时用 50ml 注射器接于穿刺针柄上在负压状态下迅速拔针，按压片刻用无菌胶布贴敷针眼处，外敷无菌消毒纱布，拔针后再次扫描，了解有无异常损伤情况，术后常规应用抗生素预防感染（图 3-23-10，图 3-23-11）。

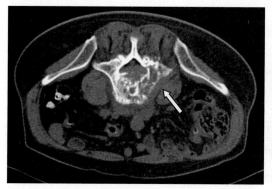 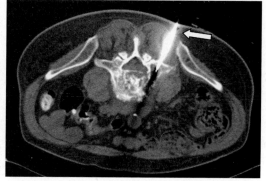

图 3-23-10　腰 5 椎体溶骨性破坏（箭头），病变性　　　图 3-23-11　CT 引导下用专用骨穿刺针（箭头）
　　　　　　　　　　质不明　　　　　　　　　　　　　　　　　　经皮穿刺病变椎体，行组织学检查

三、并　发　症

有文献报道,经皮骨穿活检中并发症发生率为 4.5%;术后并发症包括出血、感染和神经损伤。

四、术 前 护 理

1. 心理护理　大多数患者对此项技术不很了解,存有不同程度的疑虑、恐惧和紧张等负性心理。术前应向患者说明穿刺的目的和注意事项。稳定患者情绪,积极配合治疗。

2. 常规护理　常规行血液学检查(包括乙肝五项、丙肝抗原抗体、艾滋病抗体、梅毒抗体、出凝血功能检测、肝肾功能、血常规及心电图检查)以确定适应证及禁忌证。

3. 向患者及家属说明穿刺术的基本过程,取得患者配合,并签署知情同意书。

4. 常规消毒 CT 机房,检查患者体温、呼吸、血压、脉搏、心肺功能。准备穿刺包,穿刺针的型号根据病变的部位及性质不同灵活选用。

五、术 中 配 合

1. 根据病灶部位协助患者取合适体位,既要方便治疗,又要使患者舒适安全。

2. 手术治疗中应询问患者有无不适之处,并不断与患者沟通,鼓励患者,增强其对治疗的信心,消除其焦虑情绪,以便能够顺利完成手术。

3. 加强病情观察,积极对症处理术中并发症。

六、术 后 护 理

(一)常规护理

1. 穿刺点的护理　穿刺完毕后无菌纱布包扎穿刺伤口,并加压 10 分钟,严密观察穿刺部位有无出血和渗血,并保持敷料清洁干燥。

2. 预防感染　操作过程中要严格执行无菌操作,避免感染。

(二)并发症的观察及护理

1. 血肿　观察穿刺部位皮肤情况,穿刺完毕后纱布包扎穿刺伤口,并加压 10 分钟,以防止出血。

2. 脊髓和神经损伤　此为最严重的并发症,只要操作者熟悉进针行径的周围血管神经的分布和走行,并发症是可以避免的。

七、健 康 教 育

指导患者应注意休息，避免劳累，适当地进行体育锻炼，增强体质，加强营养，促进身体康复。

（黄　喆　陆海燕）

参 考 文 献

陈宝霞，刘亚琴.2011.经皮肝穿刺射频消融治疗肝癌的围术期护理体会.解放军护理杂志，28：33-34

陈克敏，黄蔚，吴志远.2011.CT引导下肺活检和并发症的预防.介入放射学杂志，12：743

陈尚芳，苏玉章.2010.健康教育在经皮肾穿刺活检术中的作用.临床合理用药杂志，3：29-30

程文芳，杨复清.2008.超声引导下经皮肝穿刺活组织检查术患者术前健康教育.China Foreign Medical Treatment，27：169

范秀清.1999.骨科择期手术患者的心理应激及护理对策.洛阳医专学报，17：148-149

冯丽.2010.Mammotome乳腺活检微创旋切72例的护理.中国误诊学杂志，10：4987

傅秀霞，石元珍.2011.肾穿刺活检术的围术期护理.现代医药卫生，22：367-368

高永艳，梁萍，李春伶，等.2007.比较超声引导下粗针与细针在经皮脾穿刺活检中的应用价值.中国超声医学杂志，23：927-929

龚西骗.2005.乳腺活检中热点问题的新认识（一）.临床与实验病理学杂志，1：1-5

郭佳，张丽.2009.超声引导下经皮肝穿刺瘤内无水乙醇注射治疗小肝癌.中国介入影像与治疗学，6：254-256

郭健，孙秀杰，赵蕾.2006.CT引导下经皮肺穿刺活检术42例护理体会.齐鲁护理杂志，12：742-743

郭士杰.1987.肝、胰穿刺活检.山东医药，6：27-28

郭小华，宋纯东.2010.肾穿刺活检患者1000例的护理体会.医药论坛杂志，31：203-204

韩春芳.1995.超声引导下胰腺穿刺活检.苏州医学院学报，2：395

韩燕燕.2010.经皮肾穿刺造瘘取石术后并发症观察及护理.齐鲁护理杂志，16：82-83

韩永，黄海燕，许晓光，等.2010.移植肾穿刺组织病理学检查及临床分析.中华实用诊断与治疗杂志，24：1173-1174

胡伟平，张燕林，余毅，等.2010.329例自动与半自动经皮肾穿刺活检术的成功率与出血并发症对比.现代诊断与治疗，21：327-329

吉美玲，程永德.1995.肝癌介入治疗后的护理.介入放射学杂志，4：171

吉美玲.1997.肾癌介入治疗及护理.介入放射学杂志，6：236

贾海红，席海峰，张文英，等.2011.肾穿刺患者术前焦虑状况护理干预.护理实践与研究，8：113-114

贾宁阳，刘士远，李文涛，等.2008.多层CT引导下经皮同轴穿刺活检技术的临床应用.介入放射学杂志，200-203

江佛湖.1981.内镜逆行胰胆管造影（ERCP）引导下经皮细针胰腺穿刺活检.国外医学.消化系疾病分册，1：59

蒋辉，吴春根，程永德，等.2010.骨肿瘤及肿瘤样病变CT引导下穿刺活检与手术病理对照研究.介入放射学杂志，19：49-52

李国栋，周正荣，李文涛，等.2007.CT导引下经皮肺组织活检术常见并发症及穿刺体会.介入放射学杂志，16：847-849

李坚，金钟奎，刘长山.2001.乳腺活检的临床指征探讨.河北医学，7：1089-1091

李金玲.2004.11例肝硬化、脾亢患者介入治疗的护理.齐鲁护理杂志，10：713

李露芳，梁婉萍.1998.整体护理肝癌介入治疗中的应用研究.介入放射学杂志，7：119

李晓群，唐玉德，肖学红，等.2002.MRI导引下经皮活检术的临床应用.影像诊断与介入放射学，11：166-167

李彦豪.2002.实用介入诊疗技术图解.北京：科学出版社，66

李永利，王振芳.2010.CT导引下胰腺穿刺活检的护理体会.介入放射学杂志，19：70-71

李永利.2009.CT导引下骶骨病变穿刺活检.介入放射学杂志，18：209-211

李占吉,景会玲,张永红.2002.CT导引下经皮活检术在诊断胸腹部病变中的应用.中国医学影像学杂志,6:470-471

廖常彬,吴洁梅,周晓燕,等.2010.彩色超声多普勒引导经皮肾穿刺活检的临床应用.四川医学,31:1702

廖金萍,谢湘梅,郭梅清,等.2010.86例行经皮肾穿刺活体组织检查患者的护理.实用临床医学,11:82-83

林汉英,史凤霞,郭惠英.2011.人性化导管室设计理念的实践.介入放射学杂志,2:149-151

刘三香,张全乐.2010.胆管癌经皮肝穿刺胆管引流术后并发症的护理体会.现代中西医结合杂志,19:2973-2974

刘淑贤,马金凤.2010.舒适护理模式应用于经皮肾穿刺活检术围术期的护理.护理实践与研究,7:67-68

陆建云,郑春大,陆文,等.2008.超声引导下细针胰腺穿刺对胰腺癌诊断价值的探讨.北京医学,30:718-719

马捷,彭东红,王国红,等.2004.核芯针穿刺活检诊断乳腺病变.介入放射学杂志,13:340-342

牛小霞,梁晓坤,谭有娟,等.2006.全程护理干预对肝脏穿刺活检术患者焦虑及术后肝区疼痛的影响.解放军护理杂志,23:3-5

潘秀梅.2010.浅谈肝穿刺活体组织检查术的护理.吉林医学,31:2710-2711

裴作升.2004.X-CT扫描机的发展趋势.中国医学研究与临床,2:74

荣春芳,张欣,关芳,等.2009.超声引导下肝穿刺活检术258例围术期护理.齐鲁护理杂志,15:12-13

邵秋杰,张宏,寇海燕,等.2010.超声引导下脾脏穿刺活检的诊断价值.临床超声医学杂志,12:486-488

邵秋杰,张宏.2009.超声引导下经皮脾脏穿刺活检的应用.临床超声医学杂志,11:3-5

石靖芳,张曼丽,谭婉文,等.2009.舒适护理在乳腺活检术中的应用.齐齐哈尔医学院学报,30:2966-2967

宋秀琼.2010.超声引导下经皮肝穿刺活检术的围手术期护理.护理实践与研究,7:75-76

孙佩红.2010.超声引导下肝穿刺活检术的护理.河北中医,32:771-772

王常青.2009.超声引导下经皮肾脏穿刺活检术62例围术期护理.齐鲁护理杂志,15:62-63

王革,钟兰生,杨荣焕,等.2008.合理选择影像介导并使用双切割系统活检针行肺活检的临床价值.中国介入影像与治疗学,5:278-280

王辉,季洪健,姚秋菊,等.2009.CT引导下经皮切割肺活检对弥漫性肺疾病的诊断价值.介入放射学杂志,18:685-687

吴沛宏,黄金华,罗鹏飞.2005.肿瘤介入诊疗学.北京:科学出版社,302-304

席名未,谢宗贵,李健,等.2007.经皮穿刺胰管引流及支架置入术在胰腺癌姑息治疗中的应用.介入放射学杂志,16:323-325

邢丽,孙丽霞.1997.肝癌介入治疗术中的护理.介入放射学杂志,6:109-110

徐军,马红映,俞凯,等.2010.肺部周围性病变CT引导下经皮肺活检临床分析.临床肺科杂志,6:842-843

徐跃成.1986.经皮骨穿刺活检——技术和效果.国外医学.临床放射学分册,3:180

许彪,陈刚,韦璐.2009.多层螺旋CT引导BARD活检枪经皮肺穿刺活检的临床应用.介入放射学杂志,1:51-53

薛聚香.2005.经皮脾穿刺活检13例护理体会.齐鲁护理杂志,11:926

姚士荣.2005.1例脾动脉瘤并破裂患者的抢救及护理.齐鲁护理杂志,11:3

叶晓芬,金震东,李兆申.2001.超声内镜引导下胰腺穿刺活检的现状.世界华人消化杂志,9:333-335

余云.1986.乳腺活检的方法与指征.实用外科杂志,6:567-569

袁桂才,王伟新,陈爱珍.2011.2种经皮肝穿刺活检组织检查方式对肝脏疾病患者穿刺效果的比较.实用临床医学,12:7-8

袁慧书,刘晓光,李选.2007.骨骼肌肉系统病变CT监视下穿刺活检相关技术问题的探讨——穿刺针的选择.中国微创外科杂志,3:255-258

张华平,陶然,张丽琴,等.2011.71例恶性梗阻性黄疸介入治疗的围手术期护理.介入放射学杂志,20:154-156

张健,司琴,陈永红.2001.超声引导细针定位乳腺活检术的临床应用.内蒙古医学杂志,2:118-119

张敏.2009.护理干预对乳腺活检手术患者焦虑及生命体征的影响.护理实践与研究,6:11-13

张婷.2010.经皮肝穿刺胆道引流围手术期的护理.检验医学与临床,7:1260-1261

张肖,赵瑞荣,肖越勇,等.2010.CT引导经皮骨穿刺活检术的临床应用.中国介入影像与治疗学,7:97-100

周山,左自军,于四堂,等.2004.CT引导下骨穿刺活检.中国医学影像学杂志,12:123-125

朱凤銮,朱秀贞,王继敏.2005.CT引导下粗切割针经皮肺活检护理体会.齐鲁护理杂志,12:519-520

邹万忠.2005.发展和提高我国的肾活检病理检查水平.中华肾脏病杂志,21:303-305

Schueller G.,Jaromi S.,Ponhold L.,等.2008.1352例超声引导下14 G空心针乳腺活检的验证研究结果.国际医学放射学杂志,31:398-399

Altuntas A O,Slavin J,Smith P J,et al.2005.Accuracy of computed tomography guided core needle biopsy of musculoskeletal tumours. ANZ J Surg,75:187-191

Contreras O,Burdiles A. 2006. Diagnosis of bone lesions using image guided percutaneous biopsy. Rev Med Chil,134:1283-1287

Gulluoglu MG,Kilicaslan Z,Toker A,et al. 2006. The diagnostic value of image guided percutaneous fine needle aspiration biopsy in equivocal mediastinal masses. Langenbecks Arch Surg,391:222-227

Lopez JI, Del CJ, De Larrinoa A F, et al. 2006. Role of ultrasound-guided core biopsy in the evaluation of spleen pathology. APMIS,114:492-499

Martin HE,Ellis EB. 1930. Biopsy by needle puncture and aspiration. Ann Surg,92:169-181

Montaudon M,Latrabe V,Pariente A,et al. 2004. Factors influencing accuracy of CT-guided percutaneous biopsies of pulmonary lesions. Eur Radiol,14:1234-1240

Rimondi E,Staals E L,Errani C,et al. 2008. Percutaneous CT-guided biopsy of the spine: results of 430 biopsies. Eur Spine J,17:975-981

Tateishi U,Maeda T,Morimoto T,et al. 2007. Non-enhanced CT versus contrast-enhanced CT in integrated PET/CT studies for nodal staging of rectal cancer. European Journal of Nuclear Medicine and Molecular Imaging,8-10

Yanagawa M,Tomiyama N,Honda O,et al. 2010. CT-guided percutaneous cutting needle biopsy of thymic epithelial tumors comparison to the accuracy of computed tomographic diagnosis according to the world health organization classification. Acad Radiol,17:772-778

第二十四章　经皮穿肝胆管引流术及胆道内支架植入术护理

一、概　　述

恶性梗阻性黄疸被发现时多为晚期,能行外科根治术仅占极少数,而且外科分流旁路术或姑息切除的并发症及术后死亡率相当高。Seldinger 于 1966 年采用套管针技术从右肋间穿刺胆道并进行胆道减压使并发症明显降低。1974 年 Molnar 和 Stocknm 首先开展经皮穿肝胆管造影及引流术(percutaneous transhepatic cholangiography and drainage,PTCD),由于该疗法具有创伤小、疗效好的优点,迅速得到了推广普及,成为缓解胆道梗阻的常规手术。但是随着超声、CT 及 MRI 胆管成像技术的发展,原来用作诊断的经皮穿肝胆管造影术(percutaneous transhepatic cholangiograpy,PTC)优势日渐减弱,故现多称经皮穿肝胆管引流术(percutaneous transhepatic biliary drainage,PTBD)。

近年来,PTBD 在技术和器械上都有很大的改善和发展,但它存在着需长期携带引流袋、胆汁也随之流失、导致消化不良综合征、带来心理负担和生活的诸多不便,严重影响患者的生活质量。Burcharth 和 Pereirasy 于 1978 年用内涵管引流胆汁,该方法是将内支架(内支撑管或内涵管)放置在胆道阻塞部位,使肝内淤积的胆汁沿生理通道流入十二指肠,部分或完全恢复胆系的生理功能,解除胆汁缺乏引起的消化不良,恢复肠肝循环及肠道微生态环境,患者又不必长期携带引流袋,降低了感染的概率,提高了生活质量。至1989 年,金属内支架开始用于治疗胆道狭窄,解决了塑料内涵管有效引流管径小、置放时需要外径较大导管鞘、易被胆泥和细胞碎片堵塞的缺点。随着材料技术和制造工艺的进步,现在临床应用的金属支架具有操作简单、置放途径灵活、有效引流管径大、生物相容性好的特点。

二、介入治疗适应证与禁忌证

（一）适应证

1. 伴胆管扩张的梗阻性黄疸患者为缓解黄疸而做胆道引流。

2. 伴胆管扩张的胆道梗阻患者为控制胆道感染而做胆道引流,此类患者主要以感染为主,梗阻性黄疸可以不很严重。

3. 为处理胆瘘而做胆管引流者。

4. 为配合手术治疗做临时性引流者。

5. 为治疗胆管疾病而建立通道者(如经皮胆管狭窄扩张术、经皮胆管取石术等)。

（二）禁忌证

1. 相对禁忌证

（1）凝血功能异常。

（2）多发性肝囊肿。穿刺道经过肝囊肿时，易引起继发感染。

（3）腹水。大量腹水使肝脏与腹壁分开，造成穿刺困难、外引流时引流管容易脱落以及腹水经穿刺点外渗。此外，可增加腹水感染机会。

（4）胆管高位梗阻致胆管相对分隔，难以有效引流。如放置 2 支引流管也不能有效引流时，要慎做 PTBD。

2. 绝对禁忌证

（1）不能纠正的凝血系统疾病。

（2）包虫病患者，不能在常规透视下穿刺。如一定要引流，可用 CT 导向或经 ERCP 途径。

三、介入手术操作

（一）术前准备

（1）鉴别黄疸是阻塞性还是肝细胞性。

（2）了解患者有无外科手术史，尤其是胆管手术史。

（3）有感染者术前静脉应用抗生素 3 天，如无感染可术前 1 小时使用抗生素。

（4）肝肾功能、凝血功能、血常规及影像学检查（CT、超声及 MRI）等。尽可能有手术当天的术前肝功能检查结果。术前影像学检查可帮助选择合适的胆管穿刺点、避免损伤其他器官（如横结肠、胆囊等），同时尽可能避开肿瘤病灶。

（5）术前谈话时必须使患者及家属理解：减压引流是首选的治疗方法，但引流并不一定都能使梗阻性黄疸缓解。因为患者可能已经处于肝功能衰竭期，或伴肝内胆汁淤积。胆道形态学的复通不等于功能上的恢复。

（6）穿刺器材选择：目前穿刺针中千叶针最为安全，所以微创穿刺法远较传统穿刺法简单、安全。如无特殊情况，尽可能采用微创穿刺法。此外，穿刺套管系统中的外套管可以在保留 0.018 英寸导丝（保留导丝）的同时进入 0.038 英寸导丝（工作导丝），更可确保在进入合适胆管时的安全性。

（二）操作方法

1. 患者平卧在介入手术台，通常在右腋中线 7～9 肋间隙。常规消毒铺巾，局麻。患者平静呼吸状态下屏气，从肋骨上缘水平向 $T_{10\sim11}$ 椎体穿刺至椎旁 2cm 左右，接上注射器边退边抽。待有胆汁流出，即注入少量稀释的对比剂加以证实。证实穿中胆管后，注入适量对比剂以使胆管系统得以显示，了解整个胆管系统情况。如果进入的胆管合适，则经千叶针导入 0.018in 导丝深入胆管内，并更换穿刺套管系统，然后留外套管在胆管内。用 0.035in 或 0.038in 导丝通过狭窄段进入十二指肠，并跟入外套管。如多次努力，无法通过阻塞段，则先作外引流,3～5 天后可再尝试打通阻塞段。最后将引流管固定在皮肤上,外接引流袋结束手术。

如患者胆汁呈黑色、明显浑浊,甚至呈脓性时,应经引流管尽可能将胆汁抽吸出来,并用 100～200ml 生理盐水分次缓慢注入、抽出,反复冲洗至胆汁呈黄色,冲洗用的生理盐水中可加入庆大霉素 16 万 U。

2. 引流方式的选择 尽可能做内外引流,内外引流可减少胆汁损失,且引流管不易脱落移位。但是对于胆道感染明显易发生逆行感染者可暂时先做外引流,将引流管深置于胆管的某一分支,可以减少引流管脱落移位的发生,通常引流 3～5 天,待炎症消退、扩张胆管变细后更易通过阻塞段,将外引流改为内外引流。

3. 支架植入术与引流的关系 对梗阻性病变而言,PTBD 后如适合放置胆道支架则能复通胆道,减少胆汁丢失,恢复胆道正常的生理功能,并能依患者病情在适当时候拔除引流管。支架置入术有一步法和二步法两种,具体采用何种方式依患者具体病情及术者而定。前者在 PTBD 后即植入支架,后者则在引流数天待胆红素明显下降后再植入支架(图 3-24-1～图 3-24-3)。

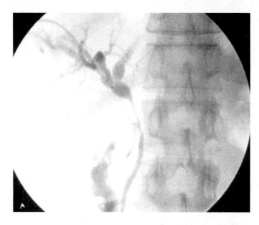
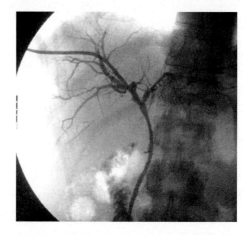

图 3-24-1　胆总管上段梗阻,PTBD 造影示肝内胆管扩张　　图 3-24-2　PTBD 引流后,肝内胆管无明显扩张

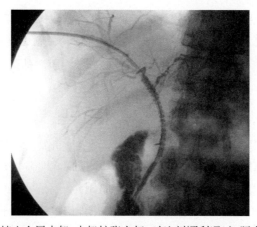

图 3-24-3　于梗阻段植入金属支架,支架扩张良好,对比剂顺利通过,肝内胆管无明显扩张

四、并　发　症

传统 PTCD 的术后并发症发生率为 4%～10%。并发症的发生率与采用何种引流方法无关,主要与手术过程有关。随着微穿刺法的推广普及,PTBD 术后并发症的发生率已明显降低。

1. 菌血症或败血症。多见于伴严重感染患者,穿刺时带入血流,做 PTC 时注入过量对比剂使胆管内压力增加,感染胆汁逆流入血液。为此,如发现胆汁有感染,则注入对比剂前最好能将感染的胆汁抽吸出来,注入对比剂量要适当。应尽量减少穿刺次数,术前术后采用广谱抗生素。

2. 胸腔并发症,如气胸、胆汁胸、血胸。多见于穿刺点或穿刺针过于偏头侧而使穿刺道经过胸腔所致,正确定位即可避免。

3. 腹腔并发症,腹腔内出血、胆汁性腹膜炎等。多为技术因素,熟练后可减少或避免。一旦发生,应急症治疗,必要时请外科处理。

4. 血管损伤,主要是指伤及较大的动脉或门静脉,可形成动脉瘤、动静脉瘘、动脉或门静脉胆管瘘等。多见于穿刺针粗、穿刺次数多、进入胆管部位过于近肝门等,表现为引流管出血不止或量大及 PTBD 术后消化道、腹腔内出血等。采用微创穿刺法,尽可能从周边穿入胆管,提高操作技术,可减少和避免此并发症。如有这些症状,可做经引流管胆管造影了解情况,必要时可行动脉造影。如有血管损伤,可行介入治疗。

5. 引流管或支架阻塞。多发生在远期,原因有肿瘤生长及胆泥淤积等,目前尚无有效的办法预防,需更换引流管或再植入支架。

五、术 前 护 理

1. 护士应了解手术具体操作过程,向患者解释手术目的、意义,简要说明手术操作过程以及患者在手术中需要配合医生的事项,指导并训练患者屏气及平静呼吸等动作,取得患者的理解、合作。

2. 积极术前治疗。梗阻性黄疸患者因长期肝内胆汁淤积,多伴有胆道感染。在行引流术前 3 天内,连续给予大剂量静脉滴注抗生素治疗,如无感染可术前 1 小时使用抗生素。重视纠正出血倾向。对有大量腹水的患者,要配合医生进行消退腹水治疗,定期测量腹围。加强支持治疗,为手术创造良好条件。

3. 协助完善各项检查及准备。

4. 患者应给予低脂、无刺激性食物,禁烟酒。术前 4 小时不进固体或难消化食物,少吃甜食,避免腹胀。如一般情况较差者,应先建立静脉通路给予一定的支持治疗。

5. 准备好急救药品和物品。

六、术 中 护 理

1. PTBD 术是在患者的清醒状态下进行的,护士要观察患者表情,及时与其沟通,多给患者以良好的语言刺激,稳定情绪,解除紧张、恐惧心理,使患者以放松的心态更好地配合医生治疗。

2. 心电监护,密切观察,积极处置术中并发症。若患者术中有疼痛烦躁症状,应及时给予止痛剂和镇静剂,解除疼痛,稳定患者情绪。PTBD 操作过程中,由于球囊扩张狭窄部引起的剧烈疼痛或器械对胆道和肠腔的刺激,较易出现迷走神经反射。护士应提高认识,有效预防及时准确处理这种危险的并发症。若操作过程中患者出现出冷汗、恶心、呕吐、视物模糊、血压下降、心率减慢甚至晕厥等迷走神经反射症状,应取去枕平卧保持呼吸道通畅,及时给予吸氧,遵医嘱立即静脉快速推注阿托品 1mg,1～2 分钟内心率无变化时,可再增加阿托品 1～2mg,并在短时间内大量快速补液,维持有效循环血量,多巴胺 100～200mg 加入 5% 葡萄糖溶液 250ml 内静脉滴注,直至血压稳定。

七、术后观察及护理

1. 常规护理

(1) 术后患者需卧床休息 24 小时,密切观察患者的生命体征,及时记录并与医生联系。生命体征平稳后,患者宜采用半卧位,有利于胆汁引流。

(2) 观察患者是否有腹胀、食欲及大小便颜色的变化,以了解胆管通畅情况。如患者感腹胀、消化不良,鼓励适当活动,并可服用抗炎利胆、增加胃肠道动力的药物等。

(3) 加强巡回,注意患者腹部体征的变化。重视患者主诉,如患者有寒战、高热、腹痛、反射性肌紧张等情况,并且有证据提示有感染或胆汁渗漏入腹腔的可能,应及时告知医生。

2. 引流管护理　引流管的护理是 PTBD 术后护理的工作重点。保持导管引流通畅,避免导管脱落是对保证 PTBD 的疗效十分重要。

(1) 妥善固定引流管。在引流窦道未形成前的早期脱管是造成内出血或胆汁性腹膜炎的重要原因,因此导管的固定至关重要。可采取导管多处固定法。在术中使引流管前端打圈,固定要牢靠,在外固定时,将导管略弯一弧状,以缓冲外力。防止引流管、扭曲、受压,嘱患者咳嗽时用手按压伤口与导管,以免导管脱出或移位,卧床休息时导管要注意预留一定的长度,尤其是防止熟睡翻身时不慎将导管牵拉带出体外。评估患者有无意外拔管的倾向。对意识不清、烦躁不安或出现老年痴呆等患者,应有专人守护或适当约束,以防将引流管拔出。

(2) 保持引流管通畅,认真观察、记录引流液的色、质、量。患者平卧时引流管的高度应低于腋中线,站立或活动时应低于切口位置,以防胆汁逆行引起感染。正常胆汁颜色呈深黄澄明液体,一般介入术后 1～2 天内胆汁有少量血性引流液,主要是手术中黏膜创伤及术中残余血所致。术后 2 小时内引流液量达 100ml 以上或术后 2 天引流液仍为鲜红色,应考虑胆道出血,立即报告医生,观察生命体征及引流液的色、质、量变化。长期置管者,引流管易被胆汁积垢堵塞,而继发感染,因此可每日用 50～100ml 生理盐水冲洗引流管 1～2 次,冲洗时应先尽可能从引流管中抽出胆汁然后再用生理盐水冲洗,所用注射器要大于 20ml,冲洗压力要适当,速度不宜过快,尤其胆汁感染的病例,以免细菌进入血液,冲洗液不可来回注入,抽吸。胆汁颜色从浑浊墨绿色变深黄色澄明液体,可以隔日冲洗一次,内外引流者可见少量十二指肠内容物。如引流管冲洗后胆汁引流仍不畅,需经引流管造影以除外引流管移位。临床使用的一次性引流袋,因引流液体的浓度、性质不同,量的估计与量具测量数相差较大,因此在计算引流量时,应将袋内引流液灌入量杯中准确计量。判断引流效果,除引流量外,血清总胆红质能在10～15天下降到引流前一半即为良好。24小时引流液500～1000ml,如有引流量锐减或无胆汁流出应及时与医生联系,查找原因,进行处理。

(3)每周二次更换引流袋,并做好胆汁常规检查及细菌培养。调换引流袋时常规消毒接口,严格执行无菌操作,引流袋不可置于地上,防止感染。

(4)注意观察及保护穿刺部位皮肤。为防止引流导管入口处的局部感染,定期更换敷料,如穿刺口周围皮肤有胆汁侵蚀或有渗液,及时碘酒消毒,更换敷料,不能做加压和填塞处理,以免胆汁流入腹腔引起腹膜炎。局部亦可涂抗生素软膏保护,以防穿刺口周围皮肤发炎、红肿及肉芽组织过度增生。瘙痒者可用乙醇棉球或温水轻擦、外涂赛肤润保护,局部忌抓,忌烫水、肥皂水擦洗,防止皮肤出血及感染。

3. 常见并发症的观察与护理

(1)菌血症或败血症:梗阻性黄疸患者PTBD术前多伴有胆道感染,穿刺过程可将细菌带入血内,患者术后出现寒战、发热等菌血症的表现,术前术后及时采用抗生素,并根据抗生素的半衰期合理使用。对症护理多可见效。密切监测体温变化,必要时做血培养。

(2)胆汁血症:穿刺造成肝内血管与胆管的瘘,引起胆汁血症,表现为引流血性胆汁或患者突发寒颤、高热。应及时通知医生,有时适当调整引流管位置即可封闭瘘口,在给予止血药等保守治疗无效时,应考虑经血管的栓塞治疗。

(3)胸腔并发症:PTBD穿刺可能误穿胸腔,引起气胸、胆汁胸、血胸等胸腔并发症。术后应注意观察、记录穿刺侧胸部体征。患者一旦出现呼吸困难,刺激性咳嗽,一侧呼吸音弱或肺下界抬高,及时通知医生,妥善处理。

(4)出血:密切观察记录患者心率、血压等生命体征的变化。观察患者穿刺点局部有无渗血等情况。注意患者腹部体征。若短时间内,患者腹围增大、移动性浊音范围改变或肠鸣音增强或减弱都应提高警惕,防止隐性出血的发生。术后鼓励患者早排便,作为循环血容量和肠腔内有无积血的观察指标。

(5)胆漏:胆汁漏入腹腔可引起胆汁性腹膜炎,属严重并发症。大量胆漏因有腹膜炎表现而容易被发现,但如果一般状态较差患者,可仅表现为腹胀,而腹痛与反跳痛可不明显,因此术后患者腹部体征的观察是护理工作的重点之一。一旦出现腹膜炎征象,立即告知医生,作穿刺道的处理。引流后期,出现胆汁沿引流管漏出至腹部皮肤,应及时更换穿刺部位敷料,防止局部感染。

(6)胰腺炎:患者表现为术后突然剧烈腹痛,可由高脂饮食诱发,急查血、尿淀粉酶可确诊,多见于引流管植入术后,需回撤引流管袢至胆总管下端并行抑制胰酶分泌及禁食等治疗。术后应指导患者6～8小时后恢复半流素食,3～5天后根据黄疸消退及胆汁颜色变化等情况过渡为低脂软食。

(7)发热:支架置放后因较多脓性胆汁及组织碎片堵塞内支架导致胆管炎,患者常有发热。术后引流管的冲洗可防止该并发症的发生。由支架引起的十二指肠穿孔极为少见,一旦出现应由外科处理。支架内再狭窄,是肿瘤组织从支架的网孔中长入阻塞支架。植入带膜支架,胆道内放射治疗及双介入治疗均可降低该并发症的发生率。

4. PTBD术后营养护理　护士应指导PTBD术后患者进食高热量、高蛋白、高维生素易消化的食物,忌进高脂、油腻食物,忌烟酒等刺激性食物,少吃甜食,避免腹胀。由于胆管梗阻解除后,大量胆汁进入肠管,可引起肠蠕动亢进,如大便不成形或腹泻者,注意调整饮食,在排除肠道感染的情况下,如果腹泻明显可以适当应用止泻药,一般术后1个月此症状会慢慢消失。对胃纳差者,可给予全胃肠外营养。PTBD引流术可造成胆汁和肠液的丢失,纠正和防止水、电解质紊乱及酸碱平衡失调也是保证PTBD术后疗效,提高患者生活质量的重要方面。

八、健 康 教 育

1. 梗阻性黄疸的治疗需要一定的过程,要保持良好的心态,积极配合治疗。

2. 介入后可能会引起短暂的寒战、高热,积极的保暖、抗炎对症治疗会使症状缓解。

3. 妥善固定引流管,保证导管的引流通畅,防止扭曲、折管现象发生。平卧时引流管的高度应低于腋中线,站立或活动时应低于切口位置,以防胆汁逆行引起感染。翻身时防止导管受压折管或牵拉脱管。避免过度活动和提举重物,以免管道滑脱,如出现意外的导管滑脱,不得随意将导管插入体内而应及时就医。

4. 准确并定时记录胆汁的流量,每日监测体温变化。正常的胆汁为金黄色的浓稠液体,每日的引流量500～1000ml。如引流液突然锐减、剧增或无引流液,引流液出现红色或草绿色的胆汁合并高热、寒战等,要及时就医。

5. 保持引流管处切口敷料干燥、清洁。若突然发生腹痛、高热,应及时与医生联系。

6. 饮食应高热量、高维生素、优质蛋白、低脂、易消化,忌饱餐。可选用以禽肉、鱼虾类的食品为主,烹饪上以炖汤、清蒸为宜,荤素搭配,注意钾类食物补充(如香蕉、橙、猕猴桃、菌菇类的食物),防止由于低钾引起的胃肠道胀气、嗜睡、无力等症状。

7. 合理活动,有助于减轻胃肠道胀气,增进食欲和促进胆汁的引流。选择可耐受的活动如散步、打太极拳等。卧床时宜采取半卧位休息,利于呼吸,控制炎症的局限,促进引流。

8. 定期到介入门诊进行随访,复查肝、肾功能及血常规。引流任务结束需拔除引流管,通常为窦道成熟后2周比较安全,而且最好将引流管关闭1～2周再拔管,以免胆汁进入腹腔。长期留置引流管,引流管若处理得当,一般能保持通畅4～5个月,每隔3个月更换导管,以免导管老化或堵塞。

(李晓蓉)

参 考 文 献

陈唐庚,林惠清,邱志锋.2007.经皮肝穿刺胆道引流护理体会.现代肿瘤医学,15:739-740

高秀兰,程洋洋.2008.PTCD术及支架植入术后并发症的诱因及护理对策.中国医药指南,6:132-134

纪运梅,孙海英,高永莲,等.2001.肿瘤患者介入治疗中的预见性问题及护理.齐齐哈尔医学院学报,22:1047

李文涛,欧阳强,董生,等.2006.恶性高位梗阻性黄疸的介入治疗.中国癌症杂志,16:226-228

李晓晖,朱康顺,练贤惠,等.2009.肝移植术后胆道并发症患者介入治疗的观察与护理.介入放射学杂志,18:548-549

李英肖,汪晓宁,郗利会.2003.预防介入治疗后血管迷走反射发生的护理对策.介入放射学杂志,12:145-146

李育涛.2009.经皮经肝胆管置管引流术者胆道梗阻疾病中的应用.中国现代医生,47:49-50

罗剑均,刘清欣,瞿旭东,等.2010.经皮穿肝胆管引流术指南的建议.介入放射学杂志,19:509-512

汤金荣,李建玲,李苓.2004.硬膜外麻醉介入治疗恶性胆管梗阻的护理.介入放射学杂志,13:34

王建华,王小林,颜志平.1998.腹部介入放射学.上海:上海医科大学出版社

王小林,主编.2005.胆道疾病介入放射学.上海:复旦大学出版社

吴可夫,苏文智,姚建军,等.2010.PTCD治疗晚期恶性梗阻性黄疸的效果.宁夏医学杂志,32:260-261

杨承莲,岑瑶,潘常辉,等.2010.恶性梗阻性黄疸PTCD术后并发症的分析及护理对策.肿瘤预防与治疗,23:161-162

尹明莉,周静,罗红梅,等.2009.恶性梗阻性黄疸高龄患者经PTCD行胆道内支架植入的护理.护士进修杂志,24:1959-1961

郁邦艾.2004.胆道内支架置入术治疗阻塞性黄疸的护理.介入放射学杂志,13:78

曾敏,杨静,游莹.2010.PTCD治疗23例恶性胆管梗阻性黄疸的术后护理体会.中国现代医生,48:63-64

翟仁友,李槐,戴定可.2008.肿瘤介入治疗手册.北京:人民卫生出版社

张华平,陶然,张丽琴.2011.71例恶性梗阻性黄疸介入治疗的围手术期护理.介入放射学杂志,20:154-155

仲崇晓,夏敏.2009.梗阻性黄疸患者行介入治疗的围手术期护理.中国实用护理杂志,25

周静,范晓文,杨萍,等.2008.循证护理在PTCD及胆道内支架植入术治疗梗阻性黄疸患者中的应用.护士进修杂志,23:2137-2138

第二十五章　非血管腔内支架治疗的护理

第一节　食管支架植入术的护理

一、概　　述

各种良、恶性病变均可引起食管狭窄,当食管管腔直径<12mm 时引起吞咽困难。食管狭窄,其中以食管癌引起的狭窄或阻塞最常见。根据世界卫生组织(WHO)的调查,中国食管癌的发病率和病死率均居世界首位。晚期食管癌患者失去了吞咽能力,不能进食、进水。这类患者往往存在恶病质、严重感染及水、电解质紊乱等多种合并症,外科手术治疗几乎没有可能。1990 年 Domschke 等首次报道了利用金属支架治疗食管癌梗阻,开创了介入微创技术治疗食管恶性狭窄的先例。食管内支架成形术的主要目的是恢复患者的吞咽功能,提高生活质量。近年来随着金属内支架在血管、胆道、尿道的广泛应用,技术日趋成熟,也被应用于食管瘘的治疗,并取得了满意的临床疗效。

二、适应证与禁忌证

1. 适应证　①晚期食管癌狭窄无法进行手术治疗者;②多次扩张后效果差的良性食管狭窄;③食管癌术后瘢痕狭窄或食管癌术后复发。
2. 相对禁忌证　①患者严重心、肺疾病不能承受治疗或不能合作者;②狭窄段过长且狭窄程度严重,导丝无法通过狭窄段者也作为相对禁忌证。

三、介入手术操作

置开口器,透视下导管、导丝互相配合经口腔、食管狭窄段进入胃,经造影证实导管位于胃内,交换加强导丝,沿导丝送入食管支架输送系统,将支架中部置于狭窄段中央或瘘口平面,缓慢释放支架。食管狭窄严重而支架输送系统无法通过时,可使用直径 10mm 的球囊导管进行预扩张。支架置入成功后造影检查,了解支架膨胀程度和食管通畅情况,有无对比剂外溢等现象。必要时可行胸部 CT 检查以明确位置和堵漏效果(图 3-25-1~图 3-25-3)。

图 3-25-1～图 3-25-3：男性,64 岁,吞咽梗阻感 2 个月,加重 1 周,确诊食管癌。

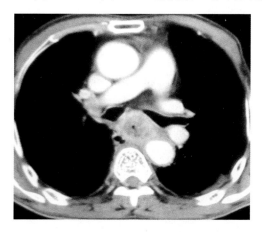

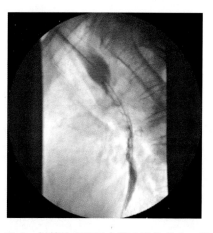

图 3-25-1　CT 显示食管壁增厚,边界不清,　　　图 3-25-2　插管造影显示食管中段长约 7cm 狭窄,
　　　　　　食管腔不规则狭窄　　　　　　　　　　　局部黏膜破坏,管壁毛糙、僵硬,梗阻上方食管扩张

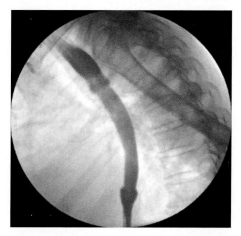

图 3-25-3　经口植入 20mm×100mm 覆膜食管支架后造影显示,支架位置及扩张良好,对比剂通过顺畅

四、并　发　症

1. **胸痛和异物感**　由于扩张黏膜撕裂及支架撑力等因素绝大多数患者术后可能出现不同程度的胸痛和异物感,支架位置越高,症状越明显。

2. **食管出血**　是食管支架植入术后常见的并发症之一。必须引起高度重视,因支架两端膨胀程度较支架大,可压迫食管后形成溃疡,组织坏死,表现为呕血或口腔分泌物带血。

3. **穿孔**　常规操作植入内支架,一般不会发生穿孔,出现穿孔往往是扩张时用力过大或导引钢丝插入受阻时还盲目插入,穿孔时患者有剧烈的疼痛或喝水呛咳。

4. **支架移位和脱落**　是术后较为严重的并发症,多为食管的节律性蠕动,支架和食管嵌合不力等原因所造成的。

5. **支架阻塞**　短期阻塞多因食物淤积引起;远期支架阻塞为肿瘤炎性增生及肿瘤向腔内生长所致。

五、术前护理

1. 术前访视 自膨式食管支架植入术基本上都是择期手术,所以术前一日导管室护士要到病房进行术前访视。复杂病例还要进行术前讨论,通过术前讨论了解手术方式及术中所需特殊物品、术后可能出现的并发症等。

2. 心理护理 了解各个患者的不同思想情况,针对所表现的问题,做细致的工作。对惧怕手术、疼痛的患者,担心手术能否成功、担心并发症发生的患者,详细介绍手术原理、方法、手术的可靠性、各种安全措施及术中患者需要如何配合,向患者介绍术者的精湛技术和成功病例。此外,还教会患者运用分散注意力的方法及松弛疗法,以消除患者因恐惧手术导致的不良心理反应。对于家庭经济困难的患者鼓励患者述说烦恼和忧虑,耐心倾听并做好安慰解释工作,一方面帮助患者降低一些费用,另一方面跟患者讲解身体健康的重要性,鼓励患者树立治疗信心。

3. 术前准备 抽血查凝血酶原时间、血小板、肝肾功能等,根据医嘱做好碘过敏试验。

4. 术前准备 术前4~6小时禁食水,以免术中呕吐误入呼吸道,在植入内支架术前半小时肌内注射山莨菪碱(654-2)10mg 或阿托品 0.5mg,以减少口腔及气管内分泌物,便于操作和防止分泌物反流而呛入气管内,同时给予地西泮 10mg 肌内注射,必要时肌内注射哌替啶 50mg。

六、术中配合

1. 主动向患者简单介绍自己,手术治疗过程、方法,使患者了解相关知识,减轻患者焦虑、紧张心理。

2. 配合医师在 X 线透视或胃镜直视配合下将导引钢丝通过狭窄段进入胃腔,医师在退出胃镜时要略用力顶住钢丝防止滑出。当扩张球囊直径由小到大逐渐加大时,患者出现胸痛感,必须观察疼痛情况。如果出现较为剧烈的疼痛立即告知医师,应停止操作,严密观察病情变化。

3. 注意观察患者的意识、面色、心率、心律、血压等情况,帮助医师固定好导丝,递送合适的支架置入系统。

4. 支架植入后,观察患者反应,处理用物,保持整洁,护送患者返回病房。

七、术后护理

1. 病情观察 ①密切观察意识、面色、体温、脉搏、呼吸、血压等。②观察有无呛咳、窒息、呼吸困难、注意进食时吞咽状况,以便了解有无支架脱落。③有无呕血、便血及血压情况,以便了解食管内有无出血。

2. 体位及活动指导 术后1周左右取半卧位,进食和餐后取半坐位有利食物进入胃内。可以进行一些有氧运动,以自己能耐受为准,避免大幅度旋转身体、弯腰等动作。

3. 饮食护理 原则上术后4~6小时就可以进食流质,特殊患者按医嘱以免过早进食而引起支架移位。经透视支架展开完全,固定好,酌情进半流质饮食,要以软食为主,告诉患者和家属注意营养和饮食的调理,禁食冷饮,冷食易导致支架收缩而发生滑脱,避免进食刺激性强的食物,如辣椒、姜、蒜、酒等。避免暴饮暴食,防止食物反流。少量多餐,细嚼慢咽,勿一次吞入较多食物。勿食高纤维素性食物。

4. 支架的护理　置入支架后,每餐进食前后均应口服数口温开水冲洗支架(有瘘管者除外),冲洗留置支架的食物残渣,防止食物积累堵塞支架内腔。平时也应注意经常饮水使支架保持清洁和湿润。高黏性食物、剧烈活动、狼吞虎咽、暴饮暴食或剧烈呕吐等均可以引起支架移位,应特别注意。

5. 补充营养　禁食期间给予胃肠外营养,如补充足够营养、水、电解质、维生素等,防止脱水、水及电解质紊乱与营养不足。

6. 抗感染处理　按医嘱使用抗生素预防感染。

7. 术后并发症的观察和护理　①食管出血:多表现为呕血或口腔分泌物带血,护士要密切观察患者生命体征尤其血压、脉搏变化,观察出血量、颜色变化,并给予凝血酶口服,必要时给予雷尼替丁、止血敏等药物静脉滴注。②胸痛和异物感:可采取头高脚低位或半卧位,以减少胃食管反流,必要时给予抑酸药或抗炎镇痛药,在用药前首先要排除心绞痛、气胸、食管穿孔等并发症。③穿孔:穿孔时患者有剧烈的疼痛或喝水呛咳,一般穿孔可用带膜支架重新植入即可,严重穿孔则要请外科会诊协助处理。④支架移位和脱落:护士要向患者做好饮食指导,术后饮食忌过冷过热,因支架大多使用镍钛记忆合金制成,遇冷遇热易引起变形,术后饮食忌过急或暴饮暴食,一般应在一周以后进普食,一旦发生移位或脱落应在钡餐检查后调整支架位置或取出。⑤支架阻塞:短期支架阻塞多因食物淤积引起,护士应嘱患者进食无渣食物,细嚼慢咽,餐间餐后及时饮汤或饮水冲洗,能有效阻止食物阻塞。一旦出现食物阻塞支架,可在内镜直视下用活检钳加以疏通。远期支架阻塞可重新放置带膜支架。

八、健康教育

1. 纠正不良的饮食习惯,不进食过硬、过冷、过热的食物。戒烟、不酗酒。及时治疗食管及口腔疾病。

2. 指导患者若出现进食困难、梗阻、呕吐、黑便、胸骨后疼痛,应及时就医,查明原因。

3. 因食管癌置入支架只是解决进食问题,要告知患者在支架置入的同时,还要进行病因治疗,如介入化疗或放疗。

4. 出院后定期随访。

（范　红　陈　茹）

第二节　胃、十二指肠支架植入术的护理

一、概　述

胃、十二指肠内支架置入术是应用内支架植入技术对狭窄或阻塞的胃、十二指肠进行扩张疏通,使其通畅的一种治疗方法。Keymling 在 1993 年于经皮造口术中植入金属支架缓解恶性十二指肠梗阻。Maetani 于 1994 年率先尝试应用经口方法放置十二指肠支架获得成功。Serker 等于 1995 年报道了将一枚镍钛细丝金属支架用尼龙丝绑缚于导管远端,由硬

导丝导入十二指肠并成功释放。此后 Janusdhowski、Pinto、Nevitt 等也相继报道了胃、十二指肠内支架植入的成功范例。而 Scott-Mackie 利用硬质导丝和特制的推送系统改良了传送系统,从而提高了经口十二指肠内支架植入的成功率,为胃肠道内远距离内支架植入的应用奠定了基础。胃、十二指肠内支架植入术应用微创技术使狭窄的胃、十二指肠再通,具有创伤小,见效迅速、临床效果好、可重复操作等特点,因而易被医患双方所接受。

二、适应证与禁忌证

1. 适应证
(1) 恶性肿瘤浸润压迫引起胃、十二指肠管腔狭窄闭塞或术后肿瘤复发浸润所致的狭窄。
(2) 胃十二指肠良性狭窄,如手术后的胃十二指肠吻合口狭窄、幽门梗阻等。
2. 相对禁忌证
(1) 严重心肺功能不全和严重凝血功能障碍者及内镜禁忌者。
(2) 门静脉高压所致食管、胃底重度静脉曲张出血期。

三、介入手术操作

在 X 线电视监视下,经口将超长超滑导丝插送过十二指肠狭窄段至远端小肠,如不能通过狭窄段,则在 X 线监视下经胃镜行微波烧灼,形成小通道后再将导丝插至远端。导丝插入后引入双腔导管造影观察狭窄段情况以选择适宜长度的支架,支架长度应较狭窄段长 3~4cm。将导管进一步深入至小肠并用软头硬导丝替换,借助硬导丝引入推送器使支架远端超过狭窄段 3~4cm 缓慢释放,并逐步调整使支架处于适当位置。支架释放完毕后退出推送器及硬导丝。

四、并 发 症

1. 支架移位　是胃肠道内支架植入后较早期出现的并发症。
2. 腹痛　是胃肠道狭窄或梗阻内支架植入后较多见的并发症。
3. 胃食管反流及出血　多发生在食管下段胃贲门部支架,且非常容易继发出血。因支架在食管下段贲门部位扩张,使正常的贲门功能失效,使含大量胃酸的胃内容物反流,造成食管下端段的黏膜受损糜烂甚至出血。
4. 胃肠道再狭窄　根据原发病变又分良性再狭窄和恶性再狭窄。良性再狭窄主要是肉芽组织增生和使用不带膜支架所致。恶性再狭窄主要是肿瘤组织过度生长所致。
5. 肠穿孔　不多见,但操作不当或病变部位薄弱,肠内压力增高可导致肠穿孔。

五、术 前 护 理

1. 心理护理　了解患者的心理状态,向患者介绍手术的目的、方法及注意事项,消除其疑虑和恐怖心理,减少紧张、焦虑情绪,使其术中积极配合治疗。
2. 术前准备　术前插入胃管,持续胃肠减压 1~2 天。禁食 6 小时,做碘过敏试验,术前肌内注射地西泮 5~10mg,阿托品 0.5mg。教会患者张口呼吸、吸气动作,指导患者学会卧位的配合。做好口腔护理,保持口腔清洁,检查口腔,去掉义齿,必要时拔去松动牙齿。

六、术 中 配 合

1. 协助摆放患者体位。嘱患者放松,配合治疗,不随意移动双手,以免污染消毒区。

2. 连接氧气装置,监测患者心率、心律、血压、血氧饱和度等情况,注意观察患者疼痛情况。如果出现较为剧烈的疼痛立即告知医师,应停止操作,严密观察病情变化。

3. 帮助医师固定好导丝,递送合适的支架置入系统。

4. 支架植入后,观察患者反应15分钟,如无不适主诉,可护送患者返回病房(图 3-25-4～图 3-25-6)。

图 3-25-4～图 3-25-6:男性,59 岁,呕吐伴黑便 2 个月,胃镜诊断胃窦、胃体溃疡型胃癌。

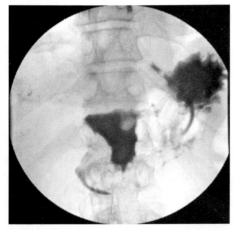

图 3-25-4　经胃管造影显示胃窦小弯侧巨大不规则形腔内龛影,黏膜中断破坏,幽门及十二指肠未见对比剂充盈

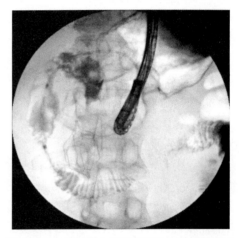

图 3-25-5　X 线联合胃镜插管造影显示胃窦幽门前区及十二指肠降部狭窄

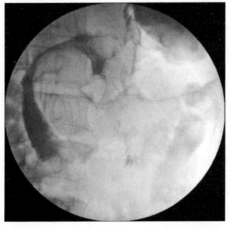

图 3-25-6　经口置入 20mm×100mm 肠道支架后口服对比剂显示,支架上 1/3 处明显受压扩张受限,但对比剂通过尚顺利

七、术后护理

1. 体位及活动　术后嘱患者平卧 12～24 小时。术后第二天可适当下床活动,避免剧烈运动,以防止引起支架移位。

2. 饮食指导　术后禁食 12 小时,明确梗阻已解除者可进食流质,以后循序进固体食物。宜少食多餐,养成每天排便的习惯,并维持粪便松软,避免便秘。告诉患者和家属注意营养和饮食的调理,禁食冷饮,冷食易导致支架收缩而发生滑脱,避免进食刺激性强的食物,如辣椒、姜、蒜、酒等。避免暴饮暴食,防止食物反流。进食时要细嚼慢咽,勿一次吞入较多食物,避免进食高纤维素性食物。饭后服数口温开水,冲洗留置支架的食物残渣,防止食物积累堵塞支架内腔。

3. 并发症的观察及护理

(1) 支架移位:术后注意观察有无反复呕吐、不能进食等支架移位的症状。发现支架移位后可取出支架重新放置,若未及时发现可造成支架脱落。

(2) 疼痛:金属内支架放置后数小时内出现不明原因的腹痛多为对支架不适应,疼痛可持续 1～2 周,不需要特殊处理,必要时给予止痛药。腹痛严重时密切观察患者生命体征并向医生汇报,及时排除穿孔等并发症。长时间不能忍受者可考虑取出支架。

(3) 胃食管反流及出血:对食管下段和贲门部位使用内支架的患者,常规要采取抗反流 1 个月。术后常规口服庆大霉素针剂 16 万 U,必要时可口服凝血酶 6000～8000 U 防止出血。出血量少者不需要特殊处理,出血量多者,可静脉滴注止血药或经内镜在出血点表面喷洒凝血酶等止血药。如患者出现恶心、呕吐、便血,立即向医生汇报。

(4) 胃肠道再狭窄:术后注意观察胃肠道梗阻症状解除情况,有无腹胀、狭窄导致再次梗阻的症状,及时告知医生。再狭窄发生后可经原有支架再套入支架或胃镜下进行热极烧灼或微波治疗。

(5) 肠穿孔:术后应注意观察胃肠道是否通畅,如不通畅,应给予胃肠道减压。密切观察有无腹膜炎及腹腔积液情况。导丝引起的肠道穿孔一般可以自愈,无需特殊处理,如穿孔较大可置入带膜支架行瘘口封堵术。

八、健 康 教 育

1. 饮食宜少吃多餐,进食时要细嚼慢咽,避免进食高纤维素性食物,不进食过硬、过冷、过热的食物。

2. 戒烟、酒,保持大便通畅。

3. 定期随访。

(范　红　陈　茹)

第三节　结肠、直肠支架植入术的护理

一、概　　述

经肛门结肠、直肠内支架植入术是指应用内支架植入系统将金属支架经肛门逆行输送并植入结肠或直肠,使狭窄或阻塞的结、直肠肠腔扩张疏通或使结、直肠与体腔间异常通道(窦道)闭塞的一种治疗方法。随着非血管性内支架植入技术的不断提高和完善,以微创技术经肛门放置金属支架治疗结、直肠梗阻也已开始应用于临床。自 1991 年以来,先后有作者报告通过介入技术行结肠内支架植入以解除梗阻,从而提高患者预后。该技术通过解除肠道梗阻后,经过充分的肠道准备,再择期对患者施行一期手术有利于减少外科手术并发症;对于不能手术切除的晚期结、直肠癌,结、直肠支架植入可作为永久性姑息治疗的措施。

二、适应证与禁忌证

1. 适应证　①恶性肿瘤直接侵犯或外在压迫结肠或直肠;②外科手术后吻合口狭窄等引起结、直肠肠腔狭窄导致排便障碍;③结肠或直肠瘘。

2. 相对禁忌证　①有严重出血倾向或凝血功能障碍;②严重心肺功能障碍不能耐受简单操作者。

三、介入手术操作

将超滑导丝穿入猎人头导管使头端露出 1~2cm,在 X 线监视下经肛门插入导管导丝,旋转导管使远端弧钩顺乙状结肠弯曲肠管深入,遇阻时稳定导管插送导丝,并利用导丝导管相互交替插送使之逐步挤入深部肠管直至通过狭窄段。对横结肠狭窄或完全性结肠梗阻导管导丝未能通过狭窄段者可在 X 线监视下先将结肠镜插至狭窄、梗阻部位,经结肠镜将超滑导丝插入狭窄段或梗阻部位潜在腔隙并使之深入梗阻段上端肠腔;超滑导丝插入后随导丝引入交换导管并经交换导管替换软头硬导丝,并将硬导丝深入梗阻段以上肠腔;再经硬导丝引入双腔导管造影观察狭窄段情况并选择定位标记,退出双腔管,选择合适支架置入推送器,经超硬导丝插入狭窄段缓慢释放支架。

四、并　发　症

1. 疼痛　多发生直肠支架位置较低时。

2. 出血　在支架置入过程中可能引起少量出血,一般无需特殊处理,可以自愈。

3. 支架阻塞　不覆膜支架或半覆膜支架刺激肠黏膜过度增生以及肿瘤向支架网眼内过度生长导致再狭窄。支架的长度应超过肠管弯曲段,以免支架端口离肠管弯曲段过近导致机械性通过受阻。

4. 支架移位或脱落　多发生在支架植入后一周内。与支架内径过小、支架植入定位不准、狭窄段扩张对支架的箍力减少、覆膜支架和狭窄段之间的摩擦力有限又无肉芽长入有关。

5. 肠穿孔　不多见，但操作不当或病变部位薄弱，肠内压力增高可导致肠穿孔。

五、术 前 护 理

1. 术前准备　纠正水、电解质及酸碱平衡紊乱，根据梗阻程度给予无渣饮食或禁食并持续胃肠减压，术前遵医嘱使用抗生素。

2. 心理护理　恶性梗阻患者精神紧张，心理负担较重，对植入支架产生恐惧心理。术前应了解患者的病情，做好患者和家属的思想工作，主动关心和帮助患者克服消极情绪，详细介绍支架植入目的、特点、治疗中需配合事项及术中可能出现的反应，从而消除顾虑，积极配合治疗。

六、术 中 护 理

1. 协助患者先取左侧屈膝位，医生送入导丝或经内镜插入导丝到达狭窄部位后协助患者取平卧位。

2. 术中护士固定好内镜，防止内镜因患者腹部用力而滑出。

3. 整个操作过程中，要密切观察患者病情变化。

4. 支架释放后会有粪便涌出，帮助患者清理干净，方可送患者返回病房。

图 3-25-7～图 3-25-10、书末彩图 11：男性患者，72 岁，脐周疼痛伴停止排气排便半个月，病理学诊断非霍奇金淋巴瘤。

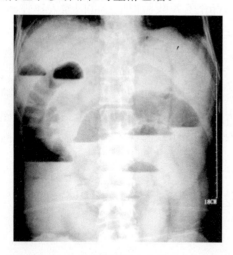

图 3-25-7　立位腹部可见全腹扩张小肠肠襻影伴宽大阶梯状宽大气液平，提示小肠低位梗阻可能

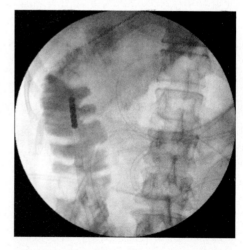

图 3-25-8　经鼻插入鼻-肠管引流减压，2 天后随访，导管头抵达结肠肝曲狭窄的近段，造影显示病变长约 3.5cm

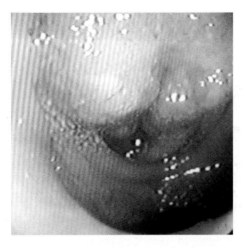
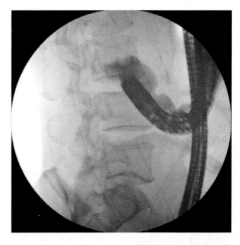

图 3-25-9　结肠镜进入约 65cm 处见隆起性肿　　图 3-25-10　X 线联合肠镜造影检查显示横结
瘤组织,肠腔狭窄,闭塞　　　　　　　　　　肠近肝曲处狭窄,对比剂不能通过

七、术 后 护 理

1. 体位与活动　保持病房安静,卧床休息 24 小时。可以进行一些有氧运动,以自己能耐受为准,避免大幅度旋转身体、弯腰等动作。

2. 饮食护理　术后 12 小时进流质低纤维素食。

3. 支架植入效果观察　观察大便排出量,颜色及性状,询问腹胀、腹痛缓解情况,动态了解肠鸣音情况。

4. 并发症的观察和护理　①疼痛:安置直肠支架的患者早期可能有里急后重的症状,肛门疼痛等,可用热水外敷、肛门坐浴,局部给予黏膜保护剂缓解症状。②出血:肠道出血一般量少,多为黏膜出血,可对症治疗。如患者面色苍白,脉搏快,血压下降,则可能有腔内出血。一旦发生应立即报告医生进行处理。③支架阻塞:支架阻塞常见原因是高纤维素饮食和便秘,经饮食调理或给予缓泻剂一般可避免此并发症的发生,必要时可在肠镜下冲洗。④支架移位和脱落:发现后取出支架重新放置,若未及时发现可造成支架脱落,需重新放置。⑤肠穿孔:术后应注意观察肠道是否通畅,如不通畅,应给予肠道减压。密切观察有无腹膜炎及腹腔积液情况。导丝引起的肠道穿孔一般可以自愈,无需特殊处理,如穿孔较大可植入带膜支架行瘘口封堵术。

八、健 康 教 育

1. 常规服用缓泻剂以保证大便通畅。

2. 术后 3 天复查腹部 X 线平片,观察支架位置及扩张情况、肠梗阻情况,并定期随访。

（范　红　陈　茹）

第四节　气道支架植入术的护理

一、概　　述

　　良性或恶性气管、支气管狭窄是引起呼吸困难、呼吸衰竭的重要原因,患者由于狭窄段过长、状态较差等种种原因丧失了外科手术的机会。为此,人们开始尝试金属支架植入治疗。1952 年 Harkins 首次对 1 例恶性器官狭窄患者放置金属支架取得成功,到 20 世纪 80 年代开始,一些早期血管的金属支架开始用于气道狭窄的治疗,并取得了良好效果。气道内支架治疗的特点是能迅速解除气管狭窄,缓解呼吸困难,并且具有良好的生物相容性,最大限度地保留了气道排泄分泌物的功能,从而提高生存期的生活质量,同时为进一步治疗争取时间。

二、适应证与禁忌证

　　1. 适应证　①恶性肿瘤侵袭造成的气管狭窄;②食管-气管瘘(食管封堵瘘口失败);③外伤性或医源性气管狭窄,狭窄长度超过 2 个气管环以上;④结核或炎症侵袭造成的气管狭窄,非手术适应证者;⑤肿大淋巴结压迫造成气管狭窄;⑥各种原因的气管软化。

　　2. 相对禁忌证　①凝血功能异常未纠正者;②心、肝、肾等主要脏器衰竭不能耐受者;③气管、支气管黏膜存在严重炎症未控制者;④气管狭窄处距声门小于 1cm,可能影响声门的功能者。

三、介入手术操作

　　患者仰卧于检查床,取左前斜约 50°位,尽可能将气管影暴露于心脏(或大血管)和脊柱的间隙内,同时进一步确认气管狭窄的部位、范围和骨性标记。对于严重呼吸困难,不能耐受短暂缺氧的患者,先在透视下经口植入 14 F 大腔导管并越过狭窄段,同时经导管给氧以维持大气管通气,随后再行支架植入术。能耐受短暂缺氧的患者直接行支架植入术。在透视下,先将 5F 多功能导管配合超滑导丝经过声门进入气管,随即撤去导丝,快速经导管注射 2% 利多卡因 4ml,以进一步行气管黏膜麻醉。随后更换金属加强导丝随导管越过狭窄段,将导丝留置于狭窄段远端并尽可能将其送至支气管远端。撤除导管,保持导丝不动,然后将装有支架的植入器沿导丝送至狭窄段气管,使支架中点位于狭窄段中间,保持植入器内鞘不动,使支架保持在理想位置上,后撤外鞘使之释放。支架释放后立即摄片,观察其展开的情况。也可通过支气管镜放置导丝,然后在透视下植入气管支架。

四、并　发　症

1. 喉痛及气道内异物感　与手术损伤有关。

2. 分泌物阻塞　与术前阻塞性肺炎、术中感染以及支架覆盖,影响局部气管、支气管黏膜的纤毛运动有关。

3. 支架移位　是术后较为严重的并发症,一般是由于术后用力咳嗽导致,如患者术后突然出现剧烈咳嗽、呼吸困难等症状,考虑支架移位。

4. 出血　主要与支架压迫周围大血管或瘤体血管造成侵蚀糜烂有关,有导致窒息的危险。

5. 复发性阻塞　气管腔内肉芽和肿瘤组织增生通过支架网眼,向气管腔内生长均可形成新的气道狭窄。

五、术　前　护　理

1. 心理护理　患者多数存在着原发的恶性疾病,同时伴有不同程度的呼吸困难,精神极度紧张。对此,护士要多关心,多和患者交流,向其解释治疗的目的、方法、效果及支架的性能和优越性,消除其顾虑,取得患者信任,使患者以良好的心理状态接受治疗。

2. 做好各项术前检查　查血常规、凝血酶原时间等。全面了解病史观察病变范围、位置、长度及程度,以便选择合适的支架和球囊导管。

3. 术前准备　术前4~6小时禁食水,以免术中呕吐引起误吸。在植入内支架术前半小时肌内注射山莨菪碱 10mg(询问患者有无青光眼病史)或阿托品 0.5mg,以减少口腔及气管内分泌物,便于操作和防止分泌物呛入气管内。镶假牙者,应先取下假牙。

六、术　中　配　合

1. 患者取平卧位或侧卧位面向术者,呼吸困难者可取半卧位或坐位。

2. 置牙垫于上下牙之间,协助医生行咽喉喷雾麻醉。

3. 嘱患者平静呼吸,切勿剧烈咳嗽。

4. 术中给予吸氧,调节氧流量 6~8L/min,注意观察患者意识变化,有无呼吸困难、发绀、大汗、烦躁等表现,监测患者心率、血压、血氧饱和度,如有异常及时处理。

5. 及时吸引口腔、鼻腔内分泌物,以免分泌物阻塞气道造成窒息。

6. 在支架推送装置送入气管狭窄段时,患者呼吸困难可能加重。此时,应鼓励患者尽量保持不动,并平静呼吸,避免剧烈咳嗽,使术者能够准确定位,快而稳地释放支架。

7. 支架植入后,观察 30 分钟,确无呼吸困难、发绀等异常表现,$SaO_2 > 95\%$ 且患者无不适主诉,方可送患者返回病房。

图 3-25-11~图 3-25-12:男性,53 岁,胸闷、气急 2 周,CT 诊断食管癌术后纵隔淋巴结转移。

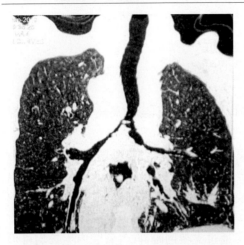

图 3-25-11　CT 显示气管下端,及左、右主支气管受侵犯,狭窄

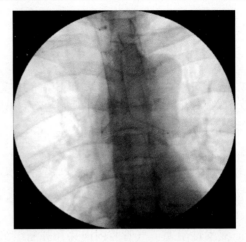

图 3-25-12　经口植入气管-左右主支气管一体式倒"Y"形支架后,患者胸闷、气急等气管梗阻症状当即缓解

七、术 后 护 理

1. 术后禁食、禁水 4 小时,试饮少量流质无呛咳后再进正常饮食,避免进食过冷、过热和辛辣刺激性食物。

2. 术后酌情给予雾化吸入 2～3 天以减轻气管黏膜水肿。使用覆膜支架者,术后 1 周给予雾化吸入,以保持分泌物稀释、防止分泌物干涸黏附于支架内壁。减少讲话,以减轻咽喉部水肿。

3. 并发症的观察和护理　①喉痛及气道内异物感:术后给予激素雾化吸入,随术后时间的延长,不适感可逐渐减轻。②分泌物阻塞:术后鼓励患者深呼吸、有效咳痰,翻身拍背。吸痰时遇阻力不要硬性插入,可更换方向后再插入。必要时经纤维支气管镜进行冲洗。③支架移位:术后密切观察患者有无气促、剧烈咳嗽或呼吸困难,术后 2～3 天协助进行胸部 CT 检查和纤维支气管镜检查了解支架有无移位及管腔情况,若发现支架移位应将支架取出或更换新的支架。④出血:少量咯血者,不需处理。术后 24 小时可自行停止,如持续不停咯血,应遵医嘱使用止血药,并密切观察患者有无大咯血的征兆,有无咳鲜红色血痰及血压变化等,发现异常立即汇报医师处理。⑤复发性阻塞:术后指导患者定期复查,及时发现肉芽增生和肿瘤生长。当肉芽组织增生引起管腔再度狭窄时,冷冻治疗配合定期的球囊扩张,可有效地遏制肉芽组织增生所致的支架腔内再度狭窄。肿瘤组织增生导致的管腔再度阻塞,常需要采取腔内近距离放疗、高频电烧灼或冷冻治疗。

八、健 康 教 育

1. 饮食应清淡,避免进食辛辣刺激、过冷的食物。戒烟、酒。

2. 指导患者有效咳痰。不要去人多的场所,避免呼吸道感染的发生。

3. 术后 1 个月、3 个月、6 个月复查，了解支架位置及呼吸通畅程度。

（范　红　陈　茹）

第五节　泌尿道支架植入术的护理

一、概　述

急性输尿管梗阻性疾病的治疗方法有多种，一般有外科开放性手术、膀胱镜下植入双J管及透析治疗。目前介入放射学在此领域已经有了长足的发展，经皮顺行双J管植入术通常适用于当逆行尿道支架术失败时。而且，顺行输尿管支架术在对特别是恶性的梗阻的成功率高于逆行双J管支架术。现在经皮肾造瘘术（PCN）和顺行性输尿管内支架管植入术（antegrade internal ureteral stenting，AIUS），为急诊解除尿路梗阻及挽救肾功能提供了有效治疗手段。

二、适应证与禁忌证

1. 泌尿道支架植入术的适应证　①膀胱镜下插管失败和不宜开放性手术的泌尿系梗阻患者；②外周肿瘤、瘢痕组织、变异的交叉血管对输尿管的压迫引起的泌尿系梗阻。
2. 泌尿道支架植入术的禁忌证　①小肠膀胱瘘；②尿失禁；③脓肾；④PCN术后大出血。

三、介入手术操作

患者俯卧位，常规消毒单侧或双侧肾区并铺无菌巾。用无菌手套包裹超声探头并外套穿刺架，穿刺点选择腋后线第12肋下，穿刺方向为中下组肾盏；超声监视下采取一步法Seldinger穿刺技术，穿刺成功后撤出针芯见尿液流出后经穿刺针推注稀释对比剂（如肾盂压力较高或流出脓性尿液先抽吸部分尿液后再造影，脓液留做细菌学检查），显示肾盂、肾盏形态，然后扩张穿刺道引入造影导管行输尿管造影，以显示梗阻段的长度与形态。选择合适的输尿管支架长度很重要，过短会造成支架移位甚至远端回缩至输尿管内，导致更换困难；过长使膀胱内部分冗长，膀胱刺激症状很明显，也增加了支架近端损伤肾脏的风险。将导丝通过梗阻部位，然后经导丝植入外引流管（单J形）或内引流管（双J形），前者将猪尾置于肾盂并行皮肤缝合固定，后者需交换引入硬导丝推送，两端应分别位于肾盂与膀胱；必要时，使用5~7mm的球囊导管来扩张输尿管的狭窄。对于有输尿管周围缩窄的患者可植入金属支架（图3-25-13~图3-25-16）。

四、并　发　症

并发症有：①血尿；②引流管移位；③尿路刺激征；④感染；⑤输尿管破裂；⑥结石在管壁

的沉积。

五、术 前 护 理

1. 心理护理　做好各项宣教工作,减轻患者对手术的焦虑恐惧心理。详细介绍手术过程、术后注意事项。

2. 肾性水肿护理　轻度水肿的患者应注意适当休息,严禁剧烈活动,对眼睑、面部水肿患者枕头应稍高些;双下肢水肿者,卧床休息时应抬高双下肢30°～45°,利于血液循环,减轻浮肿;严重水肿者应绝对卧床休息,并应经常改变体位,保持床铺整洁无皱褶,注意皮肤清洁,衣裤要柔软平整,防止预防压疮发生。

3. 常规护理　测量生命体征,协助患者完成三大常规,肝、肾、心、肺功能,凝血功能,超声或CT检查;做好皮肤准备,检查有无皮肤破损及感染,及时向医师汇报;有凝血机制异常的需纠正后才可手术;术前8小时禁食、禁水,并保证充分的睡眠;术前1天行抗生素等过敏试验,协助患者做好皮肤清洁工作,生命体征如有异常应及时汇报医师。

六、术 中 配 合

1. 准备所需仪器、监护设备及药品。

2. 将患者安置于俯卧位,有水肿的患者注意垫软枕,保护受压处皮肤。

3. 做好患者的心理安慰工作,俯卧时有胸闷症状的给予氧气吸入。

4. 由于患者处于俯卧位,不易观察患者面色及面部表情,术中使用监护仪严密监测患者血压、心率、呼吸、血氧饱和度。

图3-25-13～图3-25-16:男性,78岁,膀胱癌,腹腔转移。

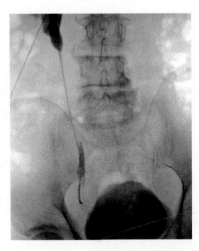

图3-25-13　术前造影示左输尿管中段及近膀胱入口处狭窄

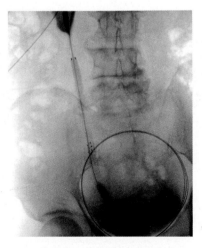

图3-25-14　输尿管支架植入中

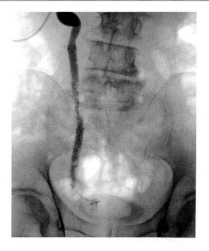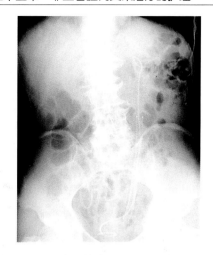

图 3-25-15　支架植入后造影示支架通畅　　图 3-25-16　输尿管支架植入后腹部平片表现

七、术 后 护 理

1. 常规护理　患者回病房后平卧 6～12 小时后自由体位。

2. 并发症的观察及处理

(1) 血尿:血尿一般是由于损伤泌尿系黏膜所致。若发生严重血尿,则可能有肿瘤侵蚀支架的可能。术后要加强尿液颜色及尿量的观察,记录出入水量。通常术后 3 天血尿会减少。若患者突然出现鲜红色尿液或肾区胀痛及腹部不适、切口引流管为淡红色液体流出等症状时,应及时报告医生检查并处理。应鼓励患者多饮水,以达到稀释尿液、冲洗尿路的目的。还应向患者及家属解释出现血尿的相关因素,使其能够科学地认识这种现象,解除其紧张心理。

(2) 引流管移位及阻塞:移位通常是患者活动度太大或术中置管不到位而造成。术后指导患者勿提重物,不做四肢及腰部伸展动作,不做突然下蹲动作,防止引流管移位。

(3) 尿路刺激征:是置管后较常见的并发症之一,多由膀胱内双 J 管刺激引起。患者自觉有下腹不适及尿频、尿急等膀胱刺激征。我们要做好心理护理,向患者解释原因,消除其顾虑,鼓励进行自我护理,通过听音乐、深呼吸、改变体位等以分散注意力,使患者精神放松,减轻心理负担。

(4) 感染:感染并发症可能是因为受感染尿液的逆流进入血流,同时支架对于人体来说是一种异物,也会成为细菌繁殖的一个病灶。加强体温的监测;根据医嘱应用抗生素;保持大便通畅,注意保暖,避免咳嗽等增加腹压的一切因素,以防止尿液反流。

(5) 输尿管破裂:如果操作谨慎,输尿管破裂很罕见。注意观察,若发生穿孔,在很短的时间内,用一根细导丝,通过 PCN 完成尿液引流和穿孔的修补。

(6) 结石在管壁的沉积:结晶尿成分沉积于支架内外表面,会导致支架功能的不良。因此,要定期行超声检查。支架更换也应当定期进行。建议膀胱通路的支架每 3 个月更换一次。

八、健 康 教 育

1. 携管知识宣教　留置双 J 管期间保持大便通畅,注意预防感冒,防止因腹压增加致膀胱压力增高导致尿液反流,如出现便秘、咳嗽时要及时处理。保持排尿通畅,避免憋尿,男性患者最好立位排尿。多饮水,防止尿沉淀物及脱落黏膜阻塞双J管。双J管放置时间长,且上下端刺激肾盂膀胱黏膜易引起血尿,告知患者及家属注意尿液颜色及量的变化,若患者突然出现尿液呈鲜红色或尿量明显减少以及发热、腰疼等不适应立即到医院检查。如出现少量血尿,应多饮水,适当卧床休息,血尿一般可逐渐消失。双J管留置时间为4周左右,告知患者及家属按时来医院拔管检查,如置管3个月以上可致输尿管黏膜充血水肿、上皮细胞增生或萎缩、黏膜溃疡等异常病理改变。

2. 饮食指导 告知患者出院后要多饮水,每日3000~4000ml,24小时尿量维持在2000~3000ml。同时,每日动物蛋白和食糖的摄入要适量,因摄入过多蛋白质会增加钙、草酸、尿酸3种形成结石的危险因素。不宜饮酒,酒会增加尿中草酸含量并引起尿浓缩。高尿酸患者不宜食用动物内脏和菜花、菠菜,少食苋菜、竹笋、豆腐,不饮茶或饮淡茶;高尿酸钙者应限制乳制品。如有肾功能不全的患者采用高质量优质蛋白饮食。

3. 定期来院复查,了解尿路梗阻情况。有腰部胀痛、血尿及时就诊。

(杨如美　袁　莉)

参 考 文 献

程英升,茅爱武,杨仁杰,等.1998.胃肠道狭窄或梗阻内支架置入术后常见并发症及其处理.介入放射学杂志,7:17-21

范红,尹海芳,陈茹.2008.食管支架置入术的围手术期护理.微创医学,3:282-283

方世明,孙英华,刘训义,等.2003.支架置入治疗胃十二指肠恶性梗阻12例.介入放射学杂志,12:226-227

高业霞.2003.带膜镍钛记忆合金支架治疗癌性食管狭窄的护理.介入放射学杂志,12:379

郭启勇,申宝忠,滕皋军.2010.介入放射学.第3版.北京:人民卫生出版社,78

户明君.2004.气管支架置入术的护理体会.介入放射学杂志,13:480

黄俊.1995.食管癌内支架成形术的护理工作.介入放射学杂志,4:219(197)

李强.2003.气管及支气管支架的临床应用.中华结核和呼吸杂志,26:393-395

李微青,岳同云,何颖.2004.镍钛记忆合金支架治疗气管狭窄的护理.介入放射学杂志,13:561

刘君,任换娣.2001.球囊扩张治疗继发性儿童良性食管狭窄的护理.介入放射学杂志,10:53

吕维富.2009.现代介入影像与治疗学.合肥:安徽科学技术出版社

茅爱武,高中度,李国芬,等.2003.颈段高位食管恶性梗阻的介入治疗.介入放射学杂志,12:362-384

茅爱武,杨仁杰,高中度,等.2001.经肛门放置结肠支架治疗结肠和直肠狭窄.中华医学杂志,82:114-115

茅爱武,杨仁杰,刘诗义,等.2001.经口放置金属支架治疗胃十二指肠及空肠恶性狭窄67例.介入放射学杂志,10:42-44

潘雪玲,岳同云,李微清.2004.内支架术后联合腔内近距放射治疗晚期食管癌的护理体会.介入放射学杂志,13:365-366

彭春艳.2008.经内镜结肠支架置入术的护理配合.护士进修杂志,23:1882-1883

苏美佳,吴健红.2009.经纤维支气管镜置入支架治疗气道狭窄患者的护理.护理学报,16:40-41

王芸芳.2004.食管内照射支架术的护理.介入放射学杂志,13:179

吕保君,吴刚,韩新巍,等.2011.DSA导向气管内支架置入治疗气道狭窄的手术配合与护理.介入放射学杂志,20:57-59

第二十六章　经皮无水乙醇注射术的护理

经皮无水乙醇注射治疗法(percutaneous ethanol injection,PEI)是指在超声或CT引导下经皮穿刺,通过注射无水乙醇使组织细胞脱水而造成凝固性坏死,以达到治疗目的的一种方法。该技术自1983年日本的杉浦等报道应用以来,迅速得到推广应用。现在PEI已广泛应用于临床,治疗恶性实体瘤和一些良性疾病,并取得了很好的临床疗效。

第一节　概　　述

一、经皮穿刺无水乙醇注射疗法原理

经皮穿刺无水乙醇注射疗法(PEI)是利用高浓度乙醇的脱水、固定作用,直接作用于组织细胞使之变性坏死的特性。注射无水乙醇后,乙醇向四周浸润,包围一定范围内的肿瘤组织。除了直接使癌组织脱水、固定、癌细胞变性外,还使肿瘤内及周边营养血管壁变性、血管内皮细胞破坏、血栓形成、血管闭塞,导致血供障碍,最终使乙醇浸润区域内肿瘤组织坏死。

二、器　　械

1. 普通或彩色超声仪,普通探头附加/不附加穿刺引导架,或专用探头。

2. CT扫描仪,有条件者可用激光定位或其他定位器。

3. 穿刺针采用经皮穿刺细针,由针鞘和针芯两部分组成,常用20～21G千叶针,有时也可直接用腰穿针,对于较小的尤其位置较深的病灶,在CT引导下治疗时最好用弯针(图3-26-1)。

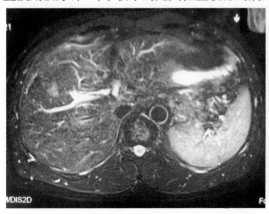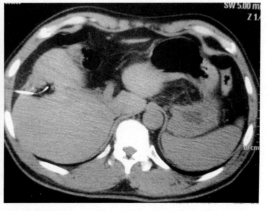

图3-26-1　MRI示肝右前叶小肝癌射频消融后少许残存活性病灶,T_2WI上显示为高信号,CT引导下用弯针可以非常方便地穿刺到病变部位

三、方　　法

　　一般情况下采用各型超声,要求图像清晰,必要时可使用 CT 扫描仪定位。穿刺针采用带刻度金属套管针或普通国产塑料套管针(建议用金属细针),后者外径在 2mm 左右,内芯必须为金属针。穿刺前先由超声检查癌灶部位,对于肝脏病变,选择的穿刺入路避开胆囊及肝内主要脉管,在同一影像平面自肋间及剑突下进针,进针前先作消毒和局麻,将探头用无菌手套或消毒好的气球包裹,在超声观测下将针头刺入癌灶,根据肿瘤大小及患者耐受情况注射适量无水乙醇,一般总量不超过 20ml 左右,也可多点注射,4～8 天重复一次,4～6 次为 1 疗程。其他部位的肿瘤或囊肿乙醇消融,方法同前,关键要避开血管、神经等。

(许莲琴)

第二节　经皮穿刺无水乙醇注射治疗肝癌的护理

　　肝癌众多的传统治疗方法中,手术切除仍是最有效的手段,但其适用范围狭窄,且由于肝硬化、肿瘤多中心或肿瘤部位特殊(如位于膈肌包膜下、血管周围等),能手术切除者仅占肝癌的 10%～20%。近年来,PEI 有了极大的发展,方法不断增多,技术不断改进。其原理是采用经皮穿刺,使其尖端达肝内病灶后注射无水乙醇,使病变组织发生凝固性坏死,达到缩小、控制或延缓肿瘤生长速度的目的。因其操作简便、可重复性强、廉价、副作用少、并发症少等诸多优点,成为非常重要的肝癌非手术治疗方法之一。

一、适应证与禁忌证

(一) 适应证

　　1. 小而不能或不宜手术切除的肿瘤,尤其接近体表的原发性或转移性肿瘤,目前用得最多的是原发性或继发性、小于 3cm 的肝癌,癌灶数目不多于 3 个为最合适。

　　2. 严重肝硬化或有严重心、肾功能不全而无法行动脉内灌注及栓塞治疗者。

　　3. 射频消融或冷冻消融治疗后有残存病灶者。

　　4. 大于 3cm,经动脉灌注或栓塞后肿瘤坏死不完全,或肿瘤血液供应复杂而无法实施肝动脉灌注和栓塞者。

(二) 禁忌证

　　1. 有大量腹腔积液,特别是有肝包膜下较多积液、黄疸和肝、肾功能衰竭患者。

　　2. 肿瘤占肝脏面积超过 60%,呈浸润性或弥漫性生长的患者。

　　3. 患者全身情况差,有凝血功能障碍、出血倾向或全身多处转移者。

二、介入手术操作

1. 治疗前常规化验血常规、肝功能、凝血酶原时间及常规做超声、CT 或 MRI 检查。

2. 根据肿瘤部位的不同,患者分别取平卧位或左侧卧位,用超声普通探头定好穿刺点并做好标记后,常规消毒穿刺部位周围皮肤 30cm×30cm,铺无菌治疗巾。

3. 用 1‰~2‰ 的利多卡因行穿刺点皮肤至肝包膜的局部麻醉。

4. 将超声探头放置在定好的穿刺点上/旁,根据肿瘤具体位置选择适当的穿刺针行肝穿刺,当针尖通过正常肝组织到达肿瘤底部后,拔出针芯,缓慢注射无水乙醇,边注射边缓慢退针,直至肿瘤顶端,较大和多发肿瘤可采取多点、多方向、多平面穿刺注射,穿刺针应尽量避开血管,如见药物进入血管,应将针拔出至肝包膜避开血管再行穿刺注入,注射完后插入针芯,将针尖退至肝包膜下,见无药物溢出后将针拔出,若有乙醇沿针道流出,可在肝包膜处再注射少许利多卡因减轻疼痛,术后穿刺点用输液贴覆盖,送回病房。

CT 引导下治疗同前,唯定位时需要先摆好定位标识进行扫描。

三、并　发　症

并发症有乙醇中毒(醉酒表现,严重者可有呼吸抑制)、气胸、大出血、肝脓肿、胸腔积液、胆管炎、胆瘘、针道种植。

四、术 前 护 理

1. 心理护理

(1) 在建立良好信赖关系的基础上,给予患者诚挚的安慰和鼓励。

(2) 向患者介绍经皮穿刺无水乙醇注射术操作的大致过程和对患者配合的要求,使患者心中有数,消除疑虑,并营造一个放松的环境及良好的心理氛围。

(3) 请同类患者现身说教,使其坚定信心。

2. 常规护理　详细了解病史,治疗前完善肝、肾功能,血常规,凝血功能,肿瘤标记物(AFP、CEA 等)检查;行超声、CT 或 MRI 明确病变范围;穿刺区域常规的皮肤准备;嘱患者治疗前 4 小时禁饮食;建立静脉通道;对于特别紧张的患者可以用镇静剂。

五、术 中 配 合

1. 患者体位　根据穿刺点的位置让患者取仰卧或侧卧,决定体位的原则是患者舒适及方便。穿刺时的进针方向多选择自下而上的进针角度,方便操作。侧卧时在患者背部及两腿之间垫软枕,减轻患者疲劳,增加舒适感。

2. 呼吸配合　训练患者平静呼吸状态下暂停呼吸,并尽量使每次幅度保持一致,保证穿刺的准确性。

3. 加强治疗中病情观察

（1）穿刺针到位回抽无血液及胆汁后，根据肿瘤的大小，缓慢注入预计量的无水乙醇。注入无水乙醇时要注意观察患者的反应，注射速度要慢。

（2）若出现面色潮红，周身发热，疑对乙醇敏感。

（3）若有全身发红、恶心、呼吸中带酒味等表现，并有肝区胀痛、出汗，疑为注射过量。此时可暂停注入无水乙醇，适当加快输液速度，氧气吸入，指导做深呼吸使精神放松，症状逐渐缓解后再继续注射。

4. 若患者出现脉搏加快，血压下降，出冷汗，烦躁不安，面色苍白，疑有内出血现象，立即报告医生及时处理。

5. 注射完毕后退针至肿瘤边缘，注入 2% 利多卡因溶液 0.5～1ml 冲管，以减轻乙醇反流刺痛。嘱患者暂停呼吸时迅速拔针。

6. 拔针后，穿刺点经消毒后给予敷料帖覆盖。

六、术 后 护 理

1. 常规护理　嘱患者卧床休息 12 小时，监测生命体征，24 小时内禁止剧烈活动，并观察有无腹膜刺激征和穿刺点情况。

2. 心理护理　告知患者手术顺利，并与其家属做好沟通工作。缓解患者急于知道手术效果的焦虑心理。鼓励患者，加强其对后期治疗的信心。

3. 常见并发症的护理

（1）发热：由于肿瘤组织坏死吸收，治疗后 1～3 天可出现发热现象。补充体液以减轻体内过多的能量消耗。病灶较大者可适当应用抗生素 3～5 天以预防感染。

（2）恶心、呕吐：出现恶心、呕吐症状时，予肌内注射甲氧氯普胺 10mg 均可缓解，同时做好呕吐的护理，呕吐时将头偏向一侧，以免误吸。

（3）疼痛：严密观察疼痛的性质、部位和时间，在排除出血或胆瘘的前提下，视疼痛程度肌内注射哌替啶 50～100mg 或皮下注射吗啡 10mg。

（4）转氨酶一过性升高：遵医嘱护肝治疗。

（5）醉酒现象：患者面红或全身皮肤潮红，不需做特殊处理。

（6）严重并发症：大出血、肝脓肿、针道种植、胆瘘，但罕见，需要做专门处理并做相应护理。

4. 饮食指导　术后鼓励患者多饮水，多排尿，防止对肾功能的损害。治疗后早期给予高蛋白、高热量、高维生素、易消化饮食。术后 12 小时可进普食，忌辛辣刺激性食物。

七、健 康 教 育

1. 注意休息，劳逸结合，避免过度紧张劳累，保持平和的心态。

2. 饮食要有规律，以清淡易消化的饮食为主，避免粗糙刺激性食物，避免暴饮暴食，禁止饮酒。

3. 保持大便通畅，并观察大便的颜色及量。

4. 注意肝区部位有无不适及疼痛。

5. 遵医嘱按时服药,以改善肝功能,促进肝细胞再生。

6. 治疗后 1 个月复查肝功能、超声、甲胎蛋白检查,如有不适及时就诊。

(许莲琴)

第三节　无水乙醇经皮穿刺神经阻滞术的护理

一、概　　述

腹腔神经丛是腹腔脏器的中枢,它由两个神经节及交叉成网的神经纤维组成。腹腔神经丛位于腹主动脉上段前方,围绕腹腔动脉和肠系膜上动脉的根部,相当于第一腰椎水平,一般认为,腹腔内脏痛觉纤维经腹腔神经丛伴随内脏大神经传入脊髓。

腹腔神经丛疼痛的特点是上腹部深在的钻孔样疼痛,向背部放射。上腹部恶性肿瘤引起的疼痛,麻醉药疗效欠佳,用量需持续加大,副作用难以忍受时可以采用腹腔神经丛阻滞术。

经皮腹腔神经阻滞术是在影像设备引导下,经皮直接穿刺到腹腔神经丛注入较大剂量无水乙醇,使神经节及神经元变性、脱鞘,从而阻断神经的传入途径,以解除或缓解上腹部顽固性疼痛的方法。穿刺进针准确与否是决定阻滞效果和减少并发症的关键。

二、介入治疗适应证

1. 晚期中上腹部疼痛的患者,预计生存期有限　腹腔神经阻滞术减轻疼痛有一定时限,为 3~6 个月,有出现并发症的潜在可能,而使生存期较长者生活不适。

2. 抗肿瘤治疗无明确疗效　如外科治疗、化疗、放疗及其他治疗有效,腹腔神经阻滞术则应推迟。

3. 腹腔神经阻滞术前行预阻滞有止痛效果者。

三、介入手术操作

CT 以其影像清晰、定位准确见长,可以清楚显示腹腔神经丛周围的重要结构及其位置改变,还可显示肿瘤范围(图 3-26-2)。指导准确穿刺,减少损伤其他器官,可准确观察对比剂在体内的弥散情况,因而在介入治疗中的应用日趋增多。

1. 穿刺点的确定　在 T_{12}~L_1 行 CT 横断扫描,确定穿刺点及进针的角度和深度,一般为后背部第十二肋下缘,腰 1 棘突水平面,距中线 5~7cm 处。

2. 腹腔神经丛穿刺　局麻后用 20~22G Chiba 针向前上向内穿刺,经第一腰椎横突刺向椎体前方,针与水平面的夹角为 4°~5°,如针尖碰到椎体,则逐渐增加针与水平面的角度,使针恰好滑过椎体侧缘到达椎体前方 0.5~1.0cm。

3. 腹腔神经丛阻滞　针尖到位后固定,回抽无血、无气、无液后,可经穿刺针注入对比剂 5ml,观察其分布,经 CT 扫描确认没有进入血管、椎管或腹腔内后,可诊断性注入 1‰～2‰利多卡因 10ml,观察 10 分钟,无双下肢麻木、运动障碍并可使疼痛缓解,则可注入无水乙醇 0.75％布比卡因及对比剂(比例 16:2:2)混合液 10～20ml,注射前,常规向液体中加入多巴胺缓慢静脉滴注,以防血压下降。注射完毕后,注入生理盐水或局部麻醉药 2～5ml,以防拔针时针管内乙醇流出,刺激腰脊神经,产生烧灼疼痛感。

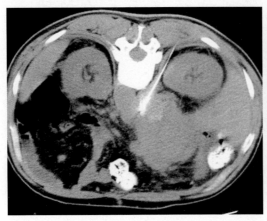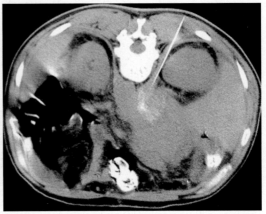

图 3-26-2 胰腺癌腹腔淋巴结转移,经后入路行腹腔神经丛神经阻滞术

四、并 发 症

1. 直立性低血压 系交感神经张力减低内脏血管扩张,回心血量减少所致,术中、术后及时补液均可恢复。

2. 消化道症状 可能与肠道交感传出纤维被阻断,副交感兴奋缺乏抑制所致。主要有腹痛、腹泻、恶心、呕吐及呃逆等,需要对症处理。

3. 肩胛背部放射性疼痛 多与酒精刺激膈肌有关,多在 1～3 天后消失。

4. 永久性截瘫 是脊髓损伤所致,为最严重的并发症,极为罕见。

5. 动脉夹层 针尖的原始位置在注射时发生移动,既可撕裂动脉壁,又可产生内膜破口,是造成夹层的原因之一。

五、术 前 护 理

1. 心理护理 晚期恶性肿瘤患者一般病情严重,体质较差,加上疼痛的折磨,常常焦虑、紧张,并对治疗缺乏信心。护士应主动向患者及家属介绍手术的目的、大致方法、过程、可能取得的预期疗效。消除焦虑、恐惧心理,增强其战胜疾病的信心。还要教会患者分散注意力、自我放松的方法,以提高痛阈和耐受力。

2. 检查凝血酶原时间。

3. 术前停用任何镇静、止痛药,以免妨碍对阻滞术疗效的判断。常规建立静脉通路,滴注林格液 1000ml 扩容,预防术中及术后可能出现的低血压反应。

六、术 中 配 合

1. 热情接待患者,做好解释工作,缓解紧张情绪,更好地配合手术。详细核对患者资料,训练呼吸动作,力求使患者每次屏气时呼吸幅度保持一致,以保证穿刺预定部位的准确性。采用合适的卧位,注意保暖。连接心电监护仪。

2. 药物准备 利多卡因、布比卡因、无水乙醇、对比剂、升压药等。

3. 协助医生准确定位,穿刺部位常规皮肤消毒,铺孔巾。

4. 及时递送穿刺所需器械及药品。

5. 密切观察血压、脉搏的变化,注射阻滞剂时,注意观察患者反应,如有明显心悸、恶性,可停止注射;如血压降低可加快补液速度或缓慢静脉滴注升压药。

6. 协助医生做好局部穿刺部位的包扎。

七、术 后 护 理

1. 告知患者术后平卧 12 小时,次日起床活动时动作应缓慢,不可突然坐起或站立。

2. 严密监察生命体征的变化,若有异常及时处理。

3. 注意观察双下肢运动、感觉和大小便情况。

4. 遵医嘱给予止血、抗炎治疗。

5. 术后不良反应的护理

(1)直立性低血压:加快静脉补液速度或滴注多巴胺即可纠正。

(2)腹泻:轻度腹泻不需治疗,重度腹泻可遵医嘱给予阿托品或口服山莨菪碱等,一般在术后 1~2 天内消失。

(3)醉酒反应:因阻滞剂内含有高浓度乙醇,无饮酒习惯的患者在注入阻滞剂后可出现颜面潮红、头晕等醉酒现象,均为一过性反应,数小时后可自行恢复正常,无需特殊处理。

八、健 康 教 育

1. 鼓励患者以乐观的态度正确面对疾病,树立战胜疾病的信心,提高生活质量。

2. 合理饮食,以高维生素、高蛋白、易消化的软食为主,多吃新鲜蔬菜、水果。

3. 注意卧床休息,起床时动作要缓慢。

4. 如有不适,及时复诊。

(陆 影)

参 考 文 献

邓卫萍,曾爱琼,陈丽辉,等.2009. 超声引导下经皮穿刺无水乙醇注射治疗肝癌的护理配合. 湖南医学,20:147-149

丁秋平.2009. 腹腔神经丛阻滞治疗晚期胰腺癌疼痛的观察继护理. 护理与康复,12:1011-1012

胡丰良,吴印爱,谢先福,等.1997. 介入疗法加无水乙醇注射治疗中晚期肝癌的临床效果观察. 广东医学,18:81-83

李彦豪.2004.实用介入诊疗技术图解.北京:科学出版社

林学英,林礼务.2003.经皮超声介入酒精治疗肝癌及其疗效评估方法的进展.临床超声医学杂志,5:290-291

毛燕君,张玲娟,等.2009.CT引导下腹腔神经阻滞术治疗顽固性癌痛的介入护理配合.护士进修杂志,9:845-846

邵成伟,田建明,左长京,等.2006.CT引导下弯针穿刺乙醇消融术治疗肝动脉化疗栓塞后残留肝癌.介入放射学杂志,15:145-147

吴芳,陈叶辉,周月清,等.2009.CT引导下腹腔神经丛双针法阻滞术治疗癌性腹痛的护理.护理与康复,3:232-233

吴宇旋,窦永充,张彦舫,等.2003.原发性肝癌介入治疗基本模式的转变.中华放射学杂志,37:871-872

席芊,王培军,尚鸣异,等.2010.CT引导下穿入淋巴结内无水乙醇腹腔神经丛阻滞术治疗顽固性癌性腹痛.介入放射学杂志,5:386-388

肖书萍,王桂兰.2004.介入治疗与护理.北京:中国协和医科大学出版社,238-239

郑汉光,黄丽霞,万海方.2007.腹腔神经丛毁损术的研究现状及进展.实用疼痛学杂志,5:367-372

周建芳,姚明,雷龙.2010.CT引导下腹腔神经丛毁损术治疗晚期胰腺癌痛的护理.护理学报,4:65-66

朱刚健.2003.超声引导下肝癌的瘤内注射治疗概括.广西医学,25:1429-1431

第二十七章 肿瘤射频消融术的护理

射频消融术(radio frequency ablation,RFA)是利用一种高频交流电使其周围组织内极性分子处于一种激励状态,发生高速震荡,与相邻分子互相撞击和摩擦,将射频能转化为热能,对周围组织加热至有效治疗温度范围并维持一定时间以达到治疗目的的一种方法。早期应用于治疗复杂性心律失常,现在射频消融作为一项微创治疗技术已广泛应用部分实质性脏器肿瘤的治疗。以下根据肿瘤发生脏器的部位分别将射频消融治疗肿瘤的护理一一进行阐述。

第一节 概 述

一、射频消融原理

射频消融(RFA)是一种肿瘤热疗方法,它是利用热能毁损肿瘤组织,由电极发出射频波使其周围组织中的离子和极性大分子振荡撞击摩擦发热,将肿瘤区加热至有效治疗温度并维持一定时间以杀灭肿瘤细胞。同时,射频效应能使周围组织的血管凝固,形成一个反应带,使之不能向肿瘤供血而防止肿瘤转移。另外,由于射频的热效应可增强机体的免疫力,从而抑制肿瘤生长。

二、器 械

射频消融治疗肿瘤采用的 RFA 设备由电脑程序控制消融时间和温度。直径 3～5cm 的病灶使用 StarburstXL 型多头电极针,直径大于 5cm 的使用可展开的 StarburstXLi 型多头电极针,其消融范围可达 4～7cm。StarburstXLi 型多头电极针,针尖展开后形成 9 个弧形的电极针,其展开直径由暴露的长度控制。这个电极针系统还包含了持续控制温度的集成热电偶。

影像引导常采用 CT、MRI 及超声,术前确认肿瘤位置,并确定进针方向、角度和深度。术后随访大多用 CT,可尽早发现肿瘤是否残留、复发,以便及时补充治疗。

三、方 法

术前进行影像扫描,确定肿瘤部位以及确实适用于 RFA 治疗指征。术中由麻醉科医师实施监测下静脉麻醉或给予局部麻醉。根据患者肿瘤部位确立患者体位,在 CT 或超声、MRI 的影像指导下选定穿刺点,根据肿瘤的大小及形态决定射频针的数量及穿刺途径。对于体积较小的肿瘤,注意控制患者呼吸,以利于定位。对较大瘤体采用多位点、多电极组合布针的消融方法。治疗途径可采用腹腔镜、经皮穿刺、经腹等方式。

四、病 理

研究表明 VX2 兔肿瘤射频消融后,急性期表现主要为灰白色的消融区域,延迟期消融灶局部发生皱缩。急性期光镜下表现为细胞染色增加,细胞的完整性消失,核染色模糊,3天后呈现核溶解、核固缩为主要表现的凝固性坏死特征。炎性和早期的纤维浸润发生在消融区和邻近正常脏器间。核变性一般在2周后完成。从中心到周围可辨认出四个区域:完全的坏死、炎性浸润、出血、纤维变性和再生。第30天坏死区域的结构扭曲完全。坏死区域在90天左右被吸收。该研究表明射频消融确实可以在组织水平引起肿瘤的坏死。

第二节 射频消融治疗肺癌的护理

传统肺癌治疗方法包括手术、放疗、化疗,但大部分首次确诊的肺癌患者已到晚期,失去根治性切除机会,还有患者因多种全身伴发疾病不能耐受开胸切除手术及放、化疗后的不良反应。RFA作为一种新的局部治疗手段运用于肺部肿瘤的治疗,其原理为将射频能转化为热能,当温度达到90℃,可有效地快速杀死局部肿瘤细胞,同时可使肿瘤周围的血管组织凝固形成一个反应带,有利于防止肿瘤转移,治疗后的炎症反应可进一步导致肿瘤坏死。随着射频技术的成熟与发展,在肺癌治疗中,RFA将作为与外科手术并列的选择。

一、适应证与禁忌证

1. 射频消融的主要适应证 ①手术不可切除的原发性或转移性肺癌;②不适合放疗和化疗;③拒绝手术和放、化疗;④不手术只做探查的补救;⑤多发转移的减瘤治疗;⑥单个病灶可在10cm以下;⑦多发病灶每侧肺的病灶数量≤3个,一次病灶<6个,两侧应分次进行,病灶直径≤3.5cm;⑧病灶距离主要血管和气管1cm以上;⑨血小板计数≥$100×10^9$/L,INR≤1:5;⑩胸腔积液应先抽液后再消融。

2. 射频消融的主要禁忌证 ①重要脏器功能严重衰竭者;②肺门病变伴有较大空洞者;③中心型肺癌合并严重阻塞性肺炎者;④肺癌转移到颈、胸椎,椎体破坏严重有截瘫危险者;⑤肺部弥漫性转移病灶。

二、介入手术操作

1. 对于瘤体直径>5cm者分次调整射频电极的位置进行瘤体内多靶点消融,直径<5cm以下病灶射频电极子针一次即可覆盖全部瘤体,肿瘤侵犯胸膜者则在完成瘤体消融治疗后,将射频子针调节到病灶外缘胸膜下区进行治疗。

2. 根据病灶部位决定患者体位(仰卧或俯卧),在多层螺旋CT机常规胸部扫描确定肿瘤的位置和范围后,体表标记确定穿刺点、进针方向,测量穿刺点至肿瘤的距离。

3. 麻醉方式一般选用利多卡因局麻联合曲马多注射液静脉麻醉。

4. 避开肋骨、大血管、肺大泡,将锚状电极射频针按事先测得的方向和角度快速到达病变部位。穿刺针进入的深度以病灶外缘为宜,然后进行扫描,观察针尖若为最佳位置,按下穿刺针尾端使锚状电极从穿刺鞘针尖端呈"伞"状弹出,再扫描观察电极在病灶中的位置。如位置不理想,收回射频电极,调整位置,重新弹出电极。射频针尾部连接射频发生器,开始消融。一般消融温度设定在90℃。根据病灶大小设定出针长度、功率、时间。多点位温度监测,确保完整消融肿瘤,但不过度消融,避免炭化。

5. 为保证肿瘤细胞的彻底灭活,实质性脏器肿瘤的消融范围至少包括病灶周围0.5~1cm以上的正常组织。

6. 消融完毕冷却后收回射频针,针道消融,拔出穿刺针,包扎穿刺点。再进行扫描,观察病灶有无变化和气胸出血等并发症,确定患者无异常后将患者护送回病房。

图3-27-1～图3-27-3:女性,77岁乳腺癌肺转移。

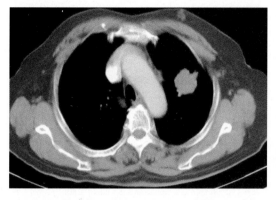 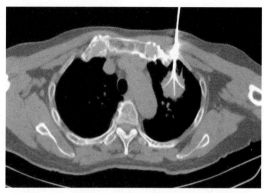

图3-27-1　左肺癌术前CT增强　　　　　图3-27-2　术中CT影像

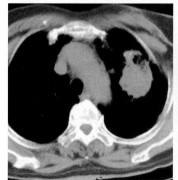 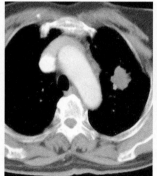 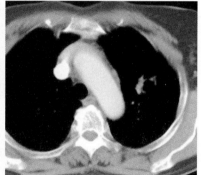

图3-27-3　术后1周—术后3个月—术后6个月随访,肿块基本消失

图3-27-4～图3-27-6:男性,83岁,胃癌右肺转移。

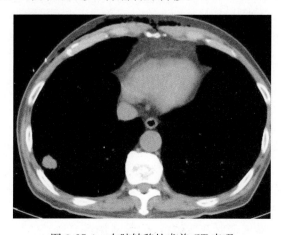

图3-27-4　右肺转移灶术前CT表现

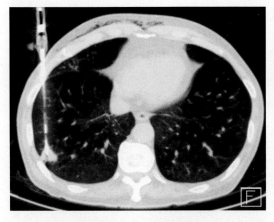
图 3-27-5　术中 CT 影像

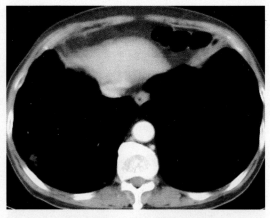
图 3-27-6　术后 3 个月随访,肿块明显减小

三、并　发　症

1. 术中可能的并发症　局部发热、出汗,甚至心率加快;剧烈咳嗽;咯血;气胸;疼痛;胸膜反应。

2. 术后可能的并发症　穿刺局部胸痛;发热;气胸;咳嗽、咳痰(痰中带血);咯血;呼吸困难;胸膜反应;上腔静脉综合征;其他(胸壁血肿,声音嘶哑,皮下气肿和纵隔积气,胸膜肿瘤种植和微栓子形成)。

四、术　前　护　理

1. 心理护理　加强患者宣教,减轻患者对手术的焦虑恐惧心理。详细介绍 RFA 的治疗原理、手术过程、术中配合要点和术后注意事项。鼓励家属陪伴,耐心倾听患者诉说,了解患者的心理顾虑,及时给予疏导,鼓励他们增强战胜疾病的意志。同时向患者介绍治愈的成功病例,以此树立患者对手术治疗的信心,取得患者信任,以最好的状态来配合手术。

2. 常规护理　详细了解病史,测量生命体征,协助患者完成三大常规、肝肾心肺功能、凝血功能及必要的影像学检查;做好穿刺部位的皮肤准备,检查有无皮肤破损及感染,及时向医师汇报;术前 10 小时禁食水,并保证充分的睡眠;术前 1 天行抗生素等过敏试验,协助患者做好皮肤清洁工作,测量生命体征,如有异常及时汇报医师;术前 15 分钟肌内注射哌替啶 15mg,护送患者去 CT 室;做好患者保暖工作,防止患者着凉。

五、术　中　配　合

1. 准备手术中所需药品及心电监护仪,提前 30 分钟进入手术间,将各种仪器、抢救药品配备妥当。

2. 患者进入手术室后,立即建立静脉补液通路,指导患者配合麻醉医师。连接好心电监护。观察患者血氧饱和度情况。

3. 根据病灶部位协助患者取合适体位(仰卧或俯卧),既要方便治疗,又要使患者舒适安全。嘱患者不能自行改变体位、注意平静呼吸。

4. 手术治疗中应询问患者有无不适之处,并不断与患者沟通,鼓励患者,增强其对治疗的信心,消除其焦虑情绪,以便能够顺利完成手术。

5. 加强病情观察,积极对症处理术中不良反应。

6. 治疗时由于局部产生的热量随血流至皮肤蒸发,患者在术中会出现局部发热、出汗,甚至心率加快,一般无需特殊处理。如适量补充液体有助于缓解症状。

7. 咳嗽、气促等症状多与治疗过程中瘤体坏死组织刺激呼吸道有关,吸氧可改善症状,必要时给予咳喘药物静脉滴注。

8. 咯血与穿刺针损伤肺内微细血管有关。术后可应用止血药。

9. 患者出现喘憋、不能平卧位呼吸时需警惕气胸或血气胸的可能,此时应立即停止消融治疗,CT扫描评估肺组织受压比例,给予抽气,必要时行胸腔闭式引流。

10. 疼痛,给予哌替啶或吗啡对症治疗。

11. 胸膜反应,降低靶温度在70℃以上,待患者适应温度以后,再将靶温度调整到90℃,要求不影响射频治疗效果。

六、术 后 护 理

1. 常规护理　嘱患者平卧6小时,遵医嘱常规给予静脉滴注抗生素及止血药;给予患者心电监护;严密观察患者生命体征及血氧饱和度情况,观察患者有无咳嗽等症状的出现,询问患者有无不适反应,如有异常情况应及时向医师汇报;指导患者待病情稳定后尽早下床做轻微活动,促进其血液循环,防止并发症的发生;做好患者饮食指导,给予高蛋白、高热量、清淡易消化食物进行营养支持。

2. 心理护理　患者回病房后,及时向医师了解术中情况。做好患者心理护理,告知患者手术比较顺利,并与其家属做好沟通工作,缓解患者急于知道手术效果的焦虑心理。鼓励患者,增强其对后期治疗的信心。

3. 常见并发症的护理

(1) 穿刺局部胸痛:胸痛与壁层胸膜受刺激有关,特别当肿瘤靠近胸壁时更易发生。术后出现胸痛应查明原因,安慰患者,必要时给予镇痛剂。

(2) 发热:一般高热持续1周,给予对症治疗。

(3) 气胸:观察患者胸痛、咳嗽、呼吸困难的程度,并及时汇报医师采取相应措施。少量气体可不予处置,中至大量气体需胸穿抽气或放置胸腔闭式引流装置,2～3天大多可吸收。给予持续胸腔闭式引流的患者注意保持引流通畅。密切观察水封瓶水柱波动及气体排出情况,准确记录胸腔引流液的质和量。更换引流瓶时要严格无菌操作。患者应取坐卧位,鼓励患者做适当的深呼吸和咳嗽,以加速胸腔内气体的排出,清除气道分泌物,促使肺复张。在确定胸膜破口愈合,肺已复张时,先夹管24小时以上,无气促症状方可拔管。

(4) 咳嗽、咳痰:此症状与治疗时刺激支气管有关,剧烈咳嗽者遵医嘱口服可待因对症治疗。告知患者是因瘤体靠近气管位置,术后坏死组织直接由气管排出所致,鼓励患者尽量将痰咳出来,同时雾化吸入促进排痰,并给予口服止血药物治疗。

(5) 咯血:多发生在中心型肺癌患者,该型肿块常包裹或与支气管及大血管相粘连致使这些重要脏器损伤。遵医嘱应用止血药;密切观察生命体征,保持呼吸道通畅;安定患者情绪;观察和记录咯血的性质和量,观察用药效果。

(6) 呼吸困难:部分患者肺部肿瘤较大,术前有胸水,经射频消融后,肿瘤周围组织充血水肿,进一步影响了气体的交换,出现呼吸困难。给予患者持续低流量吸氧,取半坐卧位,密切观察生命体征。遵医嘱给雾化吸入以稀释痰液促进排痰,咳喘药物静脉滴注,以减轻气道堵塞和水肿。或遵医嘱应用少量激素和利尿剂以减轻肺水肿和心脏负荷,应用输液泵严格控制输液速度。

(7) 胸膜反应:术后胸膜炎和少量胸腔积液,大多数是为自限性。应嘱患者卧床休息,采用患侧卧位。

(8) 上腔静脉综合征:此症状与肿瘤位置靠近上腔静脉及射频消融后组织水肿有关。对出现上腔静脉综合征的患者需严密观察精神意识与生命体征的变化,输液治疗选择下肢静脉。

七、健 康 教 育

指导患者应注意休息,避免劳累,适当地进行体育锻炼,增强体质,加强营养,促进身体康复。定期来院复查,饮食宜清淡易消化,避免进食刺激性较大的食物。

第三节 射频消融治疗肝癌的护理

一、概 述

外科切除是治疗原发性肝癌最理想的治疗手段,但部分患者因肝硬化处于失代偿期或合并其他心肺脏器严重合并症无法获得根治性手术,而且相当一部分患者发现时已是中晚期,仅有 20% 的患者具备手术条件。射频消融(radiofrequency ablation,RFA)是近年来开展的一种针对肿瘤局部的微创介入治疗新技术,经不断的技术改进已成为安全、可靠的治疗肝癌的方法。目前有经皮肝穿刺射频消融术和经腹腔镜射频消融术治疗肝癌两种方法。

二、适应证与禁忌证

1. 经皮肝穿刺射频消融术治疗肝癌的适应证 ①肿瘤位于肝脏表面、肝左外叶或邻近胆囊等空腔脏器;②患者拒绝接受根治性切除手术;③患者肝储备功能差、无法耐受根治手术;④肝硬化严重而肝癌病灶局限者;⑤各种原因不能手术切除的原发性肝癌,直径<5cm,数目少于 3 个;⑥肝脏转移灶,直径<5cm,数目少于 3 个,而原发病灶已切除者;⑦术后复发性肝癌或残存小癌结节。

2. 经皮肝穿刺射频消融术治疗肝癌的禁忌证 ①有严重的出血倾向;②肝功能 Child-Pugh C 级中有大量腹水和深度黄疸者;③弥漫性肝癌;④严重心肺疾患急性期。

三、介入手术操作

经皮肝穿刺射频消融术 患者取平卧位或侧卧位,在 CT 或超声引导下定位,常规消毒,局麻至肝包膜,在 CT 或超声引导下置射频电极针到肝内瘤体,确定位置无误后分次开放电极伞1.5～4.5cm,温度75～95℃,直至瘤体组织凝固坏死。消融完毕,电凝出针。针道无出血,无菌纱布包扎,安全送回病房。

图3-27-7～图3-27-8:男性,53岁,肝癌。

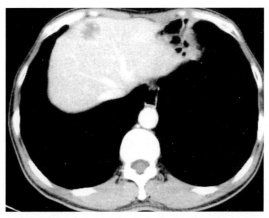

图3-27-7　肝癌术前CT增强表现

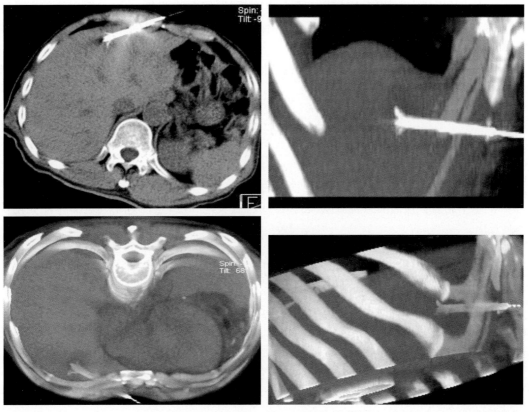

图3-27-8　术中CT二维、三维图像重建表现

四、并　发　症

并发症有:①上腹部灼热感和腹痛;②发热(感染);③表皮烫伤;④肝功能损害的表现:

观察患者肝功能是否损害加重,有无腹水;⑤恶心、呕吐;⑥空腔脏器穿孔、腹腔出血等邻近器官、周围组织损伤;⑦肾功能衰竭。

五、术前护理

1. 心理护理 针对患者易紧张、恐惧的心理特点,对患者进行宣教,减轻患者对手术的焦虑恐惧心理。详细介绍 RFA 的治疗原理、手术过程、术中配合要点和术后注意事项。鼓励家属陪伴,耐心倾听患者诉说,了解患者的心理顾虑,及时给予疏导,鼓励他们树立坚强意志。向患者介绍治愈的成功病例,以此来增加患者对介入治疗的信心,取得患者的信任,以最好的状态来配合手术。此外,还需因人而异,注意执行保护性医疗制度。

2. 休息与饮食 嘱患者保证充足的睡眠和休息,以减少糖原分解,降低身体热能消耗,维护肝功能。增加营养提高耐力,饮食要以高糖、高热量、高维生素、易于消化为原则。注意补充 B 族维生素、维生素 C 及维生素 E,选用保肝药物葡醛内酯等,还可静脉补充高渗葡萄糖注射液、支链氨基酸、血浆、脂肪乳、白蛋白等。

3. 常规护理 详细了解病史,测量生命体征,协助患者完成三大常规、肝肾心肺功能、凝血功能及肿瘤标志物测定、腹部超声及心电图等;做好皮肤准备,检查有无皮肤破损及感染,及时向医师汇报;术前 6 小时禁食水,并保证充分的睡眠;术前 1 天行抗生素等过敏试验,协助患者做好皮肤清洁工作,测生命体征,如有异常及时汇报医师;术前 30 分钟肌内注射地西泮 10mg、哌替啶 50mg,利于稳定患者情绪和术中镇痛。护送患者去 CT 室;做好患者保暖工作,防止患者着凉。

六、术 中 配 合

1. 提前 30 分钟准备所需仪器、监护设备及药品。
2. 将患者根据肿瘤位置安置舒适、安全的体位。
3. 术中用监护仪监测患者血压、心率、呼吸、血氧饱和度,全面观察其生命体征变化及不良反应。

七、术 后 护 理

1. 常规护理 患者回病房后应绝对卧床休息 6~12 小时,12 小时后半卧位休息,自动体位,如无异常,24 小时可下床活动。给予低流量吸氧,因其可增加肝细胞含氧量,促进肝细胞再生,减轻肝细胞损伤。

2. 并发症的观察及处理 常见的并发症包括:

(1)上腹部灼热感和腹痛:为射频能量发射时刺激胸膜或肋间神经所致。若不能耐受时及时给予镇痛剂,做好心理护理。

(2)发热:多因射频治疗后,癌肿凝固性坏死吸收引起。嘱患者适当增加饮水量,出汗后勤换内衣,体温过高及时给予物理降温和药物对症处理。如有感染遵医嘱应用抗生素。

(3)表皮烫伤:应用新洁尔灭酊擦拭后纱布覆盖,加强皮肤观察及护理,注意有无感染现象。如灼伤严重需要植皮的患者做好植皮处皮肤的保护和观察。

（4）肝功能损害的表现：观察患者肝功能是否损害加重，有无腹水。

（5）恶心呕吐：给予止吐药，并向患者解释恶心的原因，减轻心理负担，消除紧张情绪，加强口腔护理。

（6）密切观察有无空腔脏器穿孔、腹腔出血等：射频消融治疗肝癌术后患者腹部情况的观察至关重要，因术中可能损伤血管导致出血；损伤胆管和周围组织如胆囊、结肠等引起胆瘘、肠瘘；因此术后患者需卧床休息，应密切观察其腹部穿刺点渗液情况，并保持局部清洁、干燥，观察其有无右腹疼痛，腹部是否隆起和急腹症症状。若发现异常及时通知医师。护士应了解相关并发症知识，以便及时判断，并采取相应的急救措施。

（7）肾功能衰竭：射频术因高温使瘤细胞坏死，大量蛋白分解，其产物血红蛋白被吸收入血液产生血红蛋白尿，为防止血红蛋白堵塞肾血管，术后要严密观察尿液的量、颜色及性质，尿量不少于 $1ml/(kg·min)$，当尿少时应用利尿剂，保持 24 小时尿量为 2000ml。

3. 饮食护理　术后患者的营养治疗非常重要，护士要协助患者制定饮食计划，保证营养均衡摄入，多饮水，静脉补液纠正脱水，维持水、电解质平衡，增强体质，保护肝功能。

（1）术后第 2 天始进食高营养、高维生素、高热量、低盐、低脂肪清淡易消化的饮食，禁食生冷、辛辣、刺激性强的食物，并观察进食后有无恶心、呕吐、腹胀等症状。

（2）发热患者适当增加能量和富含维生素、碳水化合物的食物。

（3）轻度腹水者给予足量蛋白质、富含维生素的低盐饮食，每日摄入盐量 2g 左右，严重腹水时宜采用低盐饮食，并限制水的摄入，每日进水量不超过 500～1000ml。多吃含钾高的食物，预防发生低钾血症。如有空腔脏器穿孔及腹腔出血先兆者，立即禁食水并通知医师。告知患者术后仍以高糖、高热量、高维生素饮食为主，保护肝功能。

4. 心理护理　术后应加强对患者的关心，尽可能满足患者的需求，多和患者谈心，使患者保持愉快的心情。其次，要加强对家属的宣教，家属在术后康复中起着重要的作用，他们的身心健康及对护理常识的掌握程度，均影响着患者的生活质量，因此应让家属为患者传递健康积极的信息，给予心理上的支持，协助调整心态，增加患者的舒适度。

八、健 康 教 育

1. 定期复查　每月进行一次超声检查及血清酶谱学检查，3～6 个月复查 CT，以了解肝功能变化及病情复发情况；按医嘱定期来院接受治疗，同时口服护肝药物。

2. 注意休息，加强营养。多食营养丰富、富含维生素的食物，如新鲜蔬菜、水果等，以清淡、易消化为宜。

3. 保持情绪稳定、心情舒畅、劳逸结合，在病情和体力允许的情况下适量活动，但切忌过量过度运动。

第四节　射频消融治疗肾癌的护理

一、概 述

对大多数人来说，常规的肾癌治疗以肾切除术为主，但其创伤大，对于晚期肾癌、双侧或孤立性肾癌、年老体弱者并不适用,而且无症状性小肾癌的治疗,越来越趋向于保留肾功能单位的治疗方法。现代的外科技术可选择部分肾切除或腹腔镜下肾切除术。随着影像及消融技术的进步,激发了医学领域小肾癌微创治疗技术的发展。随着许多令人满意的中短期随访结果的报道,选择性对原发性肾癌病例进行射频消融治疗在临床的应用将逐步增加。

二、适应证与禁忌证

1. 适应证　①不能手术或不能耐受手术,或拒绝手术的肾癌患者;②肾癌同时伴有其他严重疾病,如冠状动脉疾病、周围血管疾病或糖尿病等;③部分肾功能不全患者;④孤立肾(曾行单侧性根治性肾切除术,现对侧出现转移的患者);⑤双侧多发性肾肿瘤,特别是具有家族遗传趋势肾多发肿瘤综合征的患者,如 Von-Hippel-Lindau 疾病及遗传性乳头状肾癌。

2. 禁忌证　①严重心肺疾患急性期;②肾功能衰竭;③凝血功能异常;④肝功能严重异常。

三、介入手术操作

1. 操作者选用单电极(2.0～3.0cm 针)或集束电极(3 个 2.5cm 针)。

2. 根据肿瘤部位及大小选择电极针的类型及长度,一般≤3cm 和外部生长型肾肿瘤选择单电极,＞3cm 的肾肿瘤选择集束电极。

3. 患者俯卧,选择进针部位,将电极针置于适宜的位置锁定,接射频治疗仪进行 RFA治疗,每 12 分钟为一疗程,初始能量从 20W 开始,每 1 分钟增加 10～20W,注意观察是否有超过基线的能量快速增加,当组织固化到一定程度后,阻抗上升,完成一次治疗。较大病灶需要重叠治疗,垂直及侧向移位均为 2cm。

4. 为保证肿瘤细胞的彻底灭活,实质性脏器肿瘤的消融范围至少包括病灶周围 0.5～1cm 以上的正常组织。

5. 消融完毕冷却后收回射频针,针道消融,拔出穿刺针,包扎穿刺点。再进行扫描,观察病灶有无出血等并发症,确定患者无异常后将患者护送回病房。

图 3-27-9～图 3-27-11:男性患者,74 岁,左侧肾癌。

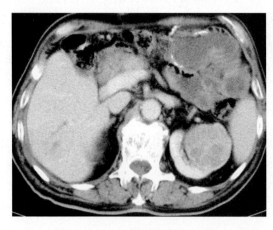
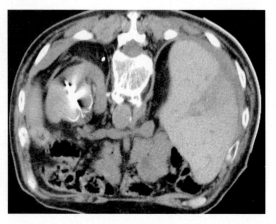

图 3-27-9　左肾癌术前 CT 增强　　　　　　　　图 3-27-10　术中

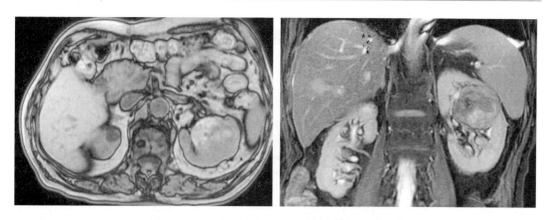

图 3-27-11 术后 2 个月复查肿块大部分呈囊性变

图 3-27-12:男,63 岁,左肾癌。

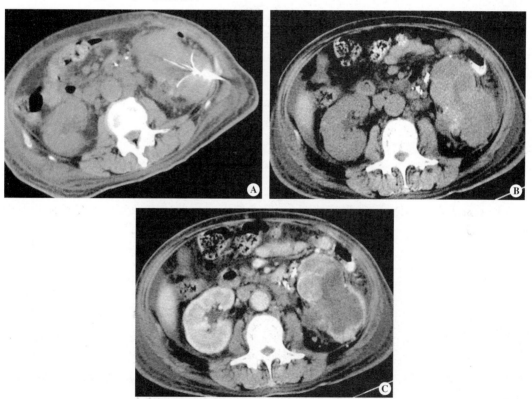

图 3-27-12 A 为左肾癌射频消融中,B 为消融即刻 CT 扫描,C 为消融术后 1 个月,CT 增强后病灶无强化

四、并 发 症

并发症有:①血尿;②肾盂血肿;③疼痛;④尿路梗阻;⑤肿瘤种植;⑥肌酐升高;⑦一过性低血压。

五、术 前 护 理

1. 常规护理 详细了解病史,了解患侧肾的病理变化及对侧肾功能情况。测量生命体征,协助患者完成三大常规、肝肾心肺功能、凝血功能、腹部超声及 CT 检查等;做好皮肤准备,检查有无皮肤破损及感染,及时向医师汇报;术前 8 小时禁食水,并保证充分的睡眠;术前 1 天行对比剂、抗生素等过敏试验,协助患者做好皮肤清洁工作,测生命体征,如有异常应及时汇报医师;术前 30 分钟肌内注射地西泮 10mg、哌替啶 50mg,利于稳定患者情绪和术中镇痛。护送患者至手术室。

2. 心理护理 多数患者确诊患肾癌时,心理上难以承受这种恶性刺激,表现出悲观失望、萎靡不振、失眠、厌食等。应深切理解患者的心理变化,关怀体贴患者,与患者建立良好的护患关系。耐心解释手术过程及术后可能发生的并发症,缓解患者焦虑情绪,使其能够以正确的态度面对,并愉快积极地配合治疗。

3. 饮食与休息 保障充足的睡眠,了解患者的睡眠状况,当患者由于焦虑难以入睡时,及时与医师联系,适当应用助眠药物;为改善患者体质,鼓励患者食高蛋白、高热量、高维生素饮食,纠正贫血和低蛋白血症。

六、术 中 配 合

1. 协助医生安置患者体位。
2. 安抚患者情绪。
3. 常规建立静脉通路。
4. 监测患者生命体征,观察病情变化,患者有不适症状或有麻醉后不良反应应及时处理。

七、术 后 护 理

1. 常规护理 患者术后平卧 6 小时,严密观察生命体征,每 15～30 分钟测血压、脉搏、呼吸一次,并做好记录,直至患者完全清醒病情平稳后改为 1～2 小时测量一次,至次日晨;详细观察术后第一次排尿的时间、尿量和颜色;注意每日的尿量、颜色、性质,必要时留取标本化验;注意观察伤口渗血情况;常规应用止血药物;肾功能正常,无并发高血压、水肿者,应鼓励患者多饮水,每日入量 3000ml,达到自行冲洗目的。

2. 饮食护理 选择食物要多样化,提供身体丰富的营养;多吃淀粉类食物,包括充分的热量、数量充足的优质蛋白质和维生素 A、维生素 B_1、维生素 B_2、维生素 C 等;不要挑食偏食,做到合理搭配;要注意低盐饮食,食用清淡易消化食物。水肿重者及高血压者应忌盐,限制蛋白质的摄入量,少饮水。无浮肿的患者不限盐。镜下血尿患者极易上火者多饮水,多食苹果、白糖、黑芝麻、木耳等滋阴降火的食品;忌食刺激性和过烫食物。

3. 并发症护理

(1) 血尿:术后患者均有不同程度的血尿,如果程度较轻者应对患者进行解释,说明

1000ml 尿中有 1～3ml 血就为肉眼血尿,失血是不严重的,是正常现象,做好心理安慰,嘱其不要紧张,如出血严重,颜色鲜红、有明显血块应及时通知医生进行处理。

(2) 肾盂血肿:血肿小不需特别处理,一至两周可自行吸收。嘱患者卧床休息,减少活动,安置舒适体位减轻患者疼痛,应用止血药。

血肿较大时嘱患者绝对卧床休息,减少活动,禁食可饮水;观察患者局部疼痛情况,观察尿液颜色和体温变化,超声观察泌尿系统变化;及时应用止血药物,如维生素 K_1、止血敏,出血严重应用垂体后叶素,应用成分输血;遵医嘱应用抗生素防止感染;安置舒适的卧位以减轻患者疼痛;做好患者的心理安慰工作,解除患者紧张情绪;嘱患者大量饮水,应用少量呋塞米促使血块的排出,避免血凝块堵塞输尿管损害肾功能。

(3) 疼痛:护士应耐心细致地向患者介绍预防,处理疼痛的知识,解除患者对止痛药物成瘾的误区。评估记录疼痛的性质,并给予正确分级;对轻度疼痛的患者,可以嘱患者多听舒缓的轻音乐,以分散注意力,安置舒适体位,减轻疼痛;当疼痛影响情绪、睡眠、饮食时,应酌情应用止痛药物如吲哚美辛栓塞肛或多瑞吉外用敷贴;如患者疼痛不能耐受,可根据医嘱给予止痛药物,同时观察患者生命体征的变化,如有疼痛加重应及时通知医师,配合医师做好护理工作。

(4) 尿路梗阻:中央型的肾癌,发生出血风险更高,由于出血破入集合系统,血块持续阻塞引起尿路梗阻,就需要置放输尿管导管或膀胱导管,严重出血还可能需要输血。

(5) 一过性低血压:一般无需特殊处理,加强病情观察,嘱患者卧床休息。

八、健 康 教 育

1. 指导患者注意休息,避免劳累,保持良好的心态,避免情绪激动。合理饮食,摄入高热量、高蛋白、高维生素及低脂肪饮食,多吃蔬菜水果,保持大便通畅。

2. 定期复查超声和肿瘤标志物。

(杨如美　袁　莉)

参 考 文 献

郭丽萍,张晓玲,王莉娜.2010. 经导管肝动脉化疗栓塞联合高强度聚焦超声治疗原发性肝癌的护理. 介入放射学杂志, 19:328-330

任彩凤,龚蕴珍. 李慧倩,等.2009. 射频消融治疗肺部恶性肿瘤的临床护理. 介入放射学杂志,18:392-394

王忠敏,陈克敏.2009. 影像引导下射频消融治疗的现状与进展. 介入放射学杂志,18:321-323

张凯,李鸣.2008. 射频消融在肾肿瘤治疗中的作用. 肿瘤学杂志,14:352-354

张丽云,王忠敏,贡桔,等.2009. 肺癌射频消融治疗进展. 介入放射杂志,18:67-71

郑云峰,陈克敏,王忠敏,等.2009. CT 引导下经皮射频消融治疗较大肝癌的临床应用,18:353-356

朱晓红,杨莘.2008. 25 例晚期肺癌患者行射频消融术的护理. 中华护理杂志,43:795-796

Gervais DA,McGovern FJ,Wood BJ,et al. 2000. Radio-frequency Ablation of Renal Cell Carcinoma:Early Clinical Experience. Radiology,217:665-672

Moskovitz B,Nativ O,Sabo E,et al. 1998. Percutaneous ablation of malignant kidney tumors in rabbits by low frequency radio energy. Harefuah,134:22-25

第二十八章　肿瘤微波消融术的护理

微波(microwave)是一种波长为 1mm～1m、频率为 300MHz～300GHz 的高频电磁波,医疗上最常用的频率是 2450MHz±50MHz。微波消融(microwave coagulation therapy,MCT)于 20 世纪 80 年代始用于肝切除的止血和固化切割,1994 年,Seki 报道在超声引导下经皮穿刺,将微波天线植入瘤体内凝固治疗肝癌获得成功。此后,随着这一技术的改革与发展及在影像设备的引导和定位下,微波消融应用于临床的优势已逐步显现。微波消融具有热效率高、升温速度快、高温热场较均匀、凝固区坏死彻底、充血带窄、受血流影响因素小等特点。目前影像引导下微波消融主要应用于肝癌、肺癌、肾癌等的治疗,尽管一些脏器的远期疗效尚需观察,但以肝癌为例,其临床应用已经较为成熟,并取得了很好的远期效果。

第一节　概　　述

一、微波消融原理

微波消融疗法(MCT)其原理是利用微波天线(辐射器)将高频电磁场引入肝癌瘤体中,在天线四周微波场作用下,瘤体内电解质的分子、离子随着高频电磁场的不断变化做往返运动,使分子、离子间互相运动摩擦、碰撞而产生热能后,使组织凝固而杀伤肿瘤。

二、器　　械

目前国内有多种不同微波凝固系统被应用于临床治疗,其中 2003 年正式投入临床应用的新一代高效冷循环微波消融系统(MCT-3C 型)取得至今最好的消融效果。该消融系统由南京庆海微波电子研究所研制,针对以往肿瘤微波凝固治疗存在的问题及不足,克服了微波天线针杆温度过高,使增加微波辐射器的能量输出、扩大消融范围成为可能,并可避免皮肤软组织的灼伤。大量基础和相关临床研究结果显示,MCT-3C 型辐射器能够有效增大凝固灶的体积,改善凝固灶的形状。

新型 MCT-3C 型微波消融系统频率:2450MHz,微波输出功率:0～100W,可实时调整控制,配有动态稳定系统,误差仅为±1%,确保了凝固范围大小一致;其结构主要如下:

(1) 主机包括了微波发生器、控制面板及测温装置,可用于单辐射器或多组辐射器同时治疗(图 3-28-1)。

(2) 水冷结构有水泵和进出水软管组成(图 3-28-2)。

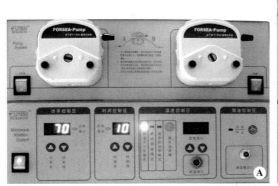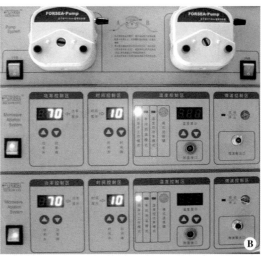

图 3-28-1　新型 MTC-3C 型微波消融系统主机

图 A 为单针凝固系统;图 B 为两个针同时凝固治疗系统,由两个单针凝固系统组成,其顶层为水泵结构

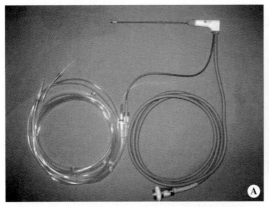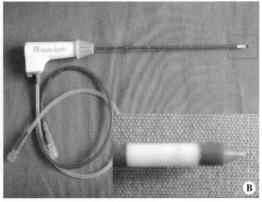

图 3-28-2　新型 MTC-3C 型微波消融系统

图 A 为水冷式微波天线及电缆、进水出水软管;图 B 为新型天线辐射裸露端放大图

(3) 辐射器特点:新型辐射器的驻波比(SWR)由旧款的 2.4 降到 1.2 左右,大幅提高了功率使用效率,能量使用效率提高了 100%,是目前最新的小直径可承受大功率的消融辐射器;由于采用进口航天工业用复合材料制造的发射端,耐温可达 2000℃,硬度接近钻石,使得治疗时实际到达病灶的功率从原来的 30~40W(主机输出显示 60~80W),提高到 60~90W(主机输出显示 80~120W),提高输出适用功率到达 50%。

三、方　　法

(1) 超声引导:在各种影像设备中,配有穿刺引导装置的实时超声诊断仪,对于消融治疗的引导最为适用,其主要特点是穿刺探头小巧,操作灵便,易用于临床。超声引导下,能够在直视下比较容易地经皮穿刺微波天线命中肿瘤进行微波消融治疗。超声引导技术简单、快捷、经济有效,临床中已得到日益广泛的应用。经过加工处理的穿刺针能够在超声下更清楚地成像。

对治疗的靶部位进行超声定位后,穿刺针沿引导线插入,超声图像保持在可观察靶组织方向,在实时超声监视下,把穿刺针插入病灶内。监视器上可以清晰地看到穿刺针沿穿刺引导线方向进针的过程。针尖尽可能命中病变的正中心。治疗中可以监控治疗区域回声的变化。

(2) CT 引导:由于 CT 密度分辨率高,影像无重叠,定位准确,获得的图像可以清晰地显示穿刺断面的解剖结构,准确地显示病变所在的位置、大小、外形、肿瘤内部的情况以及病变与周围组织的结构和空间关系,特别是相邻的血管的分布和走行,甚至可以观察含有对比剂的药物在病变中的分布,因此 CT 是非血管性介入的良好导向工具。

但是,真正的 CT 引导只有在透视 CT 下能够实现,而常规进行的 CT 引导治疗是在轴扫或螺旋 CT 上进行的穿刺。CT 只是提供了穿刺的断层和对穿刺后进行监控,不是真正意义上的 CT 引导。作为导引工具,CT 扫描机只能给出穿刺针的角度和深度的数值,通常的徒手技术受人为技术因素影响较大,应用模拟 CT 断层、三维导向穿刺技术可以做到准确穿刺,安装有导向装置的穿刺针可以准确、快速地穿刺命中肿瘤,且较少发生并发症。

模拟 CT 断层、三维导向穿刺技术的流程是:选择肿瘤最大层面,避开骨骼、大血管、神经等重要器官,在进针点处纵向放置金属栅格定位尺,CT 平扫标记皮肤进针点和扫描层面。测定进针点与靶点联系的角度 θ 和深度 d,将 CT 断层层面平移出床,在与 CT 实际扫描层面吻合的模拟断层层面,利用穿刺针上的三维导向仪,按照角度 θ 进针,将穿刺针刺入至深度 d,即可命中肿瘤中心。

CT 导向下能够清楚地观察到穿刺针在组织内的位置,解剖关系清晰,特别是适合肺肿瘤,比超声引导有明显的优势。大大减少了气胸、出血等并发症的发生。

四、治 疗 效 果

梁萍等对 288 例多数伴乙型肝炎的 HCC 患者行经皮微波消融治疗,病灶消融直径为 1.2~8.0cm(平均直径 3.75cm),3 年、5 年生存率分别为 72%、51%。董宝玮等报道了对 216 例早期 HCC 患者行经皮超声引导微波消融治疗的 3 年、5 年总生存率分别为 74.97%、68.63%。3 年、5 年总复发率分别为 39.57%、52.90%。同时,手术后严重并发症也有所报道。有一例患者术后出现针道肿瘤种植转移,两例患者出现胆瘘,另一例患者术后一周死于肺部感染。

第二军医大学东方肝胆外科医院 2000 年 8 月至 2006 年 6 月共行 PMCT 术治疗肝癌 620 例,未联合其他特殊治疗者 523 例,其中 HCC 458 例,转移性肝癌 65 例,瘤体总数 1126 个,瘤体直径 0.5~7cm,平均大小 3cm。HCC 术前 AFP 阳性 412 例,术后 AFP 转阴 305 例(74%)。1、2、3、4 年生存率分别为 98%、83%、62%、41%;转移性肝癌 1、2、3、4 年生存率分别为 97.2%、74.6%、43%、11%。总之,综合各个研究组的结果显示疗效满意。

Wolf 等报道 CT 引导下经皮穿刺微波消融治疗 50 例 82 个转移性肺癌,平均随访 10 个月、肿瘤直径>3cm 的患者,26% 微波消融部位有肿瘤残余,22% 的患者有肿瘤复发,1 年局部控制率为 67%,第一次复发时间平均为 16.2 个月。Kaplan-Meier 生存曲线:消融 1 年存活率为 65%,2 年为 55%,3 年为 45%。肿瘤特异死亡:1 年存活率为 83%,2 年为 73%,3 年为 61%,与肿瘤大小及有无肿瘤残留无明显关系。空洞形成(治疗肿瘤 43%有空洞)与降低肿瘤特异死亡有关。

William 等报道了 32 例肾癌患者的 PMCT,26 个肿瘤一次治疗完全消融,6 个肿瘤因有肿瘤残存进行了第 2 次消融,5 个完全消融。结果表明,PMCT 患者能耐受,长期随访结果令人满意。

第二节　微波消融治疗肝癌的护理

原发性肝癌(PLC,以下简称肝癌),主要为肝细胞癌(HCC),是临床上最常见的恶性肿瘤之一,全球发病率逐年增长,居于恶性肿瘤的第 5 位。对于肝癌的治疗,美国外科学院(ACS)制定的共识指出 HCC 的治疗目标包括:①治愈;②局部控制肿瘤,为移植做准备;③局部控制肿瘤,开展姑息治疗。提高生活质量也是重要的治疗目标之一。但是由于肿瘤进展和患者的肝储备功能条件等原因,在临床实践中外科手术治疗的应用受到很大的限制,大多数患者接受的是非手术治疗,特别在手术切除后肿瘤复发时更是如此。当前肝癌非手术治疗中局部热消融治疗起着至关重要的作用。而微波消融治疗以热效率高、升温速度快、高温热场较均匀、凝固区坏死彻底、充血带窄、受血流影响因素小等特点在局部热消融治疗中显示出较大优势。

肝癌微波消融,目前主要以经皮肝穿刺微波消融治疗(percutaneous microwave coagulation therapy,PMCT)为主。

一、适应证、禁忌证

根据 2009 年《原发性肝癌规范化诊治专家共识》,肝癌消融治疗的适应证:对直径≤5cm 的单发肿瘤或最大直径≤3cm 的 3 个以内多发结节,无血管、胆管侵犯或远处转移,肝功能 Child-Pugh A 或 B 级的早期肝癌患者,RFA 或 MCT 是外科手术以外的最好选择。对单发肿瘤直径≤3cm 的小肝癌多可获得根治性消融。无严重肝、肾、心、脑等器官功能障碍,凝血功能正常或接近正常的肝癌,不愿意接受手术治疗的小肝癌以及深部或中心型小肝癌,手术切除后复发、中晚期癌等各种原因而不能手术切除的肝癌,肝脏转移性肿瘤化疗后、患者等待肝移植前控制肿瘤生长以及移植后复发转移等均可采取消融治疗。

肝癌消融治疗的禁忌证:①位于肝脏脏面,其中 1/3 以上外裸的肿瘤;②肝功能 Child-Pugh C 级,TNM Ⅳ期或肿瘤呈浸润状;③肝脏显著萎缩,肿瘤过大,需消融范围达 1/3 肝脏体积者;④近期有食管(胃底)静脉曲张破裂出血;⑤弥漫性肝癌,合并门脉主干至二级分支或肝静脉癌栓;⑥主要脏器严重的功能衰竭;⑦活动性感染尤其胆系炎症等;⑧不可纠正的凝血功能障碍及血象严重异常者;⑨顽固性大量腹水,意识障碍或恶病质。

二、超声引导下经皮肝穿刺微波消融治疗操作方法

(1) 术前超声定位检查:术前超声的定位检查是非常重要的,由于超声技术的局限性,

尚应结合 CT 及 MRI 等影像资料,对病灶性质、大小、数目及三维立体定位有非常清晰的了解,从而术前就设计好进针路线、进针数目、消融范围、周边结构及应注意的问题等。

(2) 麻醉选择:①局部麻醉+基础麻醉:目前国内最常用此麻醉方法,对于位于肝实质内的肿瘤,可在穿刺点处肝包膜下实施 5% 利多卡因逐层浸润麻醉。②选用连续硬膜外阻滞麻醉+基础麻醉,由于穿刺或热凝造成肝脏包膜迷走神经反射易致心律减慢、血压降低,严重者甚至可致心跳骤停,故尽量选用连续硬膜外阻滞麻醉。多用于直径较大、数目较多或位于包膜下、空腔脏器附近的肿瘤。其优点是镇痛效果好,血压、脉搏等生命体征平稳,不受手术时间限制。③静脉麻醉:同连续硬膜外阻滞麻醉。④气管内插管麻醉:国外最常用。无论采取何种麻醉,均应全过程监测心电图、血压、脉搏及血氧饱和度。

(3) 超声引导下 PMCT 治疗肝癌术中操作方法:①麻醉成功后,根据需要摆体位,按上腹部手术常规消毒铺单。②根据超声探测所示肿瘤,设计进针路线。选择穿刺天线可达肿瘤最大直径中心,穿刺路径无大血管、大胆管,穿刺点与被治疗瘤体间的路径尽可能短。选好进针点,切开皮肤约 0.3cm。③单根微波天线在超声探头引导下沿皮肤切口插入,穿刺过程中保持天线与肿块在超声探头同一平面中,当天线穿过肝包膜时有落空感。在超声引导下,将天线头部插入肿瘤中,尖部达瘤底。对≤3cm 的肿块,一般将微波天线置于其中心,尖端距肿瘤边缘 5mm,一次消融即可凝固灭活;对>3cm 的肿块,根据肿块大小,可置入多根微波天线,用多点组合热凝固覆盖整个肿块。④移动超声探头行多切面扫查,观察微波辐射器、电缆、测温针连接正常,水冷装置工作正常,无误后将天线接通微波源进行加热。⑤视肿瘤大小、部位设定输出功率和加热时间。一般功率 70~100W,加热时间 3~10 分钟。⑥加热过程中超声实时监测,确保天线在瘤体中加热,一般热凝边界要超出边缘 1cm 以上以保证热凝完全。实时超声下可见瘤体完全被强回声光团所覆盖。⑦治疗结束,超声监视下退出天线,患者应予腹带胸腹部加压包扎,预防腹壁或肝脏穿刺处出血。

三、并 发 症

(1) 术中并发症:如迷走神经反射、发热、疼痛、气胸等。

(2) 术后并发症:如发热、疼痛、术后针道出血、术后上消化道出血、空腔脏器穿孔、肝脓肿、胆瘘、胆道损伤、肝功能损伤、肝功能衰竭、膈肌损伤、胸腔积液等。

四、术 前 护 理

1. 心理护理 肝癌患者多数病情较重,常常有较大的心理压力,加之对微波消融的治疗方法及效果缺乏了解,会产生焦虑、恐惧、紧张的心理。治疗前向患者及家属科学全面地解释 PMCT 的机制和治疗效果以及适应证,耐心细致地解释该手术的目的、过程、反应、预后、优点及操作步骤,告知患者超声引导微波消融治疗的必要性和安全性、术中可能出现的不良反应及医生采取的应对措施,通过心理疏理和相关的讲解,使患者保持心情平静,有充分的心理准备,消除恐惧、紧张、忧虑等不良心理,增强患者战胜疾病的信心,最大限度地取得患者的积极配合,利于穿刺。列举成功病例,减轻患者的恐惧心理。

2. 常规护理

(1) 协助患者常规检查肝肾功能、HBV 三抗、凝血酶原时间、AFP、CEA、血糖、心电图、胸片、腹部超声或 CT、MRI,血、尿、粪三大常规。

(2) 保肝、改善凝血功能。根据患者肝功能及凝血酶原时间情况遵医嘱予保肝、输液支持治疗。如有黄疸及低蛋白血症、腹水、贫血均应予纠正。

(3) 术前 12 小时禁食,禁饮 4 小时。

(4) 术前半小时用药:由于穿刺或热凝造成肝脏包膜迷走神经反射易致心率减慢、血压降低,严重者甚至可致心跳骤停,所以术前阿托品 0.5mg 或山莨菪碱 10mg,哌替啶 100mg 肌内注射。

3. 术前护理注意事项

(1) 对于高血压患者,收缩压低于 180mmHg,舒张压低于 100mmHg 较为安全,在选择抗高血压药时,应避免用中枢性降压药或酶抑制剂,以免麻醉期间发生顽固性低血压和心动过缓。其他降压药可持续用到手术当天,避免因停药而发生血压剧烈波动。合并糖尿病者,空腹血糖不高于 8.3mmol/L,尿糖低于(++),尿酮体阴性。

(2) 患者血小板及凝血功能低于治疗标准,可给予术前 48 小时内输注血小板及凝血因子,以改善凝血功能。脾切除术可使血小板升高,同时降低胃肠道出血可能。脾栓塞可以缓解血小板减少,同时保留部分脾功能,但有时栓塞面积不足未能缓解脾功能亢进,而栓塞过多又可能发生严重的并发症如脾脓肿等,同时脾栓塞后患者可出现长时间的脾区疼痛,因此应慎重选择脾栓塞,制订个体化治疗方案,脾栓塞时尽量栓塞脾脏上极,以免栓塞脾脏下极后引起感染等并发症。

(3) 患者入院前近期内如有影像(CT/MRI)资料,如病灶显示清晰,同时术前超声定位准确,可不必再做检查。

(4) 术前谈话要细致耐心,使患者对 PMCT 有思想准备,术前休息良好。

(5) 有慢性病史者,不应减量或中断用药。

(6) 协助患者清洁皮肤,尤其要注意腹部。发热及经期者可酌情推迟手术。

五、术 中 配 合

1. 准备手术中所需药品及心电监护仪,提前 30 分钟进入手术间,将各种仪器、抢救药品配备妥当。

2. 患者进入手术室后,应立即建立静脉补液通路,指导患者配合麻醉医师。连接好心电监护,观察患者血氧饱和度情况。

3. 根据病灶部位协助患者取合适体位(仰卧或俯卧),既要方便治疗,又要使患者舒适安全,嘱患者不能自行改变体位、注意平静呼吸。

4. 手术治疗中应询问患者有无不适之处,并不断与患者沟通,鼓励患者,增强其对治疗的信心,消除其焦虑情绪,以便能够顺利完成手术。

5. 加强病情观察,积极对症处理术中并发症。

(1) 迷走神经反射:术中治疗时,如出现心率降低、心律不齐、血压下降的,可予肌内注射阿托品 0.5mg 或山莨菪碱 10mg;偶会出现呼吸困难,可面罩给氧缓解。

（2）发热：患者在接受微波消融治疗时感发热，大汗淋漓，多无体温升高，这主要是微波消融治疗产生热量并随血流带走有关。一般无需特殊处理。如适量补充体液有助于缓解症状。

（3）疼痛：患者在接受微波消融治疗时常述肝区胀痛，如治疗肝实质内的包块，自觉症状轻；如位于边缘的肿块，由于包块接近肝包膜，患者会感到明显的肝区疼痛，伴恶心等，常需加用一些镇静药物。

（4）恶心、呕吐：嘱患者放松、深吸气，尽量控制；一旦想吐时，必须将头偏向一侧，避免呕吐物堵塞呼吸道。

（5）右肩持续酸痛：监测患者的生命体征，观察患者的意识、表情等。心理支持、人文关怀最有效；分散注意力让其放松心情。

（6）气胸：严密观察患者面色等变化，询问有无胸闷、胸痛、憋气的感觉。大量气胸停止手术，给予胸腔闭式引流。吸氧，监测生命体征。

（7）血压升高：血压升高，可给予降压药等对症处理。有基础血压偏高的患者术前继续降压治疗，口服硝苯地平等。

图 3-28-3 及图 3-28-4：女性患者，60 岁，原发性肝癌。

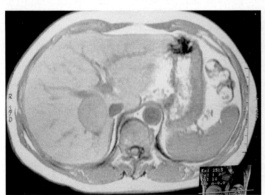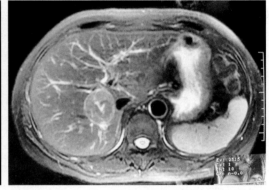

图 3-28-3 术前 MRI：T_1WI 呈低信号，T_2WI 呈高信号

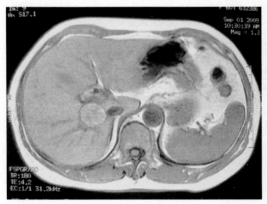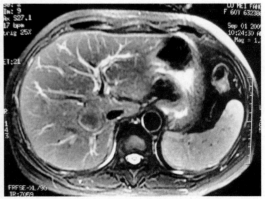

图 3-28-4 行 PMCT 后 3 个月 MRI 示：T_1WI 示高信号，T_2WI 示低信号

六、术后护理

1. 心理护理　护士应与患者多交流,及时发现患者的心理问题,并给予其相应的心理疏导与支持,同时争取家属及社会支持力量给予关心、帮助。使患者打消顾虑,树立信心,以积极乐观的态度面对疾病,配合治疗,帮助患者尽快康复。

2. 常规护理

(1) 术后6小时密切监测呼吸、血压、脉搏和注意腹部体征的变化。

(2) 术后常规吸氧(4L/min)6小时。肿瘤较大或一次性消融数目较多者,手术当日应至少6小时后少量进水或流质饮食,必要时次日开始恢复进食。

(3) 加强保肝治疗,尤其肝功能欠佳、热凝范围较大者。

(4) 预防术后穿刺道出血,可常规应用止血药如盐酸去氨加压素、氨甲环酸等1~2天。

(5) 术后常规给予广谱抗生素2天,预防感染。

(6) 对于合并肝硬化,尤其肿瘤较大或一次消融肿瘤数目较多者,术后给予1~3天抑酸药,奥美拉唑40mg/d,预防因肝硬化门脉高压症致上消化道曲张静脉破裂出血、术后应激性溃疡出血或门脉高压性胃出血等并发症。

(7) 术后继续进行其他抗肿瘤、免疫、抗病毒、保肝以及支持等综合治疗。

3. 术后并发症及其护理

(1) 发热:许多患者在术后1~2天开始发热,体温波动在37.5~38.5℃,最高超过39℃,多于术后1周内体温转为正常,其原因为炎症坏死吸收。

护理:术后护理人员应注意观察体温的变化,对体温超过38.5℃者可给予酒精擦浴、头枕冰袋或肌内注射安痛定注射液,吲哚美辛栓50mg纳肛。对明显高热或高热持续不退者应注意感染发生,另外患者出汗多时要及时更衣换单,保持个人卫生。年老体弱者,退热时容易出现大汗淋漓、虚脱等现象,应做好基础护理,密切观察生命体征的变化。

(2) 疼痛:多数患者在术后述肝区胀痛,疼痛在术后2~5天内明显,可忍受,不需特殊处理。术后疼痛主要是瘤体的脏面凝固、机化后的刺激所致。一般经对症处理即可。

(3) 术后针道出血:术后针道出血多发生在术后48小时内,经针道可发生包膜下出血、腹腔内出血和胆道出血,也有报道穿刺针损伤膈肌静脉引起出血。为最大限度避免针道出血,对严重肝硬化、凝血机制严重障碍者行积极保肝,改善凝血机制治疗。应通过保肝、注射维生素K$_1$等,使PT至少缩短至16秒以内,消融前后应用凝血酶原复合物。对血小板计数过低者,可给予术前48小时内输注血小板及凝血因子,使血小板计数至少达到$45×10^9$/L。

护理:密切观察生命体,有无内出血征象,如果高度怀疑针道出血,应急查血常规和腹部超声;如腹腔出现积液应立即腹腔穿刺。确诊腹腔出血后,无论多少均应快速备血并行深静脉穿刺置管。针道出血经内科药物处理难以控制时,可作介入治疗封堵止血或外科手术治疗。

(4) 术后上消化道出血:术后上消化道出血,多发生于消融术后2周左右,临床上表现为便血等消化道出血症状。发生率很低,具体原因不明,可能与肝功能较差及毁损范围较广有关。术后均常规使用制酸剂,如确认出血即刻行止血、输血治疗。

护理:首先安慰患者不要紧张,及时处理呕吐物,防止窒息,尽快建立静脉通道,输液、输血,遵医嘱使用止血药。

(5) 空腔脏器穿孔:肝脏边缘肿块和腹腔手术后粘连,肝肿瘤与胃、结肠融合是造成空腔脏器穿孔的主要原因。

护理:①肿瘤邻近胃肠的患者,手术前一天嘱进流食,手术当天口服硫酸镁行肠道准备。②术后常规禁食24小时,静脉补液,肛门排气后进流食或半流食。③术后密切观察腹部情况,有无腹痛、腹胀、腹肌紧张、局部压痛等临床症状和体征。观察有无体温升高和血白细胞升高,超声检查有无肝脓肿和肝周脓肿。及时给予穿刺引流,避免造成内瘘或外瘘。④如有空腔肠管外瘘者,确保引流通畅,把瘘液引流到体外,避免加重腹腔内感染,使患者病情稳定,瘘管形成者予堵瘘,如失败者可予手术修补。⑤禁食,胃肠道外营养支持非常重要。通过深静脉输入足够的葡萄糖及适量的氨基酸、脂肪乳剂、微量元素,或必要时输全血、血浆等,这样不仅能提供营养物质,且能减少胃液的分泌,有利于胃瘘的愈合。⑥要妥善固定引流管,避免脱落、折叠、受压、扭曲、堵塞,确保引流通畅;注意观察引流物的性质及量,更换引流袋时,应注意无菌操作,以防上行感染。⑦来自瘘口的引流液对局部皮肤有较强的腐蚀作用,应注意保持瘘口周围皮肤创面的清洁、无菌和干燥,周围皮肤可涂以氧化锌软膏予以保护。

(6) 肝脓肿:肝脓肿是术后的严重并发症,可引起败血症、感染性休克、多器官衰竭甚至死亡。胆肠吻合、内镜下乳头切开、胆肠瘘、胆管外引流、不明原因胆管积气、高龄、糖尿病等是肝脓肿的危险因素。

护理:①严格遵守无菌操作,密切观察体温,鉴别发热是术后反应还是感染,如考虑有肝脓肿形成可能,应及时汇报医师进行处理。②如有肝脓肿形成,行经皮穿刺肝脓肿引流,并保持脓肿内引流管通畅;穿刺部位敷料每日更换,注意观察引流脓液的性质、气味和量,对引流出的脓液行细菌培养加药敏实验,以便针对性地使用抗生素。③每日用0.5%甲硝唑行脓腔冲洗,注意无菌操作;严格掌握拔管时间,留置引流管时间不宜过长,以免发生感染而形成窦道。④要妥善固定引流管,避免脱落、折叠、受压、扭曲、堵塞,确保引流通畅;注意观察引流物的性质及量,更换引流袋时,应注意无菌操作,以防上行感染。

(7) 胆瘘、胆道损伤:微波消融会影响胆道系统,是因为与含高流量血液的肝内血管相比,胆道系统内胆汁流量小,流速缓慢,不会出现像肝内血管所具有的热沉降效应,当病灶距胆囊及肝门部大胆管较近或不慎穿刺针接近时,可以直接损伤胆囊及肝门部胆管,导致胆瘘、胆道损伤。

护理:术后观察生命体征及腹部体征,有无胆瘘造成胆汁性腹膜炎的症状,如怀疑有胆瘘,及时汇报医师进行处理。如果因胆瘘作置管引流者,做好术后引流管的护理。

(8) 肝功能损伤、肝功能衰竭:微波消融治疗后出现肝功能失代偿较少见,发生率小于0.1%。肝硬化患者进行多次射频治疗或消融范围较大时可能导致肝功能失代偿甚至死亡。中心静脉栓塞也可导致肝功能衰竭。

护理:护士术后嘱患者卧床休息,予高热量、高蛋白、高维生素、易消化饮食,并观察皮肤、巩膜黄染情况,定期检查肝功能和电解质。

(9) 气胸、膈肌损伤、胸腔积液:防止气胸的根本措施是选择穿刺点要避开胸膜腔和肺组织。关键是要在操作过程中在超声下看清含气的肺组织予以避开,另外穿刺时令患者屏气后进针,气胸是完全可以避免的。对于肝膈顶处病灶的PMCT治疗范围要适宜。

护理:应注意观察患者有无咳嗽、气急及胸痛等症状,如有上述症状出现,应及时报告医师进行处理。

七、健 康 教 育

1. 定期复查。每月进行一次超声检查及血清酶谱学检查。2~3个月复查CT或MRI，以了解肝功能变化及病情复发情况；按医嘱定期来院复查，同时口服护肝、抗肿瘤药物。

2. 注意休息，加强营养。多食营养丰富、富含维生素的食物，如新鲜蔬菜、水果等，以清淡、易消化为宜。

3. 保持情绪稳定、心情舒畅、劳逸结合，在病情和体力允许的情况下可适量活动，但切忌过量过度运动。

第三节　微波消融治疗肺癌的护理

肺癌（lung carcinoma）是目前全球死亡率最高的恶性肿瘤，在我国已成为第一大癌症，是我国肿瘤致死的第一大病因。根据肺癌的生物学特性与治疗方法的不同，肺癌被分成小细胞肺癌（small cell lung cancer，SCLC）和非小细胞肺癌（non-small cell lung cancer，NSCLC）两类，其中NSCLC占75%~80%，外科手术肿瘤切除被公认为最为有效的方法。但大多数的肺癌患者就诊时已是晚期，肿瘤常多发或贴近血管，加之患者多为老年人，心肺功能差，临床上仅有15%的患者适合手术切除达到根治性治疗。化学治疗、放射治疗和外科治疗手段不断发展，基因治疗、分子靶向治疗、免疫治疗也不断进步，但肺癌患者总的生存率仍然没有明显的改善，5年生存率不到15%。近年来，影像引导下的肿瘤微创消融治疗在国内外发展迅速，成为临床肿瘤治疗的重要手段。微波消融治疗就是其中一种广泛应用的治疗手段。

一、适应证与禁忌证

1. 适应证　①Ⅰ期或Ⅱa期NSCLC不宜手术者；②Ⅲb期（同一肺叶内出现卫星结节）或Ⅳ期（其他肺叶或另一肺出现结节）NSCLC不宜手术者；③Ⅲa期或Ⅳ期肺癌标准治疗后残余孤立性结节者；④已控制或可控制原发疾病的肺转移瘤且不适宜手术者；⑤靶病变≤5cm。

2. 禁忌证　①肿瘤紧靠肺门或肺部大血管；②恶性胸腔积液；③肺动脉高压；④同一肺中肿瘤数目>3个；⑤靶病变>5cm。

二、CT引导下经皮微波消融治疗操作方法

1. 术前准备　术前30分钟肌内注射安定10mg，术前10分钟肌内注射曲马多100mg。按照患者的增强CT预设计穿刺针道，按穿刺点距肿瘤最近而且操作方便的原则，选择体位和穿刺点。如肿瘤靠近前胸壁采用仰卧位，肿瘤靠近侧胸壁采用侧卧位，肿瘤靠近后胸壁采用侧卧位或俯卧位。避开大血管及临近的骨骼，距肿瘤中心最近的点为穿刺点，穿刺点与肿

瘤中心连线的方向为进针方向。

2. CT 引导下 PMCT 治疗肺癌术中操作方法

(1) 麻醉成功后,根据需要摆体位,按胸部手术常规消毒铺单。

(2) 先行病灶部位 CT 扫描,确定穿刺点、进针角度及深度。

(3) 2％利多卡因溶液 5ml 局部麻醉穿刺点,嘱患者屏气,直接将微波天线穿刺至预定部位,重复 CT 扫描,确定位置无误后,连接微波凝固治疗仪及水循环冷却仪。

(4) 微波频率 2450MHz,功率 40~80W,每点加热 5~10 分钟,固化范围应超过肿瘤边缘 0.5~1cm。肿瘤直径<3cm,单点固化即可;肿瘤直径≥3cm,根据肿瘤形状单点加热后改变穿刺方向进行多点加热。

(5) 治疗中反复行病灶 CT 扫描,依据病灶密度变化的范围及患者症状适当延长固化时间。

(6) 治疗结束后嘱患者屏气,边凝固边拔针。拔针后立即行 CT 扫描,观察有无气胸、血胸及肿瘤变化情况。术后返回病房行心电监护及吸氧 24 小时。

三、并　发　症

术中:局部发热;出汗;甚至心率加快;剧烈咳嗽;咯血;气胸;疼痛;胸膜反应。

术后:穿刺局部胸痛;发热;气胸;咳嗽、咳痰(痰中带血);咯血;呼吸困难;胸膜反应。

四、术 前 护 理

1. 心理护理　肺癌患者多数病情较重,常常有较大的心理压力,加之对微波消融的治疗方法及效果缺乏了解,会产生焦虑、恐惧、紧张的心理。治疗前向患者及家属科学全面的解释 PMCT 的机制和治疗效果以及适应证,耐心细致地解释该手术的目的、过程、反应、预后、优点及操作步骤,告知患者 CT 引导微波消融治疗的必要性和安全性、术中可能出现的不良反应及医生采取的应对措施,通过心理疏理和相关的讲解,使患者保持心情平静,有充分的心理准备,消除恐惧、紧张、忧虑等不良心理,增强患者战胜疾病的信心,以最大限度地取得患者的积极配合,利于穿刺。列举成功病例,减轻患者的恐惧心理。

2. 常规护理

(1) 协助患者常规检查肝肾功能,HBV 三抗,凝血酶原时间,AFP,CEA,血糖,心电图,胸片,胸部 CT,MRI,血、尿、粪三大常规。

(2) 术前 1 天沐浴,根据穿刺部位做相应的皮肤准备;遵医嘱做碘过敏试验,并认真记录。

(3) 术前嘱患者训练床上排便。

(4) 术前晚保证充足睡眠,必要时遵医嘱给予镇静药。

(5) 术前 12 小时禁食,禁饮 4 小时。

(6) 讲解术后注意事项。

(7) 术前半小时用药:由于穿刺或热凝造成迷走神经反射易致心率减慢、血压降低,严重者甚至可致心脏骤停,所以术前阿托品 0.5mg 或山莨菪碱 10mg,哌替啶 100mg 肌内注射。

（8）去 CT 室前排空大小便。

3. 术前护理注意事项

（1）对于高血压患者,收缩压低于 180mmHg,舒张压低于 100mmHg 较为安全,在选择抗高血压药时,应避免用中枢性降压药或酶抑制剂,以免麻醉期间发生顽固性低血压和心动过缓。其他降压药可持续用到手术当天,避免因停药而发生血压剧烈波动。合并糖尿病者,空腹血糖不高于 8.3mmol/L,尿糖低于（＋＋）,尿酮体阴性。

（2）患者入院前近期内如有影像(CT/MRI)资料,如病灶显示清晰,可不必再做检查。

（3）术前谈话要细致耐心,使患者对 PMCT 有思想准备,术前休息良好。

（4）有慢性病史者,不应减量或中断用药。

（5）协助患者清洁皮肤。发热及经期者可酌情推迟手术。

五、术 中 配 合

1. 准备手术中所需药品及心电监护仪,提前 30 分钟进入手术间。MTC-3 型冷循环微波治疗仪,通电检查是否保持良好的运行状态,并定好治疗参数;无菌微波辐射包(微波导线、循环管)、14G 穿刺防粘引导针和单极中空绝缘微波天线(末端为 3mm 的裸露微波发射头);已在冰箱内制冷的循环用冰盐水 500ml;CT 定位纸;药品;无菌用品等。

2. 患者进入手术室后,应立即建立静脉补液通路,指导患者配合麻醉医师。连接好心电监护,观察患者血氧饱和度情况。

3. 根据病灶部位协助患者取合适体位(仰卧或俯卧),既要方便治疗,又要使患者舒适安全,嘱患者不能自行改变体位,注意平静呼吸。

4. 协助医生把微波天线及导线与微波治疗仪连接好,检查治疗参数与预定治疗参数是否一致,保证冷循环通畅,防止烧坏微波刀及烫伤皮肤。

5. 手术治疗中应询问患者有无不适之处,并不断与患者沟通,鼓励患者,增强其对治疗的信心,消除其焦虑情绪,以便能够顺利完成手术。

6. 加强病情观察,积极对症处理术中并发症。

（1）发热:患者在接受微波消融治疗时感发热,大汗淋漓,多无体温升高,这主要是微波消融治疗产生热量并随血流带走有关。一般无需特殊处理。如适量补充体液有助于缓解症状。

（2）疼痛:患者在接受微波消融治疗时述胀痛,伴恶心等,常需加用一些镇静药物,如哌替啶或吗啡。

（3）恶心、呕吐:嘱患者放松、深吸气,尽量控制;一旦想吐时,必须将头偏向一侧,避免呕吐物堵塞呼吸道。

（4）气胸:严密观察患者面色等变化,询问有无胸闷、胸痛、憋气的感觉。如有应立即停止消融治疗,CT 扫描评估肺组织受压比例,给予抽气,必要时行胸腔闭式引流,吸氧,监测生命体征。

（5）血压升高:血压升高,可给予降压药等对症处理。有基础血压偏高的患者术前继续降压治疗,口服硝苯地平等。

（6）咳嗽、气促等症状多与治疗过程中瘤体坏死组织刺激呼吸道有关,予吸氧可改善,必要时给予咳喘药物静脉滴注。

（7）咯血与穿刺针损伤肺内微细血管有关。可术后应用止血药。

（8）胸膜反应，降低靶温度在70℃以上，患者适应温度以后，再将靶温度调整到90℃，并不影响射频治疗效果。

典型病例（图3-28-5～图3-28-11）：患者，男，58岁。因"咳嗽、低热2个月余"就诊。CT示左肺上叶约4cm×2.5cm的占位性病灶，活检病理学示中分化鳞癌。诊断：左肺周围性肺癌。患者拒绝手术治疗，进行局部微波消融治疗（本病例由山东省立医院肿瘤中心叶欣教授提供）。

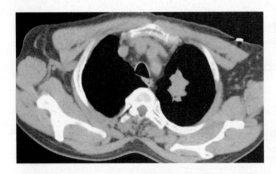

图3-28-5　治疗前定位像纵隔窗

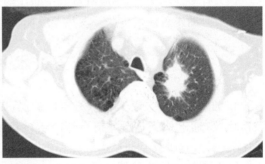

图3-28-6　定位像肺窗

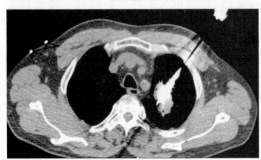

图3-28-7　微波消融天线到达预定的病灶内，用功率80W，消融15分钟

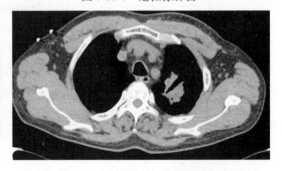

图3-28-8　治疗后即刻纵隔窗病灶密度减低，并有空洞形成

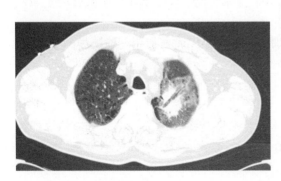

图3-28-9　治疗后即刻肺窗病灶增大，病灶周围呈毛玻璃样

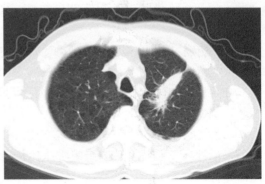

图3-28-10　消融后6个月，病灶缩小

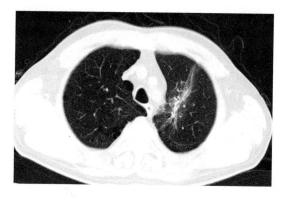

图 3-28-11　消融后 12 个月，病灶为纤维索条状

六、术后护理

1. 心理护理　护理时说话亲切、热情，给予关心、安慰和开导，了解患者的心理状态和所担心的问题，针对性地做好心理护理，尽量帮助患者解决问题，稳定其情绪，使其积极配合治疗，促进身体恢复。

2. 常规护理

(1) 提供整洁、安静、舒适的环境，保证患者有充足的睡眠。

(2) 术后 6 小时密切监测呼吸、血压、脉搏和注意胸部体征的变化。

(3) 术后常规吸氧(3L/min)24 小时。肿瘤较大或一次性消融数目较多者手术当日应至少 6 小时后少量进水或流质饮食，必要时次日开始恢复进食。

(4) 预防术后穿刺道出血，可常规应用止血药如盐酸去氨加压素、氨甲环酸等 1～2 天。

(5) 术后常规给予广谱抗生素 2 天，预防感染。

(6) 术后继续进行其他抗肿瘤、免疫支持等综合治疗。

3. 术后并发症及其护理

(1) 发热：消融后由于坏死组织的吸收，可能要出现体温升高，故术后应注意观察患者的体温变化，每 4 小时测体温一次，连测 3 天。一般多为低热，无需特殊处理；如体温超过38.5℃，可给予物理降温，吲哚美辛栓 50mg 纳肛，同时嘱患者多饮水；体温超过 39℃，要查明病因，采取相应的治疗措施。要尽量避免长时间体温升高，因为长时间发热使机体代谢增强，不利于术后肺组织修复和再生。对体弱者应注意散热期因大量出汗而虚脱，应及时补充液体和电解质。

(2) 疼痛：多数患者在术后述肝区胀痛，疼痛在术后 2～5 天内明显，可忍受，不需特殊处理。术后疼痛主要是瘤体的脏面凝固、机化后的刺激所致。一般经对症处理即可。

(3) 气胸：PMCT 常见的并发症，由 PMCT 治疗后肺的弹性降低所致，尤其对于合并肺气肿的患者。应观察患者胸痛、咳嗽、呼吸困难的程度，并及时汇报医师采取相应措施。少量气体可不予处置，中至大量气体需胸穿抽气或放置胸腔闭式引流装置，2～3 天大多吸收。给予持续胸腔闭式引流的患者注意保持引流通畅。密切观察水封瓶水柱波动及气体排出情况，准确记录胸腔引流液的质和量。更换引流瓶时要严格无菌操作。患者取坐卧位，鼓励患者做适当的深呼吸和咳嗽，以加速胸腔内气体的排出，清除气道分泌物，促使肺复张。在确定胸膜破口愈合、肺已复张时,先夹管 24 小时以上,无气促症状方可拔管。

（4）咳嗽、咳痰：此症状与治疗时刺激支气管有关,剧烈咳嗽者遵医嘱口服可待因对症治疗。告知患者是因瘤体靠近气管位置,术后坏死组织直接由气管排出所致,鼓励患者尽量将痰咳出来,同时雾化吸入促进排痰,并给予口服止血药物治疗。

（5）胸膜反应：术后胸膜炎和少量胸腔积液,大多数为自限性。术后胸腔积液与肿瘤或周围肺组织受热后局部出现炎性渗出有关。应嘱患者卧床休息,采用患侧卧位。

七、健康教育

1. 注意休息,避免劳累和较重的体力劳动。
2. 饮食应营养丰富,易消化,禁烟、酒,少喝咖啡、浓茶。
3. 生活要有规律,劳逸结合,适当锻炼。增强机体抵抗力。
4. 保持心情愉快,注意个人卫生。
5. 定期复查：每 2～3 个月复查 CT,以了解病情复发情况。

第四节　微波消融治疗肾癌的护理

一、概　述

肾癌占成人全部恶性肿瘤的 2‰～3‰,其发病率有逐渐增多的趋势。随着现代医学影像技术的发展,肾癌的早期检出率明显提高,引发了保留肾单位手术对传统肾癌根治术的冲击。而超声引导下经皮或腹腔镜微波凝固治疗技术以其创伤小、简便可靠、疗效显著等特点成为肿瘤微创治疗的热点。

二、适应证与禁忌证

微波消融肾肿瘤主要适用于：①肾肿瘤单个病灶或 3 个以下病灶,肿瘤在 3～5cm 以下者。②肾功能减退,难以耐受手术者。③肾肿瘤转移复发,无法或不愿接受手术者。④肾转移癌,尤其是肾多发性转移癌伴全身其他部位的转移。⑤单个肾的肾癌,一侧肾癌已切除,对侧肾有癌转移。⑥双侧多发性肾肿瘤,特别是具有家族遗传趋势的肾多发肿瘤综合征患者,如 Von-Hippel-Iindau 疾病及遗传性乳头状肾癌。⑦高龄,预计生存期＜10 年者。⑧全身情况差,伴有其他部位的恶性病变、冠心病、周围血管疾病或糖尿病等不宜手术者。⑨肾良性血管平滑肌脂肪瘤。

微波消融肾肿瘤无绝对禁忌证,未纠正或难以纠正的凝血功能障碍,合并急症如感染患者慎用。

三、微波消融治疗操作方法

（1）术前超声定位检查：术前超声的定位检查是非常重要的,由于超声技术的局限性,尚应结合 CT 及 MRI 等影资料,对病灶性质、大小、数目及三维立体定位有非常清晰的了解,从而术前就设计好进针路线、进针数目、消融范围、周边结构及应注意的问题等。

(2) 麻醉选择:①局部麻醉＋基础麻醉,目前国内最常用此麻醉方法。②选用连续硬膜外阻滞麻醉＋基础麻醉,多用于直径较大、数目较多或位于包膜下、空腔脏器附近的肿瘤。其优点是镇痛效果好,血压、脉搏等生命体征平稳,不受手术时间限制。③静脉麻醉,同连续硬膜外阻滞麻醉。④气管内插管麻醉,国外最常用。无论采取何种麻醉,均应全过程监测心电图、血压、脉搏及血氧饱和度。

(3) 超声引导下 PMCT 治疗肾癌术中操作方法:①麻醉成功后,根据需要摆体位,按上腹部手术常规消毒铺单。②根据超声探测显示的肿瘤设计进针路线。选择穿刺天线可达肿瘤最大直径中心,穿刺路径无大血管、大胆管,穿刺点与被治疗瘤体间尽可能短的路径。选好进针点,切开皮肤约 0.3cm。③单根微波天线在超声探头引导下沿皮肤切口插入,穿刺过程中保持天线与肿块在超声探头同一平面中,当天线穿过包膜时有落空感。在超声引导下,将天线头部插入肿瘤中,尖部达瘤底。对≤3cm 的肿块,一般将微波天线置于其中心,尖端距肿瘤边缘 5mm,一次消融即可凝固灭活;对＞3cm 的肿块,根据肿块大小,可置入多根微波天线,用多点组合热凝固覆盖整个肿块。④移动超声探头行多切面扫查,根据 CT 或MRI、肿瘤大小和位置、与集尿系统的关系,精确定位并控制每次进针深度,针尖距集尿系统应大于 0.5cm,如过近可能会因热效应损伤集尿系统,引起漏尿。⑤视肿瘤大小、部位设定输出功率和加热时间。一般功率 70～100W,加热时间 3～10 分钟。⑥加热过程中超声实时监测,确保天线在瘤体中加热,一般热凝边界要超出边缘 1cm 以上以保证热凝完全。实时超声下可见瘤体完全被强回声光团所覆盖。⑦治疗结束,超声监视下退出天线,患者应予腹带胸腹部加压包扎,预防腹壁或肝脏穿刺处出血。

四、并　发　症

主要并发症指需要进行临床治疗,否则可能出现永久性的不良反应或坏死等并发症,包括大出血、漏尿、结肠损伤、肾肠瘘等。

次要并发症基本可以保守治疗,主要包括疼痛,少量出血/血尿,术后泌尿系感染,伤口感染,血肌酐轻度升高等。

五、术　前　护　理

1. 心理护理　肾癌患者常常有较大的心理压力,加之对微波消融的治疗方法及效果缺乏了解,会产生焦虑、恐惧、紧张的心理。治疗前向患者及家属科学全面地解释 PMCT 的机制和治疗效果以及适应证,耐心细致地解释该手术的目的、过程、反应、预后、优点及操作步骤,告知患者超声引导微波消融治疗的必要性和安全性、术中可能出现的不良反应及医生采取的应对措施,通过心理疏理和相关的讲解,使患者保持心情平静,有充分的心理准备,消除恐惧、紧张、忧虑等不良心理,增强患者战胜疾病的信心,以最大限度地取得患者的积极配合,利于穿刺。列举成功病例,减轻患者的恐惧心理。

2. 常规护理

（1）协助患者常规检查肝肾功能、HBV 三抗、凝血酶原时间、肿瘤标志物、血糖、心电图、胸片、腹部超声或 CT、MRI，血、尿、粪三大常规。

（2）术前 12 小时禁食，禁饮 4 小时。

（3）术前半小时用药：术前阿托品 0.5mg 或山莨菪碱 10mg，哌替啶 100mg 肌内注射。

3. 术前护理注意事项

（1）对于高血压患者，收缩压低于 180mmHg，舒张压低于 100mmHg 较为安全，在选择抗高血压药时，应避免用中枢性降压药或酶抑制剂，以免麻醉期间发生顽固性低血压和心动过缓。其他降压药可持续用到手术当天，避免因停药而发生血压剧烈波动。合并糖尿病者，空腹血糖不高于 8.3mmol/L，尿糖低于（＋＋），尿酮体阴性。

（2）患者入院前近期内如有影像（CT/MRI）资料，如病灶显示清晰，同时术前超声定位准确，可不必再做检查。

（3）术前谈话要细致耐心，使患者对 PMCT 有思想准备，术前休息良好。

（4）有慢性病史者，不应减量或中断用药。

（5）协助患者清洁皮肤，尤其要注意腹部。发热及经期者可酌情推迟手术。

六、术 中 配 合

1. 准备手术中所需药品及心电监护仪，提前 30 分钟进入手术间，将各种仪器、抢救药品配备妥当。

2. 患者进入手术室后，应立即建立静脉补液通路，指导患者配合麻醉医师。连接好心电监护，观察患者血氧饱和度情况。

3. 根据病灶部位协助患者取合适体位（仰卧或俯卧），既要方便治疗，又要使患者舒适安全，嘱患者不能自行改变体位、注意平静呼吸。

4. 手术治疗中应询问患者有无不适之处，并不断与患者沟通，鼓励患者，增强其对治疗的信心，消除其焦虑情绪，以便能够顺利完成手术。

5. 加强病情观察，积极对症处理术中并发症。

（1）迷走神经反射：术中治疗时，如出现心率降低、心律不齐、血压下降的，可予肌内注射阿托品 0.5mg 或山莨菪碱 10mg；偶尔会出现呼吸困难，可面罩给氧缓解。

（2）发热：患者在接受微波消融治疗时感发热，大汗淋漓，多无体温升高，这主要是微波消融治疗产生热量并随血流带走有关。一般无需特殊处理。如适量补充体液有助于缓解症状。

（3）疼痛：患者在接受微波消融治疗时常述胀痛，如肿瘤位于实质内，自觉症状轻；如位于边缘接近包膜，患者会感到明显的疼痛，伴恶心等，常需加用一些镇静药物。

（4）血压升高：血压升高，可给予降压药等对症处理。有基础血压偏高的患者术前继续降压治疗，口服硝苯地平等。

七、术 后 护 理

1. 心理护理　护士应与患者多交流，及时发现患者的心理问题，并给予其相应的心理疏导与支持,同时争取家属及社会支持力量给予关心、帮助。使患者打消顾虑,树立信心,以积极乐观的态度面对疾病,配合治疗,帮助患者尽快康复。

2. 常规护理

(1) 术后 6h 密切监测呼吸、血压、脉搏和注意腹部体征的变化。

(2) 详细观察术后第一次排尿的时间、尿量和颜色;注意每日的尿量、颜色、性质,必要时留取标本化验;注意观察伤口渗血情况。

(3) 术后常规吸氧 6 小时。肿瘤较大或一次性消融数目较多者手术当日应至少 6 小时后少量进水或流质饮食,必要时次日开始恢复进食。

(4) 常规应用止血药物,可应用止血药如盐酸去氨加压素、氨甲环酸等 1～2 天。

(5) 术后常规给予广谱抗生素 2 天,预防感染。

(6) 肾功能正常,无并发高血压、水肿者,应鼓励患者多饮水,每日入量 3000ml,达到自行冲洗目的。

3. 术后并发症及其护理

(1) 发热:许多患者在术后 1～2 天开始发热,体温波动在 37.5～38.5℃,最高超过 39℃,多于术后 1 周内转为正常,其原因为炎症坏死吸收。

护理:术后护理人员应注意观察体温的变化,对体温超过 38.5℃者可给予酒精擦浴、头枕冰袋或肌内注射安痛定注射液,吲哚美辛栓 50mg 纳肛。对明显高热或高热持续不退者应注意感染发生,另外患者出汗多时要及时更衣换单,保持个人卫生。年老体弱者,退热时容易出现大汗淋漓、虚脱等现象,应做好基础护理,密切观察生命体征的变化。

(2) 疼痛:多数患者在术后述肝区胀痛,疼痛在术后 2～5 天内明显,可忍受,不需特殊处理。术后疼痛主要是瘤体的脏面凝固、机化后的刺激所致。一般经对症处理即可。

(3) 漏尿:与术中穿刺过深直接损伤及消融时间过长,热损伤集尿系统有关,一般留置双 J 管即可有效治愈。

(4) 出血:高度怀疑出血,应急查血常规和泌尿系超声;观察患者局部疼痛情况,观察尿液颜色和体温变化。出血包括肾周血出血及血尿,程度不一,血肿小不需特别处理,嘱患者卧床休息,减少活动,安置舒适体位减轻患者疼痛,应用止血药。血肿较大时嘱患者要绝对卧床休息,减少活动,禁食可饮水。确诊肾周出血后,及时应用止血药物,无论多少均应快速备血并行深静脉穿刺置管。针道出血经内科处理难以经药物控制,应及时行肾动脉造影、DSA 下封堵止血。安置舒适的卧位以减轻患者疼痛;做好患者的心理安慰工作,解除患者紧张情绪。嘱患者大量饮水,应用少量呋塞米促使血块的排出,避免出血凝块堵塞输尿管损害肾功能。

(5) 空腔脏器穿孔:肾脏边缘肿块和腹腔手术后粘连,肾肿瘤与胃、结肠融合是造成空腔脏器穿孔的主要原因。

护理:①肿瘤邻近胃肠的患者,手术前一天嘱进流食,手术当天口服硫酸镁行肠道准备。②术后常规禁食 24 小时,静脉补液,肛门排气后进流食或半流食。③术后密切观察腹部情况,有无腹痛、腹胀、腹肌紧张、局部压痛等临床症状和体征。④如有空腔肠管外瘘者,确保引流通畅,把瘘液引流到体外,避免加重腹腔内感染,使患者病情稳定,瘘管形成者予堵瘘,如失败者可予手术修补。⑤禁食,胃肠道外营养支持非常重要。通过深静脉输入足够的葡萄糖及适量的氨基酸、脂肪乳剂维持、微量元素或必要时输全血、血浆等,这样不仅能提供营养物质,且能减少胃液的分泌,有利于胃瘘的愈合。⑥要妥善固定引流管,避免脱落、折叠、受压、扭曲、堵塞,确保引流通畅;注意观察引流物的性质及量,更换引流袋时,应注意无菌操作,以防上行感染。⑦来自瘘口的引流液对局部皮肤有较强的腐蚀作用,应注意保持瘘口周围皮肤创面的清洁、无菌和干燥,周围皮肤可涂以氧化锌软膏予以保护。

八、健 康 教 育

1. 定期复查　每月进行一次超声检查及血清酶谱学检查。2~3 个月复查 CT 或 MRI,以了解肾功能变化及病情复发情况。

2. 注意休息,加强营养。多食营养丰富、富含维生素的食物,如新鲜蔬菜、水果等,以清淡、易消化为宜。

3. 保持情绪稳定、心情舒畅、劳逸结合,在病情和体力允许的情况下可适量活动,但切忌过量过度运动。

(盛月红　张　磊)

参 考 文 献

陈敏华,S. Nahum Goldberg. 2009. 肝癌射频消融-基础与临床肿瘤微创治疗技术. 北京:人民卫生出版社

董宝玮,梁萍,于晓玲,等. 2006. 超声引导经皮微波消融治疗早期原发性肝癌的远期疗效. 中华医学杂志,86:797-800

郭晨阳,胡鸿涛,黎海亮等. 2009. CT 引导经皮穿刺微波治疗周围型肺癌. 当代医学,15:674-676

李洁,李建志,荆雪虹. 2009. 超声引导微波消融治疗原发性肝癌的护理. 医学影像学杂志,19:1577-1579

卢爱霞. 2008. CT 引导下肺穿刺微波消融治疗肺癌的临床护理. 泰山医学院学报,30:978-979

王洪武,杨仁杰. 2007. 肿瘤微创治疗技术. 北京:北京科学技术出版社,285-294

杨秉辉,丛文铭,周晓军,等. 2009. 原发性肝癌规范化诊治专家共识. 临床肿瘤学杂志,14:259-269

尹君,杨玉珍,黄乐秀. 2009. 慢性输尿管梗阻性疾病的介入治疗. 实用放射学杂志,5:726-728

张婷,杨斌. 2008. 超声引导下经皮微波凝固治疗肾癌的研究进展. 医学研究生学报,21:1329-1335

Abbas G,Pennathur A,Landreneau RJ,et al. 2009. Radiofrequency and microwave ablation of lung tumors. J Surg Oncol,100:645-650

Gillams A. 2008. Tumour ablation:current role in the liver,kidney,lung and bone. Cancer Imaging,8 Spec No A:S1-5

Klaus Armin Hausegger,Horst Rupert,Portugaller. 2006. Percutaneous nephrostomy and antegrade ureteral stenting:technique-indications-complications. Eur Radiol,16:2016-2030

Liang P,Dong B,Yu X,et al. 2005. Prognostic factors for survival in patients with hepatocellular carcinoma after percutaneous microwave ablation. Radiology,235:299-307

Llovet JM,Burroughs A,Bruix J. 2003. Hepatocellular carcinoma. Lancet,362:1907-1917

Simon CJ,Dupuy DE,Mayo-Smith WW. 2005. Microwave ablation:principles and applications. Radiographics,25:69-83

William WM,Damian ED,Pranay MP,et al. 2003. Imaging-guided percutaneous radiofrequency ablation of solid renal masses:techniques and outcomes of 38 treatment sessions in 32 consecutive patients. AJR,180:1503-1508

Wile GE,Leyendecker JR,Krehbiel KA,et al. 2007. CT and MR imaging after imaging-guided thermal ablation of renal neoplasms. Radiographics,27:325-339

Wolf FJ,Grand DJ,Machan JT,et al. 2008. Microwave ablation of lung malignan-cies:efectiveness,CT findings,and safety in 50 patients. Radiology,247:871-879

第二十九章 氩氦刀冷冻治疗肿瘤的护理

氩氦刀靶向治疗系统是由工作系统、控制系统、冷冻探针、测温探针、治疗计划系统及其他附属设施等几部分组成（如图3-29-1）。其在肿瘤治疗中强调微创性、靶向性，全程可由超声、CT、MR等影像实时监控，可最大限度地保存正常组织，从而为实体肿瘤治疗提供了又一新的有效手段。

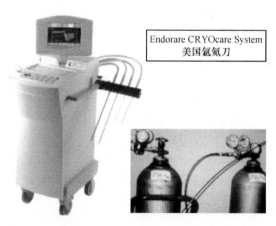

Endorare CRYOcare System
美国氩氦刀

图 3-29-1 氩氦刀靶向治疗系统

第一节 概 述

一、基 本 原 理

氩氦刀是以新型的冷媒-氩气、热媒-氦气为基础的冷冻超导手术系统，根据 Joule-Thomson 定律原理，即高压气体流经小孔进入一个较大的低压空间，产生急剧膨胀，吸收周围的热量，使其周围温度发生显著降低效应。氩氦刀中空冷冻针内有循环管道系统，可输出高压常温氩气（冷媒）或高压常温氦气（热媒）。系统可藉氩气在刀尖急速膨胀，在60秒内冷冻病变组织至−190～−140℃，冷冻15分钟后，又可藉氦气在刀尖急速膨胀，急速加热处于超低温状态的病变组织，使肿瘤组织从零下一百多度极速升温至30～50℃从而施行快速热疗。温差电偶直接安装在刀尖，可连续监测刀尖的温度，此种冷热逆转疗法，对病变组织的摧毁较为彻底。其降温及升温的速度、时间和温度，以及摧毁区域的尺寸与形状，可由计算机精确控制和设定。

氩氦刀靶向冷冻治疗系统与传统冷冻方法比较，其显著的特点是在超低温治疗系统中引入了氦气靶向热效应系统。氦气靶向热效应系统可通过精确设定和控制氦气在刀尖内急速释放，使冷冻病变组织开始急速升温，将冰球快速解冻。因此，除了具有普通的热疗疗效外,氩气靶向热效应系统还具有热治疗和冷热交替的热治疗增效效应。在冷冻过程结束后,急速升温的过程能加剧对肿瘤组织的损伤。研究资料表明,在冷冻病变组织温度从−100℃以下快速升高到−20℃的过程中,细胞内的冰晶会发生膨胀现象,使冷冻过程中形成的冰晶爆裂,比单一的冷冻和热疗过程具有更高的损毁性。一般认为经过冷冻—复温—冷冻—复温两个循环后,冰球内的肿瘤细胞可被完全损毁。这种双重打击机制是确保氩氦靶向冷冻治疗肿瘤疗效的关键所在(图 3-29-2,书末彩图 12)。

超低温对癌细胞杀伤的细胞生物学机制:当温度降到 0℃以上的低温时,细胞的生物化学反应能力减低,细胞膜离子通道发生障碍,细胞膜渗透性增强,但这种损伤通常是可逆的。而当温度进一步降低至 0℃以下尤其−40℃以下时即可发生以下改变。

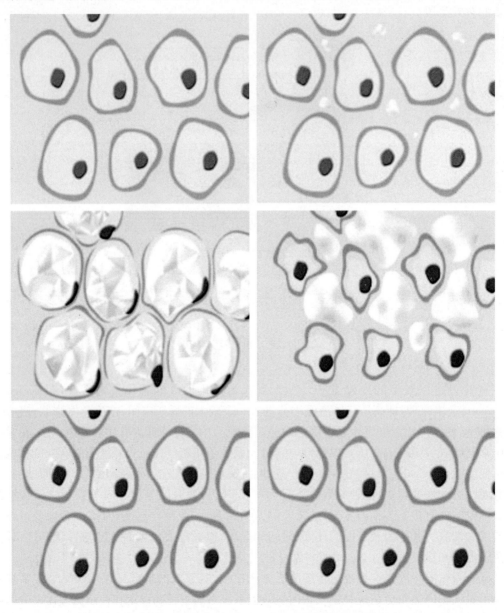

图 3-29-2 超低温对癌细胞杀伤的细胞生物学机制

1. 当温度低于－0.56℃,细胞间质液体冷冻,但细胞内液仍不冷冻。在正常情况下,膜蛋白通过选择性的导入或移出离子来控制细胞内外平衡。但在低温条件下,细胞膜蛋白平衡细胞内容物的能力减低,以致细胞内外电解质和渗透压发生改变,导致细胞脱水,细胞膜损伤。细胞内的成分特别是离子组成发生改变,蛋白变性,毒性离子从细胞外渗入细胞,化学键受损,细胞骨架相应受到破坏。当温度降低至－10～－15℃,冰晶开始在细胞内形成;温度迅速下降至－40～－100℃时,在细胞内外和微静脉及微动脉内大量冰晶迅速形成。冰晶形成是导致细胞死亡的主要原因,构成了现代冷冻治疗的理论基础。与此同时,Ca^{2+} 内流,Ca^{2+}-ATP 酶活性下降,脂质过氧化反应增强,细胞间液张力过强,细胞内细胞器(线粒体、内质网)肿胀或消失,最后,细胞核碎裂或溶解。

2. 在冷冻过程中,冷冻区血循环被阻断。在冷冻一段时间之后,冷冻区域边缘出现水肿,然后冷冻区域的血管内皮细胞出现损伤,几小时后,内皮细胞剥离,毛细血管壁通透性增加,钙离子流入血小板,引发血小板的激活和聚集、血管阻塞和血流停滞。在冷冻治疗后的几个小时内,小的血管可被完全封闭。失去了血液供应的靶组织最终因局部缺血而坏死。这种现象可以解释为什么在冷冻过程中,没有被冷冻的癌细胞也会死亡。

3. 冷消融可以增强抗肿瘤免疫。对冷冻和未经冷冻的纤维肉瘤细胞膜抗原提取分析,发现冷冻后大分子(>75kDa)抗原成分减少,小分子蛋白抗原成分(14～24kDa)明显增加。冷冻细胞来源的抗原的免疫原性高于未冷冻细胞来源的抗原;冷冻后抗肿瘤免疫的效应细胞主要是巨噬细胞和自然杀伤细胞(NK 细胞)。巨噬细胞在冷冻后第 14 天开始增加,分泌白介素-1、干扰素 IL-1、IFN 的活性增强,Ia 抗原表达增加;经冷冻处理的肿瘤细胞可以诱导特异性 T 淋巴细胞的细胞毒作用。

二、器　械

目前氩氦刀靶向治疗系统由 4 或 8 根冷冻针组成。冷冻针中空,刀的直径为 2mm、3mm、5mm、8mm,可输出高压常温氩气(冷媒)或高压常温氦气(热媒)。温差电偶直接安装在针尖,可连续监测针尖的温度。

冷冻过程中沿针尖前端向后,由内向外,形成可控制的梨形冷冻区,靶向病变组织内温度在十几秒内降至－100～－165℃。

影响冰球形成的因素:

(1) 冷冻针的直径:目前临床使用的冷冻针直径为 2mm、3mm、5mm、8mm,分别产生最大直径范围为 2～3mm、5～6mm、7～8mm、9～10mm 的冰球。

(2) 氩气输出率:氩氦靶向手术系统的气体输体功率的调控范围为 0～100%。当氩气输出功率的调控范围为 50% 时,如果选择 2mm、3mm、5mm、8mm 的超导刀实施靶向治疗,可分别产生最大直径范围为 1～1.5mm、2.5～3mm、3.5～4mm、4.5～5mm 直径的冰球。

(3) 氩气输出压力:氩氦靶向手术系统配备氩气容器的最大压力为 6000 Pa,产生冷冻效应所需的压力范围是 2500～6000 Pa,当压力低于 2500 Pa 时将影响冰球形状和大小及冰球形成的速度。

(4) 靶区组织相对于冷冻针的位置:在接近超导刀刀杆形成的冰球区域内,冰晶迅速在细胞内外形成。而距冷冻针刀杆稍远的区域温度下降比较缓慢,冰球分布的温度具有一定的温度差异。故此,临床上充分的冷冻时间和精确地使用测温探针是十分必要的(图 3-29-3,书末彩图 13)。

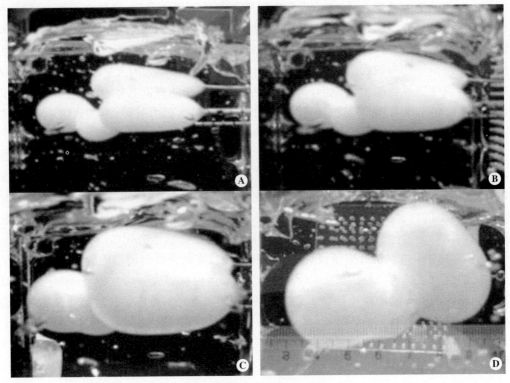

图 3-29-3 多刀组合示意图

由于氩气、氦气为正常空气中即含有的惰性气体,手术中输出的气体不需要回收,高压气体在针尖内释放后可自动排出。冷冻针直径细,针杆不冷冻,便于操作和介入穿刺,靶向选择性强,不会对穿刺路径上的组织产生大的损伤,对靶组织摧毁彻底,治疗效果好,可进行术中和经皮靶向治疗肿瘤。与传统冷冻方法比较,冷冻靶向手术系统只在针尖冷冻和加热治疗肿瘤,对患者损伤小,出血少,并发症少,恢复快,操作简单,易于患者接受,可重复治疗,也可与化疗、放疗或手术疗法相结合。

三、方 法

冷冻针可经皮穿刺入肿瘤内,也可在手术直视下穿刺。经皮穿刺冷冻治疗术中可在超声、CT、MR 导引下,按术前确定的肿瘤靶区,确定的体表进针点、角度、深度进针。0.5% 利多卡因局部浸润麻醉穿刺点,在影像引导下按设计穿刺肿瘤靶区,调整满意后引入导丝和扩张管鞘,再导入氩氦刀冷冻,做好术中监测。

第二节 CT 引导下氩氦刀冷冻治疗肺癌的护理

氩氦刀可在 X 线下透视、CT、MRI、超声、胸腔镜引导下或配合手术切除进行。肺癌氩氦刀冷冻治疗通常在 CT 引导下进行。

一、适应证、禁忌证

1. 适应证

(1) 单发或多发、原发或继发肺内周围型肿块,且单个肿瘤直径>1.0cm。

(2) 手术探查不能切除的中央型肺癌。

(3) 原发癌已较好控制或较为局限的转移性肺癌。

(4) 癌肿巨大,累及纵隔、心包,如无广泛转移者仍可行减瘤荷冷冻术。

(5) 伴有恶性胸水,但原发灶显示清楚者。

2. 禁忌证

(1) 两肺弥漫性肿块,且单个肿瘤直径<1.0cm。

(2) 胸膜广泛转移伴大量胸水,且原发灶显示不清楚者。

(3) 肺门肿块,穿刺冷冻治疗有困难,术中、术后易合并呼吸衰竭或大出血者。

(4) 肺功能严重受损,一秒钟用力呼气量(FEV$_1$)小于 50% 或不能下床活动,静息时仍感气急者。

(5) 剧烈咳嗽、呼吸困难或难以配合者。

(6) 全身状况差、有出血倾向不能承受手术者。

二、操 作 规 程

1. 完善心电图、肺功能、血常规、肝肾功能、电解质等术前常规准备。

2. 手术方案确定　首先结合患者症状、体征、胸部 CT 等影像学资料,术前设计穿刺路径、进针角度、深度、预冷冻范围,选用冷冻针的规格、数量等。

3. 体位摆放　病变位于前胸者通常取仰卧位或侧卧位,充分展开肋间隙,良好地显示病灶,经前胸壁穿刺。反之卧位,经后胸壁穿刺,若后胸壁穿刺遇及肩胛骨,则改为前壁进针。遇到多发肺病变时,应选择外周较大的病变进行姑息性消融治疗。

4. 体位摆好后,对预手术区以 5mm 为层厚进行 CT 平扫,选取穿刺进针点。然后常规消毒,铺手术巾,局部麻醉。

5. 切开穿刺点皮肤 2～5mm,选取适当的冷冻针沿既定的路径,以合适的穿刺角度、深度进针。必要时反复 CT 扫描,直至确认冷冻针在冷冻靶区,角度、深度均符合原先设计。

6. 初步按原先确定的功率、时间经过一个冷冻—复温循环后,结合测温记录、CT 复扫所显示冷冻冰球情况适当调整后进行第二个冷冻—复温循环。

7. 拔出冷冻针后立即经穿刺道内置入止血绵绫止血治疗。

8. 术后严密监测血压、脉搏、呼吸等生命体征,复扫胸部 CT,防止大出血及严重气胸等并发症。

三、常见并发症

1. 术中　局部发热;出汗;心率加快;剧烈咳嗽;咯血;气胸;疼痛;胸膜反应等。

2. 术后　穿刺局部胸痛；发热；气胸（14％左右）；咳嗽、咳痰、痰中带血；少量咯血（50％左右）；呼吸困难；上腔静脉综合征；其他（胸壁血肿、声音嘶哑、皮下气肿和纵隔积气，胸膜肿瘤种植和微栓子形成等）。

四、术 前 护 理

（1）肺癌患者常伴有肺不张，气道阻塞，易继发肺部感染，出现咳嗽、咳痰、气急等症状。术前应选用有效广谱抗生素维持 1～2 周，直到感染控制。如痰液较多，可根据痰细菌培养选用合适抗生素。常用的抗生素有青霉素类、头孢菌素类、氨基糖苷类及抗厌氧菌的药物。肺部无明显感染者术前 0.5 小时给予一次有效抗生素。也可同时采用局部雾化吸入，稀化痰液，促进炎症吸收。

（2）术前晚 8 时左右可适量使用镇静催眠类药物，如安定等。术前患者精神仍较紧张者，可肌内注射苯巴比妥 0.2mg 或地西泮 5mg。

（3）术前给予对症治疗，术前慢性疾病如高血压、糖尿病等基础病及伴随症状控制稳定，后再手术。

（4）全身状况较差，伴有严重贫血、水电解质紊乱、酸碱失衡及营养不良者，应予相应纠正后再手术。

（5）手术 4 小时前禁食。

（6）为防止意外情况发生，术前应备好气管插管、吸痰管、吸引管，以备抢救之用。

五、术 中 配 合

术中监测包括血压、脉搏、呼吸、体温等生命体征和冷冻冰球大小。肺癌经皮冷冻靶向冷冻术一般对患者的血压、脉搏、体温影响不大，均可稳定在正常范围内。个别患者心率有减缓或增快，经对症处理可恢复正常。有些患者血压可升高或降低，经对症处理可好转。肿瘤巨大、多刀冷冻范围大于 10cm 时，冷冻时间长，部分患者可出现寒战，但体温下降不明显，多可维持在正常范围内。如出现寒战可适当辅以保温措施，热水袋置于腹股沟区或术后立即置于温暖的环境中，有条件的可使用电热毯等保温，寒战多在手术结束数分钟至半小时内自行停止，无需特殊处理。寒战明显时可予地塞米松等。

六、术 后 护 理

1. 常规护理　术后一级护理，第一天至少平卧 6 小时，持续吸氧，心电监护，测血压、脉搏，严密监测生命体征变化及有无血、气胸等并发症发生。冷冻范围大者应注意保暖，观察伤口有无渗血。指导患者待病情稳定后尽早下床做轻微活动，促进其血液循环，防止压疮、坠积性肺炎等并发症的发生。当痰液较多时，静脉予以氨溴索等祛痰药物，以及雾化吸入等措施。有空洞坏死积痰时，嘱患侧朝上，以便痰液引流；胸水较多时嘱患侧朝下，以防压迫健侧肺，致呼吸困难；大量黏稠痰液嘱患者头侧偏吐痰，并备好吸痰器，以防痰涌阻塞气道窒息。做好患者饮食指导，禁食 6 小时后改为半流质饮食，给予高蛋白、高热量、清淡易消化食物进行营养支持。

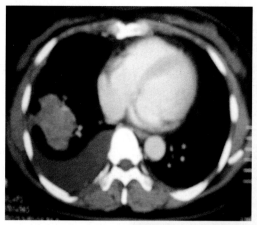
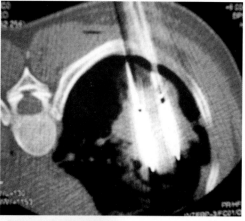
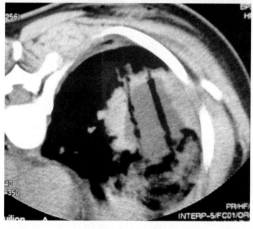

图 3-29-4 肺癌病例,术前、术中、术后 CT

2. 心理护理 患者回病房后,做好患者心理护理,告知患者手术顺利,并与家属做好沟通。缓解患者急于知道手术效果的焦虑心理。鼓励患者,帮助其树立后期治疗的信心。

3. 术后并发症的护理

(1)穿刺局部疼痛:胸痛与壁层胸膜受刺激有关,特别当肿瘤靠近胸壁时更易发生,术后出现胸痛应查明原因,安慰患者,必要时给予适当镇痛治疗。

(2)发热:一般高热持续 1 周,给予对症退热治疗。

(3)气胸:观察患者胸痛、咳嗽、呼吸困难的程度。少量气胸可在严密观察下暂不予处理,中至大量气体需胸腔穿刺抽气或放置胸腔闭式引流装置,2~3 天多可吸收。给予持续胸腔闭式引流的患者注意保持引流通畅。密切观察水封瓶水柱波动及气体排出情况,准确记录胸腔引流液的质和量。更换引流瓶时要严格无菌操作。患者予取坐卧位,鼓励患者做适当的深呼吸和咳嗽,以加速胸腔内气体的排出,清除气道分泌物,促使肺复张。在确定胸膜破口愈合,肺已复张时,先夹管 24 小时以上,无气促症状方可拔管。

(4)咳嗽、咳痰:持续剧烈咳嗽者遵医嘱口服可待因、阿桔片等镇静止咳治疗。告知患者是因瘤体靠近气管位置,术后坏死组织直接由气管排出所致,鼓励患者尽量将痰咳出,同时雾化吸入促进排痰,并给予适当祛痰药物治疗。

(5) 咯血：多发生在中央型肺癌患者，该型肿块常包裹或与支气管及大血管相粘连而使这些重要脏器容易损伤。可给予垂体后叶素等相应药物治疗，密切观察生命体征，保持呼吸道通畅；稳定患者情绪；观察和记录咯血的性质和量，观察用药效果。

(6) 呼吸困难：部分患者肺部肿瘤较大，术前有胸水，经氩氦刀冷冻治疗后，肿瘤周围组织充血水肿，进一步影响了气体交换，出现呼吸困难。此种情况给予患者持续低流量吸氧，取半坐卧位，密切观察生命体征。可用少量激素和利尿剂以减轻肺水肿和心脏负荷，应用输液泵严格控制输液速度。

(7) 上腔静脉综合征：此症状与肿瘤位置靠近上腔静脉及氩氦刀冷冻后组织水肿有关。对出现上腔静脉综合征的患者需严密观察意识与生命体征的变化，输液治疗选择下肢静脉，可予以脱水利尿消肿治疗。

七、健 康 教 育

指导患者应注意休息，避免劳累，适当地进行体育锻炼，增强体质，加强营养，促进身体康复。定期来院复查，饮食宜清淡、易消化，避免进食刺激性较大的食物。

第三节　氩氦刀冷冻治疗肝癌的护理

超声引导经皮冷冻治疗肿瘤于 20 世纪 80 年代由 Omik 首先报告，当时由于受冷冻治疗设备发展的限制，临床疗效尚不理想。氩氦刀的问世使肿瘤低温治疗的疗效有了进一步提高，超声引导经皮氩氦刀靶向治疗肝癌是肝癌局部治疗史上的一个重要事件。目前超声引导氩氦刀治疗肝癌已经成为肝癌的有效治疗手段之一。其特点是：疗效肯定、创伤性小、操作简单，便于临床推广应用。尤其适宜于无法常规手术切除的肝癌。

一、适应证、禁忌证

1. 适应证

(1) 原发或转移性肝癌，肿块直径在 1～15cm。

(2) 肝内病灶不超过 4 枚，肝外无转移病灶。

(3) 大肝癌具备以下一项以上条件者：①患者全身情况较好，无明显恶病质；②超声、CT 等影像学检查排除肝内大血管有明显癌栓存在以及肝外存在多处转移癌者；③与其他肝癌非手术疗法如肝动脉插管栓塞，肝动脉或门静脉化疗、放射治疗等联合使用，进一步提高疗效；④因受肿瘤部位或患者病情所限，不宜进行其他方法治疗者；⑤合并肝硬化的原发性肝癌，无顽固性腹水，肝功能为 Child A 级或 B 级；⑥肝转移瘤患者须切除原发瘤病灶，且有化疗禁忌证，拒绝化疗或化疗失败者。

2. 禁忌证

(1) 患者一般情况差，具有明显恶病质或肝脏萎缩，重度黄疸、中等量以上腹水，特别是肝前腹水，提示有肝功能衰竭倾向者，凝血机制差，如凝血酶原时间明显延长者（即使是肿瘤直径在 5cm 左右的肝癌）。

(2) 肝癌肿瘤巨大，占据肝脏面积超过 70%，且经影像学检查提示肿瘤无包膜，呈浸润性方式生长,或肿瘤虽小,但是肿瘤数目众多(发现的肿瘤数已超过 5 个以上)。

(3)肝癌病灶位于某些特殊部位,如肝右叶膈顶部,细针穿刺将难以击中靶标,可能损伤肺组织引起气胸等;或者经 CT、血管造影等影像检查发现肝癌病灶,但超声检查肿瘤图像显示不清楚者。

(4)肝内、外大血管如门静脉、肝静脉、下腔静脉等处存有癌栓充填或者全身多处存有转移瘤证据者。

二、手 术 方 法

根据病变所在部位,可采取仰卧位,取右前斜位时,可在病员侧背部垫一枕头或塑型真空床垫,以利操作。参考肝脏 CT 或 MRI,先用常规探头探测并核对病变所在。穿刺点的选择除应选取最短途径外,应使穿刺针经过一小段正常肝组织;在确定肋间穿刺进针点时,还应避免穿过肺组织、胸膜腔和胆囊;在肋缘下进针时,则应避开胆囊和消化道;如病变较深时,应注意避开大血管。对于靠近横膈的病变,有时从肿瘤下缘穿刺所取角度过小,距离过长,不易使穿刺准确进入病变部位,以取肋间进针为佳。如有多发性病变,则应选取距穿刺点较近的病灶进行穿刺。

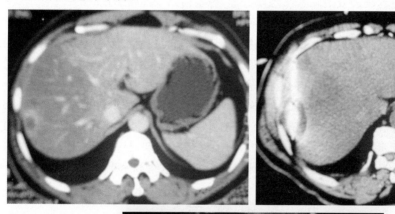

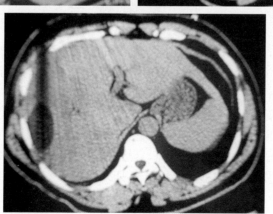

图 3-29-5　肝癌病例,术前、术中、术后 CT

三、并 发 症

1. 反应性发热。
2. 反应性胸腔积液。
3. 肝功能损害。
4. 术后出血。
5. 肌红蛋白尿。
6. 皮肤冻伤。
7. 其他。

四、术 前 护 理

1. 心理护理　氩氦刀是治疗肝癌的新方法，大多数患者都感到陌生及心存顾虑，在治疗前针对患者紧张、恐惧的心理特点，要耐心地做好患者心理护理，介绍氩氦刀是治疗肝肿瘤的基本原理及操作过程、术中可能出现的不适、术后可能出现的并发症及如何预防等，介绍成功病例，从而使患者减轻或消除紧张恐惧心理，稳定情绪，配合治疗。

2. 休息与饮食　嘱患者保证充足的睡眠和休息，以减少糖原分解，降低身体热能消耗，维护肝功能。增加营养提高耐力，饮食要以高糖、高热量、高维生素、易于消化为原则。注意补充 B 族维生素及维生素 C、维生素 E，选用保肝药物葡醛内酯等，还可静脉补充高渗葡萄糖注射液、支链氨基酸、血浆、脂肪乳、白蛋白等。

3. 常规护理　详细了解病史，测量生命体征，协助患者完成血、尿、便常规，肝肾心肺功能，凝血功能及肿瘤标志物测定，腹部超声及心电图等；做好皮肤准备，检查有无皮肤破损及感染；术前 6 小时禁食水，并保证充分的睡眠；术前 1 天行对比剂、抗生素等过敏试验；术前 30 分钟肌内注射地西泮 10mg、哌替啶 50mg，利于稳定患者情绪和术中镇痛。

五、术 中 配 合

1. 观察调整室温，给患者连续心电监护，持续低流量吸氧，建立静脉通道。密切观察患者血压、心率、呼吸、血氧饱和度以及意识、面部表情、机体反应、输液是否通畅等情况。注意观察皮肤温度及末梢循环情况，如出现心率加快、血压下降等冷休克表现时，给予保暖和加温、补液，必要时按医嘱给予升压治疗。注意倾听患者主诉，及时发现病情变化，及时处理。

2. 体位根据病灶所在部位采取平卧或左侧卧位，以方便治疗及患者舒适安全为原则。嘱患者不要随意自行改变体位或移动身体，自然平静呼吸，避免深呼吸和用力咳嗽。

3. 冷冻冰球接近皮肤时，温盐水保护局部皮肤。

六、术 后 护 理

1. 常规护理　患者回病房后应绝对卧床休息 6～12 小时，12 小时后半卧位休息，自动体位，如无异常，24 小时后可下床活动。给予低流量吸氧，因其可增加肝细胞含氧量，促进肝细胞再生,减轻肝细胞损伤。

2. 术后并发症的护理

(1) 发热:大部分由癌肿凝固性坏死吸收引起。嘱患者适当增加饮水量,出汗后勤更换内衣,体温过高及时给予物理降温和药物对症处理,必要时应用抗生素。

(2) 疼痛:疼痛与治疗区域组织局部创伤,以及穿刺刺激肝包膜及肿瘤坏死有关。手术当日或术后第 1 天较为明显,可持续 1～3 天。此时要对患者进行必要的心理指导,加强巡视,消除患者的紧张焦虑。轻度疼痛者可耐受或口服奇曼丁等,严重者给予吗啡或布桂嗪肌内注射,观察镇痛药物效果及可能出现的不良反应。

(3) 肝功能损害:肝癌患者本身肝功能不全,术后有不同程度肝功能损害均为正常,可出现转氨酶升高,严重者会黄疸指数升高、腹水。术后定时监测肝功能、凝血酶原时间等指标的变化。加强补充血浆或白蛋白、护肝、利尿治疗。指导患者进食高蛋白、高热量、高维生素、低脂低盐饮食、注意休息。

(4) 肾功能损害:氩氦刀冷冻治疗使瘤细胞坏死,大量蛋白质分解,其产物血红蛋白被吸收入血产生血红蛋白尿,为防止血红蛋白堵塞肾血管,术后要严密观察尿液量、颜色及性质,当尿少时应用利尿剂,保持 24 小时尿量 2000ml 左右。

(5) 胸水:若肿瘤部分靠近膈肌,冷冻后刺激膈肌及胸膜,可引起少量胸水。护理措施:术后应密切观察呼吸情况,取半卧位以利于改善呼吸状况,持续低流量氧气吸入,控制输液速度,避免过快而引起气促、胸闷。

(6) 肝破裂出血:肝破裂出血是氩氦刀冷冻治疗的一种少见、严重的并发症,主要因为肝癌患者多同时并存严重肝硬化,肝硬化患者不同程度凝血功能障碍,故术后易发生出血。术后应密切监测生命体征变化,对血压下降、心率增快、脉搏细速等症状应行中心静脉压监测及上腹部超声、CT 等检查,早发现早处理,仔细观察有无迟缓出血现象,有无腹肌紧张、腹痛等表现。

(7) 皮肤冻伤:穿宽松柔软衣服,不要过紧过小。要保持皮肤干燥,应加强局部保暖。涂少量凡士林可减少皮肤散热,也有保温作用。也可用红外线仪进行照射治疗,并经常按摩,以促进血液循环。要避免肢体长期静止不动,要适当活动,以促进血液循环。如果局部除上述症状外,还有水泡出现,较大的可用不含酒精的消毒剂(如 1% 新洁尔灭溶液)等,清洁患处和周围皮肤后,用注射器吸出其中渗液,并涂些抗菌药膏加以包扎。小的水泡不需要刺破,经过 2～3 周后,水泡逐渐干枯,形成黑色干痂,脱落后创面已经愈合。对已经溃破的创面,可先消毒周围正常皮肤,再用无菌温盐水清洗创面后,涂以抗菌药物加以包扎。并经常检查创面愈合情况和更换药物及包扎纱布等。

七、健 康 教 育

1. 定期复查。每月进行一次超声检查及血清酶谱学检查。3～6 个月复查 CT,以了解肝功能变化及病情复发情况。

2. 注意休息,加强营养。多食营养丰富、富含维生素的食物,如新鲜蔬菜、水果等,以清淡、易消化为宜。

3. 保持情绪稳定、心情舒畅、劳逸结合,在病情和体力允许的情况下可适量活动,但切忌过量过度运动。

第四节　超声引导氩氦刀冷冻治疗前列腺癌的护理

前列腺癌的治疗以根治性手术切除为主,但治疗效果受患者年龄、身体状况、肿瘤大小等因素的影响,手术的并发症较多。现代的外科技术可选择部分前列腺切除或腹腔镜下前列腺切除术。随着影像及消融技术的进步,激发了医学领域前列腺癌微创治疗技术的发展。

一、适应证与禁忌证

1. 适应证
(1) 一叶或两叶前列腺癌患者。
(2) 年龄较大不能承受其他手术的患者。
(3) 已行去势或减雄激素治疗或肿瘤手术后复发或残留者。
(4) 曾经行化疗失败而无其他治疗选择者。
(5) 对部分已有骨转移而全身状况良好者,仍可选用局部冷冻手术治疗。

2. 禁忌证
(1) 全身恶病质明显或心、肺、肾功能严重不全者。
(2) 肿瘤局部已侵犯直肠、膀胱者,或已有广泛转移者。

二、手术操作

术前充分了解前列腺大小及与周围组织的关系,若怀疑癌变应行前列腺活检,明确病理。前列腺冷冻方案的设计与肝癌不同。前列腺内有尿道通过,与膀胱、直肠关系也较密切,冷冻时,既要考虑将前列腺全部冻融(特别是不能有肿瘤残留),又不能将直肠、膀胱等邻近空腔脏器冻伤,以免形成瘘管。术前留置导尿,患者取截石位,骶管麻醉加局部麻醉。做好皮肤标记,在直肠超声或 CT 下定位。1% 利多卡因局部麻醉,做皮肤小切口,用血管钳稍加分离。将冷冻针专用穿刺针插入预定靶位,然后置入冷冻针,术中肛检与超声或 CT 实时扫描密切配合,切勿穿破直肠或膀胱。冷冻针达预定位置后,启动冷冻针冻融程序,2 个循环。术中连续超声或 CT 扫描监测冰球大小。术毕刀道内填塞止血绫,伤口覆盖纱布。术中及术后 1 小时连续温水灌注膀胱(图 3-29-6,书末彩图 14)。

三、并发症

并发症有:①尿道冻伤;②膀胱或直肠穿孔;③尿失禁;④性功能减退;⑤会阴部皮肤淤血及阴囊水肿。

四、术前护理

1. 常规护理　详细了解病史,测量生命体征,协助患者完成三大常规、肝肾心肺功能、

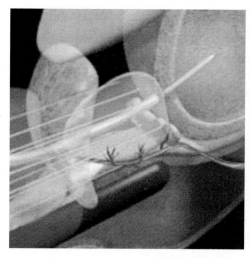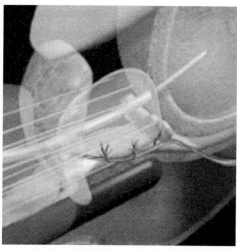

图 3-29-6　超声引导下氩氦刀治疗前列腺癌

凝血功能、腹部超声及 CT 检查等；做好皮肤准备，检查有无皮肤破损及感染，及时向医师汇报；术前可服用减雄激素药物，服用时间最好在 3～6 个月为佳。保证充分的睡眠；协助患者做好皮肤清洁工作；护送患者至手术室。

2. 术前肠道和尿道准备　常规肠道准备以减少术中污染。术前留置三腔气囊导尿管，以备术中定位、灌入热盐水保护尿道免于冻伤、同时术后导尿管可作为支撑管，减少尿道损伤后的狭窄。

3. 心理护理　深入了解患者心理变化，关怀体贴患者，建立良好护患关系。耐心解释手术过程及术后可能发生的并发症，缓解患者焦虑情绪积极地配合治疗。

4. 饮食与休息　保障充足的睡眠，了解患者的睡眠状况，当患者由于焦虑睡眠障碍及时与医生联系，适当应用助眠药物；为改善患者体质，鼓励患者食高蛋白、高热量、高维生素饮食。

五、术 中 配 合

1. 协助医生摆放患者体位。
2. 稳定患者情绪。
3. 常规建立静脉通路。
4. 监测患者生命体征，观察病情变化，患者有不适症状或有麻醉后不良反应及处理。

六、术 后 护 理

1. 常规护理　患者术后平卧 6 小时；严密观察生命体征；注意观察伤口渗血情况；常规应用止血药物及抗生素；导尿管至少保留 3 周以上，拔出导尿管前，应作超声或前列腺肛检，了解前列腺情况。若前列腺水肿明显，肛诊有触痛，或有尿道瘘，应适当延长置管时间。对症处理如穿刺点或会阴部疼痛明显，可用止痛药。

2. 饮食护理　选择食物要多样化，提供身体丰富的营养；多吃淀粉类食物，包括充分的热量、数量充足的优质蛋白质和维生素 A、维生素 B_1、维生素 B_2、维生素 C 等的供给；不要挑食偏食，做到合理搭配；食用清淡易消化食物。

3. 并发症护理

（1）尿道冻伤：因术中或术后温水灌注保护不佳所致。患者可有尿痛、尿急、尿频、尿血等，严重者可造成尿道瘘。应加强抗感染，保持尿道清洁，延长置管时间。若发生直肠尿道瘘，应行耻骨上膀胱造瘘，长期不愈合者应手术修补。

（2）膀胱或直肠穿孔：因术中监测不力、冷冻范围过大所致。应行膀胱造影，明确穿孔部位，延长置管时间，必要时行耻骨上膀胱造瘘，长期不愈合者应手术修补。

（3）尿失禁：发生率4.3%。可能是冻伤括约肌和神经所致。可用营养神经的药物如胞二磷胆碱、脉络宁等。严重者应膀胱造口。根治性前列腺癌术后尿失禁的发生率为23%。

（4）性功能减退：可能是冻伤阴茎勃起神经所致，阳痿的发生率为80%。有15%的患者可完全恢复性功能，23%的患者部分恢复性功能。根治性前列腺癌术后阳痿的发生率为89%。

（5）会阴部皮肤淤血及阴囊水肿：术中注意皮肤保护，术后注意压迫止血。若出现阴囊水肿，则以柔软衣物垫高阴囊促进血液回流，同时可予以芒硝外敷消肿。

七、健 康 教 育

指导患者注意休息，避免劳累，保持良好的心态，避免情绪激动。合理饮食，摄入高热量、高蛋白、高维生素，多吃蔬菜水果，保持大便通畅。定期复查超声和肿瘤标志物。

第五节　CT 引导下氩氦刀冷冻治疗盆腔肿瘤的护理

盆腔肿瘤主要是泌尿系统肿瘤、直肠肿瘤和盆腔转移性肿瘤。此节介绍经皮穿刺氩氦刀靶向治疗盆腔肿瘤的护理。

一、适应证与禁忌证

1. 适应证

（1）失去的常规根治手术治疗机会的中晚期患者。如无多脏器转移，无明显肝、肾功能不全和严重心血管疾病。已经完成人工肛门再造术后，对局部肿瘤可以实施姑息性氩氦刀靶向冷冻治疗；直肠癌 Mile 术后局部复发者。

（2）局限性盆腔转移癌，肿块位置低，与肠腔无浸润者。

（3）骶尾部原发性肿瘤或复发者。

2. 禁忌证

（1）盆腔上部肿瘤，因乙状结肠及小肠常包绕于肿瘤周围，穿刺冷冻时不易避开上述脏器，极易损伤引起肠瘘者。

（2）直肠癌术后复发未行人工肛门转流术者，术后易引起肠瘘、肠梗阻，原则上不宜行冷冻术。

（3）原发性低位直肠癌无法手术切除，未行人工肛门转流术前原则上不宜行冷冻术。

（4）肿瘤与膀胱浸润明显者，原则上不易冷冻，术后易引起膀胱瘘。

（5）肝、肾、心肺功能不全和凝血功能障碍的患者。

二、手 术 操 作

　　盆腔肿瘤经皮氩氦刀靶向治疗的麻醉可予局部麻醉。手术体位应与定位体位一致，以免穿刺靶点时出现误差。超声引起会阴部径路选择类似膀胱截石位，双膝屈曲略外展双足置于床上。CT引导臀三角坐骨大孔径路则选择侧卧位或半卧位，进针侧朝上。常规消毒手术野，铺无菌巾，检查备好术中所用器械。分别于皮肤穿刺定位点处切开0.5cm，止血钳扩张针道，根据超声或CT定位后所提示的进针角度、深度，在超声或CT引导下进行靶点穿刺，经超声或CT扫描确认靶点穿刺满意后退出穿刺针芯，引入导引钢丝，退出穿刺针，经导引钢丝引入扩张管及导管鞘，进入深度必须严格控制与定位深度相同，留置导管鞘，退出扩张管及导引钢丝。精确测量冷冻针的长度及进入深度，按设计深度经导管鞘内插入冷冻针。固定氩氦刀轻轻退出鞘管5cm左右，暂时冷冻固定。退刀后针道多无渗血，如有少量渗血，压迫数分钟即可止血，针道内填塞明胶海绵条，无菌敷料包扎，砂袋压迫数小时。术中常规心电监护、吸氧。测温探针监测不作常规使用，仅在必要时使用（图3-29-7）。

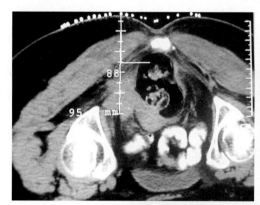
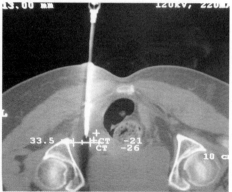
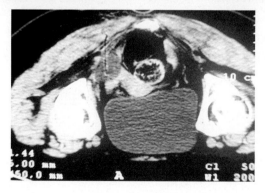

图3-29-7　盆腔肿瘤病例，术前、术中、术后CT

三、并　发　症

1. 尿潴留。
2. 盆腔脓肿形成。
3. 坐骨神经损伤。
4. 膀胱尿道冻伤等。

四、术　前　护　理

1. 常规护理　对患者的全身做全面的估价,纠正患者的营养状况和水、电解质平衡紊乱,有针对性地处理,使患者能安全地度过围手术期,减少术后并发症。

2. 术前肠道和皮肤准备　常规皮肤准备,药敏试验和肠道准备,术前 3 天进流质饮食,口服泻药,抗生素,术前头一天晚上灌肠,女患者术前 3 天作阴道冲洗。术前 3~4 小时口服稀释的 10％左右泛影葡胺溶液 500ml 左右以便术中肠道显影,便于与肿块区分,以防肠壁冻伤。

3. 心理护理　护士应深切理解患者的心理变化,关怀体贴患者,与患者建立良好的护患关系。耐心解释手术过程及术后可能发生的并发症,缓解患者焦虑情绪,使其能够以正确的态度面对,并愉快积极地配合治疗。

4. 饮食与休息　保障充足的睡眠,了解患者的睡眠状况,患者由于焦虑难以入睡,及时与医师联系,适当应用助眠药物;为改善患者体质,鼓励患者食高蛋白、高热量、高维生素饮食。

五、术　中　配　合

1. 协助医生安置患者体位。
2. 安抚患者情绪。
3. 常规建立静脉通路。
4. 监测患者生命体征,观察病情变化,患者有不适症状或有麻醉后不良反应及时处理。

六、术　后　护　理

1. 常规护理　严密观察生命体征,心电监护 6 小时;注意观察伤口渗血情况;常规应用止血药物及抗生素;观察手术侧下肢有无感觉运动障碍,以判断坐骨神经有无损伤。

2. 饮食护理　术前禁食,胃肠减压。

3. 并发症护理

(1) 尿潴留:一般留置导尿 2~3 日,均可自行排尿。

(2) 盆腔脓肿:手术后严格创口无菌处理和预防感染。

(3) 坐骨神经损伤:应给予营养神经剂,局部理疗数月后可恢复。

七、健 康 教 育

指导患者注意休息,避免劳累,保持良好的心态,避免情绪激动。合理饮食,摄入高热量、高蛋白、高维生素,多吃蔬菜水果,保持大便通畅。定期复查肿瘤标志物。

(钱建新　李　莉　武　清)

参 考 文 献

程颖,张彩霞,秦少波.2005.氩氦刀治疗中晚期肺癌的临床观察.吉林医学,26:599-600

程国昌,何相明.2005.应用氩氦刀治疗子宫肌瘤28例疗效分析.中国妇幼保健,20:3021-3022

厉志洪,张佳青,庞敏.2004.超声引导氩氦刀治疗肿瘤.实用全科医学,2:409-410

刘剑仑,刘剑勇,韦长元,等.2006.冷冻治疗对肝癌患者免疫功能的调节.广西医学,22:456-458

石家齐,贾本忠,顾昌世,等.2005.经皮靶向氩氦刀治疗前列腺疾病.中华现代外科学杂志,2:210-212

宋谦,李露嘉,夏放,等.2005.CT引导经皮氩氦刀靶向治疗肺癌的临床应用.中国肿瘤临床与康复,12:62-64

王洪武,贺声.2005.经皮穿刺氩氦刀治疗肝癌.中国肿瘤临床与康复,12:30-33

王洪武.2005.现代肿瘤靶向治疗技术.北京:中国医药科技出版社

武清,王雪松,钱建新,等.2005.经直肠超声引导氩氦靶向冷冻治疗前列腺癌23例疗效观察.中华男科学杂志,11:670-673

张奇夫,周平,李娜,等.2004.氩氦刀治疗前列腺癌(附18例报告).中国医药研究,2:35-36

Eskandari H,Ablin RA.1982.Immunologic responsiveness & tumor growth of the Dunning R3327 rat prostatic adenocarcinoma following cryosargery and orchiectomy.Ind J Exp Biol,20:872-874

第三十章　组织间近距离放疗的介入护理

第一节　概　　述

^{125}I 粒子是密封型治疗性放射性核素。其单个粒子活度为 0.4~1.0mCi(1Ci＝3.7×10^{10}Bq),半衰期 59.4 天,能量为 27.4~31.4keV 的 X 射线和 35.5keV 的 γ 射线,在组织中的最大辐射半径 1.7cm,既便于保存又易防护,对患者和医护人员的伤害也相对轻微,因而在临床应用于放射性粒子永久性植入放疗中,其渐受欢迎。

^{125}I 粒子已经应用于多种恶性肿瘤的植入治疗,如前列腺癌、胰腺癌、肺癌、口腔颌面部恶性肿瘤、头颈部恶性肿瘤等,特别是在前列腺癌的研究领域,^{125}I 的临床效果已经被证实是相当成功的。

一、^{125}I 粒子植入原理

^{125}I 粒子植入是肿瘤和癌症近距离放射治疗的一种。^{125}I 粒子能持续低剂量的释放 γ 射线,通过直接作用于肿瘤细胞的 DNA,造成 DNA 的双链断裂,另外还可间接地使体内水分子电离,产生自由基,促进肿瘤细胞的凋亡,敏感的肿瘤细胞迅速死亡。不敏感的静止期细胞一旦进入分裂期,在 γ 射线的持续作用下又迅速凋亡。经过足够的半衰期和足够的剂量,使肿瘤细胞无法繁殖而达到治疗肿瘤的目的,而正常组织不受损伤或仅受轻微损伤。

二、器　　械

^{125}I 粒子是由长 4.5mm,直径 0.8mm 钛管制成,其内装有一枚长 3mm、吸附^{125}I 的银棒。每颗粒子含有放射剂量为 0.4~1.0mCi(平均 0.6mCi),半衰期为 59.4 天,释放 94％的放射剂量需要 240 天。

植入设备包括粒子植入枪、粒子分装台、机械手、静电穿刺套、穿刺针旋转植入器。放射防护包括手术衣、手套、防护眼镜等。

三、方　　法

1. 粒子植入设计计划　所有^{125}I 粒子植入治疗的患者都必须在术前做好治疗计划,通常是采用超声、CT 或 MR 等影像学方法确定靶区,勾画出肿瘤的轮廓、横断面,图像输入治疗计划系统(treatment planning system,TPS),根据三维治疗计划系统给出预期的剂量分布,确定植入粒子的数量、分布和种植方式。植入粒子的计算公式:植入粒子数＝(肿瘤长＋

宽＋高)/3×5/单粒子的活度,如肿瘤不规则可增加10％的粒子数;粒子植入时应相互平行呈直线排列,粒子间要等距离(1.5～1.8cm),允许偏差应少于0.5cm;因肿瘤缩小后,粒子会向中央靠拢,所以粒子的分布应周围密集、中央稀少以免中心高剂量区而产生并发症;禁止使用单针植入粒子。

2. 粒子消毒准备　将放射性粒子在防护屏下先装入专用的粒子植入枪内,应用高压消毒法进行消毒。一般使用正常循环121℃、15磅压力下消毒15～30分钟;或用热蒸汽循环法133℃、30磅压力消毒3分钟。也可用环氧乙烷气体消毒或将粒子放入有适当屏蔽作用的容器内用酒精浸泡30分钟消毒,术前再将其装入已消毒的专用植入枪内供使用。

3. 植入途径　植入途径可采用胸腔镜或腹腔镜、影像学引导经皮穿刺、手术植入等方式。应用胸腔镜或腹腔镜辅助小切口植入创伤小、定位准确、并发症少、恢复快,对高龄、心肺功能差不能手术或确诊肺癌而不愿手术的肺癌患者更为适宜,对放、化疗未能有效控制病情的患者也可作为一种补充治疗。

手术植入是粒子植入常采用的方法,主要用在手术探查肿瘤无法切除的患者,直视下植入定位准确。

影像学定位下经皮穿刺植入,有创伤小、费用低优点。超声和CT引导下的三维治疗计划系统已经广泛应用临床治疗。由于超声分辨率良好、实时扫描、实时监测的优势,使得超声引导下,对较小体积肿瘤的近距离粒子治疗前景广阔。CT因其具有良好的空间分辨力和密度分辨率,可精确显示病灶大小和外形,以及与邻近组织结构的解剖关系。并可选择最佳的皮肤进针点和进针路径,避免损伤血管、神经等重要结构。CT引导下植入法优点为适于邻近骨结构的肿瘤治疗,粒子针排列均匀,瘤周器官显示清楚。缺点为灵活性相对较差和治疗时间长。

本书只讨论影像学引导下的粒子植入技术及其相应的护理要求。

四、产生的治疗效果

粒子植入近距离治疗肿瘤仍属于放射治疗,但与普通的外放射治疗存在很大的区别。由于放射源的活度小,射程短很容易防护。将粒子直接植入肿瘤内,其释放的绝大部分能量均被肿瘤组织吸收,有较高的适形性,明显提高了治疗效益。对周围正常组织的损伤极小,很少发生放射性食管炎、放射性肺炎等并发症。术中植入可与手术产生互补的效应。与化疗同步进行患者多可很好地耐受。

五、剂量评估和质量验证

植入粒子后,尽快摄照靶区正、侧位X线片,确认植入的粒子数目,记录植入术与质量评估间隔日数。30天内进行CT检查,根据CT检查结果,用TPS计算靶区及相邻正常组织的剂量分布,根据评价结果必要时补充治疗,必须进行质量评估,了解肿瘤实际接受剂量。在治疗后1周、1～2个月对疗效及发生并发症的可能性进行客观的评估,得到真正的肿瘤内剂量分布,并作规范记录评估结果,必要时补充其他治疗。

以下根据肿瘤发生脏器的部位分别将[125]I粒子植入治疗肿瘤的技术简要介绍,重点对所涉及的介入护理进行阐述。

第二节　^{125}I粒子植入治疗前列腺癌的护理

前列腺癌是老年男性常见的恶性肿瘤。20世纪70年代早期,美国纽约纪念医院的Whitmore医师开创了经耻骨后组织间碘粒子种植治疗前列腺癌的先河,形成了前列腺癌近距离治疗的基础。^{125}I粒子近距离治疗具有创伤小、并发症较低、治疗方便、可保留性功能、术后不用化疗、患者痛苦小、生存质量高和延长生存期等优点。

一、适应证与禁忌证

1. 适应证　①前列腺癌的根治性治疗。②前列腺癌术后残余组织的预防性治疗。③转移性肿瘤病灶或术后孤立性肿瘤转移灶而失去手术价值者。④无法手术的原发性前列腺癌的姑息性治疗。

2. 禁忌证　①放射性治疗不宜(如血液病等)及有麻醉禁忌患者。②病灶范围广泛。③恶病质、全身衰竭。④肿瘤部位有活动性出血、坏死或溃疡。⑤严重糖尿病。

二、手术操作方法

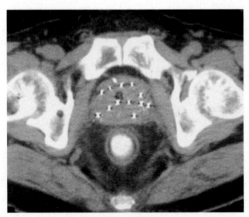

图3-30-1　男,67岁,前列腺癌^{125}I粒子植入术后

1. 术前靶区确定和计划　CT影像下确定治疗靶区,图像输入TPS,根据三维TPS给出预期的剂量分布,确定植入粒子的数量、分布和种植方式。

2. 放射性粒子植入

(1) 术前签署治疗知情同意书。采用局部麻醉或全身麻醉。

(2) 手术方式:一般以CT引导下经皮穿刺植入较常用。CT引导有利于显示前列腺及邻近骨结构的关系,便于确定布针及复查粒子排布(如图3-30-1)。

三、并　发　症

并发症有放射性尿道炎、放射性肠炎、放射性肠损伤、粒子脱落、肺栓塞等。

四、术 前 护 理

1. 心理护理　放射性粒子植入治疗恶性肿瘤在我国是一项新技术,绝大多数患者对此比较陌生,有一定的恐惧及焦虑。因此,护理人员应耐心细致疏导,向患者及家属说明^{125}I放射粒子治疗恶性肿瘤的目的、原理及术后的防护等。

2. 常规护理　手术区域常规备皮,并指导患者床上练习排尿、排便。指导患者进行深呼吸、屏气练习,同时进行咳嗽、咳痰训练。

3. 术前准备　术前做好常规化验检查、药物过敏试验、会阴部及粒子植入部位皮肤消毒、备皮、留置导尿。粒子、植入枪、穿刺针、无菌包等消毒。

五、术 中 配 合

1. 协助医师将患者摆放合适体位。

2. 打开无菌包,配合医师消毒、铺无菌巾。

3. 准备空针、麻药、消毒粒子及粒子植入枪、穿刺针、植入器等。

4. 协助穿刺定位、CT影像学扫描。

5. 注意观察患者术中反应,监护生命体征,必要时给予药物控制。

6. 粒子植入完毕后清点、记录植入粒子数,协助消毒、包扎。

7. 监护患者并送回病房。

六、术 后 护 理

1. 常规护理　患者术后返回病房,给予心电、血压监测。密切观察患者的全身情况,观察针刺部位,会阴部有无触痛、肿胀、血肿或轻度出血。一般来讲,应用冰袋和轻度止痛药物、抗感染药物,症状会缓解。伤口如有渗血、渗液及时给予更换敷料。临床资料显示,粒子植入治疗几周至数月后,会出现尿道阻塞,尿频、尿急和排尿困难等症状加重,术后配合医生给予对症治疗。通常来讲,患者术后2天不要剧烈活动,之后可进行适量活动,避免出现血尿。

2. 饮食护理　术后应注意饮食限制,因食物中的氨基酸和酸性食物可以增加膀胱刺激症状,因此应调整饮食习惯。患者拔除导尿管后,应避免夜间大量饮水,同时限制饮用含咖啡因的饮料,避免刺激膀胱收缩,引起排尿困难。

3. 导尿管护理　患者术后保留导尿管,注意观察尿液及是否有血凝块以及防止粒子丢失,如发现粒子,及时用镊子夹起,放入备用的铅罐内,送医院指定科室处理。尿管留置期间每日用0.5%碘伏棉球消毒尿道口2次,并每日更换尿袋,预防尿道感染。

4. 粒子植入后防护　术后患者应住单间或用铅屏防护,保持病房空气清新,室温应控制在22～25℃,减少热气与散在射线结合污染环境。粒子治疗后1～2个月,孕妇、儿童和小动物应该与患者保持1m以上的距离,儿童应避免坐在患者腿上。

5. 心理护理　患者除躯体上痛苦外,常产生多种心理反应,急性期焦虑、恐惧尤为突出。随着病情的稳定,患者会出现被动依赖心理,情感脆弱、多疑,担心后遗症,如肿瘤转移、粒子丢失等。护士要积极与患者沟通,同情、理解患者的处境,尊重患者,给予心理支持、疏导,同时取得家属的支持,帮助患者树立积极的人生态度、坚强的毅力,从而战胜疾病。

6. 并发症护理

(1) 放射性尿道炎:因尿道位居前列腺中心,不可避免地受一定剂量的粒子辐射,术后可能会出现会阴部肿胀、尿道刺激征。防止尿道过量受照是预防放射性尿道炎的原则。制订合理的个体化放疗方案,使照射量低于尿道组织的耐受量。

(2) 放射性肠炎:放射性肠炎是盆腹肿瘤经放疗后引起的常见并发症,临床以结肠、直肠炎多见。主要表现为:腹泻、体重下降、腹痛、里急后重、便秘、便血、肛门刺痛、慢性迁延性炎症、溃疡形成、狭窄、瘘管或穿孔。放射性直肠炎的发生个体差异较大,有的反应较轻微,有的反应较重,出现的时间也迟早不一,一般在放疗2~3周后出现,往往会影响到放疗的进行及患者的生活质量,治疗起来比较棘手,因此预防和早期发现十分重要。一旦并发症出现,及时对症处理并应进行综合治疗,卧床休息,镇静,加强营养,给予高蛋白和富含维生素(如维生素 C、E、A 及 B 族)和微量元素、少纤维素的食物为主;注意观察水、电解质和酸碱平衡,纠正贫血,加强抗感染措施。及时给以药物保留灌肠。

(3) 放射性肠瘘:一般发生于放射治疗后半年至两年左右,属放疗后的远期并发症最常发生的部位是乙状结肠和直肠。一旦患者在放射性肠炎的基础上发生放射性肠瘘,它的治疗非常困难。这一类瘘除具有其他原因所致肠瘘的病理生理如营养不良、内稳态失衡、感染等外,尚有以下特征:组织愈合能力差;腹腔粘连严重,难以松解;易出现复杂瘘,单发肠瘘发生后,肠液长期侵蚀周围粘着的已有放射性损伤的器官(回肠、直肠、膀胱、阴道),致复杂瘘发生。严重放射性肠损伤应积极进行手术治疗,配合临床营养支持可获得满意疗效。

(4) 粒子脱落:粒子脱落常发生在植入术后的第 1 天或第 2 天,故植入术后 1 周内应进行尿液过滤和稀释粪便溶液检查,以防粒子丢失污染环境。当发现粒子滤出后,立即穿戴屏障防护铅围裙,使用长镊子将粒子夹起放入特制铅盒内,并立即送核医学科妥善处理。

(5) 肺栓塞:放射性粒子植入术后可能出现粒子游走和肺栓塞,即游走进入种植器官附近较大的血管内,随血液流动进入肺部,栓塞肺动脉或其分支而致肺栓塞,因此术后除常规照射 X 线胸片外同时监测生命体征,尤其是呼吸,当患者突然出现呼吸困难、胸痛、咳嗽、咯血伴心率加快、发绀等,应立即通知医生并嘱患者绝对卧床休息、吸氧,勿深呼吸、剧烈咳嗽或用力活动,避免引起更严重的并发症。

七、健 康 教 育

1. 性生活　术后可恢复性生活,但建议使用安全套。

2. 生育　粒子植入治疗可能损伤生育能力,如果患者在未来计划生育孩子,最好在手术之前储存精子。

3. 家庭护理　粒子植入后 4 个月内与患者接触需采取一定防护措施,儿童、孕妇不能与患者同住一个房间。患者在术后半年内死亡应与医院取得联系,及时收回粒子,避免造成周围环境污染。粒子植入持续时间一般为 3 个半衰期,在此期间应配合医生追踪管理。

4. 术后随访　患者要定期进行胸部 X 线检查,因放射性粒子可以通过前列腺外周静脉丛进入肺内,与此同时,也要对前列腺进行 CT 扫描,目的是检查每个粒子在前列腺的精确位置。随访 2 年,3 个月一次,2 年后 6 个月随访一次。终生随诊,检查包括 X 线、普通的数字型直肠检查(DRE)和前列腺特异性抗原检查(PSA)。

第三节　^{125}I 粒子植入治疗肝癌的护理

肝癌是一种高度恶性的肿瘤,肿瘤细胞增殖快,生存期短。正常肝脏是放射敏感器官。外放射治疗肝癌已有放射性肝炎、放射性肺炎、肺栓塞、肺纤维化、胃十二指肠溃疡、骨髓抑制等严重并发症的报道。^{125}I粒子植入治疗作为手术及化疗、放疗等手段的补充,在肝脏恶性肿瘤治疗中的应用正逐渐受到重视。植入瘤体内的放射性粒子能连续不断地发出射线,使肿瘤细胞的辐射效应叠加,持续照射破坏肿瘤细胞核的 DNA 双链,使肿瘤细胞失去繁殖能力,而且放射性粒子植入治疗无外放射引起的全身并发症,效果优于外放射治疗。

一、适应证与禁忌证

1. 适应证　①一般情况好,无严重肝功能损害和肝硬化,无黄疸、腹水,肿瘤局限而且发展缓慢,无远处转移的患者;②虽已有肝内播散或弥漫型肝癌,但一般情况好,无黄疸、腹水者;③肝癌合并门静脉癌栓或者肝门区淋巴结转移。

2. 禁忌证　①严重肝硬化伴有肝功能损害;②炎症型肝癌;③腹水。

二、手术操作方法

1. 术前靶区确定和计划　超声或 CT 影像下确定治疗靶区,图像输入 TPS,根据 TPS 给出预期的剂量分布,确定植入粒子的数量、分布和种植方式。

2. 放射性粒子植入

(1) 术前签署治疗知情同意书。

(2) 手术方式:以局部麻醉或全身麻醉。超声或 CT 引导下的三维 TPS 确定穿刺路径及植入粒子数量(图 3-30-2)。

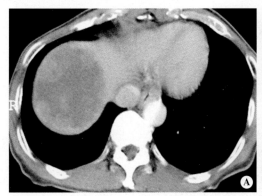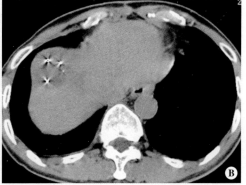

图 3-30-2　男,67 岁,临床诊断肝癌,AFP 1700 ng/L(A),^{125}I粒子植入后 2 个月,肿块缩小,AFP降至 210 ng/L(B)

三、并　发　症

并发症有放疗综合征、腹腔出血、肝功能损害、肺栓塞等。

四、术　前　护　理

1. 术前准备　患者入院后常规检查肝功、甲胎蛋白(AFP)、血常规、凝血酶原时间及超声或 CT 定位。对于凝血功能较差者可术前补充维生素 K,改善凝血功能,预防术后腹腔内出血;肝功能较差者可术前行保肝治疗,避免术后肝功能衰竭;超声或 CT 定位检查能够进一步明确肿瘤位置、大小、形态,为粒子植入的入路提供指导,增加粒子植入的准确度。

2. 心理护理 由于放射性粒子植入术治疗肝癌是新的技术,患者及家属都对手术不了解,以至不能密切配合,而且往往担心疗效不佳,害怕辐射污染而感到紧张、恐惧以及并发症等问题,术前我们要对患者及家属解释放射性粒子植入术治疗的安全性和局限性,以及手术目的、方法和简单过程,着重讲解术中配合、术后注意事项及射线防护知识,强调定期复查的重要性,并介绍成功病例,稳定患者情绪,消除顾虑,解除患者的紧张情绪,以便开展手术治疗。

3. 材料准备 常规器械、注射器、麻醉药、止血药、急救药等,消毒物品的配备,通知超声或 CT 室有关人员,根据肿瘤的大小计算需用的^{125}I 粒子的数量,粒子穿刺针、旋转植入器等经高压灭菌后备用。

4. 常规护理 术前 6 小时禁食禁水,指导患者练习床上大、小便。

五、术 中 配 合

1. 将患者摆放合适体位,一般肝脏穿刺取仰卧位即可,有时根据肿瘤部位取左侧卧位或斜位更利于定位和穿刺,患者体侧予以适当枕头或棉垫,以保持舒适。

2. 打开无菌包,配合医师消毒、铺无菌巾。

3. 准备空针、麻药、消毒粒子及粒子植入枪、穿刺针、植入器等。

4. 协助穿刺定位、影像学扫描。

5. 观察患者术中反应,必要时给予药物控制。

6. 粒子植入完毕后清点、记录植入粒子数,协助消毒、包扎。

7. 监护患者并送回病房。

六、术 后 护 理

1. 密切观察生命体征 24 小时监测术后患者心率、血压、脉搏,注意观察穿刺部位有无渗液和渗血,皮肤颜色有无变化等。术后绝对卧床休息 6 小时,而后可进行适量活动;观察患者意识、瞳孔、四肢活动、末梢血液循环的变化等;注意观察有无肝脏部位疼痛、腹水、黄疸、丙氨酸氨基转移酶(Au)升高等现象。及时发现异常情况,并采取急救处理。

2. 饮食护理 术后出现恶心、呕吐、食欲差等胃肠道症状,因此,术后 2～3 天适当给予营养丰富且容易吸收的饮食,减少每餐食量,增加就餐次数。患者术后可以出现恶心、呕吐等胃肠道症状,所以术后 4～6 小时可进流食,8 小时后改进半流食,3 天内饮食应少量多餐,食物要具有高营养、高热量、高维生素、适量高蛋白和低脂肪,如排骨汤、鱼类、瘦肉粥、新鲜水果和蔬菜。

3. 疼痛的护理 患者术后穿刺部位均会有不同程度的肝区疼痛,如果疼痛不很严重,一般不予处理,可以与患者交谈,或者让患者听舒缓音乐、看电视,分散其注意力,可以减轻疼痛。疼痛严重者可以应用冰袋止痛或根据医嘱给予镇静、止痛药物。加强巡视,如发现疼痛加重,应及时通知医生。

4. 放射性防护

(1) 环境管理:为患者提供单间病房,缩小其活动范围,减少与其他患者接触,保持室内空气流动、清新洁净及温度适宜,尽量减少热气与散在空气结合污染环境。

(2) 人员管理:对护理人员进行护理操作及放射防护知识培训,医护工作人员需近距离治疗、护理时,戴铅制防护围裙、防护颈围、防护眼镜;或采用自制铅防护小中单,遮盖住患者的粒子植入部位,在保证工作质量的前提下,固定护理人员,尽可能集中完成各类护理操作,以减少与放射线接触的时间。同时限制患者家属的探视时间及人员。

5. 并发症护理

(1) 放疗综合征:放射治疗后,会产生一系列不良反应,包括恶心、呕吐、疼痛、发热等症状,统称为放疗综合征。嘱患者绝对平卧,呕吐时头偏向一侧,防止呕吐物误吸,引起窒息,并及时给予盐酸格雷司琼等止吐药预防恶心、呕吐。由于粒子发挥作用,对坏死肿瘤组织的重吸收反应导致患者术后 2～3 天体温一般在 37.5～38℃,所以术后严密观察体温变化,每日测体温 4～6 次,连测 3～4 天。同时,术中应严格执行无菌操作技术,减少医源性感染;应鼓励患者多饮水,防止脱水;如果患者体温过高,可给予物理方法或退热药降温,并补充液体。术后应给予适量的抗生素,预防感染。

(2) 腹腔出血:是放射性粒子植入术严重的并发症之一,可能与肿瘤位置表浅、穿刺针粗、患者凝血功能差有关。术后应密切注意有无腹痛、腹胀、腹部压痛和反跳痛、肌紧张等腹膜炎的表现。观察血压、脉搏等生命体征,有无内出血的征象。

(3) 肝功能损害:放射性治疗易引起肿瘤周围的肝组织坏死,同时坏死组织的吸收又加重肝脏的负担,故术后患者肝功能均有不同程度损害,以转氨酶的一过性升高为主。必要时术后绝对卧床休息,给予保肝、降酶治疗。

(4) 肺梗死:是放射性粒子迁移到肺动脉形成,是最严重的并发症。术后若患者突然出现呼吸困难、胸痛、发绀时,应立即报告医生,给予低流量吸氧,嘱患者绝对卧床休息,建立静脉通道,配合医生抢救。

七、健 康 教 育

1. 康复指导　嘱患者戒烟、酒和浓茶,保证充足的睡眠,避免劳累,适当锻炼身体,增强机体免疫力。嘱患者保持良好的心态,面对现实,保持心情畅快,有利于恢复。

2. 家庭护理　粒子植入后 4 个月内与患者接触需采取一定防护措施,儿童、孕妇不能与患者同住一个房间。患者在术后半年内死亡应与医院取得联系,及时收回粒子,避免造成周围环境污染。粒子植入持续时间一般为 3 个半衰期,在此期间应配合医生追踪管理。

3. 术后随访　每 2～3 个月到医院进行一次 AFP、影像学等检查;教会患者自我观察,注意有无水肿、体重减轻、出血倾向、黄疸、乏力和疲倦等症状,一旦发现及时就医。

第四节　^{125}I 粒子植入治疗肺癌的护理

肺癌的治疗虽然仍以手术治疗配合化疗为主,但相当部分患者发现时已到中晚期,失去了手术的最佳时机,而且化疗药物毒副作用明显,严重影响机体的康复。^{125}I 粒子植入是近年来综合治疗肺癌的新方法,植入的粒子持续释放低能量 γ 射线,破坏肿瘤细胞 DNA 双链结构而不损伤正常组织,从而达到治疗的目的。该方法具有效率高、病死率低、创伤小、效果好、安全性高的特点,特别适用于不适合手术治疗的中晚期肺癌患者。

一、适应证与禁忌证

1. 适应证　①未经治疗的原发肿瘤、转移性肿瘤或孤立性转移灶;②失去手术机会者;③肿瘤浸润重要脏器无法完全切除者。

2. 禁忌证　①不宜放射性治疗(如血液病等)及有麻醉禁忌者;②病灶范围广泛;③恶病质、全身衰竭;④肿瘤部位有活动性出血、坏死或溃疡;⑤严重糖尿病。

二、手术操作方法

1. 术前靶区确定和计划　CT确定治疗靶区,图像输入TPS,根据TPS给出预期的剂量分布,确定植入粒子的数量、分布和种植方式。

2. 放射性粒子植入

(1) 术前签署治疗知情同意书。

(2) 手术方式:以局部麻醉或全身麻醉。超声或CT引导下的三维TPS确定穿刺路径及植入粒子数量(图3-30-3)。

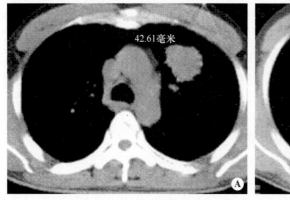
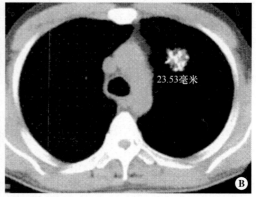

图3-30-3　男,70岁,左肺癌(A),^{125}I粒子植入后1个月肿块显著缩小(B)

三、并　发　症

并发症有发热、咯血或痰中带血、气胸、肺内感染、放射性肺炎等。

四、术　前　护　理

1. 心理护理　患者在首次接受粒子植入治疗时,由于对治疗的不了解,易产生紧张焦虑和恐惧心理。保持良好稳定的心理状态,可提高机体自身免疫力,所以要重视术前心理护理。通过给患者及家属详细介绍此种新技术的基本知识及其疗效,使者对此技术树立信心并讲解手术或操作过程,说明手术对患者创伤小、痛苦少且操作简单,消除患者思想上的顾虑,使患者积极配合治疗,必要时请已治疗后的患者现身说法。

2. 材料准备 粒子植入穿刺包、碘伏、碘油、明胶海绵、消毒的粒子装载器及粒子、一次性植入针、常见急救药品等。

五、术 中 配 合

1. 固定体位 经皮穿刺植入时,根据病变的部位取适当体位,为保证粒子植入部位的准确性,胸部穿刺时嘱患者屏气,防止患者躁动移位。体位一定要以患者舒适安全和利于治疗为宜,并注意防止血管神经长时间受压。

2. 注意生命体征的监测,防止发生意外 粒子种植结束前从套管针内注入碘油加明胶海绵,防止种植部位出血。

3. 注意观察患者在治疗过程中有无疼痛感觉,保证麻醉的效果,以免疼痛影响体位的固定和治疗的准确。

4. 粒子种植过程中注意清点粒子颗数,必要时可用 γ 射线袖珍检测仪测试寻找,严防粒子丢失和泄露,以免引起核污染。

六、术 后 护 理

1. 监测病情变化 减少不必要的活动,严密监测心率、血压及呼吸的频率和节律,注意有无呼吸困难、咯血及缺氧征兆,保持呼吸道的通畅。并给予持续低流量吸氧,询问患者有无不适,如胸闷、憋气及疼痛等。若患者术后胸闷、咯血、气促、发热、血氧饱和度下降,提示胸腔积气或出血,应立即报告医生,及时处理。

2. 穿刺点护理 粒子植入局部要进行消毒,并用 6cm×7cm 的贴膜覆盖,每日更换一次。3 天后伤口愈合好的患者可停止穿刺点护理。

3. 疼痛的护理 术后 1 周内,因粒子异物刺激及放射线杀伤肿瘤细胞致肿瘤组织坏死会引起患者不同程度的疼痛。协助患者取舒适卧位,指导使用放松技巧,如按摩、缓慢有节奏的呼吸、分散注意力等方法以减轻疼痛感,并向患者说明疼痛的原因及缓解时间,消除其紧张、焦虑情绪。

4. 粒子脱落观察与处理 粒子丢失常发生在植入术后 2～7 天,故植入术后 1 周内需收集 24 小时痰液,稀释并过滤,以防粒子丢失污染环境。一旦在痰液中发现粒子,应用长柄镊子夹入铅罐,记录放入时间,并及时与医生联系以便妥善处理。

5. 术后放射防护措施 放射防护的目的在于保证安全。永久粒子种植治疗的核素释放低能量光子,穿透力弱,临床操作易防护,对患者和医护人员损伤少。经临床检测发现,距离放射性粒子 10cm 以外的辐射对人体无明显影响,30cm 以外完全无影响,无需特别防护。但人体受到辐射的累加剂量,随着接触放射源时间的延长而增加。放射粒子^{125}I 的半衰期为 60 天,对于直接操作治疗的医务人员与接触患者的人群都有危害,尤其是孕妇和儿童。因此,为防止医护人员与家属等发生电离辐射伤害,应制订有效的防护措施,具体如下:①粒子植入术后患者尽量集中在一间病房,统一管理;②患者穿铅制防辐射背心或围裙;③医护人员需近距离接触时,尽量集中进行,避免接触时间过长;④因放射性^{125}I粒子的组织穿透距离为 1.7cm。故病床间距要超过 1m,近距离操作和护理时可适当使用防护设施,术后 6 个月方可取消防护。

6. 并发症护理

(1) 发热:患者术后发热在排除感染的情况下有两个原因,一是穿刺损伤了肺组织,渗出液中的炎性因子刺激机体出现发热现象;二是放射性粒子刺激肿瘤组织也会出现发热。患者体温一般在 37～38℃,持续 3～4 天。定时测量体温,遵医嘱静脉滴注抗生素以防止感染并嘱患者多饮温开水,5～10 天后即可恢复到正常体温。若体温超过 38℃,应通知医生给予退热药或物理降温。

(2) 咯血或痰中带血:由于穿刺损伤了周围肺组织,因此术后 1～2 天患者痰中可能伴有少量血液,若术中因调整位置而反复多次穿刺,肺组织损伤较严重则往往会引起咯血。为减少患者恐慌,护士耐心细致地向患者讲解咯血原因,嘱患者保持冷静,同时遵医嘱静脉滴注适量止血药并密切观察患者出血量。若患者咳嗽较剧烈,给予适量止咳剂镇咳。

(3) 气胸:该并发症亦比较常见,多与术中反复穿刺或患者术后剧烈咳嗽有关。若肺组织压缩低于 30% 可保守治疗或不予处理,一般 1～2 周后自行吸收。若超过 30% 需行胸腔闭式引流,引流过程中护士对患者的呼吸情况及末梢血氧饱和度进行密切监测,并仔细观察水柱波动情况,保持引流管的通畅。

(4) 放射性肺炎:虽然粒子放射强度很低,主要杀伤肿瘤细胞,但由于是直接植入肺组织,正常肺组织仍可能受到损伤而引起炎症反应。一般出现于放射治疗后 2～3 周,以胸痛、刺激性干咳为特征,严重者肺脏发生广泛纤维化,最后易导致呼吸衰竭。治疗期间,护士遵医嘱给予皮质激素和抗生素治疗,以降低炎症反应程度和防止肺部细菌感染。密切观察患者体温及呼吸、咳痰情况,若发高热给予物理降温处理,保持室内清洁,空气通畅,若干咳症状明显,给予止咳药,嘱患者多饮温开水,促进痰液排出。

(5) 肺栓塞:一般术后 1～2 天粒子可能会脱落,脱落的粒子会随血流进入血管引起肺栓塞,这是植入后最严重的并发症。术后 1～2 天应严密观察患者心率、呼吸频率、血氧饱和度,若患者出现胸痛、发绀、呼吸困难、血氧饱和度持续下降等情况应立即报告医生及时处理。

七、健 康 教 育

1. 饮食指导　宜进食含优质蛋白、高维生素、低脂、易消化的清淡食物,如豆浆、牛奶、瘦肉、蔬菜、水果等。合理饮食可以提高免疫力,促进患者康复。

2. 出院指导　嘱患者回家后多休息,勿从事重体力劳动或剧烈活动,避免粒子外移,1 个月后回医院检查,防止放射性粒子丢失;粒子放置后,由于局部长期电离辐射作用,可引起血细胞异常,告知患者出院后根据医嘱经常复查血常规,每 1～2 周一次,如有不适及时就诊。

3. 术后随访　术后 4～6 周后随访一次,而后每 3 个月随访一次,随访 2 年,以后每年随访一次,直到 5 年。

第五节 ^{125}I 粒子植入治疗胰腺癌的护理

胰腺癌是消化系统中常见的恶性肿瘤之一,因其解剖学特点,临床上很难早期发现,加之肿瘤位置深,周围毗邻血管及脏器结构复杂,手术难度大,对放、化疗均不敏感,因此预后极差,5 年生存率仅为 5%。目前主要的治疗方法有各种体内、体外放疗和以吉西他滨为主的化疗。由于放、化疗的疗效不确切并存在全身不良反应,故临床一直在不断探索研究新的治疗方法。放射性^{125}I粒子植入是治疗胰腺癌的一种新途径,是一种安全有效的新技术。通过放射性粒子植入治疗中晚期、手术不能切除的胰腺癌病例,可以明显改善生活质量并延长生存期,也较少有严重并发症。

一、适应证与禁忌证

1. 适应证　①未经治疗的原发肿瘤,转移性肿瘤病灶或术后孤立性转移灶;②失去手术机会者;③肿瘤浸润重要脏器无法完全切除者。

2. 禁忌证　①放射性治疗不宜(如血液病等)及有麻醉禁忌患者;②病灶范围广泛;③恶病质、全身衰竭;④肿瘤部位有活动性出血、坏死或溃疡;⑤严重糖尿病。

二、手术操作方法

1. 术前靶区确定和计划　CT影像下确定治疗靶区,图像输入TPS,根据三维TPS给出预期的剂量分布,确定穿刺路径、植入粒子的数量、分布和种植方式。

2. 放射性粒子植入

(1) 术前签署治疗知情同意书。采用局部麻醉或全身麻醉。

(2) 手术方式:以CT扫描图像输入TPS,给出预期的剂量分布,设计布针、植入粒子数目,穿刺路径尽量避开肠管(如图3-30-14)。

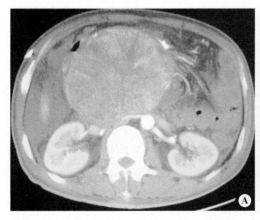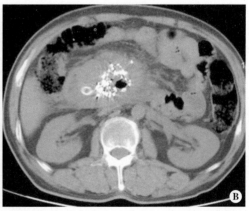

图3-30-14　男,54岁,腹部巨大肿块,穿刺活检证实为胰腺癌(A),^{125}I粒子植入术后7个月肿块明显缩小(B)

三、并　发　症

主要并发症有胰漏、出血、发热、肺栓塞。

四、术　前　护　理

1. 心理护理　因晚期胰腺癌患者身心备受疾病折磨,焦虑、恐惧、绝望的心理加上躯体上的疼痛,使他们对生活、治疗、护理失去信心。因此,当患者入院时护理人员应以亲切和蔼的态度接待他们,耐心地倾听他们的诉说。及时评估患者的心理状态,随时沟通,发现问题及时进行心理干预,克服其负性心理,将积极的治疗信息输送给他们,使其逐渐树立战胜疾病的信心。

2. 患者术前应适当休息,避免劳累,防止上呼吸道感染。饮食予以低脂、少渣、易消化食物,营养状况差者,必要时予以肠内或肠外营养支持。协助患者完成相关检查,如出凝血时间、肝、肾功能检查及心电图等。术前 1 天训练患者吸气-屏气动作,屏气最好持续 10 秒以上,直到患者熟练掌握为止。术前禁食 12 小时,禁水 8 小时并测量生命体征,术前 30 分钟肌内注射地西泮 10mg,山莨菪碱 20mg,必要时肌内注射巴曲酶和止痛剂。

3. 用物准备　粒子植入穿刺包、碘伏、碘油、明胶海绵、消毒的粒子装载器及粒子、一次性植入针、常用急救药品等。

五、术 中 配 合

1. 协助患者卧于 CT 扫描床上,取合适体位后 CT 扫描定位。

2. 穿好防护服后配合术者消毒、铺巾、局部麻醉,再次检查粒子植入器功能是否完好,协助术者穿刺。

3. 穿刺时嘱患者先吸气再屏气,待其屏气时将针穿入预定位置,用 5ml 注射器回抽有无液体,若抽出血液应退针,若抽出清亮液体,证明针在胰管内,应将胰液抽完后退针,调整方向后重新穿刺,回抽无液体后 CT 扫描确定针尖位置,进入预定位置后,协助术者推送释放粒子。

4. 按 TPS 计划完成所有粒子植入,术毕拔针后按压穿刺点 3～5 分钟,无出血后用无菌粘贴巾粘贴伤口,无不适再送回病房。

5. 在整个手术过程中除了配合术者外,还应密切观察患者的脉搏、呼吸、血压、面色、意识等变化,并定时询问患者有无不适感,发现异常情况及时汇报医师,并协助术者迅速处理。

六、术 后 护 理

1. 一般护理　按全身麻醉术后常规护理进行护理,密切观察生命体征、尿量及病情变化。术后每 30 分钟测量血压、脉搏、呼吸、血氧饱和度一次,连续测 3 次平稳后,改为 1～2 小时测量一次。

2. 引流管的护理　妥善固定并保持各引流管通畅。术后患者可能有吸氧管、胃肠减压管、腹腔引流管、导尿管等,保持各引流管通畅,防止引流管扭曲、滑脱、阻塞,注意观察引流液的颜色、量及性状的变化,尤其注意腹腔引流液的变化,警惕胰漏、胆漏、出血的发生。发现异常及时汇报医生处理,并及时准确记录。

3. 疼痛的护理　由于手术和内放射治疗带来的创伤,对机体产生较大的应激。加上各种引流管引起的不适,多数患者术后 3 天内出现烦躁、失眠、疼痛感加剧。为患者安置舒适体位、进行护理操作时动作轻柔,集中治疗,避免过多地打扰患者。每天问候患者并采用同情、支持、鼓励的方法,鼓励患者以坚强的毅力克服治疗所带来的暂时性痛苦,并指导患者学会放松,转移注意力,如听音乐等,必要时按医嘱使用止痛药。

4. 并发症护理

(1) 胰漏:术后胰漏可引起急性胰腺炎、腹膜炎。在术中穿刺时若发现针尖进入胰管内应将胰液抽出后退针,重新穿刺,是防止术后胰腺炎的关键。术后护理时应严密监测患者的生命体征、腹部体征和患者的主诉。若出现胰腺炎症状,立即予以禁食、输液、注射生长抑素等抑制胰腺分泌的药物,对症处理后症状缓解。

(2) 出血:术中穿刺时尽量避开大血管是防止术后出血的关键。术后 24 小时内应密切观察患者生命体征的变化,尤其是血压的变化,发现有下降趋势应立即报告医师并协助处理,予以输液、输血、止血等处理。

(3) 发热:术后因肿瘤组织坏死吸收而产生不同程度的发热,术后常规应用抗菌药物,并定时测量体温。一般患者体温波动于 37.5～38.5℃,无需处理。若体温超过 38.5℃,予以物理降温,物理降温效果差者则遵医嘱同时予以药物降温,出汗时协助患者及时更换衣被。护理时应保持室内适宜的温湿度,按时监测体温变化,在病情允许的情况下嘱患者多饮水,禁食患者则增加输液量,以加速体内毒素的排出。嘱患者进食清淡易消化食物,少食多餐,保持口腔清洁,预防并发症。

(4) 肺栓塞:是粒子植入术后最严重的并发症,指粒子从种植器官浮出至附近大血管内,随血液流动进入肺动脉或其分支血管内而致。因此,术中植入粒子时应避开附近大血管。术后严密观察患者的生命体征,尤其是呼吸的变化,询问患者有无呼吸困难、咳嗽、胸痛、发绀等症状,发现时应立即报告医师,同时嘱患者绝对卧床休息,勿深呼吸,避免剧烈咳嗽、用力等。

七、健康教育

1. 术后定期复查血常规,预防放射性引起的白细胞及血小板减少。定期做 CT、B 型超声、X 线胸片等检查,重点观察瘤体是否缩小,粒子是否移位。术后 1 个月复查一次,3 个月复查一次,如出现高热、腹痛等不适现象应及时就诊。

2. 指导患者和家属继续做好防护工作,患者家属尤其孕妇及未成年人在粒子植入术后 6 个月内,不得与患者同住一房间,不得长时间抱小孩或小动物。

3. 嘱患者出院后注意休息,保证充足睡眠,劳逸结合,避免剧烈运动及体力劳动,同时注意加强营养,提高机体免疫力,进高能量、高蛋白、高维生素、低脂、易消化饮食,避免刺激性食物。

第六节　^{125}I 粒子植入治疗直肠癌的护理

直肠癌是常见的恶性肿瘤之一。在欧美等发达国家,每 20 人中就有一人最终患结直肠癌。虽然我国发病率较低,但随着经济的发展、人们生活水平的提高和膳食结构的改变,直肠癌的发病率有逐年上升趋势,尤其在大中城市,这种趋势更加明显。然而,我国直肠癌患者的早期就诊率低,误诊率高,中、晚期病例较多,手术切除率低,预后差,临床治疗的难度大。手术与放疗、化疗、分子靶向治疗和生化调节等非手术治疗相结合的综合治疗,是提高直肠癌治疗水平所推崇的模式。虽然根治手术是治疗直肠癌的首选方法,但是单纯手术后复发率较高,尤其是低位直肠癌保肛术后局部复发率更高。而^{125}I粒子组织间种植放疗是近年来应用的一种降低肿瘤局部复发的辅助治疗手段,通过手术或者微创介入方法把带有放射性的粒子植入病变内或实体瘤区,实现对病变组织的低剂量、持续性、长时间的放射治疗,从而达到降低肿瘤局部复发的目的,体现了放疗近距离的发展趋势,且其安全、可靠、易防护、无污染,具有传统放疗所无法比拟的优点,近年来备受临床医生和患者的欢迎,并逐渐被广泛作为实体肿瘤的综合治疗手段之一。

一、适应证与禁忌证

1. 适应证 ①不能耐受大范围淋巴清扫或为了保存重要器官功能而有可能有肿瘤残留者;②晚期直肠癌和复发病例的姑息性治疗。

2. 禁忌证 ①不宜放射性治疗(如血液病等)及有麻醉禁忌患者;②病灶范围广泛;③恶病质、全身衰竭;④肿瘤部位有活动性出血、坏死或溃疡;⑤严重糖尿病。

二、手术操作方法

1. 术前靶区确定和计划 由于直肠部位深,加之盆壁骨结构,CT扫描引导较合适。CT影像下确定治疗靶区,图像输入TPS,根据三维TPS给出预期的剂量分布,确定穿刺路径、植入粒子的数量、分布和种植方式。

2. 放射性粒子植入

(1) 术前签署治疗知情同意书。采用局部麻醉。

(2) 手术方式:以CT扫描图像输入TPS,给出预期的剂量分布,设计布针、植入粒子数目,穿刺路径要避开肠管及盆部大血管。

三、并 发 症

并发症主要有放射性肠炎、放射性膀胱炎、出血等。

四、术 前 护 理

1. 心理护理 对于此项手术,患者绝大多数都有心理负担,由于大多患者都是在经过多方面的治疗均无很好疗效的情况下不得已而选择此项手术的,往往缺乏对治疗的信心;而且缺乏^{125}I粒子植入治疗恶性肿瘤的相关知识,容易产生恐惧心理。针对这种心理特点,护士应:①建立良好的护患关系,进行耐心细致的心理疏导,同时注意与患者家属的沟通,减轻他们的精神压力,打消顾虑,树立信心,以积极的态度接受治疗;②耐心解释,做好疾病相关知识以及^{125}I粒子植入治疗恶性肿瘤的方法及原理的宣教,并告诉患者,此项手术是一种安全操作,消除患者的恐惧心理;③向患者介绍手术的过程和对患者的要求,让患者心中有数,并告知患者,手术过程中有医生和护士全程陪伴,为患者创造一个放松的环境和良好的心理氛围,使患者感到安全和可信,积极配合治疗。

2. 术前测血常规、出凝血时间、肝功能五项,常规做心电图检查。嘱患者术前 24 小时进流质饮食,术前 6 小时禁食水。术前一日做穿刺部位皮肤准备。

3. 用物准备 粒子植入穿刺包、碘伏、碘油、明胶海绵、无水乙醇、消毒的粒子装载器及粒子、一次性植入针、常用急救药品。

五、术 中 配 合

1. 协助患者卧于 CT 扫描床上,取合适体位后 CT 扫描定位。

2. 穿好防护服后配合术者消毒、铺巾、局部麻醉,再次检查粒子植入器功能是否完好,协助术者穿刺。

3. 穿刺时嘱患者平静呼吸,CT 扫描确定针尖位置,进入预定位置后,协助术者推送释放粒子。

4. 按 TPS 计划完成所有粒子植入,术毕拔针后按压穿刺点 3～5 分钟,无出血后用无菌粘贴巾粘贴伤口,无不适再送回病房。

5. 在整个手术过程中除了配合术者外,还应密切观察患者的脉搏、呼吸、血压、面色、意识等变化,并定时询问患者有无不适感,发现异常情况及时汇报医师,并协助术者迅速处理。

六、术 后 护 理

1. 一般护理 术后每 30 分钟测血压、脉搏、呼吸一次,连续测 3 次后,改为 1～2 小时测一次,连续测 3 次血压,平稳后停止。患者术后卧床休息 6 小时,预防出血。

2. 会阴护理 嘱患者保持局部皮肤清洁干燥,可用 1：5 000 的高锰酸钾溶液坐浴,2 次/天,也可根据皮肤的反应,给予相应的护理。

3. 疼痛护理 疼痛不太严重,一般不予处理,向患者做好解释,一般 24 小时之后可以自行缓解,疼痛较重者可以根据医嘱予以止痛,疼痛持续加重者应及时报告医生予以处理。

4. 放射防护

(1) 患者与患者之间的防护,患者回病房后,尽量住单人房间,避免到其他病房走动,以减少对其他患者的辐射。

(2) 家属与患者之间的防护,嘱家属尽量保持在 1m 以上的距离陪护患者,防止长时间受照射,影响身体健康。孕妇及儿童不宜接触患者,避免对他们的辐射。

(3) 医护人员与患者之间的防护,医护人员要具备熟练的操作技能,各种治疗护理应集中进行,缩短受照射的时间。

5. 并发症护理

(1) 放射性肠炎:临床表现为腹痛、大便稀薄和次数增多。要耐心、细致地做好患者的心理指导,减少患者的忧虑和恐慌;指导合理饮食,鼓励多饮水;也可遵医嘱给予抗感染治疗,及时纠正水、电解质紊乱;指导患者每次便后进行肛周护理。出现血便时可进行药物保留灌肠,灌肠时间尽量安排在患者睡前进行,可使药物吸收时间延长,增加疗效。

(2) 放射性膀胱炎:患者可出现尿频、尿急等症状。嘱患者多饮水,每日饮水量应达2000～2500ml。出现血尿时,可行膀胱灌注止血药物治疗,导尿应严格遵守无菌操作,防止逆行感染。

（3）出血：术后观察穿刺点敷料有无渗血液，观察有无便血，24小时内应密切观察患者生命体征的变化，尤其是血压的变化，发现有下降趋势应立即报告医师并协助处理，予以输液、输血、止血等处理。

（4）肺栓塞：^{125}I粒子植入体内后，有时会有粒子丢失或移位现象的发生，尤其是种植的粒子常在系膜表面。粒子移位后，可能随血流迁移引起肺栓塞。术后严密观察患者的生命体征，尤其是呼吸的变化，询问患者有无呼吸困难、咳嗽、胸痛、发绀等症状，发现时应立即报告医师，同时嘱患者绝对卧床休息，勿深呼吸，避免剧烈咳嗽、用力等。

七、健 康 教 育

1. 饮食护理　指导患者进食营养丰富、清淡易消化的高蛋白、高热量、低脂肪和低糖少渣的温和性食物，避免进食过冷、过热、刺激及油炸食物，嘱患者少吃产气食品。

2. 造口护理　指导患者对造瘘口进行自我护理，注意个人卫生，安排合理的饮食结构以减少异味的排放；平时可在排空的造口袋内滴液体除臭剂。衣着宜宽松，腰带不要压迫造口部位。每日更换造口袋，清洁周围皮肤。对于人工肛门术后患者，指导其进行提肛肌训练。

3. 术后随访　指导患者自我观察病情，定期复查。如出现便血、不明原因的食欲下降及消瘦、造口排便困难及周围膨出、原肛门坠胀感，应及时就诊处理（图3-30-5，图3-30-6）。

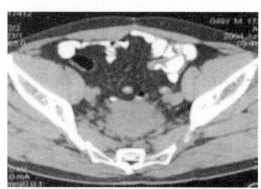 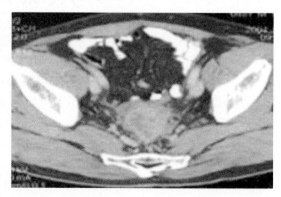

图3-30-5　男，61岁，直肠癌术后1.5年局部复发

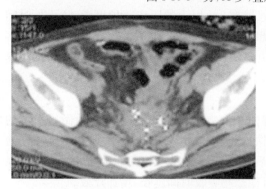 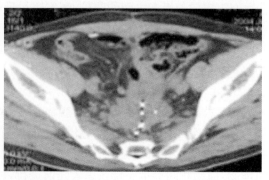

图3-30-6　^{125}I粒子植入术后1个月

（刘玉金　潘　慧　钱珍妮）

参 考 文 献

艾开兴,郑起,夏阳,等.2007.^{125}I放射性粒子术中植入联合动脉置管区域性灌注化疗治疗晚期胰腺癌.中华外科杂志, 45:27-29

陈英梅,伍丽虹,郑敏红,等.2004.CT 导向下^{125}I植入治疗肺转移瘤的护理.介入放射学杂志,14:647

崔瑾,江宏,茹海风.2007.放射性粒子植入放疗及防护.家庭护士,5:31

黄振国,张雪哲,王武.2004.CT 导引下^{125}I粒子植入在治疗恶性肿瘤中的应用.中华放射学杂志,38:921-924

靳志丽.2010.^{125}I粒子植入治疗前列腺癌的护理.全科护理,8:997-998

瞿颖,蔡文,李荫,等.2005.30 例放射性粒子种植治疗前列腺患者的护理.中华护理杂志,40:178-179

李长江,黄金华,范卫君,等.2005.CT 导向下^{125}I粒子植入联合髂内动脉化疗灌注治疗盆腔复发肿瘤.介入放射学杂志,14:610-612

李新萍.2009.行为干预预防肺癌放疗患者放射性肺炎的效果.护理学杂志,24:42-43

李月,陈英梅,王秀臣.2010.放射性粒子植入治疗恶性肿瘤患者的护理及术后防护.全科护理,8:1372-1373

刘健,张福君,吴沛宏,等.2005.CT 导向下^{125}I粒子植入治疗肝门区肝癌.介入放射学杂志,14:606-609

刘清欣,颜志平,李说,等.2009.^{125}I粒子条联合门静脉支架及化疗栓塞治疗原发性肝癌合并门静脉癌栓.介入放射学杂志,18:593-595

刘瑞宝,杨光,崔亚,等.2009.^{125}I粒子植入联合动脉灌注化疗治疗不可切除性肺癌.介入放射学杂志,18:453-456

欧胜华,谭李军.2010.放射性^{125}I粒子植入治疗胰腺癌患者的护理.护理研究,24:897-898

潘雪玲,岳同云,殷淑莲.2004.CT 导引放射粒子组织间置入治疗肺癌的护理.介入放射学杂志,14:648-649

唐淑景,王彦芝,段国辰.2007.CT 引导下经皮穿刺植入放射性^{125}I粒子治疗肺癌的护理.河北医药,29:184-185

田桂源,张蕾.2009.CT 导向下^{125}I粒子组织间植入治疗非小细胞肺癌.介入放射学杂志,18:704-707

王俊杰,修典荣,冉维强.2004.放射性粒子组织间近距离治疗肿瘤.北京:北京大学医学出版社

王俊杰.2002.放射性粒子种植治疗前列腺癌(基础篇).中国微创外科杂志,2:82-84

王琼书,刘元娇,张蔚.2005.会阴直肠瘘 6 例临床分析.重庆医学,10:45

王忠敏,陈克敏,金冶宁,等.2008.CT 引导下^{125}I放射性粒子治疗胰腺癌的临床应用.临床放射学杂志,27:1730-1735

王忠敏,黄钢,陈克敏,等.2009.CT 引导下^{125}I粒子植入治疗复发性直肠癌的临床应用.介入放射学杂志,18:681-684

王忠敏,黄铜,陈克敏,等.2009.放射性粒子组织间植入治疗技术指南的建议.介入放射学杂志,18:641-644

吴玲,丁树梅,程蓓,等.2005.经会阴放射性^{125}I粒子植入术治疗前列腺癌 10 例的护理.江苏医药,31:240

殷蔚伯,谷铣之.2004.肿瘤放射治疗学.北京:中国协和医科大学出版社

于香红,王丽君,宫树芝,等.2009.^{125}I联合缓释氟尿嘧啶治疗老年肺癌的护理.介入放射学杂志,18:772-773

俞洁.2010.放射性粒子^{125}I植入治疗肺癌并发症的护理.护理学杂志,25:26-27

袁莉,魏帆,任彩凤,等.2010.CT 引导下^{125}I粒子植入治疗复发性直肠癌的护理.介入放射学杂志,19:997-999

袁一平,张海霞,龚洁丽.2010.放射性粒子植入术治疗肝癌患者 32 例的护理.当代医学,16:119-120

张长宝,田建明,吕桃珍,等.2009.放射性^{125}I粒子组织间植入治疗胰腺癌的疗效分析.介入放射学杂志,18:281-284

张辉,莫日根.2009.TACE 联合 CT 导向下^{125}I放射性粒子植入治疗肝癌.介入放射学杂志,18:702-704

张巍.2008.放射性粒子^{125}I植入术治疗肝癌的护理.吉林医学,29:107

第三十一章　骨成形术介入护理

经皮椎体成形术(percutanerous vertebroplasy,PVP)已广泛应用于临床治疗椎体血管瘤、骨质疏松性椎体压缩性骨折和椎体肿瘤,并证明具有良好的临床疗效。经皮骨成形术(percutaneous osteoplasty,POP)作为PVP的衍生技术,泛指全身各部位骨骼疾病的经皮骨水泥注射治疗技术,一般定义为,在影像设备引导下,经皮穿刺病变骨骼,将骨水泥注射到病变部位的治疗技术,从而达到加固骨骼、灭活肿瘤、缓解疼痛的治疗目的。

第一节　概　　述

一、经皮骨成形术原理

骨肿瘤特别是转移性骨肿瘤是晚期恶性肿瘤常见的合并症,不仅可以发生在椎体,全身各种骨骼,长骨、扁骨都可发生。同样,经皮穿刺注射骨水泥不仅可以治疗椎体转移性肿瘤,也可治疗其他骨骼的转移性肿瘤。因此,经皮椎体成形术(PVP)也就衍生为经皮骨成形术,经皮骨成形术是由于注入骨骼的骨水泥从液态变成固态的聚合过程中会产生75℃以上高温,热能可以灭活肿瘤及疼痛感受器,固态的骨水泥具有较高抗压能力,可以固定骨骼、灭活肿瘤组织和缓解或消除疼痛的目的。

二、器　　械

1. 穿刺针　一般由外套管和针芯组成。常用的Cook公司的PVP专用穿刺针即根据针尖形状分两种:Muphy Ⅰ即针芯前端为斜面,Muphy Ⅱ即针芯前端为菱形。根据病变椎体水平选用不同长度和直径的穿刺针。颈椎和上胸椎一般用13～18G穿刺针,下胸椎和腰椎一般用10～11G穿刺针。

2. 注射器　应使用PVP专用注射器。如常用的Cook公司的壁硬、注射压力大的1ml注射器(美国)。或者是PVP专用螺旋加压注射装置,如Hi-Visco Flow骨水泥高压注射器(Disc-O-Tech公司,以色列)。优点是容易注射骨水泥和减少术者的X线辐射。

3. 骨水泥　最常用的骨水泥是聚甲基丙烯酸甲酯。它是由粉状(固体)的聚合物和其单体(液体)与助显剂按一定比例混匀后固化而成的高分子化合物。一般经历三个时期:①稀薄阶段。②黏稠阶段。③硬化阶段。

4. 监视设备　最好使用双平面C形臂X线机。使用单平面的C形臂X线机则必须具备高分辨率和图像放大功能。目前,新型平板血管造影机具有旋转透视、三维重建和CT功能,可准确定位穿刺针位置,为定位、穿刺过程及注药提供了更可靠的保障。

5. 监护设备 至少应包括心电监护仪、供氧装置以及一些必要的急救设备。术中可能需要镇静剂。某些材料可能引起过敏反应。因此,应做好充分准备,包括一些必要的药物、设备和受过培训的有能力正确处理潜在并发症的人员。

三、方 法

患者取俯卧位,双手固定置于头两侧,根据体格检查及 MRI 和骨核素显像(ECT)资料确定病变椎体,DSA 机透视下定位病变椎体,清晰显示双侧椎弓根内侧缘,选择好穿刺路径和角度,定体表标记。皮肤消毒,铺手术巾,2%利多卡因麻醉穿刺通道。DSA 机透视引导下经单侧或双侧椎弓根入路,尽量将骨穿针(11G 或 13G Cook 公司,美国)穿至病变椎体前中 1/3 处或椎体病灶内,正侧位透视确定骨穿针尖端位置。用 Hi-Visco Flow 骨水泥高压注射器(Disc-O-Tech 公司,以色列)将标准调配糊状骨水泥聚甲基丙烯酸甲酯注入病变椎体,当骨水泥注射至适宜的量时停止注射。

四、治 疗 效 果

由于 PVP 有较好的近、远期疼痛缓解疗效,因此 PVP 的疗效主要从疼痛强度缓解、服止痛药情况及生活质量改善这三个方面进行评价。随着肿瘤转移患者的生存时间延长,他们对生活质量和疾病的终末阶段能够活动的要求也随之提高。在脊柱转移瘤患者中,PVP 能够缓解疼痛并且在结构上加强溶骨破坏的椎体,使患者的痛苦减轻而且能够继续日常的负重活动,其疼痛缓解率在 59%~90%。治疗血管瘤的疼痛缓解率>90%。总之,PVP 属于微创,以其创伤小、效果好、起效快的特点,为脊柱肿瘤,尤其是转移瘤和血管瘤患者提供了一个新的治疗途径(图 3-31-1,图 3-31-2)。

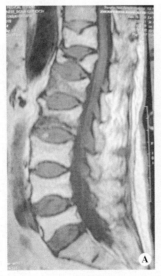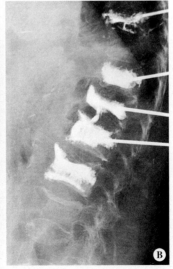

图 3-31-1 图 A 示 MRI 显示胸腰椎多发压缩骨折,图 B 示 X 线片显示 5 个椎体行 PVP 术

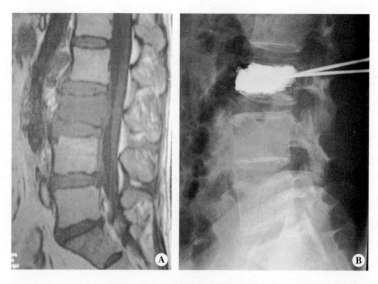

图 3-31-2 图 A 示 MRI 显示 L₃ 椎体转移瘤,图 B 示 L₃ 双针法 PVP 术

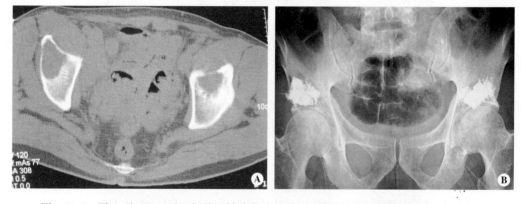

图 3-31-3 图 A 示 CT 显示双侧髋臼转移瘤,图 B 示 X 线片显示双侧髋臼 POP 术后表现

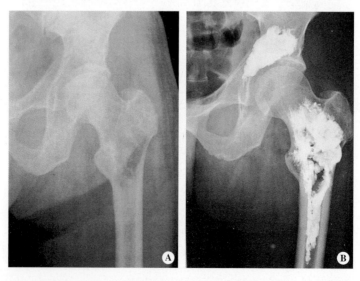

图 3-31-4 图 A 示左侧髋臼及股骨上段转移瘤,图 B 示左侧髋臼及股骨上段转移瘤 POP 术后表现

第二节　经皮椎体成形术的护理

PVP 主要应用于治疗引起疼痛的椎体疾病,目前主要适用于椎体血管瘤、椎体骨折疏松性压缩骨折、椎体某些恶性肿瘤的姑息治疗。

一、适　应　证

1. 难治的骨折　疏松性压缩骨折引起的疼痛。口服止痛药物不能或仅能轻微缓解疼痛,或虽然能缓解疼痛,但药物引起的不良反应太大。若不能坚持服药,影响日常生活者。

2. 疼痛性的病理性骨折或良、恶性骨肿瘤(如血管瘤、骨髓瘤和转移瘤)引起的骨质破坏而存在骨折危险者。

3. 不稳定的椎体压缩性骨折。

4. 骨质疏松症引起的多节段椎体压缩骨折,并可能进而造成肺功能障碍,胃肠功能紊乱或全心改变导致的风险等。

5. 骨折后不愈合或囊性变。

二、禁　忌　证

1. 绝对禁忌证

(1) 无症状的椎体稳定性骨折。

(2) 椎体骨折越过后缘或椎体后缘破坏、不完整。

(3) 椎体骨髓炎、硬膜外脓肿,或合并手术区域感染者。

(4) 患有凝血功能障碍性疾病者。

(5) 对 PVP 机械或材料过敏者,或体质极度虚弱不能耐受手术者。

2. 相对禁忌证

(1) 与椎体压缩骨折无关的神经压迫引起的根性痛。

(2) 脊柱骨折或肿瘤侵入硬膜外腔造成椎管容积变小者。

(3) 严重的椎体骨折,椎体高度丢失 70% 以上,比较难以治疗者。

(4) 稳定性骨折无疼痛已超过 2 年者。

(5) 需同时治疗 3 个以上节段者。

(6) 成骨性转移瘤。

三、手术操作方法

1. 患者体位　患者一般取俯卧位。部分患者在俯卧一段时间后会感到明显疲惫或很不舒服,因此,要尽量使患者处于一个比较舒适的俯卧状态,以免产生不必要的活动从而影响操纵和引起危险。譬如加厚造影床的垫子、使用专门为俯卧位设计的上肢支架,以及在胸腰椎患者胸部、髋部和踝部下面放置软枕以减少压迫,放低肘关节和膝关节等。

2. 靶椎体和穿刺针的定位　尽管术前大多数患者的疼痛部位与影像学检查所示椎体压缩性骨折的节段一致,但是仍应在术前进行透视检查进一步确诊。在实施"标准穿刺方法"前,要求在前后位片中将靶椎体的上下终板显示呈一直线,棘突位于正中线,双侧椎弓根对称;在侧位片上可见肋骨、椎弓根、神经孔和相连椎体的后部均是连续排列在一起的,即标准正侧位为进针点定位,有利于正确评估穿刺针的位置。进针点的定位包括皮肤穿刺点和经椎弓根的骨进针点。一般来说,双侧穿刺时皮肤穿刺点旁开棘突的距离要比单侧穿刺为近。可在相应体表做出标记。

3. 消毒铺巾、麻醉　常规在病变椎体处局部皮肤消毒和铺巾后,就可进行麻醉。通常选用 2% 的利多卡因局麻,为使患者感到舒服和放松,也可同时加用镇静药。对于极少数患者可使用全麻:如极度疼痛、不能忍受俯卧体位的患者或者有心理障碍不能在清醒状态下进行治疗的。局麻时,经穿刺点皮肤向椎弓根方向做穿刺通道全程浸润麻醉。整个针道包括:皮肤、皮下组织,包括骨穿刺点的骨膜都必须得到充分的麻醉。

4. 穿刺并注入骨水泥　对于胸腰椎一般在正位透视下选择穿刺点,双侧穿刺法的穿刺点位于棘突旁开 2～3cm 处,穿刺针与人体矢状面呈 15°～20°;单侧穿刺法的穿刺点位于棘突旁开约 5cm 处,穿刺针与人体矢状面大约成 45°。先用手术刀尖刺破穿刺点皮肤,做一个约 5mm 的小切口,然后在 X 线透视下将骨穿针穿过皮肤和皮下组织直抵靶椎体椎弓根后缘骨膜。操作过程中正侧位双向透视证实穿刺方向,当侧位见骨穿针抵达椎体后缘骨皮质但未超过椎弓根前缘时,正位像针尖应位于椎弓根投影之内。确保穿刺针的方向及位置准确后,将穿刺针穿入椎体前中 1/3 处,正侧位透视确定骨穿针尖端到达靶目标后,将穿刺针斜面方向调整指向骨折破坏明显区,用 Hi-Visco Flow 骨水泥高压注射器(Disc-O-Tech 公司,以色列)将标准调配糊状骨水泥 Simplex P 聚甲基丙烯酸甲酯(Howmedica 公司,美国)注入病变椎体内。如发现有骨水泥渗漏立即停止注射,注射结束后插入针芯,等待 1～2 分钟后将骨穿针旋转拔出。

5. 伤口处理　当骨穿针移除后,应当在穿刺部位局部按压 3～5 分钟,以防止局部出血形成血肿。见无血液自伤口冒出后,仔细消毒穿刺点,覆盖无菌敷料。用平板车护送患者返回病房。

四、并　发　症

1. 脊椎感染　十分少见。表现为术后背部疼痛加重和持续的发热。静脉应用抗生素治疗和制动 3 个月。一般术前预防性应用抗生素,存在免疫功能抑制者,骨水泥中加入抗生素。

2. 一过性疼痛加重　少见(<2%)。可能与手术过程中的操作、高压注射骨水泥或骨水泥引起的炎症反应有关。应用非甾体抗炎药治疗有效,48 小时内疼痛可以缓解。

3. 一过性发热　很少见。可能与引起一过性疼痛加重的因素有关。同样,应用非甾体抗炎药治疗有效,这种发热在 48 小时内也可以缓解。

4. 肋骨骨折　骨折可能是穿刺过程中胸廓被挤压的结果。在骨质疏松症患者应特别注意。

5. 神经根症状　如果骨水泥渗漏到椎间孔静脉或椎间孔,会引起神经根的症状。其发生率在恶性肿瘤患者中为 3%～5%,而在其他适应证中<1%,因为肿瘤患者有较高的渗漏性。通常在局部注射类固醇和麻醉药后或口服非甾体抗炎药症状消失。个别病例,神经根症状用药难以解除,可以手术摘除椎间孔骨水泥。

6. **脊髓压迫**　由于更多的 PVP 术由手术经验不足的医生操作,脊髓压迫并发症的报道也越来越多。

7. **有症状的肺栓塞**　肺栓塞可能由于过多注射骨水泥或骨水泥渗漏入椎旁静脉引起。需要由肺部专科医生处理。措施包括药物治疗和抗凝治疗,发生几率很小,但一旦出现结果常是灾难性的,应高度重视,认真监测、预防,做好相应治疗的准备。

8. **出血**　常出现在有凝血功能障碍的患者。表现为脊髓血肿和严重的疼痛。穿刺点出血可引起腹膜后血肿,用注射凝胶封闭止血,为避免此类并发症,凝血障碍宜在行 PVP 前纠正。

9. **死亡**　迄今为止,很少有 PVP 的死亡报道。曾有 2 例发生于一次对多个椎体预防性行 PVP 的死亡病例报道。目前建议一般情况较差的患者进行 PVP 时一次不应超过 3 个节段。

五、术 前 护 理

1. **心理护理**　良好的心理状态和积极、健康的情绪,对患者的手术治疗和促使术后康复有重要的作用。PVP 是新技术,患者对此了解甚少,患者会担心疼痛及创伤、担心手术医生的技术及关注手术效果、担心经济费用等,从而产生焦虑、恐惧、缺乏信心和紧张等心理。护士应根据患者情况,利用自己已掌握的知识与患者进行沟通,面对不同的手术患者扮演不同的角色,如在老年人面前扮演儿女角色,在同龄人面前以同志或朋友的身份出现,拉近距离,掌握每个患者的不同心理,用恰当的语言,耐心地向患者解释手术过程及创伤,使其有心理准备;向患者介绍手术室环境及手术医生、护士的有关信息,增加患者的安全感及信任度;充分说明手术的必要性、优越性,介绍成功病例,或邀请同病种经此项手术恢复较好的患者现身说法,传经送宝,增加患者对医生技术的信任和坚定对手术的信心;安慰疏导患者,说明手术医生已经反复研究病情,会在不影响病情的情况下,确定最佳手术方案,选择价廉有效的药物,减轻患者的经济费用,从而消除患者的各种顾虑和不良情绪的影响,使患者乐意地接受该手术治疗。

2. **术前准备**　除完善术前常规检查外,还需常规行正侧位 X 线摄片、CT 扫描和 MRI 检查。嘱患者术前 3～5 天开始训练俯卧位的耐受能力,30～60 分/次,对于年龄太大或难以耐受俯卧位的患者可练习侧卧位。术前了解病史,患者有无装起搏器等金属植入物。由于该技术是在 X 线引导下完成,肠道内气体对椎体显影有明显干扰,尤其是腰椎手术时,因此术前肠道准备极为重要。术前 2 天禁食易产气的食物如豆类、乳类,术前禁食 8 小时。

3. **体位护理**　采用三人或四人搬运法将患者从平车移至手术床,安置俯卧位,双臂向头部自然弯曲抱枕固定,使脊柱保持纵轴位,肩部至髂前上棘处放 10cm 厚平肩宽圆软枕,恢复脊柱的生理前凸,避免旋转和扭曲,尽量使用使病变椎体处于水平位,有利于 C 臂 X 线透视,踝部放一软枕,使膝关节屈曲 15°～20°,使腰椎处于过伸位状态。

六、术 中 配 合

严密观察患者的面色、呼吸、血压、心率、心律等生命体征的变化。对于较紧张的患者，护士可指导其做平稳呼吸，放松全身肌肉，给予其鼓励和安慰，消除其紧张情绪，以配合手术顺利进行。注入骨水泥时，观察患者是否有突发胸闷、青紫、呼吸急促、呼吸困难等症状，如有上述症状，应立即告诉医生停止注射骨水泥，应怀疑出现肺栓塞。

七、术 后 护 理

1. 穿刺部位的护理　予无菌纱块加压包扎，常规使用抗生素，保持穿刺点干燥，预防感染，观察渗血及疼痛情况。由于骨水泥聚合产热引起炎症反应致穿刺部位发热和疼痛，可遵医嘱给予抗炎镇痛药等药物治疗，可有效缓解症状。

2. 术后体位护理　术后患者回病房搬动患者时，务必保持脊柱呈一条直线，防止脊柱扭曲，去枕仰卧位于硬板床上 1 小时，因为骨水泥 90% 在注入椎体后开始固化并在术后 1 小时内达最大强度，故患者应卧位休息 4 小时，减少出血，防止椎体塌陷，4 小时后轴行翻身侧卧，12 小时后可遵医嘱下床活动，严密观察呼吸、血压及双下肢感觉、运动等，指导患者仰卧、侧卧的正确方法。

3. 饮食护理　嘱患者多食高钙食品，如骨头汤、鲜牛奶、豆类食品、鱼虾等，并可适当地服用钙剂、维生素 D、雌激素、双膦酸酸盐及降钙素等药物。

4. 功能锻炼　早期(术后 6 小时后)伤口疼痛减轻后，指导患者在床上行直腿抬高和腰背肌功能锻炼(三点式—头及双足跟为支撑点或五点式—头双肘部及双足跟为支撑点)，次数不限，以不疲劳为度，一般术后 24 小时内 5~10 次/天，原则上运动量由小到大、循序渐进，若伤口疼痛明显可延迟锻炼开始时间；24 小时后可戴腰围下地行走，防止突然坐起引起头晕、心悸等不适，注意安全，防止滑倒；1 周后可以恢复正常生活，但 3 个月内避免负重、转体的动作，应适当参加户外活动，多照日光浴，增加维生素 D 的合成，促进恢复。

5. 并发症的观察和护理　①骨水泥外漏：发生率高达 34%~67%。护理中重点观察双下肢感觉、运动、血循环及足背动脉搏动情况，出现异常时及时报告医师，以检查是否存在因骨水泥外漏而造成的脊髓、神经受压等情况，以便及时处理。②肺栓塞：是骨水泥外漏的潜在并发症。术后应密切观察生命体征变化，特别是呼吸情况，若观察有突发胸闷、咳嗽、青紫、呼吸困难等症状出现时，应及时报告医师协助处理。

八、健 康 教 育

1. 指导患者应注意休息，避免过度劳累，在病情和体力允许的情况下适当地进行体育锻炼，增强体质。

2. 加强营养，饮食宜清淡易消化，如新鲜蔬菜、水果等。避免进食刺激性较大的食物，促进身体康复。

3. 保持情绪稳定、心情舒畅、劳逸结合，适量活动。

4. 定期来医院复查、随访。

第三节　经皮骨成形术的护理

经皮骨成形术是作为经皮椎体成形术的延伸和扩展，是指应用于全身各部位的经皮骨水泥注入技术。目前，临床有限的报道已显示此技术在治疗椎体外的药物难以控制的顽固性骨痛方面具有良好的疗效。Cotton 等首次报道经皮注射骨水泥治疗 11 例髋臼恶性转移瘤患者，取得了良好的止痛效果，其中 9 例于 4 天内疼痛消失，所有患者行走能力改善，Cotton 将这一技术称为髋关节成形术。Kelekis 等使用经皮注射骨水泥治疗 14 例耻骨和坐骨溶骨性转移瘤患者，李东升等使用这一技术治疗四肢长管状骨患者，吴春根等进一步发展了这一技术，治疗胸骨、距骨等部位的患者。为此，程永德和吴春根商讨提出将经皮注射骨水泥治疗全身各部位的骨骼病变，包括椎体病变在内称为经皮骨成形术(POP)，这一概念已逐步成为共识。

一、适 应 证

1. 全身各部位难治性疼痛性转移性肿瘤。
2. 疼痛性良、恶性骨肿瘤(如血管瘤、骨囊肿、骨髓瘤等)。
3. 拒绝手术的患者。

二、禁 忌 证

1. 关节部位骨骼骨皮质缺损直径＞5mm。
2. 成骨性转移瘤。
3. 病变骨骼靠近大血管、神经等重要组织结构。
4. 凝血功能障碍者。
5. 长管状骨骨质破坏较大，临近骨皮质破坏者。
6. 病变性质不明确者，建议先做穿刺活检。

三、手术操作方法

1. 患者体位　不同部位的骨骼病变，需要不同的体位，既要能便于手术操作，又要让患者舒服。骶骨、坐骨病变常规选择俯卧位，髋臼、股骨可选用仰卧位。
2. 操作方法　根据病变部位、累及范围、周围有无重要血管、神经和脏器，决定手术入路。常规使用 11～13G 的 PVP 专用穿刺针，根据部位也可采用特殊穿刺针。
3. 常规消毒、铺巾、麻醉、注射骨水泥与术后伤口处理相同于 PVP(图 3-31-3，图 3-31-4)。

四、并 发 症

1. 关节功能障碍。

2. 周围神经、血管损伤。

3. 病理性骨折。多见于四肢长骨较大病变 POP 术后。

4. 一过性疼痛加重。

5. 一过性发热、肺栓塞、出血等。

五、术前护理、术中配合

相同于 PVP(第三十一章,第一节)。

六、术 后 护 理

1. 心理护理。改善护患关系,安慰、鼓励患者,解除患者焦虑心理,增强与疾病作斗争的信心。介绍手术情况,术后可能出现的反应,如一过性发热、一过性疼痛加剧等,让患者理解,配合治疗。

2. 穿刺部位的护理。由于穿刺部位不同,因此穿刺部位的护理各不相同,有些部位骨骼病变靠近皮下,局部皮肤的观察、护理很重要,如有破溃,要注意清洁皮肤,及时换药,做好伤口护理。

3. 注意观察 POP 治疗部位邻近血管、神经有否损伤的表现,如出现异常情况,及时汇报医师处理。

4. 观察病变骨骼邻近关节的活动情况,有否出现功能障碍等。

5. 四肢长骨 POP 治疗后,告诉患者要卧床休息,不要急于下床,不要负重,以免发生病理骨折。

6. 肺栓塞、出血的护理相同于 PVP。

七、健 康 教 育

相同于 PVP(第三十一章,第一节)。

(牟 凌 何 煜 许秀芳)

参 考 文 献

陈晓红,李玉伟,刘晓玲.2004. 激光气化治疗腰椎间盘突出症 160 例护理. 介入放射学杂志,14:204

杜克,王守志.2002. 骨科护理学. 北京:人民卫生出版社,603-605

古会珍,刘凌云,李露芳.2003. 经皮椎体成形术的护理. 介入放射学杂志,12:308-309

顾一峰,吴春根,程永德.2009. 经皮椎体成形术治疗上胸椎转移瘤的应用. 介入放射学杂志,18:128-131

侯小琴,庄美琼.2003. 中老年人骨质疏松症合并骨折的护理. 齐鲁护理杂志,9:729-730

金大地,瞿东滨,Charles D Ray.2004. 脊柱椎间关节成形术. 北京:科学技术文献出版社,104-105

李梦樱.2004. 外科护理学. 北京:人民卫生出版社,60-69

罗兴梅.1996. 经皮穿刺腰间盘切除术的护理. 介入放射学杂志,5:52-53

孟祥玲,王希锐,廖顺明,等.1999. 腰椎间盘突出症胶原酶溶解术后体位对疗效的影响. 介入放射学杂志,8:111

牟凌 . 2009. 经皮椎间盘切吸术联合电热疗法治疗椎间盘突出症的护理 . 介入放射学杂志,18;776-778

倪才方,吴春根,杨惠林 . 2009. 脊柱介入诊疗学 . 北京:人民军医出版社,146-163

倪才方,杨惠林,唐天驷,等 . 2002. 经皮椎体成形式的初步临床应用 . 介入放射学杂志,11;275-277

王立平,王淑平,曹素玉,等 . 2003. 经皮椎体成形术的护理 . 介入放射学杂志,12;309

王艳 . 2004. 经皮椎体成形术治疗骨质疏松性椎体压缩性骨折的护理 . 介入放射学杂志,13;77

吴淑媛 . 2006. 经皮椎体成形术围手术期的护理 . 中医正骨杂志,8;76

许惠莲,高梁斌,李健,等 . 2005. 经皮椎体成形术的临床护理 . 广东医学,26;419-420

许穗 . 2000. 经皮穿刺颈椎间盘切割抽吸术的护理 . 介入放射学杂志,9;51

钟美花,吉美玲 . 2000. 经皮穿刺切吸治疗腰椎间盘突出症的护理 . 介入放射学杂志,9;52

周兵,吴春根,程永德,等 . 2009. 经皮骨成形术治疗椎体外恶性溶骨性病变的疗效分析 . 介入放射学杂志,1;29-33

Vbrtin JB,Jean B,Sugiuk S,et al. 1999. Uertebroplasty:Clinical experience and follow-up results. Bone,25;11-15

彩图1 于穿刺点下方1cm处做一3~4cm的纵向皮肤
切口，钝性分离皮下组织至浅筋膜，并于切口内侧
分离出能容纳药盒的皮下囊袋

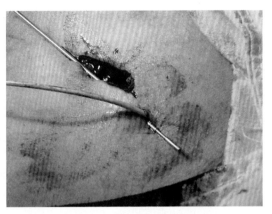

彩图2 用隧道针从切口皮下组织穿出穿刺点

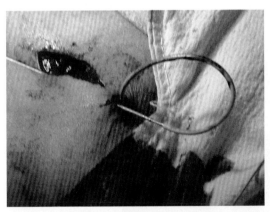

彩图3 连接隧道针和导管

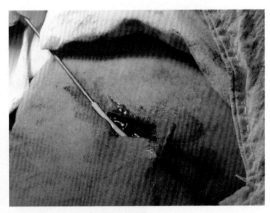

彩图4 通过隧道针将导管引至切口皮下

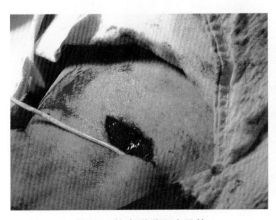

彩图5 拉直隧道段内导管

彩图6 剪去多余导管，连接导管和药盒

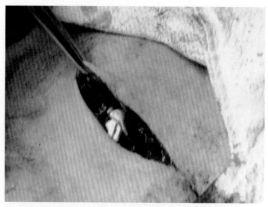

彩图7　向药盒注入肝素盐水，确保连接处无渗漏　　　　彩图8　检查创面有无渗血。将药盒植入囊袋，避免囊袋内导管扭曲、打折，缝合皮肤

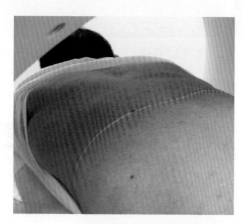

彩图9　预定位：以病变范围上下1cm，预选择穿刺层面，选择穿刺点，穿刺道

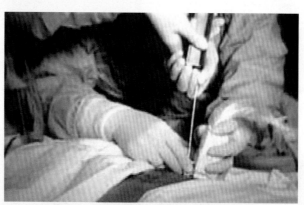

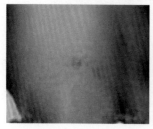

彩图10　穿刺术中医生及正在抽吸病灶内组织、超声介入穿刺活检及针眼、组织条和病理镜下图

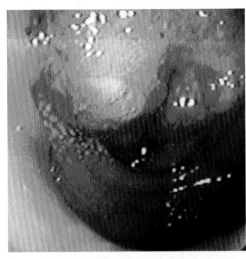

彩图11　结肠镜进入约65cm处见隆起性
　　　　肿瘤组织,肠腔狭窄,闭塞

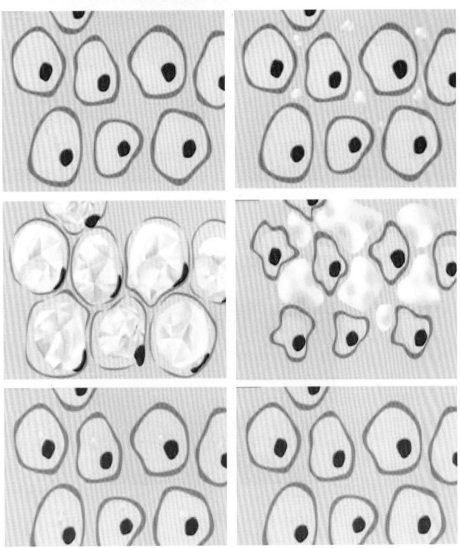

彩图12　超低温对癌细胞杀伤的细胞生物学机制

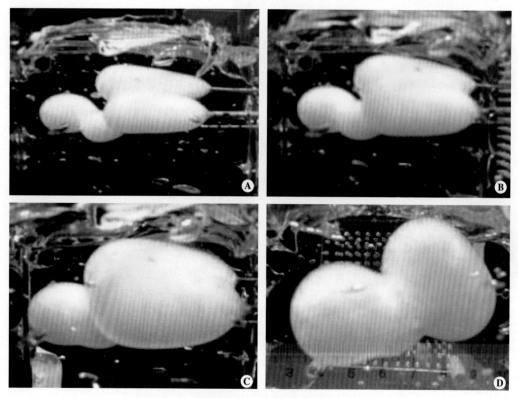

彩图13　多刀组合示意图

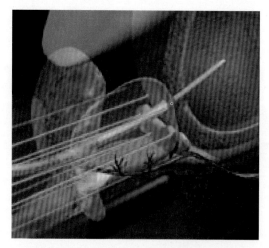

彩图14　超声引导下氩氦刀治疗前列腺癌